KB096033

파업

파업

안재성 지음

사회평론

파업

2009년 12월 11일 초판 1쇄 인쇄
2009년 12월 14일 초판 1쇄 발행

지은이 안재성
펴낸이 윤철호
펴낸곳 (주)사회평론

편집 김태균 · 김천희
마케팅 백미숙
표지 디자인 아르떼
캘리그라피 강병인

등록번호 10-876호(1993년 10월 6일)
전화 326-1182(영업), 326-1185(편집)
팩스 326-1626
주소 서울시 마포구 서교동 247-14
e-mail editor@sapyoung.com
http://www.sapyoung.com

ISBN 89-5602-999-3 03810

"자본이라는 이름의 유령과 싸우기 위하여"

인간의 역사는 계급투쟁의 역사라고 말해진다. 좀더 온건하게 표현하자면 인간 사이의 생존경쟁의 규칙을 정하는 과정이라고 말할 수 있겠다. 그 현실적인 장치인 정치는 강자에게 집중된 부와 권력을 약자에게도 배분함으로써 소외된 자들의 폭동을 예방하려는 기능을 해왔다. 그럼에도 인간사에는 자생적인 폭동이 끊이지 않았고, 그 중에서도 사회 변혁에 큰 영향을 준 경우를 혁명이라 불렀다.

20세기의 혁명들은 온전히 자본주의 체제를 겨냥하고

있었다. 과거 어느 시대보다 자유롭고 역동적인 체제로서, 그 자체가 하나의 혁명이기도 했던 자본주의가 내포한 치명적 모순들과의 투쟁이었다. 인간 사이의 무한경쟁과 이로 인한 극단적인 빈부격차를 해소하기 위한 투쟁이자 인간의 존귀함을 지키기 위한 투쟁이었다.

20세기의 후반인 1980년대 남한 땅에서 이뤄진 변화들도 가히 혁명적이라고 할 수 있었다. 멀리 사회주의 이상의 세계를 지향했든, 좀더 부드럽고 착한 자본주의를 지향했든 인구 사천만의 국가를 십 년 이상 뒤흔들었던 변화의 열정들은 한국사에 길이 남을 만한 추억이 되었다.

장편소설 〈파업〉이 처음 발간된 해는 1989년, 올해로부터 꼭 20년 전이었다. 작품의 실제 배경이던 1986년으로 치면 더 오래 되었다. 한 세기가 문을 닫고 새로운 세기가 열린 이 사이, 남한의 경제 규모는 비약적으로 발전하여 세계 10대 공업국가가 되었고 승용차를 가지지 않은 집이 거의 없게 되었다. 민주주의도 비약적으로 발전해 대통령도 여러 번 바뀌었다. 경찰, 군대, 정보기관 등 국가기관에 의한 폭력과 고문은 현저히 감소해 거의 찾아볼 수가 없게 되었으며 합법적으로 집회를 열 수 있는 길도 과거와는 비교가 안 되게 넓어졌다. 부정부패를 근본적으로 막을 수는 없더라도, 전직 대통령들을 포함한 고위직 공무원과 정치인들이 수사를 받고 감옥에 가는 내용의 기사는 거의 매일 접할 수 있게 되었다. 1980년대 혁명의 추억은 이제 잊어도 될 만한 시간이 흘렀다.

이런 마당에 오늘날 노동자들의 노동조건과 제 권리가 20년 전보다도 후퇴했다는 말은 다소 상투적으로 들리기 쉽다. 대개 진보운동가들이 현실의 발전을 무시한 채, 입만 열면 인권과 민주주의가 후퇴했다고 엄살을 피우는 것도 사실이다. 하지만 다수 노동자들의 노동조건이 20년 전보다도 나빠졌다는 주장은 결코 과장이나 상투적 선동이 아니다.

〈파업〉이 집필될 시절만 해도 식당아줌마든 경비아저씨든 청소부든 일단 한 회사에 적을 둔 사람은 누구나 차별 없는 정규직이었다. 기본급에 차이는 있더라도 같은 비율의 상여금과 각종 수당을 받을 수 있었고 해고의 조건도 같았다. 그러나 오늘에 와서는 식당아줌마나 청소부는 물론, 똑같은 장소에 배치되어 똑같이 일하는 사무직원들조차도 다수가 비정규직이 되었다. 정규직 노동자는 700만 명인데 비해 비정규직 노동자가 800만 명을 넘어섰다. 비정규직의 형태도 하도 다양하고 지능적이어서 일일이 설명하기가 힘들 지경이다. 노동의 유연성이란 명분 아래 노동자의 다수가 비정규직으로 전환되는 것은 세계적인 현상이기도 하다. 1990년대 들어 사회주의 국가들이 붕괴되어 자본주의 천하가 되면서 일어난 현상 중 하나이다.

너무나 당연한 이야기지만, 자본이 비정규직을 늘리는 이유는 오직 하나, 이윤을 극대화하기 위함이다.

임금으로 보면, 〈파업〉의 시기에 공장노동자들은 잔업수당까지 합쳐 월 20만 원, 사무직 노동자들은 정액제로 30만 원 정도 받는 게 보통이었다. 오늘의 비정규직들은 잔업까지 합쳐도 1백만 원 내외를 받는 게 고작인 반면 같은 조건에서 정규직은 3백만 원 이상을 받을 수 있으니 그 격차는 몇 배나 커진 셈이다. 비정규직은 대부분 상여금이나 각종 수당을 전혀 받지 못하고 있으니 실제 수령액의 차이는 훨씬 크다.

비정규직은 해고라는 단어에 해당조차 되지 않는다. 반년 혹은 1, 2년 단위로 재계약을 하기 때문에 해고를 할 필요도 없이 계약을 갱신하지 못하면 그대로 끝날 수밖에 없다. 정규직으로 취업할 나이를 놓쳐 버린 다수의 젊은이들은 끊임없이 새로운 비정규직 자리를 찾아 헤맬 수밖에 없다.

정규직이라 해서 좋아진 것도 아니다. 비정규직의 존재는 정규직을 바늘방석 위에 올려놓았다. 노조결성이나 노조활동에 대한 법률들은 확실히 예전보다 좋아졌지만 비정규직의 존재를 활용한 지능적인 공격 앞에 대다수의 노조들이 무력화되고 말았다.

특히 자본의 손해배상 전술은 노동운동을 침체시키는 유력한 수단으로 부상했다. 자본가들은 노동자들의 모든 투쟁에 대해 손해배상을 청구함으로써 돈을 무기로 삼는 데 완전히 성공했다. 2008년 파업을 벌인 이랜드노조의 경우는 250억 원이라는 막대한 손해배상 소송에 휘말려야 했다. 투쟁이 시작되자마자 손해배상 소송이 시작됨으로써 노동자들은 투쟁을 중지하려 해도 할 수 없는 궁지에 몰리게 되고, 이는 수많은 사업장 투쟁의 장기화를 불러일으키기도 한다. 5백일 투쟁은 보통이 되었고 1천일 투쟁 사업장도 나날이 늘어나고 있는 게 현실이다. 2009년 여름을 뒤흔들었던 쌍용자동차 노동자들의 점거파업에 대해 이명박 정부는 3개월간 일체의 중재를 거부하고 일방적으로 탄압만 한 끝에 경찰 이름으로 60여명을 구속시키고 수억 원의 손해배상을 노동자들에게 청구했다. 탄압과 중재를 병행하던 과거의 파쇼정권 시절보다 더 악랄한 이 행위는 신자유주의라는 이름으로 합리화되었다.

이 모든 상황으로 볼 때 노동자들의 상황이 예전보다 더 악화되었다는 말은 결코 엄살이나 과장이 아니다.

20세기를 뒤흔든 사회주의 혁명이론은 인간 사이의 생

존경쟁 자체를 중단시켜 보려는 극단적인 처방이었다. 21세기 인류는 이 극약처방의 실패를 교훈 삼아 인간 사이의 생존경쟁 자체는 인정하되 좀더 합리적인 규칙을 정하자는 쪽으로 선회한 것처럼 보인다. 그런데 오늘의 노동현실은 이 온건한 시도 역시 실패하리라는 우려를 낳게 한다.

자본은 과거 어느 지배계급보다도 강력한 수단인 화폐로 모든 권력을 장악해 들어가고 있다. 정부권력과 경찰은 물론이요 국회, 언론, 교육 등 모든 분야에서 막대한 영향력을 행사하게 되었다. 신자유주의라는 이름으로 행해지는 노동에 대한 무차별 공략은 자본주의 초기의 자유방임 시절을 떠올리게 한다.

더욱 무서운 것은 오늘의 자본은 눈에 보이지도 않는다는 점이다. 과거의 자본가들처럼 몇몇 유능하고도 철면피한 사업가들이 아닌, 이름도 정체도 알 수 없는 다수의 예금주들로 이뤄져 있기 때문이다. 더 엽기적인 것은 예금주의 다수는 노동자들 자신이기도 하다는 점이다. 자기 자신이 자기를 통제하고 지배하고 기만하는 괴상한 세상이 온 것이다. 과거 자본가들은 공산주의의 유령을 두려워했지만, 이제는 자본이란 이름의 유령이 인간을 지배하는 세상이 온 것이다.

결론적으로, 자본주의가 존재하는 한 평화는 없다. 그러나 희망은 있다. 문제의 원인인 자본주의 자신이 해결의 단서가 될지도 모른다는 희망이다. 봉건적 억압을 무너뜨리고 개인의 자유와 전체의 민주주의를 가져온 자본주의 자신의 혁명성이 그것이다. 또한 항상적으로 과잉생산을 걱정해야 할 만큼 왕성한 자본주의의 생산력이 그것이다. 생산력의 충분한 발전과 민주주의의 훈련은 다름 아닌 사회주의적 혁명의 기초가 된다는 마르크스의 진단은 오늘날에도 여전히 유효해 보인다.

물론 소설은 현실을 기록하는 도구는 될지언정 인류의 미래를 인도하는 이론서일 수는 없다. 더구나 20년 전에 쓴 〈파업〉은 명백히 노동운동을 위한 선전물이었다. 소설이라는 장르구분이 무색하도록 글의 곳곳에 노동운동 팸플릿 같은 주장들이 생경하게 드러나 있었다. 경찰관이나 회사 관리자들 혹은 배신한 노동자들에 대한 호칭과 묘사는 모멸과 증오로 직접 표현되었다. 작가인 나는 이 글은 노동운동가로서 노동운동을 선전하기 위해 쓴 것이라고 자랑스레 말하고 다녔다. 20년 만에 다시 읽어보니 당시 문학평론가나 작가들이 왜 이 작품을 폄하했는가 이해가 된다. 과장과 편견으로 누더기가 된 작품을 다시 읽는 내내 부끄럽기 짝이 없었다.

하지만 조악한 문장과 단어들을 다소 수정하면서도 줄거

리 자체는 손을 대지 않았다. 이 책의 사건들은 당시 구로 공단 일대에서 실제로 일어났던 일들을 거의 그대로 재현하고 있기 때문이다. 소설 속의 파업과 농성이 작금의 쌍용자동차 파업의 전개 과정과 많이 흡사하다는 점도 새삼스럽다.

〈파업〉이 출간된 당시, 진보문학계의 지도자로 활동하던 평론가 한 분이 '분신한 노동자의 시신을 경찰에게 뺏기다니 이런 비현실적인 설정이 어디 있느냐'고 혹평한 적이 있었다. 당시 분신한 노동자나 대학생의 시신을 경찰에 빼앗긴 사건이 적어도 열 차례는 일어나고 있음에도 저명한 평론가께서는 실제 현실을 전혀 모르고 있었던 것이다. 남한의 진보적 문인들이라는 사람들이 노동문제에 얼마나 무지하고 무관심한가를 잘 보여준 사례였다.

사정은 오늘도 크게 다르지 않다. 노동문제를 직접 다루는 글은 쓰는 이도 없고, 물론 글이 없으니 읽는 이도 없다. 사실주의 문학, 노동문제를 소재로 한 문학에 거리두기는 자칭 진보적인 문학가 혹은 노동자 문학회 출신들이 더 심하기도 하다.

인간의 절대다수가 소속된 노동자의 현실이라는 주제보다 더 보편적인 진리를 찾아 헤매는 그들에게 나는 여전히 말할 수밖에 없다. 개정된 〈파업〉 역시 노동운동의 일환으로 쓰여졌다고. 노동계급의 단결을 선동하고 투쟁방법을 제시하며 참된 노동운동가들의 헌신성을 예찬하기 위해 쓰여졌노라고. 자본이라는 이름의 유령과 싸우기 위해 쓰여졌노라고. 자기 자신과 가족이 아닌, 타인을 위해 젊음을 바친 모든 진보운동가와 열사들에게 이 책을 바치노라고.

(2009년 8월)

1

1986년 늦가을 오후.

하늘은 맑았으나 서울의 서남부 드넓은 공장지대에는 잿빛 스모그가 죽음처럼 드리워져 있었다. 흐릿한 햇살이 공장의 굴뚝과 전선줄 위에 미지근하게 뿌려졌고 싸늘한 바람이 삭막한 거리를 훑고 지나갔다. 영등포 공장지대를 관통해 인천항으로 향하는 경인산업도로 위로는 수출용 컨테이너들이 줄지어 달리고, 신도림역과 구로역 주변의 대규모 공장들에서 타이어니 철강제품을 가득 실은 트럭과 컨테이너들이 쉴 새 없이 빠져나와 합류하고 있었다.

오후의 공장지대에는 매연을 뒤집어쓴 낙엽만 뒹굴 뿐, 인적이 드물었다. 노동자들은 낮에도 전등을 밝힌 공장 안에서 일에 열중하고 있어 지게차와 트럭들만 살아 움직이는 것처럼 보였다. 산업도로변 대공장들로부터 시작해 구로공단까지 수십 만 명의 노동자가 일하는 공단 전체가 저녁 퇴근을 위한 막바지 노동에 열중하고 있는 듯했다.

청년은 구로전철역을 벗어나 구로동 방향으로 부지런히 걷기 시작했다. 바람에 날린 비닐봉지들과 신문조각이 어지러이 발길에 부딪쳤다. 서른 살쯤 되었을까. 작은 키에 깡마른 얼굴이었다. 오래되어 솔기가 반질반질한 고동색 세무잠바를 입었는데 구겨진 검정바지는 기장이 짧아 양말이 드러나 보였다. 다만 초라한 행색과는 달리 치켜 올라간 작은 눈은 날카롭게 반짝였고 작지만 윤곽이 뚜렷한 입술은 고집스레 굳게 닫혀 있었다. 그는 곧 겨울을 몰고 올 찬 바람에도 허리를 곧게 펴고 걸음을 재촉했다.

복잡한 화학 장치들이 하늘 높이 뒤엉켜 수증기를 뿜어대는 애경유지 비누공장을 끼고 돌아 넓은 골목으로 들어서니 왼편으로는 전철 길과 나란히 중소규모 철공장들이 늘어서고 오른편으로는 그보다도 더 작은 소규모 공장들이 늘어선 마찌꼬바 골목이 시작되었다. 오른편 공장들 너머로는 제각기 수십 개의 단칸 사글셋방으로 이뤄져 닭장집이라 불리는 월세집들이 언덕을 채우고 있었다. 길바닥은 무거운 철강재를 실은 대형 트럭들이 지나다니느라 군데군데 깨어져 패었고, 기름때로 더럽혀진 양편 인도에는 공장에서 내놓은 녹슨 고철과 부서진 기계며 차량들, 그리고 구멍가게에서 내놓은 파라솔과 두부모판이며 콩나물시루들로 어지러웠다.

몇 분 걷지 않아 철길 쪽으로 높다란 붉은 벽돌담장이 시작되었다. 이웃한 공장들에 비해서는 컸으나 신도림역 주변에 세워진 부산파이프나 한국타이어, 삼화왕관 같은 대형 공장들에 비하면 큰 규모라고는 할 수 없는 공장이었다. 붉은 담벼락에는 영화포스터며 노동자 모집광고들이 덕지덕지 붙었다. 담장 너머로는 높다란 슬레이트 지붕들이 올려다 보였는데 잿빛 건물 벽들은 창틀로부터 흘러내린 녹물로 얼룩져 있었다. 쇳덩이 부딪는 소음이 담장 너머까지 들려왔다. 한참 걸어서야 정문이 나왔다.

'대영철강(주) 구로공장'

황금빛 청동명패가 방금 닦여진 듯 햇살에 번쩍이고 있었다. 기름칠 되어 검게 빛나는 와이어로프를 가득 실은 거대한 트럭이 막 빠져나오는 중이었다. 운전석 문짝이 사람 키만큼 높은 대형 트럭은 경비실 유리창이 부르르 떨리도록 요란한 엔진소리를 내며 청년의 앞을 지나갔다. 배기통에서 뿜어 나온 뜨거운 매연이 훅 끼쳐왔다.

내려놓았던 쇠사슬을 걸던 경비가 그가 다가오기를 기다리며 서 있었다. 눈동자가 노리끼리한 왜소한 늙은이였다. 청년의 취업서류를 받아드는 경비의 손가락은 가운데 두 개가 뭉텅 잘려 나가 없었다. 경비실 창문 안쪽으로부터 위압적인 목소리가 들려왔다.

"뭐요? 이리 줘보시오."

건장한 근육질 몸매에 움푹 패인 눈매가 사나워 보이는 사내였다. 늙은 경비는 일하다가 손가락이 다치자 보상 대신 경비로 채용된 노동자로, 사나운 인상의 사내가 진짜 경비책임자였다.

"면접 보러 왔는데요?"

경비조장은 서류를 꺼내 대강 훑어보았다. 그의 머리 위 유리창에는 '좌경세력 척결하여 민주사회 수호하자' 는 표어가 붙어 있었고, 옆에는 철판으로 만든 공원모집공고가 걸렸는데 일 년 내내 붙어 있었던 듯 페인트 색깔이 바래고 군데군데 벗겨져 녹이 드러나 보였다.

"저쪽 건물 2층 노무과로 가봐."

반말이었다. 청년은 서류를 받아들고 정문을 통과했다. 공장 안에는 갖가지 건물이 무계획적으로 들어서 있었는데 오래된 건물부터 새것까지 다양한 것으로 보아 줄기차게 사세를 확장해 왔음을 알 수 있었다. 본관 사무실 앞의 꽤 넓은 공터를 빼고는 빈틈이라곤 없었는데 비좁은 건물들 사이에는 부서진 기계며 쇳덩이, 철사들이 쌓여 걸어 다니기도 힘들었다. 그 사이로 커다란 지게차들이 철조망과 철사뭉치, 강철로프 등을 양날에 끼우고 이리저리 돌아다니

17

는 광경이 감탄스러울 지경이었다. 역광으로 어둡게 보이는 공장 안에서 거대한 기계들 틈바구니를 부지런히 오가는 노란 안전모들은 왜소하고 위태로워 보였다. 한 건물 앞을 지날 때마다 쏟아져 나오는 굉음으로 귀가 멍했다.

4층짜리 사무실 건물도 오래되어 칙칙한 먼지를 뒤집어쓰고 있었지만 내부는 비교적 깨끗했다. 주사무실로 쓰이는 2층은 칸막이 없이 넓게 트였는데 각 과의 명패가 공중에 걸린 수십 개의 철제책상 앞에 대영제강이라 수놓아진 군청색 점퍼 속으로 와이셔츠에 넥타이를 맨 사무직원들이 바쁘게 움직이고 있었다.

입구 바로 오른편의 노무과 명패 아래에는 벌써 두 사람이 면접을 보고 있었다.

"전문대학까지 다닌 사람이 이런 델 뭐 하러 왔어요?"

넙적한 얼굴에 검은 뿔테 안경을 쓴 노무과장이 양복 입은 사내를 올려다보며 쌀쌀한 말투로 묻고 있었다. 양복은 당황한 얼굴로 허리를 구부리며 애걸했다.

"성적도 안 좋고, 자격증도 없어서 갈 데가 없어요. 취직 좀 시켜 주십시오."

양복의 표정은 간절했다. 진녹색 양복은 색깔이며 바느질이 촌스럽고 어색한 맞춤옷인데다 와이셔츠도 꽃무늬가 반짝이는 싸구려임이 역력했지만, 나름대로 면접을 위해 신경 쓴 게 분명했다. 그러나 과장의 태도는 냉정했다. 그는 개기름과 먼지로 미끈미끈한 자신의 얼굴을 손바닥으로 문지르며 냉랭하게 말했다.

"안 돼요. 우리 회사는 대학교의 대자만 있어도 무조건 안 되니까 딴 데 가 봐요. 다음!"

양복은 더 이상 말도 못 붙이고 허탈한 표정으로 물러났다. 다음 사람은 30대 후반으로, 까맣게 탄 얼굴에 바싹 마른 게 조금 전의 전문대생보다 약해 보였으나 시골서 농사 짓다가 빚지고 올라왔다니까 가볍게 합격되었다. 두어 장 서류에 서명을 하고는 긴 의자로 물러나 앉았다. 청년의 차례가 왔다.

"홍기 씨? 주민등록 번호하고 군번 대 봐요."

청년이 두 가지 번호를 외어보이는 동안, 과장은 주민등록증을 유심히 살펴보았다. 과장의 얼굴에 미세한 주름이 패이는 것을 청년은 놓치지 않았다. 과장은 눈을 찌푸리며 고개를 들었다.

"이거 이상한 걸? 사진이 왜 이렇지?"

과장은 말하면서 주민등록증을 창문 쪽으로 비춰 보았다. 홍기라 불린 청년의 얼굴에 당혹감이 스쳐갔다. 그러나 이내 대수롭지 않다는 듯 건성건성 대답했다.

"변기에 빠뜨려서 그렇습니다. 진짜니까 걱정 마십쇼."

과장은 주민등록증을 든 채로 그에게 눈을 돌렸다. 청년의 얼굴에는 당혹감은 사라지고 순진해 보이는 미소까지 띠고 있었다. 과장은 잠시 그를 쏘아보다가 주민등록증을 돌려주었다.

"고등학교 나오고 십 년이나 장사를 했소?"

과장의 눈에는 또 다른 의심이 서려 있었다. 그러나 청년은 여전히 여유 있게 미소를 띠운 채 대답했다.

"뭐, 장사라기보다도, 형님이 조그만 동네슈퍼를 하는데 그냥 놀기도 뭣해서 도와주고 있었죠, 뭐. 돈도 못 받고 밥만 얻어먹었습니다."

"그래도 그 바닥에서 십 년이나 했으면 그쪽으로 진출하는 게 나을 텐데? 공장 일은 힘들어서 며칠 버티기도 어려울 거요. 월급도 적고."

"아닙니다. 매일 새벽 장사한 경험으로 뭔들 못 하겠습니까? 취직만 시켜 주십시오, 열심히 하겠습니다."

과장은 다시 한 번 자기의 얼굴을 문질렀다. 온종일 담배를 피워대 몹시도 피곤한 기색이었다. 그는 지겹다는 표정으로 번들번들 개기름이 묻어난 손가락으로 콧구멍을 문지르며 심드렁하게 말했다.

"어디 손 내보시오. 접었다 폈다 해봐요."

청년은 마디 굵은 손을 접었다가 펴 보였다. 과장은 더러운 물건을 검사하듯이 볼펜 끝으로 그의 손을 이리저리 뒤집어 보면서 말없이 고개를 끄덕였다. 합격이었다. 취업서류는 빠르게 처리되었다. 과장은 먼저 근로계약서를 내밀었다.

"여기 주소 쓰고 서명란에 이름하고 도장만 찍어요. 임금과 근로시간 칸은 비워두고."

청년은 불만을 표하지 않았다.

"맨 밑에 여기만 쓰면 되는 겁니까?"

"그렇지. 월급하고 근로시간은 회사에서 알아서 써줄 거니까 그냥 두라 이 말이요."

그리고는 서약서를 내밀었다.

"여기 적힌 사항을 위반하면 해고되어도 법적 소송을 걸지 않겠다는 서약서요. 죽 읽어 보고 서명해요."

근로자를 선동했을 때, 서명운동을 했을 때, 상사 지시에 따르지 않았을 때, 회사의 허락 없이 친목회를 만들었을 때 해고를 당해도 법적인 소송을 제기하지 않는다는 내용이었다. 청년은 이번에도 말없이 도장을 찍었다. 서류를 건네며 겨우 한마디 물었다.

"일당은 얼마나 됩니까?"

과장은 의아하다는 얼굴로 그를 바라보았다. 처음부터 심드렁했던 말투가 더욱 퉁명스러워졌다.

"월급은 회사에서 알아서 준다고 금방 말하지 않았소? 초임 일당이 사천팔백 원이요. 그런 건 알아서 하니까 신경 쓰지 말고 저기 의자에 앉아 기다리쇼."

청년은 농촌에서 빚을 지고 도시로 밀려난 초췌한 농민 출신 사내와 나란히 창가 의자에 앉아 담배를 피워 물었다. 과장은 이내 신입들에 대해 잊은 듯 자기 일에 바빴고, 다른 직원들도 아무런 관심도 보이지 않았다.

한참 후에야 흰색 안전모에 노란 반장완장을 찬 40대 사내가 나타났다. 일반 노동자와 달리 작업복은 잘 다려졌고 안전화도 광이 번쩍였다. 간이 나쁜 듯 보기 싫은 시커먼 얼굴에 흰자위까지 누런데다 축농증까지 걸려 가끔 코를 킁킁댔다. 그는 손짓만으로 청년을 따라오게 하더니 계단을 내려올 때까지 코만 킁킁대다가 사무실 바로 옆의 거대한 건물 입구에 서서야 입을 열었다.

"킁, 여기가 철조망과요. 앞으로 여기서 일하니까 잘 봐두시게. 중동 전쟁터에 가는 철조망을 만드는 거요."

열려 있는 높다란 문으로 폭포수 같은 굉음이 쏟아져 나왔다. 양철지붕 위로 가는 빗줄기가 쏟아지는 소리 같기도 했다. 돌아가며 감기는 철사에 날카로운 가시를 달아 나가는 집게 소리였다. 200여 명의 남자들이 양손으로 큰 집게를 눌러대고 있었다. 그래도 지나오면서 본 다른 현장들보다는 깨끗하고 소리도 적은 편이었다.

　과사무실은 한쪽 벽 위에 전망대처럼 달려 있어 넓은 유리창으로 현장 전체를 한눈에 내려다볼 수 있게 되어 있었다. 철 계단을 밟아 올라가니 몇 명의 푸른 잠바들이 책상에 앉아 있었다. 중년의 과장은 신입사원에 대해 별 관심이 없었다. 반장이 내미는 서류에 도장을 찍을 뿐, 의례적인 환영의 말조차 없었다. 길쭉한 얼굴에 가득한 잔주름이 꽤나 신경질적인 성격처럼 보였다. 처음부터 반말이었다.

　"요령피우지 말고 열심히 일해! 며칠 못 버티고 퇴직해 버리지 말고. 반장! 이 사람 옷장이나 배정해 주고 돌려보내."

　"출근카드는 어떻게 할까요? 킁, 만들까요? 어쩔까요?"

　반장의 콧소리에 과장은 청년을 아래위로 한 번 훑어보았다. 깡마른 체구가 마땅치 않다는 눈치였다. 과장은 신경질적인 눈을 찌푸렸다.

　"누구 퇴직한 사람 꺼 있으면 임시로 쓰도록 해! 한 일주일 시켜 보고 나서 내줘."

　반장은 그를 탈의장으로 데려가 양철로 된 낡은 사물함을 여기저기 열어 보더니 자물쇠 고리가 성하게 남아 있는 것을 발견하자 그 속에 들은 더러운 작업복과 신문지 등을 그대로 바닥에 쓸어내고는 양철바닥을 탕탕 두드렸다.

"여기를 쓰시게. 작업복, 안전화, 출근카드는 모두 일주일 후에 줄 거요. 며칠 일하다 안전화만 챙겨 가는 사람이 많아서 그러니까 그동안은 여기 버려진 작업복 아무 거나 주워 입고 운동화 신고 일하시게, 킁! 열두 시간 맞교대인 건 알 거요. 일주일마다 주간과 야간이 바뀌는 거요. 내일부터는 주간이니까 아침 일곱 시 사십 분까지 출근해요. 여덟 시까지 조회하고 일 들어가니까 늦으면 안 돼요, 킁!"

외운 대사를 줄줄 내뱉는 것 같았다. 탈의장을 나온 반장은 두 사람이 일하고 있는 철조망 기계 앞으로 갔다. 한 명은 오십대였으나 다른 한 명은 이십대 청년이었다.

"내일부터 이 사람들 하고 일해야 하니까 얼굴 익혀 두시게, 킁!"

청년은 두 사람에게 어설프게 고개를 숙여 인사했다. 나이든 노동자는 누렇게 썩은 이빨을 드러내며 씩 웃어줄 뿐 얘기도 안 걸고 기계 만지기에 바빴다. 청년 노동자만이 장갑을 벗고 손을 내밀었다.

"김진영이라고 해요. 반가워요."

영양이 부실해 보이는 길쭉한 얼굴에 뻐드렁니였는데 눈썹이 짙고 눈이 커서 웃는 얼굴이 조금 장난스럽게 느껴졌다.

"홍기라고 합니다. 잘 부탁합니다."

"힘드실 거예요, 일하기가. 그래도 열심히 해보세요. 도와드릴게요."

김진영의 손은 길고 가늘었지만 쥐는 힘은 강했다. 오랜 노동으로 단련된 손이었다. 메마른 얼굴에는 마른버짐이 허옇게 피어 있고 안전모 밑으로 귀를 덮은 긴 머리칼은 윤기라곤 없이 푸석푸석한 것이, 어렵게 살아왔음을 한눈에 알 수 있었다. 서글서글한 눈 역시 피로에 찌든 기색이 역력했고 쇳가루가 달라붙어 까만 눈곱이 끼어 있었다. 그러나 얼굴에 어두운 그림자는 없었다. 대화중에도 무거운 집게를 부지런하게 움직이며 소리치는 것이었다.

"작업복 없지요? 내가 이따가 하나 마련해 놓을 테니까 내일은 출근만 해요. 며칠 일하다 나간 사람들이 버려두고 간 것들이 많거든요. 안전화가 문젠데… 사람들이 퇴사할 때 안전화는 꼭 가져가거든요, 비싼 거니까요. 그래도 한번 찾아볼게요."

"이거 고마워서……."

감사의 말을 하려는데 반장이 재촉했다.

"어이, 쿵! 집에 안 갈 거요?"

홍기는 김진영에게 눈인사를 보내고 나오면서 공장 이곳저곳을 유심히 살펴보았다. 초겨울이나 다름없는 추위에도 모두들 땀방울을 흘리며 열심히 일하고 있었다. 두 눈은 하나같이 퀭하니 그늘졌고 표정은 무거웠다. 죽음의 고역 같은 장시간 노동이 그들의 영혼마저 앗아가 버린 것만 같았다.

건물 밖으로 나오니 또 한 대의 대형트럭이 사막의 전장으로 가는 철조망을 가득 싣고 막 출발하고 있었다. 머플러에서 검은 연기가 힘차게 뿜어 나왔다.

홍기는 다음날부터 열심히 출근했다. 김진영은 노동에 서툰 그가 빨리 일에 적응할 수 있도록 친절하게 도와주었다. 남을 돕는 일에 유별난 흥미를 가진 친구였다. 쏟아지는 생산량 독촉에도 불구하고 신경질 한 번 내지 않고 힘든 일은 자신이 도맡아 하면서 세심하게 기술을 가르쳐 주었기 때문에 홍기는 어렵지 않게 일에 적응할 수 있었다.

노동 자체는 단순했다. 그렇기 때문에 더 힘겨웠다. 대영제강에서는 제일 쉽고 단순한 일이라지만 대신 단 몇 분도 마음 놓고 쉴 수가 없는 게 철조망 일이었다. 온종일 서서 집게질을 하다보면 선 채로 꾸벅꾸벅 졸기 일쑤였다. 졸다 실수하면 철조망에 옷이 말려들어가 팔다리가 으스러지거나 목이 잘려 죽는 경우도 있었지만 그래도 참지 못하고 조는 이들이 많았다. 점심시간이면 너도나도 맨바닥에 쓰러져 잠자기 바빴다.

그래도 열두 시간을 버티다 퇴근하면 정신이 돌아와 술

들을 마셔댔다. 김진영과 홍기도 술을 꽤나 좋아했다. 매일
처럼 사람들과 어울려 술 마시고 떠드는 사이, 겨울은 빠르
게 다가왔다.

2

김동연은 높다란 철문을 힘껏 밀어 젖혔다.

'꽈르릉…….'

요란한 소리를 내면서 문이 열리자 어둔 밤하늘이 드러
나고 살을 베어내는 듯 매서운 초겨울바람이 밀려들어 왔
다. 운전석 위로 하나밖에 달리지 않은 강력한 헤드라이트
불빛이 이리저리 어둠을 헤치며 다가오다가 그의 얼굴을
정면으로 비춰왔다. 꼭 외눈박이 괴물 같았다. 양손을 흔들
어 신호를 보냈다. 육중한 지게차는 기계설비와 제품들로
비좁은 현장 안으로 들어서자 맥을 못 추고 이리저리 조심
스레 움직이며 그가 만들어 놓은 커다란 와이어로프를 향
해 다가갔다. 한참 만에야 지게차의 크고 두꺼운 두 개의
손날이 사람 가슴 높이만한 와이어로프 뭉치를 꿰어 들었
다. 와이어로프는 방금 콜타르칠을 했기 때문에 검은 윤기
가 번들거렸다.

지게차에 들려 나가는 와이어로프를 보면서, 김동연은 만족함과 함께 약간의 서운함을 느꼈다. 엘리베이터용이라 해서 특별히 신경 써 만든 제품이었다. 길이가 수백 미터에 이르는 수십 가닥의 철사를 엮어 만드는 와이어로프는 선박, 기중기 등 여러 곳에 쓰이는데 그 중에서도 인명에 관계된 엘리베이터에는 절대 불량이 있으면 안 되었다. 불량의 기준도 엄격해서, 보통 와이어로프는 작업 도중 철사가 끊어지거나 새 철사뭉치를 쓰게 되면 용접으로 이어서 사용하지만 엘리베이터용은 수십 가닥의 철사가 처음부터 끝까지 단 한 군데도 용접한 부위가 없어야 했다. 이번 것도 최선을 다해 만든 완전무결한 제품이었다. 그는 지게차가 사라지고 있는 어둠을 향해 가래침을 카악 뱉고 힘껏 철문을 닫았다.

문이 닫히니 찬바람은 한결 줄었지만 백열등 불빛이 침침한 넓은 현장은 여전히 한겨울이었다. 곳곳에 연탄난로를 놓았으나 연통이 밖으로 나 있지 않고 높다란 천장을 향해 뻥 뚫려 있어 가스냄새만 날 뿐, 공기는 바깥과 다름없이 찼다. 이십여 대가 넘는 긴 스트란다들이 맹렬히 돌아가며 일으키는 바람소리로 귀가 멍멍했다. 스트란다는 제각기 다양한 굵기의 철사가 감긴 철사뭉치인 와인더를 수십 개씩 일렬로 죽 걸어놓고 철사가닥들을 모아 맨 앞부분에서 꼬아 와이어로프로 만들어주는 설비였다. 로프의 굵기와 용도, 길이에 따라 가슴 높이에 길이가 수십 미터나 되는 긴 것도 있고, 사람 키보다 더 높지만 짤막한 것도 있었는데 하나같이 찬바람을 일으키며 무섭게 돌아가고 있었다. 김동연은 부들부들 떨면서 자기 스트란다 중간 부분에 설치해 놓은 연탄난로로 달려갔다.

벌겋게 달아오른 난로 뚜껑 위에 안전화 신은 발을 털썩 올려놓으니 시커먼 기름덩이가 지글지글 녹아내리면서 회색의 매캐한 연기가 피어올랐다. 이내 불길이 확 피어올라 안전화를 감쌌다. 느긋하게 발을 휘휘 저어 불을 끄는 사이, 꽁꽁 얼었던 발가락이 따뜻해져 왔다. 꼼지락거려 보니 미끈미끈하게 비벼지는 것이 살 것 같았다. 얼었다가 녹은 손가락으로 느긋하게 담배를 꺼내 물었다. 장갑을 벗었지만 기름이 손가락까지 적시고 있어 담배필터가 금방 얼룩졌다. 담배연기와 함께 연탄가스가 목을 따갑게 쏘아왔다.

김동연은 그리 크지 않은 키에 검은색 짙은 눈을 가진, 이목구비가 단아한 사내였다. 이제 갓 서른, 대영제강 제강반에서 일한 지 꼭 3년째였다. 야근이 아니라도 항상 잠이 부족한 대영의 생활은 그의 눈가에 언제나 검은 그림자가 지게 만들었다. 눈가의 검은 그림자는 대영제강 생산직 노동자의 표식과도 같았다. 누가 더 짙은가는 얼마나 더 오래, 열심히 출근했는가를 말해 주었다. 얼굴은 영양분이 부족한데다 햇볕을 쪼일 새가 없어 허옇게 부어 있기 마련이었다. 잘생긴 그의 얼굴 역시 자세히 보면 병자처럼 피로에 찌들어 있었다. 그는 담배를 한 모금 깊게 들이마시고 한숨과 함께 연기를 길게 내뿜었다. 넓은 현장에는 백 명이 넘는 노동자들이 일하고 있었지만 길고 높게 뻗은 스트란다들에 가려 서로 잘 보이지 않았다. 열두 시간이나 함께 일하면서도 사람들은 신기할 만큼 서로 대화를 나누지 않았다. 그럴 시간이 없었다. 오직 자기의 스트란다에 매달려 로봇처럼 움직일 뿐이었다. 거대한 기계설비들은 하루 24시간, 1년 내내 무섭게 돌아가면서 그들의 땀과 피를 빨아들였다.

김동연은 겨우 담배 한 대를 피우고 일어섰다. 새로운 로프를 시작하려면 스트란다 속의 와인더를 모두 새것으로 갈아 넣어야 했다. 느릿느릿한 몸짓으로 장갑을 꼈다. 말랐던 손가락으로 기름이 축축이 젖어 들어왔다. 그는 묵직한 와인더를 하나씩 꺼냈다. 가벼운 것은 직접 들어내고 무거운 것은 천장에 매달린 윈치를 사용했다. 스무 개가 넘는 것들을 모두 꺼낸 후, 하나씩 굴렁쇠에 걸어 현장 맨 뒤편 와인더조로 굴려갔다.

와인더조는 외부에서 들어온 대형 철사뭉치를 풀어 스트란다용 와인더에 감아주는 부서였다. 넓은 시멘트바닥에는 여러 굵기의 철사들이 제각기 큰 원을 그리며 무섭게 돌아가고 있었다. 감는 속도를 높이기 위해 가운데 철사뭉치를 중심으로 소형 와인더가 큰 원을 그리며 빠르게 빙빙 돌았다. 마치 실타래를 가운데 두고 실패 든 손을 크게 돌리는 것과 같은 원리였다. 어떤 보호 설비도 없이 노출된 상태로 작업이 진행되기 때문에 잘못해서 손발을 집어넣으면 어떤 참사가 일어날지 알 수 없는 위험천만한 구조이기도 했다.

이영식은 아직 와인더를 감아 놓지 못하고 있었다. 김동연의 스트란다에 필요한 와인더만도 스무 개가 넘는데 이제 겨우 열 개를 감아 놓았다.

"오늘은 왜 이렇게 늦어? 일하기 싫어?"

김동연은 와인더 굴렁쇠로 철판바닥을 두드리며 장난스레 다그쳤다. 영식은 철사 위로 구부렸던 허리를 펴들고 장갑을 벗었다.

"몸살이 들었나봐. 담배나 한 대 줘라."

창백한 얼굴에 진땀이 송송 맺혀 있었다. 뼈대가 굵고 힘이 세서 장사소리를 듣는 그였는데 얼굴이 못쓰게 상해 있는 것이 안돼 보였다.

"어디 아프냐? 얼굴이 왜 그래?"

"지난번 연근 때 너무 무리했나봐."

담배를 받는 손가락이 가늘게 떨리고 있었다. 대영은 정

초와 추석을 제외하고는 일 년 내내 기계를 돌렸다. 작동을 멈추면 파이프라인에 화학물질이 굳어 큰 손해를 입는 화학공장들과 달리 언제든지 작업을 멈출 수 있는 공정이었지만 12시간 맞교대도 부족해서 교대가 있는 일요일은 연근이라 해서 24시간 연속노동을 시켰다. 형식상으로는 하고 싶은 사람만 해도 되지만 안 나오면 찍히기도 하거니와 24시간을 일하면 8시간 이후의 작업에 연장수당이 붙기 때문에 급여의 차이가 커서 대부분 출근하기 마련이었다. 김동연도 연근을 단골로 했지만 이영식은 입사한 이래 2년간 단 한 번도 빼놓은 일이 없는 악바리였다.

"그러니까 쉬엄쉬엄 일해야지. 누가 니 몸 생각해 주냐? 장가도 못 간 놈이 그러다가 미리 정력 다 빠지겠다. 내일 월급 타면 하루 쉬어라."

김동연은 연탄난로 옆에 주저앉아 벽에 등을 기댔다. 어차피 와인더가 없어 일을 못하니 잠시 쉬어야겠다는 생각이었다. 자기가 도와주면 조금이라도 작업이 빨라지겠지만 너무 피곤해 움직거리기도 싫었다. 다시 담배 한 대를 피워 물고 벽에 기대 눈을 감은 채 기분 좋게 연기를 들이마셨다.

무리해서 연근했다고 이영식을 핀잔주기는 했지만, 김동연이 대영제강에 들어온 이유도 오직 하나, 일을 많이 할 수 있기 때문이었다. 대영은 일당이 낮은데다가 사흘만 결근해도 해고시키고 군대식으로 부려먹는다 해서 영등포와 구로지역에서 악명 높은 기업 중 하나였다. 산업재해가 많기로도 유명했다. 구로구가 영등포구에 속해 있을 때부터 이 바닥에서 공장생활을 해온 김동연은 그걸 잘 알았다. 그런데도 굳이 대영에 기어들어온 것은 결혼하고 나서였다. 총각 때는 어려워도 제 한 몸 건사하면 그만이었지만 결혼하니 사정이 달랐다. 어서 빨리 번듯한 전세방이라도 마련하기 위해서는 일은 힘들어도 연장수당이 많은 대영이 딱 좋아 보였다. 회사에서 일 많이 시킨다고 불평하기는커녕 연장근로를 안 시켜준다고 불평할 처지였다. 대영의 8백여 명 노동자가 모두 그와 비슷한 생각일 것이었다.

마치 숨어 있던 복병처럼, 잠깐 눈을 감은 사이 졸음이 엄습해왔다. 불붙은 담배를 손에 든 채 아득히 잠결에 빠져들어갔다. 손끝에서 싸구려 은하수 담배가 거친 재를 남기며 타들어 갔다. 바로 그때였다.

"으아악!"

귀를 찌르는 비명에 깜짝 놀라 고개를 번쩍 들었다. 담배가 손가락에서 비껴 떨어졌다. 끔찍한 상황이 벌어지고 있었다. 이영식이 발목에 철사가 감긴 채 바닥에 쓰러져 와인더와 함께 휙 돌아가고 있었다.

"어, 어!"

김동연은 깜짝 놀라 튕겨 일어났다.

"으아아악……!"

이영식의 비명이 귀를 찢었다. 와인더는 빠르게 돌면서 그의 몸을 주변의 쇳덩이며 철사뭉치에 사정없이 메쳤다. 퍽퍽 소리와 함께 피가 튀어 올랐다.

"꺼! 스위치 꺼!"

옆 기계의 손영원이 소리치며 달려와 스위치박스를 힘껏 걷어찰 때까지, 김동연은 어떤 행동도 취하지 못했다. 불과 십여 초 만에 일어난 사건이었다. 이영식은 정신을 잃고 온몸에 심한 경련을 일으키고 있었다. 검붉은 피가 샘물처럼 솟아나 머리칼을 흠뻑 적시며 흘러내렸다. 시뻘건 선혈이 젖어 들어가는 머리카락 사이로 허연 뼈와 살이 드러나 보였다.

"빨리 업어!"

손영원이 이영식의 발목에 휘감긴 철사를 끊어내며 소리질렀다. 발목에도 피가 울컥울컥솟아나고 있었다. 작업복 속으로 몇 가닥의 철사가 깊숙이 파고들어가 발목이 끊어진 듯 덜렁덜렁했다. 들춰 업으려 했으나 마음대로 되지를 않았다. 손영원이 겨우 등에 올려주었지만 온몸이 부들부들 떨리고 숨이 막혀 일어설 수가 없었다. 목덜미로 뜨뜻한 피가 주르르 흘러내려 왔다. 손영원은 그제야 몰려드는 사람들을 향해 미친 듯이 외쳐댔다.

"엠블란스! 엠블란스 불러!"

김동연은 피가 뚝뚝 떨어지는 영식을 들춰 업고 뛰기 시작했다. 경비실까지 가는 동안 여러 사람이 달려와 뭐라고 묻기도 하고 말을 걸기도 했지만 그는 어떤 말도 하지 못했다. 구급차가 온 것은 경비실에서 이영식의 발목을 지혈하고 나서도 한참 후였다. 이영식은 그의 무릎 위에서 죽어갔다. 처음에는 고통도 느끼지 못하는 듯 반쯤 뜬 눈으로 김동연을 올려다보며 무언가 말을 하려는 듯 입술을 움직거리더니 눈에 초점을 잃어가다가 눈에서 빛이 사라지고 입술도 손가락도 더 이상 움직거리지 않았다. 얼굴은 빠르게 창백해졌고 간간이 일어나던 경련마저도 멈추었다. 구급대원들은 제일 먼저 그의 목에 손가락을 대보고 서로를 바라보며 고개를 저었다. 김동연은 차마 물어볼 수가 없었다.

"어떻습니까?"

누군가의 질문에 구급대원들은 대답을 피했다.

"아직 숨결은 남았는데…"

구급대원들은 별로 서두르지 않았다. 지혈 상태를 살펴보고는 별다른 조치 없이 들것에 올려 천천히 구급차에 실었다. 살아날 희망이 없음을 보여주는 것 같았다.

구급차가 떠난 후, 옷이며 손이 모두 피로 얼룩진 두 사람은 화장실에서 손을 씻어내고 탈의장으로 들어갔다. 피 묻은 옷을 대충 벗어 던지고, 두 사람은 난롯가에 털썩 주 저앉았다. 아직도 몸에서 피비린내가 올라왔다. 손영원은 담배개피를 꺼내 끝을 시멘트 바닥에 툭툭 두드리며 중얼 거렸다. 쉰이 다 된 얼굴에 골골이 패인 주름이 피로로 축 늘어져 있었다.

"응급실도 못 가보고 바로 영안실로 갈 거여. 휴… 내 이 노무 공장 들어와 시체 숱하게 치르네."

김동연은 고개를 떨어뜨린 채 아무 말도 하지 않았다. 대 영제강에서 죽어 나가는 이가 해마다 서너 명이라지만 직 접 자신의 눈앞에서 사고가 나서 죽어가는 모습을 보기는 처음이었다. 자기가 조금만 도와주었더라도 이런 참혹한 일은 일어나지 않았으리라는 죄책감이 이영식의 끔찍한 모 습과 함께 밀려왔다. 손영원이 떨고 있는 그의 어깨를 두드 렸다.

"이 사람 놀랬는가 보이?"

김동연은 그가 건네 준 담배를 피워 물고 조그만 창을 올 려다보았다. 대형 스프링쿨러에서 뿜어 나오는 수증기가 황색 가스등 빛을 타고 어둔 하늘로 솟아오르고 있었다. 그 는 담배 잡은 손등으로 눈물을 꾹 눌러 닦았다.

3

길고 긴 또 하룻밤이 지났다. 지옥 속에라도 빠진 듯했던 노동자들은 주간조가 출근하면서 활기에 차갔다. 밤새 피로에 찌들어 입 한 번 놀리지 않던, 뻣뻣이 굳었던 얼굴들에 생기가 번졌다. 교대 근무자가 옷 갈아입으러 들어오는 모습을 바라보는 퀭한 눈과 기름때 묻은 얼굴에 웃음이 떠올랐다. 노동자들은 사무실에서 내려다보거나 말거나 일찌감치 안전화 끈을 풀고 대기했다.

8시 정각, 노동자들은 달리기 내기라도 하듯이 일제히 탈의장을 향해 내달았다. 비좁은 탈의장에서 재빨리 작업복을 벗어 던진 후에는 팬티나 내복 차림에 슬리퍼를 신고 총알같이 목욕탕을 향해 뛰어갔다. 1개조 4백 명이 한꺼번에 쓰기에는 목욕탕이 너무 작았다. 게다가 더운 물이라고는 타일도 안 붙인 채 투박하게 만들어 놓은 시멘트 욕조 안에 들어 있는 게 전부였다. 늦게 갔다가는 꼼짝없이 얼음장 같은 찬물을 뒤집어써야 했다. 식사시간에 일분이라도 빨리 먹고 한숨 자려고 내달리듯이, 매일 일이 끝나자마자 목욕탕을 향해 질주하는 것이 대영노동자들의 일과였다. 특히 월급날은 마음이 달랐다.

몇 분 안 돼 목욕탕은 수라장이 되어 버렸다. 욕조 주위에 편히 앉을 수 있는 숫자는 백 명도 되지 않았다. 욕조 안에는 못 들어가게 되어 있으니 서로 가장이 자리를 차지하려고 아우성이었다. 손과 얼굴, 혹은 가슴까지 검은 기름때를 묻힌 벌거숭이들이 서로 밀고 당기고, 남의 궁둥이 사이에 머리를 처박고 한 바가지라도 물을 떠보려고 아우성치는 꼴이 가관이었다. 그래도 넉살 좋은 노동자들은 요령껏 자리를 차지하고 앉아 콧노래까지 흥흥대며 쓱싹쓱싹 비누칠을 해댔다. 좁은 목욕탕은 얼마 안 가 끈적끈적한 수증기로 가득 차 갔다. 모두들 월급 받을 생각에 들떠 간밤에 한 젊은 생명이 사라졌어도 아무 관심이 없는 것만 같았다.

그러나 그날 아침, 노동자들은 바로 월급을 받을 수가 없었다. 때 아닌 안전교육이 기다리고 있었다. 언제나처럼 제강과 최 반장이 지휘했다. 큰 키에 살집이 단단한 체격이었다.

"전체, 차렷!, 열중 쉬어! 차렷!"

본관 앞 공터에 빽빽이 들어차 웅성이던 노동자들이 일

시에 조용해졌다. 침묵 위로 겨울 아침햇살이 싸늘하게 쏟아져 내렸다. 최 반장은 탁자와 마이크까지 설치된 단상을 향해 힘차게 군대식 거수경례를 올려붙였다.

"안전! 총원 팔백 명, 교육 준비 끝!"

최 반장의 고함과 달리, 단상에서는 낮고 가벼운 응답이 스피커를 통해 들려왔다.

"안전! 편히 쉬어!"

고위 관리직들만이 보여줄 수 있는 위엄 있고도 거만스러운 어투였다. 황금빛 아침 햇살이 단상의 얼굴을 비추었다. 마흔 살이 갓 넘어 보이는 피부가 우유처럼 희고 탱탱했다. 다른 직원들과 마찬가지로 푸른 잠바를 입었으나 표정은 사뭇 달랐다. 가슴에 달린 명찰에는 상무 장상필이라 찍혀 있었다. 장성태 회장의 조카라는 이유로 과장들보다도 젊은 나이에 상무자리에 앉은 자였다.

"추운 날씨에 수고들이 많습니다."

장상필은 한 마디 하고 차가운 눈초리로 노동자들을 빙 둘러보았다. 공터는 물론 골목까지 꽉 들어찬 초췌한 이들은 하나같이 추위를 참느라 입술을 달달 떨고 있었다. 밤을 꼬박 새워 일한 야간조 노동자들은 방금 목욕을 하고 사복으로 갈아입었음에도 졸음으로 퀭한 표정이었다. 새벽부터 일어나 제대로 밥도 먹지 못한 채 출근해 기름때로 얼룩진 남루한 작업복을 걸친 주간조들은 다가올 힘겨운 노동에 어두운 얼굴이었다. 여기저기서 콧물 훌쩍이는 소리, 기침 소리가 들려왔다. 그러나 따뜻한 사무실에서 막 나온 상무의 살찐 볼에는 홍조까지 불그레했다.

"갑자기 모이라고 한 것은 다름이 아니라, 요즘 재해가 너무 빈번히 발생하기 때문입니다. 잘 알겠지만 최근 한 달 새 일어난 사고가 지난 몇 달을 합친 것보다도 더 많은 실정입니다. 원인이 무엇이냐, 다 당사자들의 정신상태가 썩었기 때문이에요. 요즘 노무원 여러분의 정신상태가 아주 글러먹었다 이 말입니다."

상무는 자신의 왼쪽 손을 들어 보였다. 가운데 손가락 끝에 두툼하게 붕대가 감겨 있었다.

"내 이런 얘기는 창피해서 안 하려 했는데 요즘 회사 돌아가는 꼬라지가 말이 아니라서 안 할 수가 없어요. 보시오! 이 손가락이 왜 이렇게 된 줄 압니까?"

그는 앞에 서 있는 노동자들의 무표정한 얼굴을 쏘아보면서 조금 언성을 높였다.

"어제 현장을 순시하다가 한 사람이 힘들게 일하기에 도와주다가 다친 겁니다. 기계 운반을 도와주다가 틈새에 끼었어요. 얼마나 세게 끼었는지 손톱이 홀랑 빠지고 피도 꽤 나왔어요. 그런데도! 그런데도 나는 아프다는 소리는커녕,

다쳤다는 얘기조차도 한마디 안 했어요! 혼자서 끙끙 손가락을 움켜쥐고, 끝까지 순시를 마쳤다 이 말입니다."

목소리가 점점 더 흥분해 올라갔다.

"왜 그런 줄 알아요? 내가 실수해서 다친 것이 창피해서 그랬어요! 얼마나 부끄러운 일입니까? 감독하는 사람이 실수를 하다니! 창피하고 미안해서 회사의 구급약 쓰기도 미안해서 밖에 나가 내 돈을 들여 치료했다 이 말입니다!"

그는 탁자를 쾅 소리 나게 두드렸다. 목소리는 한층 높아졌다.

"그런데 여러분들은! 자기가 실수해서 다쳐놓고는 부끄러운 줄도 모르고, 보상을 해 달라고 도리어 큰소리를 쳐대니, 얼마나 한심한 노릇입니까? 요즘은 어떻게 된 게 허리만 삐끗해도 소송을 걸겠다고 아우성이니 정말 양심들도 없어요. 아닌 말로, 진짜 아픈 건지, 엄살인지 어떻게 압니까? 하필이면 왜 꼭 허리를 다치느냔 말입니다. 그리고 사용법대로 잘 사용하는데 기계가 먼저 미쳐 날뛰어서 사람을 다치게 한 적 있습니까? 일하는 사람이 잘못 조작하니까 사고가 나는 것 아닙니까? 퇴근해서 잠 안 자고 술만 먹다 들어와서 꾸벅꾸벅 졸다가 실수하는 것 아닙니까? 사고 조사를 해보면 열의 아홉은 일하는 사람의 잘못입니다. 기계나 회사가 잘못한 경우는 거의 없어요! 도대체가 정신상태가 틀려먹었다, 이 말입니다."

노동자들은 단 한마디 항변도 없이, 오로지 어서 빨리 훈시가 끝나 현장에 들어가기만을 빌고 있었다. 장 상무는 자신의 손가락 이야기에 스스로 만족스러운 듯 다시 점잖은 말투로 돌아가 부주의하지 말도록 훈계했다. 노동자들은 아침 한기에 꽁꽁 얼어서야 겨우 풀려날 수 있었다.

"안전! 교육 끝!"

최 반장의 경례가 끝나자마자 야간을 마친 노동자들은 월급을 타기 위해 각과 사무실로 우르르 흩어졌다.

이상섭은 주머니에 손을 넣은 채 사람들 뒷전에서 천천히 걸어가며 혼자 내뱉었다.

"미친놈! 당연히 사람이 실수하는 게 사고지. 사람이 실수하면 안 물어줘도 된다는 거여, 뭐여? 얼어죽을 뻔했네, 월급날 재수없게시리!"

키는 크지 않았으나 불거진 광대뼈며 상처투성이의 손등에 퍼렇게 불거져 나온 굵은 핏줄이 강인해 보이는 40대였다. 철조망과에서만 5년째 일해 온 고참이었다.

사무실 밑에는 월급을 타기 위해 모여든 노동자들이 웅성이고 있었다. 도장은 회사에서 일괄 관리하기 때문에 조장들이 사무실에 올라가 자기 조의 봉투를 한꺼번에 타다 나눠주면 그만이었다. 여섯 명의 조장들이 봉투를 한 아름씩 들고 내려오는 것이 보였다. 조장들은 월급봉투를 나눠주는 동시에 조별로 회비를 수금했다. 조별 회식을 하거나, 모아두었다가 명절이나 연말에 과장에게 선물을 해주는 돈이었다.

"자! 내놔!"

조장은 손바닥을 내밀고 서서 빙글빙글 웃으며 올려다보았다. 나이는 들었으나 예쁘장하게 생긴 얼굴에 의미 없는 미소가 떠나지 않는 사람이었다. 이상섭은 못마땅한 얼굴로 자신의 월급봉투를 슬쩍 들여다보았다. 파란 만 원짜리 열 몇 장에 보라색 천 원짜리 서너 장이 얄팍했다. 마지못해 느릿느릿 보라색 한 장을 꺼내 건넸다. 조장은 지폐를 나꿔채더니 그냥 몸을 돌려 옆 사람에게 가려 하였다. 이상섭은 재빨리 그의 어깨를 잡아챘다.

"잠깐! 어딜 그냥 가는 거여? 오백 원은 거슬러 주셔야지."

조장은 언제나처럼 빙글빙글 웃으며 가벼이 말했다.

"이번 달부터 천 원으로 올렸어."

"뭐여? 누구 맘대루?"

이상섭은 부리부리한 눈을 거칠게 치켜떴다. 그러나 조장은 여전히 빙글거리며 핀잔을 주었다.

"이 사람, 치사하게 그까짓 돈 오백 원 갖고 성질을 내고 그러나? 담배 한 갑밖에 더 돼?"

이상섭의 우악스런 얼굴의 근육이 꿈틀했다. 그는 분노로 일그러져 버럭 소리 질렀다.

"당신이나 오백 원짜리 담배 피지, 나는 청자 피워! 오백 원이면 저 원수 같은 철조망을 얼마나 더 빼야 하는지 몰라서 그래?"

조장은 조금 당황해 했지만 거슬러줄 생각은 없는 듯 빙글거리만 했다. 다른 이들은 어서 월급을 받으려는 생각뿐, 이상섭의 항의를 듣는 둥 마는 둥 했다. 오히려 뒤쪽에서 차례를 기다리던 몇몇이 떠들어댔다.

"그깟 오백 원 더 내면 되지! 빨리 나눠 줘요, 집에 가게!"

윤 조장은 다시 돈 봉투를 나눠 주기 시작했다. 이상섭은 맥 풀린 얼굴로 돌아설 수밖에 없었다.

"한심한 놈들! 벼룩이 간을 떼먹히고도 암말도 못하니!"

입김이 하얗게 나오도록 투덜대며 안주머니에 깊숙이 월급봉투를 집어넣었다. 그때 김진영이 등 뒤에서 손을 잡아왔다.

"아저씨! 돈 탔는데 술이나 한 잔 해요!"

김진영 옆에는 키 작은 젊은이가 빙긋이 웃고 있었다. 홍기였다. 이상섭은 아직 그의 이름도 외우지 못했으나 김진영과는 친했다.

"그려! 술이나 한잔 푸세! 염병할 놈들!"

세 사람이 경비실 앞에서 퇴근 카드를 찍을 때, 이상섭은 제강과 김동연이 몇 사람 앞에 서 있는 것을 발견했다. 자신과 달리 얌전하고 주변머리가 없는 성격인데도 절친해진 사이였다. 이상섭은 목욕탕이나 식당에서 일찌감치 자리를 차지하고 앉았다가 김동연이 나타나면 체면불구하고 소리질러 옆에 앉히기를 좋아했다. 이상섭은 별 생각 없이 그의 어깨를 우악스럽게 움켜쥐었다.

"돈 많이 받았능가?"

김동연은 넋 나간 사람처럼 그를 멍하니 올려다보기만 할뿐 대답조차 하지 않았다. 눈에 초점이 없는 것이 상대를 알아보지도 못하는 것 같았다. 이상섭은 놀라서 어깨를 툭 쳤다.

"이 사람 왜 이래? 월급봉투라도 도둑맞았어? 정신 차려!"

김동연의 눈에는 그제야 빛이 돌아왔는데, 눈물이 고여 있었다. 이상섭은 더 묻지도 않고 그를 포장마차 집으로 앞장세웠다.

실내포장마차는 아침부터 붐볐다. 야근하고 나오는 대영 노동자들을 위한 술집이었다. 먼지와 습기가 누렇게 낀 비닐천막 안은 연탄가스와 고기 타는 냄새 그리고 흙바닥에 썩어 들어가는 온갖 반찬국물과 막걸리 냄새가 뒤섞여 기묘한 악취를 풍겨댔다. 얼음덩어리 몇 개가 들어 있을 뿐인 더러운 나무통 속에는 비위생적인 안주거리들이 가득 차 있었다. 만들어 놓은 지 이틀은 넘었을 돼지고기무침이며 고추장에 잔뜩 버무린 닭발, 푸르딩딩하니 생기를 잃은 생간과 한물가서 아가미의 검은색이 탈색해버린 생굴들이 굶주린 노동자들을 기다렸다.

가운데 화덕에서 연탄이 타오르고 있는 양철탁자들마다 초췌하게 지친 노동자들이 들러붙어 비린내 나는 찌개국물을 게걸스레 떠먹고 독한 소주를 물처럼 들이키고 있었다. 허기진 뱃속은 독한 술을 거침없이 받아들였다. 12시간 동안 꽁꽁 얼었던 몸에 술기운이 번져 나가면 노동자들은 비로소 살아 있음을 확인할 수 있었다. 허황한 자신감에 차서 큰소리를 치기도 하고 얼마 안 가 고주망태처럼 취해 회사와 세상에 대한 한 맺힌 불만을 쏟아 내기도 했다.

12월의 느즈막한 아침 해가 전선줄 위로 떠오르기도 전에 포장마차 주변은 노동자들이 토해낸 오물로 더럽혀졌고, 노랫소리로 시끄러워졌다. 뱃속의 쓴물과 함께 마지막 남은 기력마저도 다 토해내 버린 노동자들이 휘청이며 사라질 때가 되었다. 한쪽 구석에 자리 잡고 앉아 여러 병의 소주를 비워낸 네 사람의 자리도 점차 파장에 이르렀다. 처음에 앉았을 때부터 죽은 이영식 이야기로 시작해 줄곧 무거운 분위기였다.

"동연이, 그깟 일로 상심하면 어떻게 공장 다닐겨? 자, 자아, 술이나 한잔 쥐!"

옆 탁자 노동자들이 한창 유행가 자락을 뽑아대는 가운데 이상섭이 무거운 얼굴로 고추기름이 묻은 소주잔을 내밀었다. 손이 흔들거리다가 홍기의 잔을 쓰러뜨렸다. 맑은 소주가 곱창찌개 국물로 더러운 탁자 위에 흘려졌다. 김동연은 초점 잃은 눈으로 술잔만 응시하며 중얼거렸다.

"나 때문이야. 내가 나쁜 놈이지……."

벌써 열 번도 넘게 똑같은 말을 중얼대고 있었다. 이상섭이 버럭 소리 질렀다.

"아, 그만혀! 그것이 어째 자네 잘못인가? 회사에서 자동제어장치를 안 해놨으니 그런 것 아녀? 바보처럼 뭔 소리를 그렇게 하능가?"

이상섭은 소주를 두 병 이상 마셨으나 많이 취해 보이지는 않았다. 홍기는 이웃 자리의 소란한 모습에 눈을 찡그리며 김동연의 어깨를 다정하게 잡았다.

"동연씨, 아저씨 말이 맞소. 우리가 잘못한 게 어디 있어요? 회사가 워낙에 지독하게 부려먹으니까 너무들 피곤하고 추워서 사고가 나는 거지요. 잊어버려요."

김동연은 누구의 소리도 듣고 있지 않았다. 곧 구토가 날 듯 거북한 속을 참으려 휴지와 뼈다귀들로 더러운 흙바닥에 고인 침을 뱉아 낼 뿐, 고개를 푹 숙인 채 아무 말도 하지 않았다. 옆자리의 노랫소리는 갈수록 커졌다.

"어이, 동연이! 한 잔만 더 하고 집에 들어가 자. 푹 자고 나면 좀 나아질 거여. 우리가 사고 한두 번 보나?"

"대영제강에 사고가 많지요?"

홍기가 물었다.

"많다마다. 돈만 알지 시설은 엉망진창이니. 나도 어쩌다가 이런 델 기어들어와 갖고 참혹한 꼴 여러 번 봤지. 여기서 오래 일할 사람은 나 같은 중늙은이들뿐이여. 젊은 사람이 일할 데가 못돼. 홍기라고? 댁은 똑똑해 보이누만 어디 갈 데가 없어 이런 델 기어들어 왔능가?"

홍기는 빙긋이 웃었다.

"공장이 어디나 마찬가지지요. 어딘들 나은 데가 있나요?"

바로 그때였다. 김동연만큼이나 취해 고개를 떨어뜨리고 있던 김진영이 갑자기 벌떡 일어나며 옆자리에서 노래 부르던 노동자들을 향해 고함쳤다.

"시끄러! 이 새끼들아! 닥치지 못해?"

술집은 갑자기 조용해졌다. 김진영이 거듭 소리쳤다.

"당신들하고 같이 일하던 사람이 죽었는데 노래가 나와?"

그리고는 말릴 새도 없이 손에 닿는 대로 냄비를 쳐버렸다. 약간 남았던 돼지창자와 기름국물이 비닐포장에 부딪치며 사방으로 튀었다. 이웃 탁자 노동자들은 기세에 눌려 아무 소리도 못한 채 바라보기만 했다. 홍기와 이상섭이 대신 사과하며 겨우 끌어 앉히는데 김진영은 손에 잡히는 대로 수저 따위를 집어 흙바닥에 팽개쳤다. 그리고는 돌연 엉엉 울음을 터뜨렸다.

"이게 사람 사는 거냐? 사람 사는 거냐고!"

옆 탁자의 노동자들은 그가 우는 모습을 바라보고는 미안한 표정들이 되어 노래를 멈추고 두런두런 이야기를 나눴다. 정신을 잃고 있던 김동연도 시끄러운 소리에 부시시 일어나 우울한 표정으로 다시 술잔을 집어 들었다.

술집 주인의 성화로 네 사람이 밖으로 나온 것은 벌써 해가 동남쪽 하늘 한가운데 높이 떠올랐을 때였다. 이상섭이 말했다.

"동연이, 술 좀 깼어? 병원에나 가보세."

김동연은 찬바람을 쏘이니 정신이 조금 들었으나 속이 울렁거리고 눈앞이 뱅뱅 돌았다. 쓰러질 것만 같았다. 그러나 병원에 가보고 싶었다. 가야만 할 것 같았다. 이영식의 죽음을 눈으로 확인해야만 할 것 같았다.

주로 산업재해 당한 노동자들을 처리하는 공단병원의 지하 영안실은 썰렁했다. 써늘한 공기 속으로 향연기가 음울하게 떠 있는 한편에 누군가의 영정이 놓였는데 초라히 차려진 술상 앞에 몇 사람 초췌한 행색의 손님들이 앉아 있을 뿐이었다.

아직 사진도 놓이지 않은 이영식의 영안실에는 그의 어머니와 여동생 두 사람만이 단출하게 앉아 울고 있었다. 어머니는 문상객이 왔는데도 쳐다보지도 않고 울기만 했다. 여동생이 김동연을 알아보고 인사를 했지만 이내 말없이 울기만 했다. 오빠를 닮아 뼈대가 굵고 키도 컸는데 구로공단 방직회사의 이름이 찍힌 잠바를 입었다.

다들 한마디 말도 못하고 사진도 없는 제단 앞에 맥을 놓고 앉아 있을 때였다. 회사 노무과 직원과 제강과장, 그리고 이영식의 막내삼촌이 들어왔다. 맨 뒤로 이영식의 아버지가 술에 완전히 취해 몸도 제대로 가누지 못하는 채 따라왔다.

"이분이 어머니 되십니다."

노무과 직원이 제강과장에게 몹시도 친절히 어머니를 소개했다. 명문 공대를 나온 과장은 노동자들에게는 말 한마디 거는 일 없는 차가운 사람이었다. 노동자에 대한 우월감이 꽉 배인 그는 김동연 일행을 무관심하게 힐끗 쏘아볼 뿐 아는 체도 안했다. 다만 이영식의 어머니에게는 표정을 바꾸어 공손한 태도로 고개를 숙이는 것이었다.

"참 안타까운 일입니다. 성실하고 착한 청년이었는데 한 순간의 실수로 이리 되다니……."

3년 동안 함께 일했어도 김동연은 한 번도 들어 보지 못한 공손한 음성이었다. 과장은 어머니 곁에 서 있던 김동연을 슬쩍 밀어내고 자기가 어머니의 손을 잡았다. 김동연은 꺼림칙한 기분으로 밀려났다. 이영식의 어머니는 넋이 나가 자기 앞에 누가 앉아 있는지조차 알지 못하는 것 같았다. 그러자 이영식의 삼촌이 나직하게 말했다.

"형수님, 보상은 걱정 마시우. 이분들이 충분한 보상을 하기로 했으니까 제가 다 알아서 처리할 거유. 형님도 그러기루 하셨수."

그는 넋이 나간 형수가 미동도 않자 쩝쩝 입맛을 다시며 과장의 팔을 잡아 일으켰다. 그리고 다시 이영식의 아버지를 데리고 밖으로 나갔다.

"저것들 무슨 꿍꿍이속이여?"

이상섭이 의심스런 눈으로 바라보며 중얼거리다가 이영식의 동생에게 물었다.

"보소, 동생. 혹시, 벌써 보상금 이야기 하던가?"

처녀는 고개를 가로저었다.

"지금 돈이 문제인가요? 그만두세요."

"무슨 소리! 사람 죽은 것만도 억울한데 보상도 속으면 어쩔려고? 슬픔은 슬픔이고 따질 건 따져야 하능겨. 회사 놈들이 어떤 놈들인데! 사람 등쳐먹고 사는 게 어디 강도들뿐일줄 아능가? 저놈들은 칼만 안 든 강도란 말여!"

홍기도 말했다.

"아저씨 말씀이 옳아요. 이영식 씨 같으면 워낙 젊고 또 사고도 회사에서 안전스위치 같은 시설을 안 해서 일어난 것이기 때문에 보상이 상당히 많을 겁니다. 적어도 오천만 원은 되어야 할 겁니다."

처녀는 그의 말에 눈을 동그랗게 떴다.

"네에? 삼촌 말로는 천오백만 원이 안 될 거라던데요? 본인이 실수한 거라고."

김진영이 입구를 바라보며 벌떡 일어났다.

"저런 나쁜 새끼들!"

홍기가 얼른 그의 팔을 잡아끌었다.

"흥분하지 말고 이리 앉아봐. 방법을 생각해 봐야지."

"우리가 무슨 방도가 있어? 유족들이 할 일이지."

아직 취기가 가시지 않은 김동연이 말하며 벽에 스스르

기대앉았다. 그의 말대로 별다른 대책을 세울 사이도 없었다. 몇 분 지나지도 않아 나갔던 삼촌이 혼자서 돌아오더니 좋은 일이라도 있는 듯 싱글싱글 웃으며 새삼스럽게 네 사람에게 허리 굽혀 인사하는 것이었다.

"아이구, 인사가 늦어 죄송합니다. 이거 대접이 소홀했네요. 애, 영주야, 넌 울지만 말고 문상객 접대를 해야지! 여기……."

삼촌은 네 사람의 싸늘한 시선을 의식하지 못하고 주머니에서 만 원짜리 지폐 몇 장을 꺼냈다. 언뜻 안주머니에 두툼한 돈뭉치가 보였다.

"옛다. 구내매점에 가서 담배 좀 몇 보루 사다 놔라, 고급으로. 숙모도 곧 올 거다. 아버지는 집에 들어가셨다. 외아들을 잃었으니 오죽하것냐. 방금 회사하고 합의도장 찍었으니 돈 걱정일랑 말고 어서어서 움직여라."

네 사람의 눈빛이 흐려졌다. 거침없는 이상섭이 물었다.

"얼마에 합의 봤습니까?"

삼촌은 움찔하더니 눈을 돌리며 얼버무렸다.

"아, 그거야 잘 해결되었으니까 걱정들 마시고… 아, 저쪽으로 가시죠. 이거 병원이라고 추워서… 우리도 석유난로라도 갖고 오든지 해야지……."

수다를 떨며 휭 하니 가버렸다. 김진영이 중얼거렸다.

"회사에서 얼마나 받아먹었기에 저리 좋아하는 거야?"

이상섭이 내뱉었다.

"에이, 돈, 돈, 더러운 놈의 세상! 에이, 술이고 뭣이고 집에나 가드라고! 한숨 자야 저녁에 출근할 것 아닝가? 낼모래 장례식에나 오자고."

네 사람은 이영식의 여동생에게만 인사를 하고 밖으로 나와 버렸다. 어느새 하늘이 잔뜩 흐려 진눈깨비가 내리고 있었다. 네 사람은 제각기 자신의 집을 향해 무거운 발길을 옮겼다.

김동연의 집은 대영제강에서 멀지 않은 언덕받이에 있었다. 진눈깨비를 뒤집어쓰기 시작한 대영제강의 잿빛 지붕을 등지고 언덕을 천천히 오르기 시작했다. 좁은 골목 어귀에서는 아침부터 실업자들이 한판 윷놀이를 벌이고 있었다. 까맣게 더렵혀진 가마니 위에 손때로 번들거리는 네 조각 윷이 날아오를 때마다 환호와 아쉬움의 한탄이 엇갈렸다. 가마니 위에 던져진 은빛 동전들과 머리칼들이 눈발로 축축이 젖어들어 가는데도 집에 돌아갈 생각을 않고 있었다.

실업자 떼거리를 비켜 지나 꾸불꾸불한 골목으로 들어섰다. 오래된 붉은 기와집들과 더러운 닭장집이 뒤섞여 있는 골목은 연탄가스와 오줌지린내, 곰팡내와 쓰레기 냄새로 절었고, 어디나 비닐쓰레기들이 널려 있었다. 구석구석까지 찐득찐득한 가난이 묻어나는 것만 같은 동네였다. 꾀죄죄한 노파가 눈송이를 고스란히 맞으며 가난뱅이 아이들을 상대로 먼지 앉은 불량사탕을 팔고 있었다. 그가 어렸을 때 먹던 것과 똑같은 것이었다. 세상은 놀랍게 변하고 있었으나 가난한 집 아이들의 간식은 옛날의 불량식품 그대로였다. 그는 술이 덜 깬 눈으로 그것들을 내려다보면서 옛 추억을 더듬었다.

그가 태어난 곳은 양평동 뒷골목이었다. 이영식과 친했던 것도 같은 동네 출신이기 때문이었다. 서울에서 가장 오래된 공장지대인 영등포구 양평동은 그의 어린 시절 모두를 만들어내고, 또 간직한 곳이었다. 아버지는 환기창에서 언제나 달콤한 김을 뿜어내는 유명한 제과공장에서 한평생을 노동자로 일했다. 집에 돌아오는 아버지의 옷에서는 언제나 달콤한 과자냄새가 났다. 어린 동연은 자기 아버지가 유명한 과자공장에 다닌다는 사실을 자랑스러워했다. 적어도 고등학교 진학을 포기하기 전까지는 그랬다. 아버지는 지금의 자신과 마찬가지로 12시간 2교대를 하면서 죽어라고 일했지만, 맏아들을 중학교밖에 보낼 수 없었다. 지긋지긋한 가난이었다.

아버지가 그랬던 것처럼, 김동연도 일찌감치 영등포 일대의 공장을 떠돌아다니며 젊은 시절을 보내야 했다. 그때

비로소 양평동과 영등포의 처절한 가난을 수치로 여기게 되었다. 온갖 쓰레기와 폐품이 널린 빈민가 뒷골목과 공터는 어렸을 때는 천국 같은 놀이터였으나 사춘기를 지나면서부터는 수치와 울분으로 얼룩진 곳이 되어 버렸다. 그는 지루한 노동을 견뎌내지 못할 만큼 창의력이 반짝거리는 두뇌는 아니었다. 적당한 언변으로 남을 꼬여 돈을 버는 뻔뻔함도 부족했다. 그랬다면 처음부터 사람을 상대하는 장사나 영업직을 택했을 것이었다. 반대로, 천성이 부지런하고 참을성이 많아서 가는 공장마다 일 잘한다는 소리를 들었다. 그러나 공장의 현실은 무던한 그조차도 참을 수 없게 만들었다. 방위 생활 1년을 제외하고 십여 년간, 과자공장만 빼고는 타이어공장, 탁상드릴, 로구로, 빵공장, 도자기공장까지 여러 공장을 전전했다. 성실하지 않아서가 아니었다. 지독한 노동과 믿을 수 없이 적은 임금으로 사람을 부려먹는 공장들은 그에게 있어서 인내심을 시험하는 곳 이상은 아니었다. 아무리 참고 일해 보려 해도 끝내 견디지 못하고 좀더 나은 공장을 찾아 헤매다 보니 이력서 칸만 늘어났다.

정말 가난이 죽어도 싫었다. 노동자 생활이 싫었다. 하지만 세상은 그가 결코 노동으로부터 벗어날 수 없음을 가르쳐 주었다. 누구나 그러하듯이, 처음에는 자기가 노동자라는 것을 인정하고 싶지 않았다. 당장의 공장 생활은 먼 훗날 부자가 되기 위한 훈련 정도로만 생각했다. 평생을 아버지처럼 산다는 것은 상상도 할 수 없었다. 언젠가는 포동포동하게 살이 쪄서 새까만 승용차만 타고 다니리라 믿었다. 실제로 라디오도 텔레비전도, 예비군 교육도 회사 교육도 모두 그런 얘기만 가르쳤다. 그런 꿈이라도 없었다면 젊은 혈기는 스스로 자신의 숨통을 눌러 버렸을지도 몰랐다.

서른 살이 되면서야 포기하는 법을 배웠다. 스스로 자기 인생에 무관심해지는 방법을 배웠다. 나아가 자신의 주변을 사랑하는 법을 배웠다. 어떤 사람들에게는 경멸과 멸시의 대상일 공장이 그에게는 익숙하고 정든 곳이 되었다. 점차 공장지대의 모든 것을 사랑하게 되었다. 그것은 자신의 운명에 대한 사랑과도 같았다. 제과공장의 유치한 분홍빛 담벼락과 과자 향기를, 참새 떼처럼 재재거리며 아무데서나 하드를 빨아대는 어린 여성노동자들을, 철공장의 용접 불꽃 냄새와 정비공장의 매연 냄새를, 그리고 점심시간마다 공장 골목 시멘트바닥에서 족구를 하는 젊은 노동자들을 사랑했다. 기름과 오물로 썩어 들어가는 한강물과 안양 천변 진흙 뻘을 뒤덮은 잡초들을 사랑했고, 무너질 듯 낡고 더러운 집과 구멍가게들을 사랑했다. 구멍가게 처마 밑에 초라히 놓인 불량식품들을, 위장을 갉아내는 싸구려 소주의 진저리나는 뒷맛을, 땀과 오줌까지도 누룩 내에 절게 만드는 수입밀가루로 만든 가짜 막걸리의 미적지근한 맛까지도 사랑했다. 돼지곱창의 역한 노린내와 소가죽의 안 껍질에 양잿물을 부어 떼어낸 질기고 질긴 수구레의 고소한 맛을 사랑했다. 밤마다 죽자 살자 없는 살림살이를 부수고 난리를 치다가도 아침이면 까마득히 잊어버린 채 노닥거리는 가난뱅이 부부들, 동거하는 어린 남편의 주먹에 눈 주위가 퉁퉁 부은 채 부끄러움으로 고개 숙이며 돌아다니는 어린 여자들, 실업자가 되어 아내를 행상꾼으로 만들어 놓고도 밤마다 술 처먹고 들어와 행패부리는 뻔뻔스런 사내들, 그리고 그들의 더러운 아이들, 한겨울에도 내복바람으로 골목을 누비는 아이들의 콧물 엉겨 붙은 더러운 얼굴까지도 진심으로 사랑하게 되었다. 그 모든 것이 바로 자신의 삶이요 운명이었기 때문에…….

김동연은 집으로 들어가는 골목 어귀에서 잠시 주머니 속을 주물럭거렸다. 구멍가게로 들어갔다가 나오는 그의 손에는 종이봉지 속에 계란 몇 개가 들려 있었다. 녹슬고 부서져 쓸모없이 옆으로 쓰러져 있는 철문을 지나 들어서자 대문 옆의 재래식 화장실에서 똥 썩는 냄새가 확 끼쳐왔다. 좁은 마당은 여러 사람 집에서 내놓은 잡다한 물건들로 어지러웠고, 가운데 수돗가에는 온갖 음식찌꺼기며 밥

풀이 엉겨 붙어 더러운 얼음덩어리를 이루고 있었다. 지은
지 수십 년은 되었을 분홍색 기와집은 보는 것만으로도 갑
갑한 느낌을 주었다. 그의 가족은 바깥골목으로 창이 난 문
간방에 세 들어 살고 있었다.

"웬일로 술을 이렇게 마셨대요? 월급 잃어버리면 어쩌
려고. 옷은 다 젖고."

아내는 공사장 아줌마 같은 몸뻬바지에 색 바랜 스웨터
를 입고 있었다. 그는 계란 봉지를 건네주고 아이부터 끌어
안았다. 입김이 훌훌 나는 방에 사는 죄로 감기가 끊일 날
없는 딸 송이의 코 밑에는 콧물이 하얗게 말라붙어 있었다.

"젖은 몸으로 뭔 짓이에요? 옷부터 벗어요. 근데 이건 무
슨 계란이래요?"

"송이 먹이라고 사왔다. 너도 애한테 그런 것 좀 먹여 봐
라."

방실거리는 아이에게 입 맞추는 것을 보면서 아내는 입
을 삐죽였다.

"돈만 있어 봐요. 햄, 쏘시지 얼마든지 사 먹일 테니까.
앞으로 이런 것 사오지 말아요. 남자가 청승맞게 무
슨……."

대충 겉옷을 벗어 던진 그는 아내의 타박을 못 들은 척
아이를 안은 채 뒤로 벌렁 쓰러졌다. 천장의 벽지가 썩어

한쪽이 축 처져 눈 녹은 물이라도 흘러내릴 것 같았다. 아무리 보아도 초라하기 짝이 없는 방이다. 구형 흑백텔레비전 이외에는 그 흔한 전기제품 하나 보이지 않았다. 장롱도 없이 아내가 처녀 때부터 쓰던 비닐옷장이 하나 있을 뿐이다. 돈이 없어서만은 아니었다. 그까짓 것들, 월부로 들여놓으면 그만이었다. 그러나 아내의 꿈은 살림살이가 아니라 깨끗한 방이었다. 집도 아니고 깨끗한 방 한 칸이었다. 제발 이런 썩은 집을 벗어나 세를 놓기 위해 새로 지은 집에서 깨끗한 전세방을 얻어 살아 보는 것이었다. 그러기 위해서는 앞으로도 몇 년은 이렇게 살아야 할 것이었다.

울렁거리는 속을 진정시키기 위해 억지로 밥상을 받았다. 이영식에 대한 생각이 머리를 떠나지 않았지만 살아 있는 사람은 또다시 일을 나가야 했다. 아내에게도 간밤의 사고에 대해서는 말하지 않았다. 애써 그에 대한 생각을 잊으려고 깔깔한 정부미 밥을 쑤셔 넣으며 말했다.

"야, 송이 목욕 좀 시켜라. 머리에서 냄새난다."

아내는 월급봉투를 열어보며 삐죽거렸다.

"이 추운 방에서 어떻게 목욕을 시켜요?"

밥맛이 떨어졌다. 아내를 탓할 수도 없었다. 억지로 몇 숟가락 뜨고 자리에 벌렁 누워 버렸다. 도대체가 살맛이 나질 않았다. 이놈의 가난은 모르는 체하고 잊고 살려 해도,

이것도 팔자거니 아무리 위안을 해봐도 지겹게 사람을 들볶았다. 아내가 그의 마음을 들여다보는 듯 바짝 다가와 앉았다. 그녀의 태도는 금방 다정하게 변해 있었다.

"송이 아빠, 안집 아줌마하고 얘기해 봤는데요, 아는 친구가 봉제공장을 한대요. 나, 아무래도 다시 일 나갈까 봐요. 송이도 이제 컸잖아요."

조금 뜸을 들여 나직이 반문했다.

"송이는 어떻게 하고?"

"안집 아줌마가 봐주겠대요. 몇 만 원만 줘도 잘 봐줄 거예요. 송이는 워낙 순해서 보기도 쉬울 거래요."

아내는 금방 들뜬 목소리가 되었다. 그가 관심을 보여주는 것만도 고마워하는 눈치였다. 문득, 미안한 생각이 들었다. 아내를 만난 것은 그의 인생에 커다란 행운이라고 할 수 있었다. 미싱사였던 그녀는 정말 부지런하고 검소했다. 참으로 억척같아서 결혼 후에도 열심히 일 다니고 그가 신혼 초부터 한 달의 절반을 못 들어오는 대영제강에 들어갔어도 군말 하나 하지 않았다. 두 사람은 금방 부자라도 될 것만 같았다. 그러나 아이를 낳자 사정이 달라졌다. 아내가 일을 나가지 못하게 된데다 아이 때문에 솔솔 들어가는 돈이 적지 않았다. 옷이야 대충 남의 것을 얻어 입힐 수도 있었지만 음식도 얻어 먹일 수야 없는 노릇이었다. 둘만 살

때는 연탄을 아끼느라 엄동설한에나 피웠지만 아이까지 추위에 떨게 할 수는 없었다. 임신했을 때 제대로 못 먹은 탓인지 아이는 몸이 약해 병원비도 만만치 않게 들어갔다. 저축은커녕 한 달 한 달 살기도 빠듯해졌다.

아내는 벌써 전부터 자기도 일 다니겠다고 조르고 있었다. 처음 얘기가 나왔을 때는 펄쩍 뛰었었다. 아이 때문이기도 했고, 아내를 더 이상 고생시키고 싶지 않아서이기도 했다. 그러나 자꾸 유혹을 받으면서 마음이 흔들리지 않을 수 없었다. 한 달에 12만 원만 더 벌어도 적어도 짐승 같은 생활은 벗어날 수 있을 것 같았다. 남들은 하룻밤 술값이 백만 원이라지만, 그런 건 관심도 없었다. 그저 자기가 버는 20만 원에 아내가 얼마간 보탤 수만 있다면……. 그렇지만 아직도 망설여졌다. 아이는 유일한 희망이었다. 남의 손에서 키워지는 것이야 어쩔 수 없다 치더라도 매일 밤 아홉 시 때로는 며칠씩 철야도 해야 하는 게 봉제공장이다. 아내가 일 다니면 아이는 고아나 다름없게 된다는 게 참을 수 없었다. 불쌍한 아내는 그런 걸 뻔히 알고 있으면서도 또 그를 설득하느라 계속 사정했다.

"여보, 송이 아빠, 정말 언제까지 이렇게 살 거예요? 떵떵거리며 잘 살자는 것도 아니고, 전세방이라도 마련하려면 저축을 해야지요. 당신만 뼈 빠지게 고생시키고 싶지도 않아요. 나도 일할 수 있어요. 내 한 몸 망가져도 아이만큼은 제대로 키워야죠. 더 낳지도 못하고 하나뿐인 아인데."

아무 대답도 하고 싶지 않았다. 슬그머니 돌아누워 눈을 감아 버렸다. 정말 모든 것이 너무나 비참했다. 어쩌다가 자기가 이런 인생을 살게 되었는지, 서럽고 한스러웠다. 아득히 멀어져가는 아내의 말소리를 들으며 뒤숭숭한 꿈길에 빠져 들어갔다. 이영식이 나타나 껄껄대며 웃기도 하고 송이가 골목에서 울기도 하고… 지독한 피로에도 불구하고 잠을 이룰 수가 없었다.

이영식의 유해는 이틀 뒤 벽제 화장터에서 한 줌의 재가 되어 초겨울의 차가운 한강물 위에 뿌려졌다. 서른 살 짧은 생애를 모진 노동과 처절한 가난 속에 살았던 한 젊은 노동자는 그렇게 덧없이 사라져 버렸다. 재산도, 명예도 남기지 못한 그를 누구도 오래 기억하지 않았다. 그가 뇌수를 흘리며 죽어간 자리에서는 또 다른 신입 노동자가 아무것도 모른 채 열심히 일했다. 그의 비명이 울려 퍼졌던 현장에는 또다시 거대한 기계소리가 울렸고 쇳덩이에 남았던 그의 피는 기름때로 덮여 지워졌다.

4

"동해노조?"

이상섭은 놀랜 빛을 감추지 못했다. 이영식의 사고가 있은 지 열흘쯤 지나 홍기와 둘이 포장마차를 찾아 몇 잔의 술을 돌리고 났을 때였다. 홍기는 우연히 나온 얘기에 그가 지나치게 놀라워하자 의아한 얼굴로 재차 말했다.

"예, 동해철강 노동조합이요. 거기는 노조가 대단해서 관리직들이 조합원한테 꼼짝도 못 했다더라구요. 유명했다던데요? 왜요? 형님도 아세요?"

이상섭의 가슴 속에 만감이 교차하고 있었다. 아득히 되살아나는 추억 때문이었다. 1970년대를 주름잡은 민주노조의 선봉이었던 동해 시절은 실로 꿈만 같은 기쁨과 억장이 무너지는 고통을 동시에 가지고 있었다. 그는 조심스레 입을 열었다.

"자네 동해노조를 잘 아능가?"

"다닌 적은 없지만 얘기는 많이 들었죠. 거기 조합장 하던 분을 잘 알거든요. 진용만 씨라고요."

이상섭의 눈이 반짝 빛났다.

"자네가 진 지부장을 어찌 아능가?"

눈에 형용치 못할 반가움이 넘치고 있다. 홍기도 의외의 반응에 놀라워했다.

"아니, 형님도 아시는가 보죠?"

"아다마다! 내가 동해철강 다니지 않았능가? 열성 조합원이었지! 아참 이거 반갑네그려!"

참으로 우연한 일이었다. 이상섭은 마치 고향사람이라도 만난 듯 기뻐 어쩔 줄 몰라 했다.

"진 지부장하고 내하고는 친구처럼 지내지 않았능가? 나이도 비슷하고 마음도 잘 맞았지. 팔십 년도에 전두환이가 쿠데타를 일으키면서 박살내지만 않았다면 정말 좋았을 것인데 말이여."

떠들어대던 얼굴에 회한이 서렸다. 진용만 지부장의 씩씩한 얼굴이 떠올랐다. 그의 지도력은 놀라웠다. 남녀 노동자 천오백여 명이 하나처럼 단결했다. 노조는 일단 조합원의 결정이라면 어떤 희생에도 굴복하지 않고 싸워 나갔다. 특히 진용만은 고집불통이라 양보나 타협이라는 말을 몰랐다. 경찰은 물론 중앙정보부까지 동원된 위협에도 굴하지 않고 끝까지 밀고나가 끝내는 승리를 쟁취해 냈다. 그러나 1980년 5월 전두환이 군사쿠데타를 일으키면서 진용만은 구속되고 조합간부들은 삼청교육대에 끌려가 반불구가 되도록 얻어맞고 혹한의 전방에서 몇 달을 중노동에 시달려야 했다. 노조사무실은 군인들에게 점령당했고, 이상섭과 같은 열성 조합원들은 살벌한 위협 아래 강제 사표를 내거나 해고당했다. 군인들의 아무런 죄의식 없는 광폭한 난동 아래 노동자들은 무참히 짓밟히고 기업주들까지도 겁을 먹어야 했던 시절이었다. 그리고 그 정권은 아직도 그대로 살아 있었다.

"그러셨군요……. 어쩐지 형님이 노조에 대해서 잘 아신다 그랬지요."

홍기도 몹시 반가워했다. 70년대의 대표적인 민주노조 조합원을 만났다는 기쁨이었다. 그가 진용만을 처음 만난 것은 감옥에서였다. 진용만은 조합장으로 맹위를 떨쳤을 뿐만 아니라 옥중투쟁에서도 불같이 잘 싸워 학생출신들로부터 영웅 대접을 받았다.

"정말 반갑구먼. 그래 진 지부장은 요새 무얼 하고 사능가?"

"예, 옛날에 함께 해고된 분들끼리 모여 단체를 만들었어요. 나중에 한번 함께 가보시지요?"

이상섭은 묵묵히 고개를 끄덕였다. 밝았던 표정에 어느 덧 무거운 그림자가 드리워졌다. 공포에 질려 사표를 쓰고 나온 지 5년여, 목숨까지 나눌 듯이 함께 하던 동료들을 떠나 혼자 숨어 살아 온 외로운 세월이었다. 취직이 안 돼 근 1년을 놀다가 겨우 들어온 곳이 대영제강이었다. 어용노조조차 없는 대영의 폭력적인 노동조건에 누구보다 불만을 가진 그였으나 오로지 생계를 위해 끽소리 않고 살아 왔다. 옛일을 생각하면 추억의 기쁨과 함께 동료들에 대한 죄책감으로 가슴이 무거워지곤 했다. 홍기가 처음에 동해노조라는 말을 꺼냈을 때의 놀람이 바로 그것이었다. 그는 무거운 몸짓으로 홍기에게 술을 권했다.

"자, 한잔 들어! 나같이 못난이가 그 사람들 보면 무엇 하겠나? 술이나 들자고!"

점령된 노조사무실에 버티고 앉아 멋모르고 들어오는 노동자들에게 나가라며 쌍욕을 퍼부어대던 군인들, 한마디 항의도 못하고 도망치듯 빠져나오고만 자신의 비겁이 죽고 싶도록 치욕적인 기억으로 떠올랐다. 홍기는 그의 어두운 얼굴을 찬찬히 바라보며 대강의 정황을 짐작할 수 있었다. 그는 더 이상 묻지 않고 지글거리는 돼지 창자를 뒤적이기만 했다. 그런데 이상섭이 먼저 솔직하게 얘기를 시작했다.

"자네 말대로 이놈의 대영제강에는 노조도 없고 그렇다

고 근로자를 대변할 다른 것도 없네. 나도 대영에 노조를 만들까 생각도 여러 번 해보았어. 허지만 자신이 서질 않더구만. 우선은 내가 자신이 없을 뿐만 아니라 워낙이 나이들이 많고 이동이 잦아 조직이라는 것이 가능하지가 않은 거여.”

홍기는 잠시 망설이는 눈빛으로 그를 바라보았다. 이 기회에 노조를 만들자고 설득할 것인지 아니면 나중으로 미룰 것인지 찬찬히 생각해 보았다. 본래 그의 계획은 이듬해 봄까지 충분히 사람을 사귄 후에 임금인상 시기에 맞춰 임금투쟁을 하는 과정에서 좋은 노동자들을 한꺼번에 조직하는 것이었다. 그런데 의외로 노동운동 경험이 있는 노동자를 만나니 욕심이 생겨남을 어쩔 수 없었다. 일단 욕심을 참기로 하였다. 그날은 이상섭의 탄식을 묵묵히 들어 주기만 했다.

홍기가 다시 노조 얘기를 꺼낸 것은 며칠 후였다. 그가 단도직입적으로 노조를 만들자는 말을 꺼냈을 때, 이상섭은 별로 놀라지 않았다. 홍기가 진용만을 잘 안다는 말을 했을 때부터 이미 앞일을 짐작하고 있었다. 그는 며칠이나 생각해왔던 마음을 솔직하게 털어놓았다.

“나는 자신이 없네. 전에야 워낙이 조합간부들이 드셌으니까 따라가기만 하면 됐지. 허나 내가 남을 지도할 자신은 없네. 설사 마음을 먹는다 해도 전 같지는 않을 것이여. 애들도 커서 다시 실업자가 되면 난감허구 마누라도 옛날 경험이 있는지라 기를 쓰고 말릴 것이고. 정말 자신 없어."

홍기는 그의 손을 꾹 잡았다.

"형님! 그 심정은 저도 압니다. 저도 노동운동이 얼마나 어려운 일인가 정도는 압니다. 하지만 더 이상 참고만 살수는 없지 않습니까? 대영노동자가 처한 현실이 얼마나 가혹한지는 형님이 더 잘 알고 계시잖습니까? 누군가 나서서 싸우지 않는 한 현재의 고통은 영원히 계속됩니다. 물론 약간의 희생이 따르겠지만, 해고나 당하면 그만이지 사람이 죽고 살기야 하겠습니까?"

여기까지 말하고 잠깐 입을 다물었던 그는 작심을 하고 다시 입을 열었다.

"형님. 사실 제가 진용만 지부장님을 만난 건 감옥에서였습니다. 저는 대학에서 민주화운동을 하다가 들어갔는데 지부장님은 노동운동을 하다가 들어왔더군요."

이상섭의 얼굴에 미미한 놀라움이 스쳐갔다. 어느 정도 짐작한 일이었기 때문이었다.

"자네도 감옥에 갔었어?"

"예. 학교에서 데모 좀 했지요."

홍기는 자신의 지난날을 터놓고 얘기했다. 반전두환 데

모를 하다가 보안대에 끌려가 고문당한 이야기며 노동자의 현실에 눈을 뜨고 공장에 들어가 노조를 만들어 싸우다가 해고되고 감옥에 갔던 이야기였다. 밤늦은 포장마차의 엷은 천막이 바람에 심하게 흔들리는 가운데 오래도록 두런두런한 말소리가 이어졌다.

이상섭은 고개를 끄덕이며 묵묵히 탁자만 내려다보고 있었다. 과연 다시 노동운동을 시작해야 할 것인가 머리가 무거웠다. 홍기로부터 동해노조에 대해 듣고 난 이후로 밤잠을 이룰 수가 없었다. 마음 한구석에 억지로 잠들어 있던 정의감이 꿈틀거렸다. 그러나 두려웠다. 세상을 지배하는 거대한 힘이 두려웠다. 동해노조가 무너질 때, 경찰은 물론, 법원도 국회도 방송도 신문도 그 아무도 도와주지 않았다. 도와주기는커녕 도시산업선교회와 연관된 도산세력이니 용공세력이라고 짓밟아대기만 했다. 노동자는 아무리 발버둥 쳐봐야 노동자에 불과하다는 것을 뼈저리게 느끼게 해주었다. 폭력보다, 해고와 기아보다 더 무서운 것은 그렇게 기를 쓰고 대들어 봤자 아무것도 변하지 않는다는 생각이었다.

"웬간히 짐작은 하고 있었지만… 젊은 사람이 이렇게 좋은 생각을 품고 고생하는데 나 혼자 먹고 살 생각을 하고 있었다니 부끄럽네."

그는 한숨을 내쉬고 말을 이었다.

"하지만 다 소용없더라구. 기를 쓰고 덤벼봐야 남는 건 해고밖에 없더라구. 민주노조들은 다 깨지고 독재는 날뛰고. 헛고생하고 싶지 않다 이거여."

홍기는 고개를 내저으며 단호히 말했다.

"결코 역사는 후퇴하지 않습니다. 형님이 활동하던 칠십 년대 민주노조는 다 깨졌지만 형님 같은 분들을 남겨 주었지요. 형님 같은 분들은 사방 공장에 흩어져 새로운 노동운동의 씨앗이 되어야 합니다. 그뿐 아니라 정치투쟁을 거부하던 노조는 결국 정치적 탄압으로 무너졌다는 커다란 교훈을 남겼지요. 정치적 개혁이 없는 노동운동은 아무 소용이 없다는 것, 그래서 이제는 노동자도 정치투쟁에 나서야 한다는 것을 가르쳐 준 겁니다. 역사는 우리에게 노동자는 반드시 승리한다는 것을 가르쳐 주고 있습니다. 우리가 바른 전략과 전술을 가지고 싸운다면 반드시 이깁니다. 아직 노동운동이 미숙했던 과거의 실패에 연연할 필요는 없어요. 형님! 다시 시작해 봅시다!"

이상섭은 후 한숨을 쉬며 고개를 돌렸다. 도저히 기대와 희망으로 반짝이는 그의 눈을 똑바로 바라볼 수가 없었다. 그는 바깥의 어둠을 살피며 나직하게 말했다.

"서두르지 말게. 나도 깊이 생각해 보지. 어차피 이대로 살 수는 없는 노릇이니께. 하는 데까지는 해봐야지."

홍기의 얼굴에 환희가 떠올랐다.

"잘 생각하셨습니다! 정말 잘됐습니다! 아무리 어려운 일이 있어도 힘을 모아 헤쳐 나갑시다. 형님! 자! 한잔 드십시다!"

홍기는 찰랑찰랑 넘치는 소주잔을 힘차게 들어 올렸다. 이상섭도 환희에 찬 그의 얼굴을 더 이상 외면할 수가 없어 잔을 들고 나직이 말했다.

"일단 시작은 하겠네마는 오늘 한 말을 다른 데서는 입밖에도 내지 말게. 자네는 아직 잘 모를 것이여. 대영에는 밀고꾼이 득실득실하다네. 사람을 모아도 내가 모을 테니까 자네는 교육만 하게. 알것능가?"

힘차게 고개를 끄덕이는 홍기의 흥분된 얼굴을 보면서, 이상섭은 자신의 결정이 한 젊은이를 저토록 기쁘게 할 수 있다는 사실이 기뻤다. 꼭 젊었을 때의 자신을 보는 기분이었다.

두 사람의 결정으로 대영제강의 노조 결성은 빠르게 추진되었다. 적어도 반년은 앞당겨진 셈이었다.

김동연은 이상섭으로부터 노조를 만들자는 말을 처음 들었을 때, 무슨 말인지 이해조차 할 수가 없었다.

"조합을 만들자고요? 우리 회사엔 벌써 노조가 있잖아

요. 올 봄에 선거도 하고 그랬는데 뭘 또 만들어요?"

"으응? 무슨 소린가? 노조가 있다니?"

의아해하던 이상섭은 이내 너털웃음을 터뜨렸다.

"허허. 이 친구야 그건 노사협의회라고 노조가 없는 회사에서 노조 대신 만든 거여. 십 몇 년이나 공장을 다녔다는 사람이 그런 것도 몰라?"

"아… 그게 서로 다른 거요? 노동조합 간판은 나도 다른 공장에서 많이 봤지요. 처음부터 잘 말씀을 하시지."

이상섭은 이날, 몇 해 동안이나 친했어도 말해준 적이 없던 동해노조에 대해 털어놓았다. 강제 해산될 때의 얘기보다는 주로 신나는 얘기였다. 한참 이야기를 듣던 김동연은 이상섭이 오히려 놀랄만치, 아무런 스스럼없이 대답했다. 그는 노조가 무엇인지뿐 아니라 노조운동이 얼마나 힘든가를 전혀 알지 못했다.

"좋아요, 해봅시다. 조합이 그렇게 좋은 거라면 안 하면 후회하지 않겠수?"

며칠 후 점심시간, 김동연은 현장 한편에서 벌어진 투전판을 기웃거리고 있었다. 몇 걸음 앞에 선을 그어 놓고 십여 명이 동전을 던져 선에 가장 가까이 맞춘 사람이 돈을 다 가져가는 놀이였다. 구경꾼까지 빽빽이 모여들어 '와와' 거리며 흥분하고 있었으나 겨우 십 원짜리 놀이로, 돈을 다 쓸어도 담배 한 갑이 안 되는 심심풀이일 뿐이었다.

아까부터 돈을 긁고 있는 이는 팔도회장 이병우였다. 제 강반에 하나밖에 없는 친목회인 팔도회의 회장인 그는 굵은 뼈대에 우락부락한 얼굴생김 그대로 여차하면 버럭 소리 질러 사람을 겁주었으나 평소에는 과묵한 친구였다. 이병우가 또 한 번 판을 휩쓸어 환호 소리가 터져 나왔을 때였다. 이상섭 일행이 제강반으로 들어오고 있었다. 김동연은 투전판을 기웃거리던 서동석의 팔목을 슬쩍 잡아끌었다.

"왔어. 그만하고 나와."

"예? 누가 와요? 아!"

서동석은 깜빡 잊었던 듯 웃으며 투전판을 벗어났다. 이십대 후반으로, 제강반에서는 제일 친한 친구였다. 노조에 대해 잘 알지 못하던 그 역시 김동연이 노조 이야기를 꺼내자 군말 없이 함께 하기로 결정했다.

스트란다 사이로 어슬렁거리며 들어온 홍기와 이상섭, 김진영은 김동연의 난로 주변에 모였다. 깊어지는 겨울을 맞아 난로 주위에는 기름박스를 등 높이까지 쌓아 바람을 막고 있어 외부에서는 잘 보이지 않았다. 오붓하게 얘기하기에 딱 좋았다.

이상섭이 운을 떼었다.

"먼저 말했지만, 오늘 모인 것은 다름이 아니라 대영제강에도 노동조합을 만들어 보자, 이런 취지로 오늘 모이자고 한 것이여. 모두들 찬동했으니 더 말하지는 않겠고 오늘은 간단하게 어떻게 추진할 것인지 그거에 대해서만 얘기하자고."

이상섭은 적이 긴장되어 말을 제대로 하지 못했다. 홍기가 대신 말을 이었다.

"예, 제 생각에도 더 이상 노조의 필요성에 대해 얘기할 필요는 없을 것 같고, 오늘 이 자리에서는 노조결성추진위원회만 만드는 걸로 했으면 좋겠습니다. 비록 다섯 명이지만 시작으로는 충분하다고 봅니다. 앞으로 몇 달 간 더 사람을 모으고 노조운영에 필요한 여러 가지 공부를 하는 게 어떨까 싶습니다."

이상섭이 놀란 얼굴을 했다.

"몇 달씩이나 공부만 하자고? 뭔 일을 그리 뜸을 들이나? 대영 사람들은 불만이 엄청나기 때문에 누가 깃발만 들면 다 모여들 것인데?"

김동연의 생각에도 그렇게 오랫동안 준비할 게 뭐가 있을까 싶었다. 그러나 홍기는 더욱 신중히 말했다.

"아닙니다. 몇 달로도 부족할지 모릅니다. 상섭 형님이 경험하셨듯이, 노조결성을 축하하고 박수치는 회사는 없습니다. 온갖 방해를 할 게 뻔하고, 아무런 사전 교육도 없이 사람들을 모아봤자 조금만 어려움이 닥치면 그냥 흩어지고 말 겁니다. 최소한 노조를 주도할 사람들만큼이라도 상당한 지식과 훈련이 필요하죠. 서둘 일이 아닙니다."

김진영은 홍기의 말이라면 무조건 동조했다.

"저도 찬성해요. 대영이 문 연 이래 삼십 년이 지나도록 노조가 없었는데 몇 달 늦으면 어때요? 기왕이면 완벽하게 만들어야죠."

모두들 고개를 끄덕이지 않을 수 없었다. 그러자 서동석이 물었다.

"공부라면 어떤 공부를 말하는 거예요? 난 워낙에 머리가 나빠 놔서 공부는 딱 질색인데, 그리고 공부한다면 누가 가르쳐요?"

홍기는 빙그레 웃었다.

"제가 전에 노동조합을 좀 해봤습니다. 노동조합법이나 조합운영에 대해서 조금 아니까 우선 제가 강사를 맡을 게요."

"그려, 홍기가 하시게. 자네 같은 똑똑한 사람이 필요해."

이상섭의 결정에 아무도 이의를 제기하지 않았다.

"저도 생각해 봤는데요."

김진영이 입을 열었다. 그의 길쭉한 머리에는 오전 내내 쓰고 있던 안전모 자국이 새집처럼 나 있고 뺨에는 한 줄기 기름얼룩이 그어져 있었다.

"모임이 있으면 이름이 있어야 할 것 아니겠어요? 그래서요, 제가 이름을 하나 생각해 봤거든요. 동지회 어때요? 동지애로 굳게 뭉치자 이거죠."

"그거 괜찮네. 우리가 무슨 독립운동가라도 된 것 같은 걸?"

김동연이 동의했으나 이상섭의 의견은 엉뚱했다.

"동지회라고? 그거 전두환이네 민정당에서도 쓰는 말이잖아? 평생동지회 말여. 재수 없으니 다른 걸로 하는 게 어때?"

홍기가 빙긋이 웃었다.

"저도 동지란 말이 좋은데요? 민주니 자유란 말도 나쁜 놈들도 쓰지만 그렇다고 의미가 달라지지는 않으니까요. 제가 보기엔 괜찮은 것 같으니 진영이 의견에 따르도록 하지요?"

연탄난로가에서 결성된 동지회는 그 자리에서 매주 두세 차례 모여 공부를 강행하기로 했고 몇 가지 비밀유지를 위한 수칙을 정했다.

홍기는 사람들이 의외로 진지하게 모든 것을 받아들이는 것에 놀랐다. 나름대로 조직 경험이 있기는 했으나 초보적인 노동자들이 이처럼 어려운 여러 조건을 쉽게 받아들일 줄은 몰랐다. 잘될 것이라는 확신을 가질 수 있었다.

5

며칠 후 야간작업이 끝난 아침, 대영제강 바로 맞은편 언덕 위에 있는 서동석의 자취방에 조심스러운 얼굴들이 하나씩 나타났다. 하나같이 밤샘에 지쳐 두 눈은 퀭하니 들어갔고, 아직 목욕물도 채 마르지 않아 젖은 머리칼에서는 김이 모락모락 피어나고 있었다. 전날 밤 식당에서도 목욕탕에서도 보았으니 인사를 나눌 필요도 없었다.

방은 깨끗했다. 전자제품이라고는 전기밥솥 하나뿐, 합성섬유로 만든 싸구려 담요 두 장과 작업복이나 다름없이 허름한 옷 몇 벌이 전부였다. 그래도 방바닥은 먼지 하나 없이 깨끗이 청소되어 있었고 밥솥에는 전날 출근하기 전에 물에 담가 놓은 쌀이 밥하기 충분하게 불어 있었다. 취사도구도 노란 냄비 두어 개와 국자, 플라스틱 밥그릇 몇개가 전부였지만 나름대로 깨끗이 정돈되어 있었다. 구멍을 꽉 막아두었던 연탄불은 밤새 꺼지지 않아 깔아 놓은 담요 밑이 따뜻했다. 서동석의 차분한 성격이 구석구석 배어 있었다.

홍기는 긴장된 얼굴로 자신을 바라보고 있는 노동자들을 찬찬히 둘러보면서 입을 열었다.

"오늘 공부 첫날 우리가 배울 것은 과연 우리 노동자는 어떤 존재인가 하는 것입니다. 정부나 사장은 우리를 근로 자니, 노무원이니, 공원이니, 심지어 따를 종자를 써서 종 업원이라고도 합니다만 우리는 분명 노동자이지요?"

그는 호기심에 시선을 모으는 사람들의 눈을 하나씩 바 라본 후 주머니에서 꼬깃꼬깃 접힌 종이 한 장을 꺼내었다. 깨알 같은 글씨가 가득 차 있었다. 자기 앞에 종이를 펴놓 으면서 이상섭을 향해 물었다.

"상섭 형님, 그렇다면 근로자하고 노동자하고 무엇이 다 를까요?"

이상섭은 멍한 얼굴로 그를 올려다보았다.

"같은 말 아닌가? 노동자라면 과격해 보이니까 정부에 서는 근로자라 하는 게 아니여?"

홍기는 빙그레 웃었다.

"그런 측면도 없지는 않죠. 하지만 근로자라면 일을 하 는 모든 사람, 그러니까 노동자, 농민, 소상인 등을 모두 이 르는 말인 반면, 노동자는 타인에게 고용되어 임금을 받으

며 사는 사람만을 가리킵니다. 그래서 노동자를 임금노동
자라고 부르기도 하지요."

사람들은 여전히 잘 이해가 가지 않는 표정이었다. 홍기
는 예상했다는 듯이 말을 이었다.

"잘 들어 보세요. 근로자라고 하면 그 속에 물론 노동자
도 들어가지만 농민도 포함되고 장사꾼도 포함됩니다. 심
지어는 작은 회사의 사장들도 다 근로자라고 할 수 있습니
다. 일하는 모든 사람을 말하는 거지요. 그렇지만 노동자는
근로자 중에서도 남 밑에 고용되어 돈을 받고 일하는 사람
들만을 의미합니다. 즉, 남을 위해 자기의 노동력의 일부를
바치고, 나머지만 임금으로 받는 사람들이죠. 노동자는 근
본적으로 자신의 노동을 타인에게 뺏기며 살아가야 하는
처지인 것이고, 그렇기 때문에 노동조합을 만들어서 자신
의 권리를 찾으려는 사람들인 겁니다. 조금 이해가 되시나
요?"

완전하지는 않지만 다소 이해가 되는 표정들이었다. 홍
기는 그 정도에서 만족하고 종이를 슬쩍 들여다 본 후 말을
이었다.

"오늘 배우려는 것은 우리 노동자가 하는 일은 무엇이고
이 사회에서 어떤 위치를 차지하고 있는가 하는 것입니다.
노동자가 무슨 일을 하느냐, 쉬운 문제죠? 동연 씨, 노동자

가 하는 일은 무엇입니까?"

"우리가 하는 일? 일하는 게 우리 일이지 뭐."

낮은 웃음소리가 일었다. 김동연은 얼굴이 약간 상기되었다. 사실 그는 홍기가 처음에 노동자라는 말을 꺼냈을 때 동지라는 말을 들었을 때와 마찬가지로 낯선 느낌을 받았다. 근로자가 남한에서 쓰는 말이라면 노동자란 말은 북한에서 쓰는 용어처럼 보였기 때문이다. 그런데 홍기는 그런 그의 마음도 모르고 더 낯선 자본주의란 단어까지 꺼내놓았다.

"오늘 우리가 살아가는 경제제도를 자본주의라 부릅니다. 자본이 왕이라는 뜻이지요. 이 자본주의 아래서 노동자는 자본을 가진 사람들에게 고용되어 노예처럼 일을 할 수밖에 없는 처지들입니다. 노동자는 실로 생산의 주인입니다. 여기 이 볼펜과 종이로부터 장판, 집, 나아가 저 수많은 빌딩과 자동차, 모두가 노동자가 만들어 낸 것입니다. 노동자가 없다면 세상은 단 일 년만 지나도 완전히 폐허가 될 것입니다. 그런데, 이상한 것은!"

그는 오른손 둘째손가락을 들어 보이며 또박또박하게 말을 이었다.

"자본주의가 자랑하는 저 화려한 건물들과 상품 중에서 생산의 주인인 노동자가 차지하고 있는 것은 거의 없다는 사실입니다. 동양 제일의 빌딩이니 몇 백만 대나 수출했다는 컬러텔레비전이니, 가게마다 넘쳐나는 저 화려한 옷과 수많은 상품들이며 고급 식당의 맛있는 음식들 중 우리 노동자가 소유하거나 살 수 있는 게 얼마나 됩니까? 심지어 우리들이 사는 집마저 대부분 남의 것이죠. 연장, 철야 죽도록 해봤자 이십만 원 받아서 칠팔만 원을 고스란히 집주인에게 바쳐야 합니다. 전세라도 이자로 치면 다를 바 없지요. 어떤 사람들은 자기는 가난하면서도 서울의 저 화려한 겉모습만 보고 우리나라가 부자나라라고 자랑하지요. 어리석지 않습니까? 그건 마치 어느 집 하인이 밖에 나가 자기 집이 부자라고 자랑하는 것과 다름이 없지요. 우리나라가 지난 이삼십 년 사이에 커다란 경제발전을 이룬 건 사실이지만 그 혜택의 대부분이 극소수의 자본가와 부자들에게 쏠려 있는 게 현실입니다. 이것을 고치지 않는다면 결코 우리나라를 잘 사는 나라라고 해서는 안 될 겁니다."

그는 잠시 쉬었다가 손가락으로 자기 이마를 한 번 짚어 보며 말을 이었다.

"자! 그렇다면 어디 우리가 아는 지식을 동원해서 아주 오랜 옛날의 노예라는 사람들을 잠깐 생각해 봅시다. 서동석 씨, 옛날 노예가 가진 게 무엇이 있었습니까?"

"노예요? 가진 게 어디 있었겠어요? 제 몸뚱아리뿐이었겠지요."

"그래요. 오직 몸뿐이었지요. 노예는 굶어죽지 않으려고 죽어라고 일했어요. 그 덕에 주인들은 손가락 하나 까딱 않고 배불리 먹고 살았지요. 그렇지만 주인들도 노예에게 뭔가 주기는 주었어요. 바로 최소한의 먹을 것과 얼어 죽지 않을 만큼의 옷이었지요. 그걸 주지 않으면 노예들이 죽어 없어질 테니 어쩔 수 없었던 거지요. 그러면, 오늘날 자본가들은 어떻습니까?"

"그보다 더 하지요. 그놈들이 어디 먹을 거, 입을 거라도 제대로 보장해 주나요?"

김진영의 명쾌한 대답이 홍기를 기쁘게 했다. 전기밥솥에서는 밥이 부글부글 끓어오르기 시작했고, 조그만 창문으로는 겨울 햇살이 엷게 비쳐들어 방 안은 한결 훈훈해졌다. 사람들의 눈은 피로에도 불구하고 점점 더 맑아지고 있었다.

"맞습니다. 요즘은 생활수준이 좋아져서 옛날 노예하고 비교하는 게 우스워 보일지는 몰라도, 오늘의 자본가들이 하는 짓은 옛날의 노예주들만도 못하지요. 노동자가 자기 집에서 함께 사는 것도 아니고, 얼마든지 거리에 널려 있으니까 굶어죽거나 말거나 최대한 임금을 적게 주려고만 합니다. 노동자들은 자기 자신은 물론이요, 아내와 자식들까지 공장에 보내고도 먹고살기가 힘들다는 걸 새삼 말해 무엇 하겠습니까? 진영이, 그러면 우리나라 자본가들이 도대체 얼마나 많은 재산을 가지고 있을까? 그러니까 국민의 일 퍼센트 정도 되는 부자들이 전체 재산 중에서 얼마나 차지하고 있느냐 이거야."

"한, 이십 퍼센트는 되겠지요. 더 될까?"

홍기는 고개를 내저었다.

"아니지요. 놀랍게도 사십 퍼센트가 넘어요. 여기 통계를 보면……."

그는 종이에 적어온 몇 가지 통계를 읽어 주었다. 대영제강 노동자의 월급을 50개월은 모아야 살 수 있는 한 개에 1천만 원짜리 침대라든지, 1,200만 원 하는 대리석 욕조 같은 것이 얼마나 수입되고 있는지, 전 국토 중에서 재벌이 차지하고 있는 땅이 얼마인지 하는 통계들이었다. 사람들은 기막힌 현실에 놀라기도 하고 어떤 것은 아예 믿으려 들지도 않았다. 서로 한마디씩 하느라고 방 안이 시끄러워지고 말았다. 강사의 말에 푹 빠져들고 만 것이다.

홍기의 교육은 동지회원들의 흥미를 끌기에 충분했다. 그는 술자리에서의 평온한 태도와는 달리 놀랄 만치 대단한 열변을 토했다. 그의 말은 한마디 한마디가 쉽고 재미있었으며 간간이 터뜨려대는 질문은 사람의 주의력을 꼭 붙

잡아 두었다. 풍부한 사례와 통계, 확신에 찬 주장은 사람의 마음을 사로잡기에 충분했다. 첫날 공부는 예정과 달리 두 시간이나 계속되었다. 일단 공부가 끝난 뒤에도 동지회원들은 서동석이 해놓은 밥과 김치찌개에 소주를 곁들이느라 점심때까지 일어나질 못했다. 모두에게 아주 만족스런 시간이었다.

자신을 갖게 된 홍기는 두 번째 시간에는 본격적으로 계급이란 용어까지 사용하여 자본주의 사회가 어떤 계급으로 이루어졌는가, 각 계급은 어떠한 위치에 있으며 어떻게 변화하는가에 대해 설명했다. 얼핏, 레닌이 노동계급 혁명의 탁월한 지도자였다는 말도 했다. 레닌이니 계급이라는 용어를 사용한 것은 작은 모험이었다. 그런데 그거 공산당 용어가 아니냐고 묻는 사람이 없었다. 어이없게도, 사람들은 홍기가 왜 도둑놈 제 발 저리듯 계급이니 레닌이란 단어를 애써 변명하려 하는지 이해를 못하고 있었다. 제대로 고등학교를 졸업한 서동석을 빼고는 레닌이 누구인지도 모르는데다 계급이니 자본주의니 하는 용어도 깊이 공부를 한 적이 없었기 때문이었다. 반공교육의 혜택도 학력에 따라 다르다는 사실은 홍기를 흥미롭게 하기도 했다.

어쨌든, 두 번째 공부도 성공적이었다. 동지회원들은 홍기가 주변의 작은 공장과 구멍가게들의 몰락과 집중을 예

로 들어 소자본가는 몰락하고 자본은 집중되어 재벌화한다
는 법칙을 얘기해 주자 무척 흥미로워 했다. 노동자는 점점
숫자가 늘어나고 강해지고 있음을 여러 나라의 파업에 관
한 통계를 통해 들을 때는 흥분하기도 했다. 사람들은 또한
그동안 전혀 들은 바 없던 우리나라의 파업에 대한 얘기를
들을 수 있었다. 이상섭은 그래도 70년대의 파업에 대해서
는 아는 바가 있었으나 일제시대부터 헤아릴 수 없이 많은
파업이 일어나 일제에 저항했다는 사실은 처음 알았다. 이
들에게 일제하 노동운동사는 거의 전설이나 다름없었다.

공부할 내용은 무궁무진하게 많았다. 그러나 1986년은
두 번의 공부로 끝낼 수밖에 없었다. 세 번째 모임은 이상
섭의 집에서 망년회를 겸하기로 했다. 그는 자기 집에 가서
는 절대로 노조라는 말을 꺼내지 말라고 신신당부했다. 아
내에게는 자기가 다시 이런 일에 끼어든 사실을 숨겨 왔기
때문이었다.

야근 마지막 날 아침, 동지회원들은 소주에 돼지고기를
싸들고 이상섭의 집으로 향했다. 이상섭의 가족은 독산동
20미터 도로변의 반지하방에 세 들어 살고 있었다. 작고 어
두운 방 두 개를 쓰고 있었는데 온통 털실뭉치와 팔 부위만
짠 스웨터가 잔뜩 널려 있었다.

"마누라가 뜨개질 오야지 하잖어. 아, 집안 좀 치우고 살

어! 발 디딜 틈도 없네."

이상섭이 발길로 털실뭉치들을 밀어내며 투덜대자 아내가 버럭 소리를 질렀다.

"이 짓이라도 했으니까 먹고살았지, 당신 월급만 바라봤으면 벌써 굶어죽었어!"

사람들이 놀라 엉거주춤했다. 살이 푸둥푸둥 찐데다 피부도 남자처럼 시커먼 얼굴이 상대방 기를 꺾는 여자였다. 그녀가 화가 나 있는 게 아니라 언제나 그런 식임을 아는 것은 이상섭밖에 없었다. 이상섭은 사람들을 향해 눈을 껌벅거려 안심시키고 나서 유들유들하게 말했다.

"그려, 그려. 내가 언제 니들 먹여 살렸다고 했능가? 손님들 왔으니께 고기나 한 상 차려온나. 오늘은 어디 우리 못생긴 마누라 덕 좀 보자."

"어이구 말이나 못하면……."

아내는 고릴라같이 씩씩대는 시늉을 하면서도 모처럼 온 손님들을 무척이나 반가워하는 눈치였다. 본래 사람 사귀기 좋아하는 여자였다. 별 볼일 없는 노동자의 집이라고 친척붙이들마저 드나드는 일이 없는 것을 서운히 생각해 왔었다. 이상섭도 회사에서는 사귄 이가 많았으나 집까지 데려오는 일은 드물었다.

방학이라 중학생 하나와 국민학생 둘이 손님들이 오거나

말거나 큰소리로 떠들어대고 비좁은 집안을 뛰어다녔다. 이상섭은 아이들을 작은방으로 쫓아내려 했으나 서동석이와 김진영이 붙잡고 놀아 주었다. 홍기도 노동운동에 대해서는 쏙 빼고 생활에 대해서 이것저것 물으며 얘기를 나누었다. 부엌이 불편하여 한참 후에야 술상이 마련되었다.

이상섭의 아내는 외모뿐 아니라 하는 짓도 거칠었다. 돼지고기를 어찌나 큼직큼직하게 썰었는지 한 입에 씹기가 곤란할 지경이었다. 요리솜씨는 좋았지만 독산동 도축장에서 사온 싸구려 숫놈 돼지고기라 고기에서 노린내가 물씬 풍겼다. 술잔도 설거지가 덜 되어 고춧가루가 붙어 있는 것을 그대로 가져왔다. 이상섭은 고춧가루가 묻어 있는 잔을 다시 내보내며 버럭 소리 질렀다.

"잔이 이런 것밖에 없어? 이런 데다 술 마시면 이빨 새에다 끼어버리는 거 모르능가? 대접으로 들여보내!"

그의 아내는 정말로 물이 뚝뚝 떨어지는 넙적한 밥그릇을 가지고 와서 밥상 위에 소리 나게 내려놓았다.

"옛소! 아예 술독에 빠지시구랴."

주고받는 말은 거칠었으나 두 사람 행동거지 하나하나에는 서로에 대한 애정이 듬뿍 담겨 있었다. 그녀는 남편의 대접에 가득 소주를 부어주었다. 많이 해본 솜씨였다. 서동석이 그녀에게도 소주를 권하자 아무 거리낌 없이 받아들었다. 다만 아이들에게는 엄했다. 엄마가 술잔을 든 것을 보고 아이들이 킥킥대자 불같이 소리 질렀다.

"방에 들어가지 못해? 이거 한 그릇 퍼들고 당장 들어가!"

아이들이 갑자기 입을 다물어 버렸다. 이상섭이 아내를 흘겨보며 말했다.

"괜찮아, 괜찮아. 여기들 있어."

아이들은 그러나 제 어미를 더 무서워했다. 중학생 딸아이가 고기를 한 그릇 퍼가지고 슬금슬금 나가 버렸다. 이상섭이 투덜댔다.

"여자 하고는. 어이구, 내 이런 여자하고 어떻게 살아 왔는지 몰라."

화가 난 것은 아니었다. 그는 겉보기에는 무식하고 상스러워 보여도 억척스럽고 잔정이 많아 동네에 인심 잃지 않고 도맡아 살림을 꾸려나가는 아내를 좋아했다. 사랑이라고 하기에는 왠지 어울리지 않지만, 믿고 의지하며 살아하는 동반자였다. 자기가 또다시 조합운동에 뛰어든 것을 알면 펄펄 뛰며 말리겠지만 결국에는 그녀 역시 회사에 분개하고 뛰어들 것이라는 걸 그는 잘 알고 있었다. 동해철강에서도 그랬다. 그는 큰 소리로 말하며 잔을 들어올렸다.

"자, 건배하자구! 모두들 잔 들어!"

모두들 잔을 들어올렸다. 비록 젓갈도 제대로 들어가지 않아 심심한 김치에 냄새나는 늙은 돼지고기가 전부였지만 좁은 방 안에 가득 찬 숨결이 마음을 푸근히 만드는 술자리였다. 그런데, 진영이 술잔을 들지 않고 빙긋이 웃고만 있었다.

"진영이 뭐 혀? 빨리 잔 들지 않고!"

이상섭이 성화를 했으나 여전히 빙글거리기만 했다.

"저, 오늘부터 술 끊기로 했어요. 형님들이나 드세요."

희한한 일이었다. 최고의 술꾼인 그가 술을 끊겠다니 모두들 들었던 잔을 내려놓지 않을 수 없었다. 서동석이 말했다.

"야, 진영아, 뜻은 좋다만 술은 내년부터 끊으면 안 되겠냐? 오늘은 망년회니까 마지막으로 한잔 들자."

김진영은 그러나 고개를 내저었다.

"이미 결심했어요. 꼭 술을 먹어야 옳은 일을 할 수 있나요? 술 먹고 주정하는 버릇 때문에 욕을 먹곤 하잖아요. 그래서 끊기로 한 거니까 말리지 말고 도와 줘요."

어쩔 수 없이 그를 빼놓고 다시 건배를 하였다. 그런데 모두들 건배하는 동안 김진영은 가방에서 책 세 권을 꺼내더니 홍기를 빼고 세 사람에게 나눠주었다.

"이거 별거 아니지만 형님들 드리려고 샀어요. 〈전태일

평전〉이라고, 먼저 홍기 형님에게 빌려 보았는데 너무 좋기에 세 권을 샀어요. 청계천에서 노동운동하다가 분신한 노동자 얘기예요."

김진영의 표정은 담담했으나 받아보는 이들은 전혀 예상치 못한 일에 몹시 감동했다. 특히 김동연이 그랬다. 연애할 때 아내로부터 양말을 선물로 받아보고 나서는 선물이라는 것 자체가 처음이었다. 그는 뭉클하는 가슴으로 조심스럽게 책표지를 열어 보았다. 나이를 짐작할 수 없는 소복의 여인이 영정을 끌어안은 채 울부짖는 곁으로 몇 사람이 아픈 얼굴로 서 있는 사진이었다.

"고맙다. 나는 선물 생각도 못 했는데."

"한번 꼭 읽어봐요. 나는 읽으면서 몇 번이나 울었는지 몰라요. 아마 노동자라면 누구나 울지 않을 수 없을 거예요."

홍기가 고개를 끄덕였다.

"나도 이 책 읽으면서 여러 번 울었어. 인간이 자기 개인을 위해서가 아니라 다른 약한 사람들을 위해 죽을 수 있다는 것. 얼마나 고귀한 일인가? 그거야말로 인간만이 할 수 있는 일이지. 자기 개인과 가족만을 위해서 남을 희생시키며 살아가는 자들은 조금도 이해할 수 없을 거야."

분위기가 숙연해졌다. 이상섭은 아내의 얼굴을 슬쩍 올

려다보았다. 걱정했던 것과 달리 그녀 역시 홍기의 말을 주의 깊게 듣고만 있었다. 그는 홍기의 말이 끝나길 기다려 다시 한 번 술잔을 높이 들어올렸다.

"자, 건배하자구! 다가올 새해는 멋진 한 해가 되기를!"

잔이 들어 올려졌다. 구석구석마다 곰팡이가 슨 습기 찬 방 안에 열기가 후끈거리는 느낌이었다. 그렇게 1986년은 저물어 갔다.

6

　새해를 맞은 대영제강은 나날이 번창하고 있었다. 거대한 트럭들이 매일 포항제철소에서 원자재를 실어 왔고, 완성된 철조망과 와이어로프를 잔뜩 실어 나갔다. 대영제강이라 쓴 트럭들은 고속도로를 질주했고, 철조망을 가득 실은 배들은 매 주일마다 중동의 전쟁터를 향해 출항했다. 각과의 기계들은 쉬지 않고 돌아갔지만 일인당 생산 목표는 갈수록 늘어났다. 그만두는 노동자가 속출했지만 그보다 더 많은 노동자가 보충되었다. 사무실 앞에는 매일 면접 보러 온 사람들이 웅성이고 있었다. 그들은 자기들끼리 담배를 나눠 피우며 기름 절은 작업복의 노동자들을 부럽게 바라보았다. 그 중 대부분은 입사한 지 며칠 되지 않아 나가버렸지만 총원은 점점 늘어났고, 부산에 또 다른 제강공장을 세울 것이라는 소문이 돌았다. 전쟁은 대영제강 주주들을 나날이 살찌게 했다.

회사의 번창과 상관없이, 대영제강 노동자들은 연말연시 보너스로 겨우 5만 원을 탈 수 있었다. 성탄절이나 신정 연휴는 노동자들에게는 더욱 서글픈 날일뿐이었다. 회사는 성탄절에도 기계를 돌렸고 신정 연휴도 겨우 이틀의 휴가를 주면서, 그나마 연휴 전후에 결근하는 사람은 본래 유급이던 연휴 이틀 치까지 무급으로 처리하겠다고 공고했다. 누군가는 용평 스키장이나 설악산 콘도에서 포근한 눈밭을 뒹굴고 장작이 이글거리는 벽난로에서 몸을 말리는 동안, 노동자들은 찬바람 이는 기계 옆의 가스냄새 지독한 연탄난로 앞에서 아슬아슬하게 졸고 있었다. 누군가는 자본주의의 풍요를 찬미하는 시간에 추위와 가난에 움츠러든 노동자들의 마음은 돈에 쫓기는 불안과 절망으로 옥죄어들고 있었다.

동지회의 공부는 꾸준히 진행되었다. 일주일에 세 번 만나기는 쉽지 않아서 가끔 술자리로 공부를 대신하기도 했으나 홍기는 경제, 정치, 그리고 노동자가 가져야 할 철학에 대하여 끈질기게 지도해 나갔다. 사람들은 제국주의 전쟁, 공황과 불황, 공해와 사회악 등 자본주의의 문제들에 대해 충분히 이해하지는 못했다. 홍기는 세상에 일어나는 거의 모든 문제들이 오직 자본주의 때문이라는 식의 편향된 의식을 보여주기도 했다. 그것은 마치 사회주의야말로 인류가 나가야 할 지고의 선인 것처럼 들리게 했다. 직접 그렇게 말하지는 않았지만 동지회원들은 어렴풋이 그런 분위기를 느꼈다. 그러나 누구도 이에 대해 직접적으로 반발하지 않았다.

"동연 형, 홍기 형 좀 수상하지 않아요? 좀 빨갱이 같다는 생각이 들어요. 안 그래요?"

공부를 마친 어느 날 집에 돌아가는 길에 서동석이 그 문제에 대해 물었을 때, 김동연은 별로 놀라지 않았다. 묻고 있는 서동석도 빙글빙글 웃고 있을 뿐이었다.

"야, 사회주의가 뭐가 어때서? 우리같이 집 없는 사람들한테 집 주고 땅 없는 사람들한테 땅 주는 게 뭐가 나빠?"

"동연 형이야말로 사상이 불순하네?"

서동석은 소리 내어 웃었다. 그리고는 말했다.

"맞아요. 이 엉터리 같은 세상을 고칠 수만 있다면 빨갱이면 어떻고 파랭이면 어때요?"

동지회 노동자들의 의식은 빠르게 변화하고 있었다. 학습이 두 달을 넘기면서부터는 조직을 늘리기 위한 노력도 시작되었다.

한편, 새해가 되면서 세상은 요동을 시작했다. 연초부터 대학생 박종철이 경찰의 물고문으로 살해된 사건이 밝혀지면서 헌법 개정의 요구와 함께 거센 반정부 투쟁에 불이 붙었다. 그것은 이전의 조직적인 소수의 투쟁과는 양상이 달랐다. 대학생에 대한 고문치사는 국민들의 감정을 자극했다. 연초부터 대규모 시위가 종로 바닥을 휩쓸기 시작했다. 당황한 정권은 수만 명의 경찰을 동원했고 시위대는 대열을 형성하지도 못한 채 이리저리 쫓겨다녀야 했다. 군사정권의 오랜 철권통치는 그런 점에서 효과가 있어 보였다. 그러나 분노한 파도처럼 이리저리 밀려다니던 시위대는 얼마안 가 경찰을 압도할 만큼 거대해졌다. 심정적으로만 시위를 지지하던 시민들도 시위대와 똑같이 최루탄을 뒤집어쓰고 곤봉으로 두들겨 맞으면서 자연스레 시위대가 되어 갔다. 노동운동가들로부터 목사, 신부, 승려, 야당 정치인들까지 합세해 재차, 삼차, 시위를 준비함으로써 정국은 거대한 소용돌이에 빠져들었다.

구로공단의 몇 개 공장에서 여성노동자들을 중심으로 동맹파업이 있던 외에는 별다른 큰 사건 없이 비밀스런 소모임 활동이 주류를 이뤄온 서울지역 노동운동에도 변화가 일어나고 있었다. 홍기는 모임 때마다 다른 공장과 다른 지역 노동자의 투쟁소식이 실린 유인물을 가져왔다. 구로공단은 물론 성남, 인천 등지에서 전해오는 그것들은 신문이나 방송에서는 전혀 알려 주지 않는 소식들을 상세히 싣고 있었다. 다른 공장에서 노동운동을 했거나 조합을 만들려

했다는 이유로, 어용노조를 민주화하려 했다는 이유로 해고당한 노동자들이 출근을 하려다가 두들겨 맞거나 경찰에 끌려가 구류 사는 얘기며 여공들에게 폭력과 성적 모욕을 가한 얘기, 노동운동 조직을 파괴하려는 무자비한 고문과 투옥의 소식들이었다.

홍기는 2월 중순에는 다른 공장 해고자들의 점거농성에 동지회원들도 연대투쟁을 하자고 제안했다. 아직 회사에서의 활동이 공개되지 않은 상태였으므로 선동가를 내보내지는 않고 참가만 하기로 했다.

약속된 저녁시간, 구로공단 한가운데인 가리봉동 오거리에는 팽팽한 긴장이 감돌고 있었다. 여느 때와 마찬가지로 차량과 인파가 홍수처럼 밀려다녔지만 정류장과 육교 주변, 고가차도 아래 공터와 골목에는 철망으로 단단히 둘러싸인 국방색 전경버스가 빽빽이 세워져 있었다. 모든 길목마다 검문검색이 벌어졌다. 전경들은 학생으로 보이는 사람은 무조건 잡아 가방을 뒤지고 웬만하면 강제로 끌고 가 전경버스에 가두었다. 시위 약속시간인 6시가 되기도 전에 벌써 수십 명의 젊은이가 연행되었고 인도에는 십여 명씩 짝지은 전경들이 진녹색 방석복과 곤봉을 들고 발맞춰 행군하며 공포분위기를 조성했다.

김동연과 김진영은 아까부터 이리저리 오거리 일대를 배

회하고 있었다. 다른 세 사람도 마찬가지였다. 시위하러 온 사람끼리는 감각만으로도 서로가 서로를 느낄 수 있었다. 서로 아무 말 하지 않아도, 냉랭하고 무표정한 얼굴로 바쁘게 지나쳐가는 다른 행인들과는 사뭇 다른 표정들이 서로를 느끼게 해주었다. 조바심과 두려움으로 긴장되어 있는, 따뜻해 보이는 눈빛과 착한 표정들이었다. 지나치며 마주치는 눈빛만으로도 시위하러 온 사람인지 아닌지를 구별할 수 있었다.

약속시간이 임박했을 때, 두 사람은 정류장 근처에서 서성이고 있었다. 젊은 노동자 두 사람이 나직이 대화하는 소리가 들렸다.

"또 데모하나 보다. 구경하자."

"구경은 무슨! 다친다. 얼른 가자."

그때 가방을 들고 가던 대학생 차림의 청년 하나가 전경의 검문에 걸려들었다. 전경 셋이 둘러싸더니 가방부터 빼앗아 뒤지기 시작했다.

"왜 이래요? 저기 친구 집에 가는 중인데요."

학생이 잔뜩 긴장되어 말했다. 사실을 입증하듯 학생의 가방에서는 유인물 같은 것은 나오지 않았다. 전경들이 가방을 돌려주려 했다. 그런데 무전기를 든 형사 하나가 오더니 학생증을 홱 나꿔챘다.

"신촌 사는 놈이 여긴 왜 왔어? 연행해! 야, 이 새끼들아, 대학생은 무조건 끌고 가라고 했잖아!"

말이 떨어지기 무섭게 전경들이 다시 달려들었다. 학생의 태도도 돌변했다.

"봐! 시민여러분! 경찰이 불법연행을 합니다. 이래도 됩니까?"

전경들이 말을 못하게 입을 틀어막으려 하자 학생은 더 크게 외쳤다.

"군부독재 타도하라! 노동삼권 보장하라!"

전경들은 발버둥치는 학생에게 욕설을 퍼부으며 사납게 발길질을 해댔다. 등 뒤에서 허리띠를 잡히고 목을 옥죄인 대학생은 더 이상 반항도 못하고 끌려가기 시작했다. 그때였다. 사람들의 시선이 일시에 맞은편 건물로 쏠렸다. 4층 상가 옥상에서 하얀 전단들이 눈처럼 날리고, 난간에는 열 명 정도의 노동자들이 늘어서서 손을 치켜 올리며 구호를 외치고 있었다. 그 중 몇은 여성이었다.

"살인고문 자행하는 군부독재 끝장내자!"

"노동자도 인간이다, 인간답게 살아보자!"

사복경찰들의 지휘 아래 전경들이 우르르 몰려들어 도로를 차단하고 정신없이 뛰어다니며 떨어지는 전단을 받기 시작했다. 아스팔트 위에 떨어진 것들도 행인들이 줍지 못하도록 전경이 겹겹으로 막아섰다. 전경들이 수십 명씩 짝 지어 군화 소리를 철컥거리며 부지런히 뛰어다녔다. 형사들의 무전기는 사방에서 시끄럽게 빽빽거렸다.

"물러들 가쇼! 뭘 볼 게 있다고 그래? 물러가라니까!"

형사들은 길 위로 밀리는 인파를 거칠게 떠밀며 소리쳐 댔지만 소용이 없었다. 구경꾼들은 좁은 인도를 넘쳐 길 위로 계속 밀려 나왔고, 사방에서 경찰과의 승강이가 벌어졌다.

"왜 이래요? 이리 가야 집이란 말예요!"

"돌아가라니까. 이리 못 간다면 못 가는 줄 알아!"

"당신들이 뭔데 길을 막고 그래? 경찰이면 다야? 비켜!"

단순히 지나가던 노동자나 상인들도 경찰의 제지에 저절로 시위대로 변해 갔다. 경찰로서는 진짜 행인이 누구이고 누가 시위대인지 구별하기 어려운 상황이 되었다.

"연행해! 다 잡아들여!"

경찰지휘자들이 뒤편에서 핸드마이크로 소리쳐댔지만 워낙 뒤엉켜 연행도 쉽지 않았다. 경찰과 시위대, 일반인들이 뒤엉킨 인파 속에서 구호가 터져 나오기 시작했다. 여기 저기서 몇 명이 선창한 구호는 이내 수십 명의 구호로 번져 갔다.

"폭력경찰 물러가라!"

"군부독재 타도하자!"

누군가 허공을 향해 던져 올린 전단 수십 장이 바람에 펄럭이며 사람들의 머리 위로 떨어졌다. 길 가다가 휩쓸린 노동자들이 서로 주워서 보려고 허리를 굽혔고 경찰지휘관들은 핸드마이크를 삑삑거리며 고함쳐댔다.

"줍지 못하게 해! 뺏아! 말 안 듣는 놈은 몽땅 연행해!"

"노란 잠바 잡아! 머리 긴 노란 잠바 저 놈이다! 빨리 잡아!"

아직 전단을 한 뭉치 들고 있던 노란색 점퍼 차림의 젊은 이를 향해 사복체포조가 달려들었다. 청바지에 백색 안전모를 써 백골단이라 불리는 전경들이었다. 청년은 잡히는 순간에도 손에 든 전단을 뿌리려 했으나 백골단의 발길질에 앞으로 나동그라지고 말았다.

"밟아 버려! 빨갱이 새끼들!"

형사의 고함과 함께 백골단의 군홧발이 무참히 쏟아졌다. 청년은 이리저리 몸을 뒤틀며 괴로워했다. 인파 속에서 날카로운 고함이 터져 나왔다.

"때리지 마! 왜 때려!"

해고노동자로 보이는 젊은 처녀였다. 순간, 빵빵 하는 총소리가 터졌다. 매운 바람이 혹 끼쳐왔다. 최루탄이었다. 총구에서 날아온 최루탄들이 아스팔트 위에서 터지기 시작했다. 최루탄에 머리와 등을 맞은 사람도 있었다. 흰 분말이 흩어져 날리고, 사람들은 흩어져 달아나기 시작했다. 그 뒤로 전경들이 일사분란하게 뛰어왔다.

김동연도 아무 생각할 겨를도 없이 뒷골목을 향해 무작정 내달았다. 목이 찢어질 듯 따갑고 눈물이 앞을 가렸다. 도저히 숨을 쉴 수가 없었다. 도망친 사람들로 꽉 찬 골목으로 뛰어들자마자 바닥에 털썩 주저앉았다. 욕이 저절로 튀어나왔다.

"나쁜 새끼들! 개새끼들!"

분해서 견딜 수가 없었다. 콧물이 지저분하게 흘러내렸고 눈물이 온통 얼굴을 뒤덮었다. 다른 사람들도 다들 숨을 헐떡이고 기침을 해대느라 정신들이 없었다. 그런데 몇 분 지나지도 않아 큰길 쪽에서 비명과 욕설, 함성소리가 들려왔다. 골목에 들어왔던 사람들이 다시 큰길로 나가기 시작했다.

김동연이 눈물을 닦으며 거리로 나와 보니 어느새 다시 길을 가득 메운 사람들이 옥상을 향해 비명과 고함을 질러대고 있었다. 10여 명의 농성자들을 향해 수십 명의 백골단이 포위망을 좁혀 들어가는 중이었다. 백골단은 손마다 팔뚝만한 쇠파이프를 들고 있었다.

"물러가라! 야ㅡ"

백골단은 도로 사람들의 항의와 고함에도 아랑곳 않고 포위망을 좁혀갔다. 농성자 중에서 남자들이 돌멩이를 몇 개 던졌으나 이리저리 유유히 피해 버렸다. 농성자 중 몇 사람이 몸을 돌려 뒤로 다가오는 무언가를 막으려는 듯 뛰어갔다. 순간, 그들의 모습이 사라졌다. 그리고 허공에 쇠파이프들이 휙휙 움직이는 게 보였다. 앞의 백골단은 남은 여성노동자들을 향해 일시에 달려들었다.

"아악! 아아악!"

여성들의 비명소리가 밑에까지 들렸다. 길 위 인파의 비명과 고함도 한계에 이르렀다.

"야 이, 죽일 놈들아! 때리지 마아!"

김동연도 미친 듯 소리쳐댔지만 아무런 반향도 없었다. 전경들이 여성들의 어깨와 머리에 마구 쇠파이프를 내리치는 광경이 파란 하늘을 배경으로 너무나 선명하게 보였다. 여성들은 하나씩 쓰러져 보이지 않게 되었지만 그 위로 전경들이 한동안 쇠파이프를 휘둘러대는 모습이 계속되었다.

'타닥! 타다닥!'

다시 최루탄이, 이번에는 수십 발이 한꺼번에 터지기 시작했다. 연기가 뽀얗게 퍼져 시야를 거의 막아버렸다. 사람들은 또다시 흩어지기 시작했다. 그러나 이번에는 아까처럼 무작정 도망치지는 않았다. 서서히 밀리면서도 사방에서 군부독재 타도와 폭력경찰 타도를 외쳐댔다. 김동연도 김진영과 나란히 난생 처음으로 군부독재 타도를 목이 터져라 외쳐댔다. 아무리 외치고 소리쳐도 분이 풀리지 않았다. 사람들에 밀리지 않으려고 버티며 계속 외쳐댔다.

"폭력경찰 물러가라!"

눈물이 앞을 가렸지만 이리저리 밀려다니며 계속 외쳐댔다. 최루탄 때문만이 아니었다. 마음속에서 우러나오는 진짜 눈물이었다. 난생 처음으로, 자신을 억압하는 거대한 세력과 직접 싸우고 있다는 사실에 대한 감동이었다.

시위는 한동안 더 지속되었지만 끝내 경찰이 도로를 완전히 장악하면서 흩어질 수밖에 없었다. 동지회원들은 미리 약속해 두었던 장소인 가리봉시장 순대국 집에서 저녁을 먹었다. 다들 눈이 퉁퉁 붓도록 눈물을 흘리고 목이 쉬어 있었지만 신이 나서 무용담을 주고받았다. 겉으로 드러내지는 않아도, 거리의 소상인들도 시위대의 편이었다. 식당주인은 내내 기침을 해대면서도 순대와 돼지비게를 평소보다 훨씬 더 많이 수북이 주었다.

김동연은 그날 처음으로 아내 홍순영에게 자기가 노동운동을 하고 있노라고 고백했다.

"왜 이렇게 매워? 어느 집에서 고추를 태우나?"

홍순영은 남편이 집에 들어오고 나서부터 안절부절 못하

고 있었다. 들어가자마자 옷을 벗어 문밖에 내놓았는데도 속옷까지 최루탄 가스가 배인 탓이었다. 송이까지도 매운 공기를 참지 못하고 울어댔다. 그런데도 시위 경험이 없는 그녀는 최루탄 가루의 건조한 화학냄새를 알아내지 못하고 있었다.

김동연은 사실을 말해 줄까 어쩔까 잠시 망설였다. 이상 섭과 마찬가지로, 그가 아내에게 아무 얘기도 하지 않았던 것은 비밀을 지키기 위해서라기보다는 미안해서였다. 새해 가 되고 나서 기어이 공장에 나가기 시작한 아내는 밤마다 파김치처럼 늘어져 신음을 했다. 남자야 일만 나가면 그만 이지만 여자는 남자보다 더 오랜 시간을 일을 하고 와서도 빨래하랴, 밥하랴, 애기 보랴, 쉴 틈이 없었다. 그러고서도 군말 한마디 없이, 오히려 자기가 일을 나가게 되어 남편에 게 소홀히 하게 된 게 없나 걱정하는 것이었다. 그렇게나 살려고 버둥대는 아내에게 앞으로 일어날 일을 말해 주기 란 쉽지가 않았다. 그런데 그날은 이상하게 말을 하고 싶었 다. 옥상에서 울부짖으며 쇠파이프에 맞아 쓰러지던 여성 들이 눈에 어른거려 자신의 감정을 얘기하지 않고는 견딜 수가 없었다.

"최루탄 냄새야."

"예?"

남편의 담담한 말에 홍순영은 깜짝 놀라는 표정이 되었다.

"어디서 데모 났어요?"

"응, 가리봉오거리에서. 나도 갔었어."

김동연은 여전히 담담했다. 그녀는 그가 갔었다는 게 무엇을 의미하는지도 모르고 궁금한 듯 물어왔다.

"일 끝났으면 집에 오지 공단까지 뭐 하러 갔대요?"

"나도 데모하러 갔다니깐?"

조금 언성을 높이자 그제야 뜨악한 표정으로 믿어지지 않는 듯 멍하니 남편을 바라보았다. 김동연은 내쳐 말해 버렸다.

"나도 같이 데모했어. 경찰 놈들이 어찌나 사람을 두들겨 패는지 보고 있을 수가 있어야지. 잡힐 뻔했는데 겨우 도망쳤어."

그의 말투는 은근히 자랑스러워하는 눈치도 깃들어 있었다. 홍순영은 한참이나 멍하니 앉았다가 맥없이 입을 열었다.

"기가 막혀라……. 당신 지금 어떻게 된 거 아녜요? 당신이 뭘 안다고 그런 자리에 끼었대요?"

조금 부아가 치밀었다.

"무식하긴! 내가 미쳤냐? 아무것도 모르고 끼어들게?

나설 만하니까 나선 거지."

홍순영도 지지 않았다. 그녀는 무식하다는 말을 제일 듣기 싫어했다.

"당신이 도대체 뭘 안다는 거예요? 운동권인가 뭔가 하는 것들은 다 좌경이래요. 겉으로는 민주니 뭐니 외쳐도 속은 다 불순분자래요."

김동연은 화를 누를 수 없었다.

"누가 그따위 소릴 해? 미친 자식들!"

"당신은 티브이도 안 봐요? 내 일하는 데서 납품받는 공장에도 대학생 하나가 몰래 위장 취업해 데모를 일으키는 바람에 문까지 닫을 뻔했대요. 그 대학생이 감옥에 갔기에 망정이지 아님 큰일 날 뻔했대요."

김동연은 버럭 고함을 치려다가 참았다. 은근히 찔리는 구석이 없지 않았기 때문이었다. 홍기는 자신이 학생 출신임을 밝힌 적은 없었지만 그 정도의 지식을 가진 사람이 공장에 다닌다는 건 납득하기 어려웠다. 대학생 출신일지 모른다는 생각은 벌써부터 가지고 있었다. 게다가 그가 주장하는 이야기들을 모아보면 사회주의 하자는 결론처럼 보이는 것도 사실이었다. 홍기는 자본주의 이후의 미래상에 대해 따로 말해 주지 않았고 사람들도 그런 질문을 하지는 않았지만, 어쩌면 모두들 은근히 동의를 하고, 그래서 질문을 피하는 건지도 몰랐다. 김동연 자신을 포함하여. 찔리는 것은 홍기가 대학 출신일지 모른다는 점보다도, 김동연 자신이 그의 사상에 동조하고 있다는 사실이었다.

김동연은 아내와의 대화를 그만두고 말았다. 그녀는 남편이 우연히 시위에 가담한 것으로 생각하고 있는 것 같았다. 공연히 다른 얘기를 해서 언쟁을 하고 싶지 않았다. 노동운동에 대한 아내와의 첫 대화는 그렇게 맥없이 끝나고 말았다.

7

    은밀한 조직 작업은 1월 하순부터 시작되었다. 홍기는 앞으로 조직되는 새로운 모임은 곧바로 동지회 수준의 공부를 하기보다는 노동조합 결성에 필요한 법률과 근로기준법부터 가르치기로 했다. 회원의 기준을 따로 정한 적은 없어도 동지회원들은 정치적으로 야당 성향을 갖고 있던 사람들이었고 성품이나 친밀도에서 신뢰가 높았던 사람들이었다. 앞으로 모임에 합류할 사람들에게 계속 그런 기대를 할 수는 없었다. 일단 노동조합에 필요한 수준의 기본적인 교육을 한 다음 적응하는 상태에 따라 좀더 수준 높은 학습을 하기로 했다.

    본래 외향적이어서 안면이 넓은 이상섭은 쉽게 사람을 모아 나갔다. 작은 덩치에 머리가 세모져 다소 경박스러워 보이지만 회사나 정부에 대한 반항심이 많은 김영춘, 금테 안경에 말이 많아 다소 가벼워 보이기는 하지만 의리가 있고 성깔이 보통이 넘는 최보선이 함께 하기로 했다. 떠벌이 곽 씨라 불리는 나이든 노동자도 데려왔다. 곽 씨는 허세가 심해 신뢰가 가지 않는 인물이었으나 본인이 노조를 하겠다고 강력히 나서는데다 아들과 처남도 대영에 다니고 있으니 영향력이 클 것이라는 이유에서였다. 이상섭이 데려오는 인물들은 하나같이 말이 많고 요란한 사람들로, 꼭 자기를 닮은 사람만 선택하는 것처럼 보였다.

세탁장이고 다른 부서고 상관없이 대영제강 안을 안방처럼 돌아다니며 사람을 사귀어 온 김진영은 포장반에서 정기준이라는 젊은 친구를 데려왔다. 가는 테 안경에 귀티 나는 얼굴이 학자처럼 보이는 청년이었는데 머리가 좋은데다 열성적이었다.

이상섭과 김진영이 조직한 이들은 노동조합의 기초를 공부해 나갔다. 홍기와 이상섭이 교대로 선생을 맡았는데 전투적인 노조의 선봉이던 이상섭은 자신의 경험을 이야기해주는 것만으로도 훌륭한 교사가 되었다. 떠버리 곽 씨만 자주 빠질 뿐 다른 이들은 동지회원 못지않은 성의를 보였다.

문제는 제강반이었다. 김동연이나 서동석이나 본인은 성실했으나 널리 사람을 사귀는 성격이 못됐다. 잡기라곤 모르는 두 사람은 화투판에도 끼지 않고 디스코장이니 나이트클럽 같은 곳에 다니지도 않았다. 오로지 일과 집밖에 모르던 두 꽁생원들이 사람을 조직하기란 쉽지 않았다.

두 사람은 먼저 와이어조의 손영원에게 말해 보았는데 노조 만드는 일에는 찬성하면서도 늙은 자기가 무슨 공부를 하느냐며 나중에 도와주겠다고만 했다. 김동연으로서는 개인적으로 특별히 친한 손영원을 빼고 나니 더 이상은 딱히 생각나는 이가 없었다. 있다면 팔도회뿐이었다.

팔도회는 말 그대로 출신도가 다른 여덟 명으로 구성된 친목회였다. 일하다가 철사 끝에 눈이 찔려 애꾸가 된 30대의 박팔봉을 제외하고는 모두 20대 후반에서 갓 서른 정도로, 입사한 지 4년 이상의 고참들 모임이었다. 그들은 회사에 아부하거나 하는 성향은 없었으나 그렇다고 권익문제에 앞장서지도 않았다. 노는 시간이면 모여서 투전판을 벌이고 철따라 산으로 바다로 놀러 다니는 게 일이었다. 자기들끼리의 결속력은 강해서 구성원이 어려움에 빠지면 발 벗고 도와주었으나 꽤나 배타적이어서 회원을 더 이상 늘리지 않았다.

폐쇄적인 모임이기는 해도 유일한 친목회요, 고참들로 영향력이 큰 팔도회만 움직여 준다면 제강반은 문제가 없을 것이었다. 특히 회장 이병우와 총무 장영철이 중요했다. 어느 날 김동연이 꼭 할 얘기가 있으니 구로역 앞 다방으로 나오라고 하자 두 사람은 다소 긴장된 얼굴로 나타났다. 오래 함께 일했어도 이런 식으로 따로 만난 적은 처음이었기 때문이었다. 그 자리에 서동석도 앉아 있는 것을 보고는 더욱 의아해 했다.

"노동조합?"

회사에 대해 이것저것 불만을 토로하다가 노조 이야기를 꺼내자 이병우는 무슨 소리인지 잘 몰라 눈만 껌뻑거렸다. 장영철이 오히려 무슨 말인가를 쉽게 알아들었다. 그는 본래 말을 더듬었다.

"노, 노조라고? 괘, 괜히 피 보는 거 아냐? 데, 데모 하자는 거잖아?"

장영철은 여드름이 잔뜩 긴 못생긴 얼굴에 눈은 개구리처럼 튀어나온데다 말까지 더듬어 사람들에게 업신여김 당하기 딱 좋았다. 김동연은 양 미간을 찌푸리며 다소간 신경질적으로 말했다.

"법대로 하는데 누가 뭐래? 법대로 하자 이거야."

서동석도 특유의 부드러운 말투로 끼어들었다.

"노동조합은 법으로 보장되어 있어요. 우린 떳떳해요. 형들만 나선다면 회사에서도 함부로 대하지 못할 거예요."

이병우는 그러나 꺼림칙한 얼굴로 찻잔만 만지작거렸다. 그는 두 사람이 한참 더 여러 가지 설명을 하고 나서야 겨우 입을 떼었지만 목소리가 가라앉아 있었다.

"나도 신문방송 봐서 노조가 뭔지 정도는 알아. 근데 요즘 내가 사람 사는 꼴이 아니라서 말야. 마누라가 아파서 내가 밥해 먹고 다니는 처지라, 내 몸 하나 건사하기도 죽을 지경이다."

"형수가 어디 아파요?"

서동석의 물음에 이병우는 약간 얼굴을 붉히며 말했다.

"임신중독이래. 이상하게 심하네?"

김동연은 치밀어 오르는 부아를 억누르며 말했다.

"야, 임신중독이 뭐 대단하다고 방금 전까지도 대영제강 확 엎어버릴 것처럼 큰소리치더니 금방 말이 바뀌냐? 우리 마누라는 뭐 호강하는 줄 아냐? 갓난애 두고 하루에 열네 시간씩 일하느라고 매일 밤 끙끙대서 내가 옆에서 잠을 못 잘 지경이다. 뭐 임신중독을 갖고 핑계를 대냐?"

서동석이 그의 허벅지를 슬쩍 찔러 말을 막았다.

"동연 형, 임신중독이 얼마나 힘든데 그래요? 우리 형수도 임신중독으로 고생하는 걸 보니까 안타깝더라고요."

이병우는 이미 기분이 상해 얼굴을 돌리고 있었다. 장영철이 대신 말했다.

"그러면 이, 이렇게 하자. 우리가 팔도회에 열어서 한번 애, 얘기해 볼게. 돼, 됐냐?"

"그래요, 형. 꼭 잘 좀 말해 봐요."

서동석은 좋아라 했지만 김동연은 잘 될 것이라고는 믿지 않았다. 화가 나 일그러진 이병우의 얼굴이 말해 주고 있었다.

아니나 다를까, 이틀 뒤 장영철은 부정적인 결과를 알려 왔다. 예상했던 대로였다. 김동연의 실망은 컸다. 이병우에 대한 실망만은 아니었다. 자기 자신에 대한 실망이었다. 3년씩이나 다녔으면서도 동지 한 명 얻지 못할 정도로 인심을 못 얻은 자신의 부족함에 대한 실망이었다. 그는 크게 낙심해서 홍기에게 사실을 털어놓지 않을 수 없었다. 홍기는 빙그레 웃으며 부드럽게 말했다.

"동연 씨가 조직을 하기 위해 그토록 고민하는 걸 보니까 이젠 무언가 될 것 같네요. 다만 한 가지 말해 주고 싶은 것은, 조직을 하려면 우선 사람의 마을을 잡아야 한다는 점입니다. 노동운동이란 사람과 사람 사이의 일입니다. 뜻이 아무리 옳다 해도 미묘하고 복잡스러운 사람의 마음을 움직이지 못한다면 같이 일을 할 수가 없게 되지요. 혹시 동연 씨, 이병우 씨 집에 가본 적 있습니까?"

"어딘지는 알지만 들어가 보지는 않았는데요?"

"그것 봐요. 삼 년이나 함께 일하고도 집에 한 번 와보지도 않은 친구가 갑자기 고생을 함께 하자고 제의하니 누가 따라 주겠어요? 본인에게는 임신중독이 심각한 일일 텐데 그깟 게 뭐냐고 야단을 쳤으니 더 그렇죠. 동료들을 노조결성을 위해 동원될 대상으로만 생각하지 말고 진정한 애정을 가지고 돌아보도록 해봅시다. 노동운동은 사람을 변화시키고 나가서 세계를 변화시키는 일이라 했지요? 우리가 하는 일은 싸움 기술을 배워 돈 몇 푼 더 받아 내려는 게 아닙니다. 동연 씨가 진정한 애정을 가지고 동료들을 돌아본다면 분명 조직은 될 것이고, 그 과정을 통해 동연 씨도 새로운 인간으로 변하는 겁니다. 이기주의와 개인주의, 소시민적인 안락을 위해 불의를 눈감아 주는 습성이 송두리째 뽑히고 만인을 위해 살아가는 진정 위대한 인간의 모습으로 변하는 겁니다."

김동연은 또 한 번 부끄러웠다. 이병우에게 비겁하다는 모욕을 준 자신이 부끄러웠다. 적어도 병중이라는 그 아내에게 병문안이라도 가고 싶었다. 그렇다고 당장 병우의 집에 가기도 뭐했다. 괜히 노조 때문에 왔다는 오해를 살 것 같았다. 도움을 준 것은 홍기였다. 이병우의 아내를 위해 값싸고 믿을 수 있는 병원을 소개해 준 것이다. 사당동 빈민가에 있는 조그만 병원으로, 노동운동이나 민주화운동을 하는 이들에게는 거의 무료로 치료해 준다는 사당의원이었다. 의사를 잘 안다며 소개장까지 한 장 써주었다.

김동연은 다음날 당장 귤 한 봉지를 사들고 이병우의 집에 찾아갔다. 사글셋방이지만 아담하게 가꾸어 놓고 있었다. 텔레비전이며 냉장고, 세탁기까지 다 있는 걸 보니 '그러니까 병원비도 저축 못 했지'라는 생각부터 들었다. 그의 아내는 정말로 얼굴이며 손발이 부어올라 누워 있었다.

이병우는 갑작스런 방문에 당황하면서도 전혀 싫어하는 기색이 아니었다. 의외였다. 오히려 자기가 먼저 팔도회에 제대로 이야기를 전달하지 못해 미안해 했다. 김동연이 사당의원을 소개해 주자 무척이나 고마워했다. 그는 오랜 친구라도 온 것처럼 소주를 사오고 자기 손으로 신 김치를 볶아왔다. 자기 손으로 밥해 먹는다는 말은 거짓이 아니었다. 두 사람은 3년 만에 처음으로 단 둘만의 술자리를 가졌다.

며칠 뒤 점심시간이었다. 전날의 술로 지쳐 자기 난롯가에 혼자 앉아 꾸벅꾸벅 졸고 있을 때였다. 갑자기 누가 어깨를 흔들어댔다. 깜짝 놀라 고개를 드니 서동석이었다.

"형! 왔어요, 왔어!"

"뭐가 왔어?"

"팔도회요! 저걸 봐요!"

서동석이 가리키는 쪽으로 팔도회원들이 줄줄이 걸어오고 있었다. 남의 눈에 이상하게 보이지 않으려는 듯 일부러 주위를 보지 않으려 애쓰며 어슬렁어슬렁 걸어오는 모습들이 오히려 어색했다. 김동연의 입은 웃음으로 활짝 벌어졌다. 벌떡 일어나 귀빈이라도 맞이하듯이 연탄난로 주위를 정리하고 기름박스를 의자처럼 늘어놓았다.

"동연이, 데모하는 데 주동은 몇 명이면 안 되나? 니들이 나서면 우리가 밀어주면 되지 않겠나?"

제일 먼저 입을 연 것은 애꾸눈 박팔봉이었다. 그의 억양 센 경상도 사투리는 걱정을 듬뿍 담고 있었다. 다른 팔도회 원들도 긴장되어 있기는 마찬가지였다. 결정을 내리고 온 것이 아니라 직접 김동연의 말을 들어 본 뒤 결정키로 한 것이었다. 김동연은 지난번과 달리 참을성 있고 부드럽게, 그러나 확신을 가지고 말했다.

"생각들을 해봐. 회사는 사무직원만 해도 백 명은 될 텐 데 주동자 몇 명이 어떻게 상대를 해? 우리 같은 노동자한 테 뭐가 있어? 오직 대가리 숫자뿐이야. 대가리 들이밀고 밀어붙이는 수밖에 없어. 그럼 이길 수 있다고. 우리가 힘 만 합친다면 장성태 회장도 꼼짝 못해."

박팔봉은 하나 남은 눈알을 불안스럽게 움직여 이병우를 올려다보았다. 이병우는 다소 어색하게, 그러나 다부지게 말했다.

"형, 같이 해봅시다. 우리 팔도회의 명예가 있지, 쟤네들 만 희생시킬 순 없잖아요?"

이병우의 말은 효과가 있었다. 거기에 장영철이 몇 마디

하자 의견은 기울어졌다. 묵묵히 듣고 있던 박팔봉도 찬성 했다.

"니들의 뜻이 그렇다면 내가 말릴 수 있나? 하지만도…"

그는 눈을 내리깐 채 말을 이었다.

"내는 솔직히 자신이 없다. 이 꼴을 하고 여기서 쫓겨나 면 어디서 받아 주겠나? 미안하지만도 내는 좀 빼다오. 내 앞에 나서지는 몬 해도 뒤에서 도와줄게."

하얗게 터져 있는 한쪽 눈을 보니 차마 강요할 수가 없었 다. 대영을 위해 일하다가 애꾸가 되었건만 보답이라고는 영원히 대영의 노예로 사는 것밖에 받은 게 없는 그가 불쌍 해 보이기만 했다. 김동연은 과감히 말했다.

"알았어요, 형. 이 일은 어디까지나 자유의사고, 개인사 정에 따라 각자가 결심을 해야지 누가 하란다고 해서는 안 되지요."

장영철이 숨넘어가는 듯 더듬었다.

"팔봉 형! 혀, 형은 빠져! 내, 내가 대신 다 할께. 걱정 말 고 빠져."

"고맙고 미안하대이. 내 절대 느그들 배신은 안 한다. 꼭 도와줄게."

합의는 이뤄졌다. 팔도회원들이 제자리로 돌아갈 때였 다. 이병우가 몇 걸음 가다가 돌아오더니 조금 쑥스러운 표정으로 말했다.

"사당의원에 가서 진찰받아 봤는데 임신중독은 아니라 그러더라. 너무 피곤해서 알레르기성 두드러기가 났던 거래. 우리는 그런 줄도 모르고 걱정했지. 고마웠다."

얼굴에는 진정 고마움이 그득했다. 김동연은 활짝 웃으며 엄지손가락을 치켜 올려 보였다. 그렇게 해서 팔도회도 나서게 되었다. 짧은 생애에, 그날만큼 기쁜 날은 없었다. 사람을 조직하고, 사람들로부터 신뢰를 받고 지지를 받아본 적은 처음이었다.

팔도회는 이상섭이 지도했는데 막상 공부모임에 참석하는 숫자는 예닐곱 정도였다. 일주일에 두 번 정한 공부 시간조차도 이런저런 이유로 밀리기 일쑤였다. 그렇다고 마냥 시간을 끌며 공부만 시킬 수도 없었다. 노조를 만들자는 이야기를 알고 있는 사람만도 서른 명이 넘어 언제 회사에 정보가 들어갈지 알 수 없었다. 홍기는 철조망의 새 모임과 팔도회원들을 좀더 적극적으로 훈련시키자고 제안했다. 비밀스런 유인물 배포가 그것이었다.

며칠 후 새벽이었다. 차디찬 새벽서리가 길바닥에 하얗게 깔려 있었다. 낡은 기와집들이 처마를 맞대고 있는 좁고 긴 골목의 보도블록은 미끄러웠고 간간이 드러난 흙바닥에 고인 물은 꽁꽁 얼어 있었다. 기우뚱 서 있는 전봇대에 매달린 백열등은 새벽 여명에 차츰 빛을 잃어가고 녹슨 양철 갓 위로 새파란 하늘이 열리기 시작했으나 아직도 골목들은 깊은 어둠과 침묵에 잠겨 있었다.

방금 신문배달부가 지나갔을 뿐, 쥐새끼 한 마리 없는 텅 빈 골목에 조심스러운 발자국소리가 들려오기 시작했다. 하나는 구둣발소리였고 다른 하나는 운동화인 듯 푹신푹신한 소리를 내고 있었으나 둘 다 매우 조심스럽게 움직이고 있었다. 발소리는 골목어귀에서 딱 멈추었다. 시커먼 그림자 두 개가 나타났다. 싸늘한 늦겨울 바람에 떨며 큰 그림자가 나직하고 굵게 속삭였다.

"꽤나 겁나는데, 이거? 괜찮을까?"

이병우였다. 그러자 작은 그림자가 핀잔주듯 속삭였다.

"괜찮아, 걸려 봤자지 뭐!"

김동연이었다. 만약 경찰에 체포되면 우연히 영등포에 있는 도시산업선교회에 놀러갔다가 유인물이 있기에 들고 와 뿌렸다고 진술하기로 약속이 되어 있었다. 평생 경찰의 조사라곤 받아본 적이 없었음에도 홍기가 하도 자세히 진술요령을 가르쳐주어 벌써 몇 번쯤 구류를 살고 나온 기분이었다.

"병우야 넌 그쪽을 맡아라. 난 이쪽을 맡을게."

김동연은 앞장서서 오른쪽 첫 번째 대문으로 다가갔다.

여러 가구가 살고 있는 초라한 집 안엔 불이 모두 꺼져 있었으나 한쪽에 합판으로 덧붙인 부엌에는 희미한 불빛이 새나오고 있었다. 아마 주부가 새벽밥을 올려놓고 다시 들어가 눈을 붙이는 것 같았다. 잠바주머니 속에서 흰 유인물을 한 장 꺼내 대문 너머로 휙 집어던졌다. 종이가 탁 소리를 내고 떨어지면서 숨소리까지 들릴 것만 같던 정적이 깨졌다. 재빨리 튕겨 나와 다음 대문으로 옮겨갔다. 바라보기만 하던 이병우도 자기 쪽 대문들에 유인물을 던져 넣기 시작했다. 다닥다닥 붙은 대문들과 밖으로 나 있는 부엌문, 창살마다에 흰 전단이 하나씩 끼워져 나갔다. 그들이 지나간 어둠 속에는 흰 점들이 언뜻언뜻 드러나 보였다.

김동연은 굼뜨게 한집 한집 정성스레 집어넣는 이병우를 뒤돌아보면서 흐뭇한 미소를 짓다가 물었다.

"다 끝났냐? 이 골목부터는 따로 들어가자. 시간이 없어."

이병우는 긴장이 되는지 담배를 피우려 했다.

"야, 담배 필 시간이 어딨어? 넌 저쪽으로 가, 난 이리 들어갈게."

지휘자나 되는 듯 핀잔을 주고 가로등이 훤히 밝혀져 있는 골목으로 꺾어들었다. 우락부락한 덩치에 어울리지 않게 겁먹고 있는 이병우가 순진하게 여겨지기도 했다. 김동연은 보란 듯 씩씩하게 허리를 펴고 첫 대문에 전단을 휙 던져 넣었다. 이병우의 구둣발소리가 멀어져 갔다. 가로등 바로 밑에 있는 두 번째 집에 전단을 넣기 위해 대문지방에 가볍게 올라섰다. 그때였다. 갑자기 두려움이 엄습해 왔다. 깜짝 놀라 주머니 속에 넣던 손을 멈추고 말았다. 주위는 너무나 조용했다. 이병우의 발자국소리도 들리지 않았다. 혼자였다. 이제 진짜 혼자가 된 것이다. 이병우하고 있을 때만 해도 용기로 넘치던 그의 간담은 써늘하게 굳어지기 시작했다. 누구에겐가 감시를 받고나 있는 것처럼 온몸이 짜릿한 긴장 속에 빠져 들어가는 게 느껴졌다. 떨리는 손으로 재빨리 전단을 꺼내 대문과 대문지붕 사이로 집어넣는데 그 좁은 공간이 마치 손 자르는 프레스라도 되는 것처럼 섬뜩하게 느껴졌다. 툭 떨어지는 종이 소리는 큰 북소리마냥 심장을 두들겨왔다. 반사적으로 대문에서 튕겨져 나왔다. 그러고 나서도 다음 집엔 도저히 넣을 용기가 나질 않아 지나치고 말았다.

온통 긴장과 불안 속에 겨우 한 골목을 끝내고 다소 안정된 기분으로 다음 골목으로 접어들었다. 그런데 전단을 한 장을 던져 넣고 막 손을 뺄 때였다. 골목 맞은편으로 그림자 하나가 불쑥 나타났다. 시간으로 보아, 그가 무언가 집어넣는 것을 충분히 보았을 것이었다. 피가 가슴 위로 쑤욱

역류해 올라오는 것 같았다. 심장이 터져나갈 듯 요동쳤다. 도망칠까 생각했다. 그러면 더 이상해 보일 것 같았다. 그림자는 성큼성큼 다가오고 있었다. 얼른 담벼락을 향해 몸을 돌렸다. 지퍼를 내리고 오줌 누는 시늉을 했다. 그 방법밖에 없어 보였다. 시커먼 그림자가 몇 발짝 떨어지지 않은 곳에서 우뚝 멈추었다. 가슴이 터질 듯 조이는 것을 참으며 살짝 곁눈질로 살펴보았다. 그림자가 윗주머니에 손을 쑥 집어넣는 게 보였다. 흰 종이가 한 장 뽑아져 나왔다. 이병우였다. 한숨이 새어 나왔다. 기왕에 고였던 오줌이 긴장이 풀리자 시원하게 쏟아졌다.

"얼마나 남았냐?"

처음과 달리 자연스럽게 집어넣고 오는 이병우를 향해 묻는 그의 목소리는 떨고 있었다. 이병우 역시 추위로 덜덜 떨며 투덜댔다.

"얼마 안 남았다. 어이구 추워! 빨리 뿌리고 가자! 야, 노조 하는 데 꼭 이런 게 필요하냐?"

바로 그때였다. 방금 그가 전단을 집어넣은 집의 대문이 덜컹 열렸다. 그리고 추리닝 차림의 사내가 나오며 버럭 소리를 질렀다.

"여보! 이게 뭐요?"

이번엔 진짜였다! 동연은 가슴이 철렁하여 지퍼를 올리

며 다급히 속삭였다.

"야, 튀자!"

홍기로부터 교육받은 내용은 다 잊어버리고, 오직 도망
쳐야 한다는 본능뿐이었다. 그런데 엉뚱하게도 이병우가
사내를 향해 성큼 다가가는 것이 아닌가?

"예? 뭐냐구요?"

미처 만류할 새도 없었다. 틀렸구나 하는 생각이 스쳐갔
다. 그렇다고 버려둔 채 도망칠 수도 없었다. 멀뚱이 서서
구경할 수밖에 없었다. 두 사람이 뭐라고 얘기를 나누었지
만 김동연은 넋이 빠져 아무 소리도 듣지 못했다. 정신이
든 것은 '쾅' 하고 대문 닫히는 소리가 들렸을 때였다. 믿
을 수 없게도 사내는 들어가 버리고 이병우가 혼자 털레털
레 걸어오고 있었다.

"뭐, 뭐라고 그래?"

다급히 물어 보는데 이병우는 심드렁했다.

"무어냐길래 민주주의 하자는 거라 그랬지. 맞는 얘기잖
냐?"

"그랬더니?"

"수고한다 그러더라. 야, 남은 거나 얼른 뿌리고, 다음부
터는 해도 새벽엔 하지 말자. 춥고 졸립고 배고파 죽겠다."

김동연은 어이없이 웃을 수밖에 없었다. 하룻강아지 범

무서운 줄 모른다는 말이 생각났지만 입 밖에 내지는 않고
계속 실없이 웃기만 했다. 희뿌옇게 동이 터오고 있었다.

8

2월 하순이 되면서, 대영제강에는 이상한 징조들이 나타나기 시작했다. 어느 날 출근한 노동자들은 여기저기서 낯선 '삐라'를 발견했다. 탈의장과 세탁소에서, 화장실과 폐품장, 그리고 건물 어두운 구석에서마다 똑같은 유인물이 발견되었고 노동자들은 그것들을 별 생각 없이 현장으로 가지고 들어왔다. 거기에는 성남시에 있는 어떤 제화공장 노동조합이 회사와 치열한 싸움 끝에 상당히 근로조건을 개선했다는 소식이며 구로공단 입구의 광학렌즈 공장에서 일어난 파업 소식들이 실려 있었다. 유인물의 숫자는 그리 많지 않았고 경비들이 동원되어 일일이 수거해 갔으나 소문은 두 배, 세 배가 되어 삽시간에 퍼져나갔다.

바로 다음날에는 30년 대영제강 역사에 한 번도 일어나지 않았던 사건이 터졌다. 화학반에서였다. 총원이 20명이 채 못 되는 화학반은 철사가 녹슬지 않도록 화학처리를 하여 철조망과나 제강과로 보내는 부서였다. 공무반, 전기반과 더불어 대영에서는 일이 편한 특과라고 알려져 있기도 했다. 그런데 그 화학반원들이 점심시간에 모여 웅성대더니 작업시간이 되었는데도 움직이지 않고 과장을 불러라, 부장을 불러라 요구하며 자리에 눌러앉아버린 것이었다. 말 그대로 농성이었다.

화학반원들의 요구는 단순했다. 돼지비계가 유해물질 해독에 좋다며 돼지고기로 주어 오던 위험수당을 현금으로 달라는 것이었다. 요구 내용 자체는 대단치 않았으나 대영제강 최초의 집단농성은 회사를 발칵 뒤집어 놓았다. 과장이 쫓아가 야단을 치다가 안 되니까 생산부장이 내려와 설득을 했다. 하지만 소용이 없었다. 노동자들은 돈 대신 고기로 받을 경우 통상임금이 줄어들어 그 피해가 크다고 주장하며 자신들의 요구를 굽히지 않았다. 지금까지는 어느 노동자도 모르던, 설사 알았다 해도 감히 말도 꺼내지 못했을 법률지식을 어느 날 갑자기 들이댄 것이었다. 결국 회사는 두 시간 만에 노동자들의 요구를 수용할 수밖에 없었다. 끝내 주동자는 밝혀내지 못했다. 마치 삐라 한 장이 유령이라도 끌고 온 것 같았다.

유령은 며칠 후에는 철조망과에 나타났다. 작년 연말에 잠시 소란이 있었으나 가볍게 지나갔던 과 회비 문제가 재연된 것이다. 그날 오후 피로에 지쳐 어서 일을 끝내고 사우나에 갈 생각만 하고 있던 철조망 과장에게 이상한 연판장이 올라왔다. 누가 먼저 시작했는지 알 수 없도록 아무렇게나 찍은 지문의 모습으로 보아 주동자가 나름대로 치밀하다는 것밖에는 알아낼 수가 없는 연판장이었다.

요구는 과 회비를 5백 원으로 인하해 원상복귀하고 관리를 노동자들 자신에게 맡기라는 것이었다. 이를 위해 자치회를 구성하겠다는 내용이었다. A조 150명 중 100명 이상이 서명했으니 조장들과 늙은이들 빼고는 모두 서명한 거나 다름없었다. 과장은 예삿일이 아니라는 직감으로 연판장을 들고 온 조장들을 족쳐댔으나 그들 역시 누가 주동자인지 아는 바가 없었다. 워낙 많은 사람이 서명했으니 그럴 만도 했다. 과장은 사실을 상부에 보고하지 않을 수 없었다. 그렇잖아도 삐라사건과 화학반 일로 긴장되어 있던 장상필 상무는 일단 요구를 들어주라고 지시했다. 자치회를 구성하도록 내버려두면 자연히 주동자들이 드러나리라는 계산이었다.

헌데 일은 더욱 묘하게 돌아갔다. 일껏 인심 쓴다고 자치회라는 낚싯밥을 던졌는데 물리라는 주동자는 물리지 않고 새로운 요구를 해오는 것이었다. 이번의 요구는 1주일에 한 켤레씩 배급하던 장갑을 이틀에 한 켤레씩 달라는 것과 회사에서 사원의 경조사비를 부담하라는 것이었다. 주로 기름을 만지는 노동자들은 장갑이 부족해 자기 돈으로 사서 쓰는 이가 대부분이었다. 본인 결혼이나 부모 사망 같은 경조사 때도 회사에서는 일체 부담하지 않고 노동자들에게서만 걷어가던 문제를 지적한 것이었다.

이번 요구는 연판장으로 돌지는 않았으나 조장과 반장들이 주도하는 아침 조회시간에 일제히 항의로 터져 나왔다. 회사로서는 더욱 신경이 곤두서지 않을 수 없었다. 일단 장갑 한 켤레를 더 배급하기로 양보를 하고 관리직 총비상령이 떨어졌다.

유령은 제강반에도 나타났다. 3월 5일 월급날이었다. 김동연은 월급봉투를 받아들고 발끈 성을 냈다. 지난 구정 때 하루를 놀면서 신청했던 연차휴가가 거부되고 결근으로 처리되어 며칠분의 일당이 날아가 버린 것이다.

대영제강은 신정 이틀 유급휴가 외에 구정휴가는 따로 주지 않았다. 일을 하던가 아니면 무급으로 쉬어야 했다. 보통 회사들은 법에 따라 연차와 월차휴가를 인정해 필요한 날을 택해 쉴 수가 있었다. 그러나 대영제강은 연월차를 휴가로 처리해주는 경우라곤 거의 없이 일을 하도록 하고 돈으로 주었다. 특히 신정, 구정, 추석 같은 때는 집단적인 결근을 막기 위해 일절 휴가 처리를 해주지 않았다. 그렇게 되면 결근하는 노동자는 일당, 주차, 월차, 연차가 모두 깨지게 되어 손해가 이만저만이 아니었다. 그래도 지금까지는 누구도 이에 항의하지 못했다. 법이 엄연히 존재하지만 그걸 아는 사람도, 안다 해도 따지고들 사람도 없었다. 김동연 역시 예전에는 연차가 무엇인지조차 잘 몰랐고 자세히 알려고도 하지 않았으나 이제는 달랐다. 구정 날을 맞아 당당히 사무실에 올라가 연차휴가를 신청했다. 과장은 뜹뜨름해 하면서도 분명히 받아주었다. 그런데 막상 월급봉투를 받아보니 결근으로 처리되어 며칠 분의 일당이 공제되어 있던 것이다.

김동연은 월급봉투를 확인하자마자 서동석에게 위에 올라간다는 손짓만 해보이고 사무실 층계를 쾅쾅 밟아 올라갔다. 들어서자마자 과장 책상에 봉투를 내팽개치고 따질 심산이었다. 그런데 막상 사무실 문을 활짝 젖히고 보니 그게 아니었다. 하필이면 들어서자마자 과장의 차가운 눈길과 딱 마주친 것이었다. 당당했던 기세가 순간적으로 꺾이고 말았다. 머릿속에서야 수백 번도 더 싸워 이겨낸 회사였지만 막상 현실에 나타난 과장은 그전과 조금도 다름없는 차고 냉정한 과장일 뿐이었다. 노동자에 대한 우월의식이 강한 과장은 현장에 내려오는 일이 거의 없을 뿐더러 내려온다 해도 조장들에게나 한마디씩 지시할 뿐 노동자에게는 말도 거는 일이 없었다. 노동자들은 그가 웃는 것조차 마주칠 기회가 없었다. 바로 그 냉정한 과장이 갑자기 뛰어들어온 자신을 기분 나쁘게 쳐다보고 있었다. 이영식의 영안실에서 그의 어머니에게 다정다감하게 말을 걸던 모습이 아니었다. 김동연은 눈길을 뚝 떨어뜨리고 조심스레 입을 열었다.

"저어, 과장님, 제 월급 계산이 잘못 되었는데요?"

부끄럽게도 그의 목소리는 너무나 작았다. 더욱 기막힌 일은 금방 벌어졌다. 과장은 그가 말하는 것을 말끄러미 바라보더니 아무 대답도 없이 다시 자기의 서류를 내려다보기 시작한 것이다. 지독한 무시요 모욕이었다. 김동연은 불끈 뱃속이 뒤집히는 기분이었다. 하지만 미처 분을 느낄 새도 없었다. 최 반장이 갑자기 소리를 버럭 지르며 그 손에 들린 봉투를 나꿔채 갔다.

"뭐야? 조장 됐다 뭐하고 이깟 일로 사무실에 올라와? 건방지게시리."

반장들 중에서 가장 덩치가 큰 사내였다. 시커먼 얼굴에 들창코였는데 항상 버럭버럭 소리를 지르고 다녀 노동자들이 아주 싫어하는 인물이었다. 김동연은 그래도 반장을 상대하려니까 부담감이 줄어들어 평상시처럼 말했다.

"지난 구정 때 말입니다. 내가 연차휴가를 쓰겠다고 신청했잖습니까? 그런데⋯⋯."

최 반장은 그의 말이 끝나기도 전에 시커먼 얼굴을 험상 궂게 일그러뜨리며 소리 질렀다.

"그래서? 언제 누가 그렇게 해준다고 그랬어?"

말하면서 그는 뒷발질로 문을 쾅 밀어 닫았다. 시끄러운 소리가 한결 줄어들었다.

"나라에 나라법이 있듯이 회사에는 회사법이 있는 거야! 회사에서 안 된다면 안 되는 거지 뭘 불만이 많아?"

최 반장이 늘 애용하는 '나라법, 회사법'이 나오자 열이 치밀어 올랐다.

"나라법이면 나라법이지 회사법은 뭡니까? 나라법 안 지키는 회사법을 우리가 왜 지켜야 합니까?"

묵묵히 서류만 정리하던 두 명의 사무직원이 힐끗 올려다보는 게 느껴졌다. 그는 떨리는 가슴을 억제하며 배에 힘을 주어 말을 이었다.

"회사법이 어떻게 돼 있는지 본 적은 없지만 취업규칙보다 노동법이 위라는 거 모릅니까? 연월차라는 게 본래 본인이 요구하는 날 사용하도록 만든 거 아닙니까? 노동법에 그렇게 나오잖아요?"

과장도 고개를 들었다. 최 반장은 대답을 못한 채 당황한 표정으로 과장을 쳐다보았다. 두 사람 사이에 의미심장한 눈빛이 흘렀다. 김동연은 속이 뜨끔했으나 못 본 체하고 말을 이었다.

"생각해 보세요. 내가 언제 결근 한 번 했습니까, 농땡이를 피웠습니까? 남들 같으면 둘이 일해도 힘든 기계를 나 혼자 맡아서 죽어라고 일했는데, 이게 뭡니까? 너무하잖습니까?"

최 반장의 태도가 우물쭈물 이상해졌다. 콧구멍을 벌름거리며 김동연을 내려다보다가 봉투를 돌려주고 마는 것이었다.

"하여튼 난 몰라! 맘대로 해봐!"

봉투를 받아든 김동연의 눈이 다시 과장과 정면으로 부딪쳤다. 과장은 처음과 달리 그를 묘한 눈으로 계속 주시하고 있었다. 입가에 기묘한 웃음이 흐르는 듯했다.

"김동연이 똑똑해졌어? 그런 걸 다 어디서 배웠나?"

과장의 첫마디는 비비꼬여 있었다. 김동연은 섬뜩한 불안을 느꼈다. 높았던 억양이 다소 수그러들었다.

"왜요? 제가 뭐 틀린 말 했습니까?"

과장은 물끄러미 그를 쏘아보기만 했다. 김동연은 직감적으로 지나치게 자신을 드러냈구나 하는 낭패감에 빠져들었다. 어떻게 해야 할까 난감했다. 바로 그때였다. 갑자기 사무실 문이 벌컥 열리며 거의 열 명은 될 사람들이 쏟아져 들어왔다. 팔도회원들이었다. 과장이나 김동연이나 갑작스런 그들의 출현에 놀라 쳐다보는데 이병우가 다짜고짜 과장의 책상에 월급봉투 몇 장을 쾅 소리 나게 내려놓았다.

"과장님! 연차휴가를 신청했으면 휴가를 주어야 할 것 아닙니까?"

이병우의 목소리는 너무 컸다. 과장의 흠칫 놀라는 얼굴에 다른 이들도 용기를 내어 퍼부어댔다.

"대영은 법도 없어요? 연차법은 지켜야 할 것 아닙니까?"

"과장님은 근로기준법도 모릅니까?"

과장의 얼굴이 벌겋게 변해 갔다. 언제나 기세등등하던 최 반장까지도 놀라 아무 말도 못했다. 김동연은 속으로 안도의 한숨을 내쉬고, 이제는 아무 거리낌 없이 큰소리쳤다.

"당장 해결해 주십시오! 해결될 때까지 우리는 일 안 합니다!"

과장은 그를 쏘아보았지만 방금 전의 가소로워하는 눈빛은 아니었다. 당황스러워하는 빛이 뚜렷했다. 과장은 사람들이 조금 진정되었을 때 비로소 입을 열었다. 목소리도 방금 전과는 달랐다. 오만하고 차갑게 내뱉던 그런 음성이 아니었다.

"여러분, 진정들 해. 왜들 이러나? 아무렴 내가, 여러분하고 매일 안면 맞대고 일하는 내가 여러분에게 해꼬지하고 싶겠나? 생각을 해봐. 위에서 지시가 그런 걸 낸들 어떻게 하나? 회사 입장도 그렇지. 신정이다 구정이다 다 놀면 일은 언제 하나? 나한테 이래 봐야 아무 소용없어요. 이러지들 말고……."

애원이요, 구걸이었다. 그토록 도도하게 노동자를 깔보던 과장의 입에서 쏟아져 나오는 비굴한 목소리에 김동연은 더욱 용기를 냈다. 대세는 완전히 결정되고 말았다.

"소용없다니요? 그런 소리 마십시오! 정말 사람 열 받습니다. 과장님이 힘이 없다면 그럼 사장실에 올라갈까요?"

과장은 더욱 당혹해 하면서도 마지막 자존심만은 남아 있는 듯했다.

"이런 건방진……."

과장의 목소리는 혼잣말처럼 작았다. 그러나 모두의 가슴에 비수처럼 꽂혔다. 이병우가 큰 눈을 까뒤집으며 과장에게 다가섰다.

"아니, 뭐요? 과장님 지금 뭐라 그랬습니까, 예?"

과장은 얼굴이 시뻘개져서 아무 말도 못했다. 그의 눈가는 분노로 파르르 떨렸고 볼따구니도 실룩댔지만 아무 말도 못했다. 그 꼴 본 팔도회원들은 더욱 의기양양해져서 마구 몰아붙였다. 결국 노동자의 승리였다. 회사는 항의해온 사람에 한해서 연차나 월차로 휴가 처리를 해줄 수밖에 없었다.

반역의 기운은 신출귀몰한 유령처럼 대영제강을 휩쓸기 시작했다. 대개의 요구는 작고 보잘것없는 것이었지만 그나마도 지난 30년간 전혀 제기된 적이 없는 내용들이었다. 삐라라 불리기도 했던 유인물은 그 뒤에도 주기적으로 뿌려졌고, 노동자들은 거의 일상적으로 회사에 반항하는 습관을 가지게 되었다. 조장이나 반장들은 현장에 드나들기가 꺼려질 정도로 많은 잡다한 요구에 부딪쳐야 했다. 오랫동안 밀렸던 일들이 한꺼번에 터진 탓이었다.

물론, 이 모든 사건들은 한 가지 발화점에서 비롯되고 있었다. 동지회였다. 동지회는 3월 하순을 노조결성일로 예정하고 그 준비 작업으로 노동자들로 하여금 작은 일상적 싸움에 훈련되도록 계획한 것이었다. 화학반의 돼지고기 싸움은 김진영과 이상섭이 부추긴 것이었고, 철조망과의 500원 사건 역시 그들의 치밀한 작전이 성공한 것이었다. 철조망 노동자들은 6개 조별로 한 명씩 대표를 뽑아 자치회를 구성했는데 두 사람도 대표로 나갔다. 제강반의 일은 김동연이 우발적으로 시작하기는 했으나 결과적으로는 팔도회가 있었기에 일이 커진 것이었다. 동지회가 직접 나서지 않았는데 자연발생적으로 일어나는 일들도 원인은 그들이 뿌린 유인물이었다.

동지회와 팔도회는 모일 때마다 갖가지 소식을 나누면서 신명나게 떠들어댔다. 모든 것은 순조로웠다. 노조를 만들어야 한다는 얘기는 은밀히, 때로는 공공연히 떠돌아다녔다. 분위기는 무르익어 갔다.

3월 하순, 홍기는 마침내 중대한 사실을 털어놓을 때가 되었다고 생각했다. 일주일에 두 번으로 줄어든 동지회 모임 날이었다. 그는 홍기라는 이름이 가명이며 자신의 본명은 최형로라는 것부터 밝히고, 자신이 살아온 이야기를 해주었다. 전두환 물러나라고 데모하다가 감옥 간 이야기며, 체포되어 겪었던 끔찍한 구타와 고문, 그리고 고등학교 동창생의 주민등록을 빌려 현장에 들어오게 된 동기까지 차분히 이야기했다. 노동자들의 표정은 진지했다. 제일 먼저 입을 연 것은 김진영이었다.

"저는 예상했었어요. 요새 위장취업자가 얼마나 많게요? 형은 우리가 그렇게 쑥맥인 줄 알았어요?"

김동연도 웃었다.

"그러게, 요즘 대학 나온 사람이 한둘인가? 요즘은 대학의 대자만 있어도 취업이 안 되지만 전에 들어온 사람 중엔 전문대 출신이 꽤 있었어."

다른 사람들도 거의 놀라지 않았다. 벌써부터 짐작했던

일일 뿐이었다. 짐작이 사실로 밝혀지고 나니 홍기에 대해 조금 어려워지는 건 어쩔 수 없었지만 그가 먼저 솔직히 말해 준 것이 고맙기도 하였다. 홍기는 걱정을 한시름 놓고 말을 이었다.

"오늘 제가 이런 말을 하게 된 것은 사실 이제 대영을 나올 때가 되지 않았나 해서입니다."

사람들은 오히려 이 말에 놀라워했다. 홍기는 차분하게 사정을 말했다.

"대영에서 떠난다는 게 아니라, 일단 회사를 그만두고 동지회와 새로운 사람들에 대한 교육에 전념하겠다는 겁니다. 노조결성이 얼마 안 남았는데 제 신분이 드러나면 좌경세력의 침투니 뭐니 하는 탄압의 명분만 주게 되니까 그 전에 나오겠다는 말입니다."

그러자 이상섭이 말했다.

"이 사람아, 요새 위장 취업했다고 누가 빨갱이라 혀? 위장취업자라면 외려 대우받는 세상 아녀? 좋은 학력 버리고 힘없는 노동자 위해 노동자로 취직해 함께 일하는 사람을 누가 뭐래? 내 보기엔 그만둘 필요는 없을 것 같은디?"

서동석은 그의 말에 반대했다.

"꼭 그런 것만은 아닌 거 같아요. 회사야 뭐라든 상관이 없지만 만약에 경찰이 알면 홍기 형은 당장 사문서 위조로 구속될 거고, 그럼 우리는 진짜 손해잖아요?"

"아, 그런 점이 또 있구만그려."

이상섭도 인정했다. 홍기가 말했다.

"저는 감옥 같은 건 하나도 두렵지 않습니다. 그러나 지금으로서는 나오는 게 유리할 것 같습니다. 팔도회와 철조망 사람들도 이제 동지회처럼 확실히 공부를 해야지요. B조에 대한 조직도 하구요."

이상섭은 홍기의 생활을 걱정했다.

"회사를 관두면 생계는 당장 어떻게 꾸려가나? 부인이 임신했다면서?"

홍기의 아내가 임신했다는 이야기는 다들 알고 있었다. 홍기는 무심결에 말했다.

"걱정 마세요. 다 방법이 있겠죠."

"그래에? 그렇다면 다행이지만."

이상섭은 걱정을 놓으면서도 조금 씁쓸한 기분이 들었다. 대학교 다닌 사람은 역시 다르구나 하는 기분이었다. 김진영은 아무 스스럼없이 말했다.

"형 기본 양식은 내가 책임질게요. 쌀하고 연탄은 나한테 맡기고 형은 우리에게 더도 말고 형이 아는 만큼만 가르쳐 줘요. 형이 아는 만큼만 우리가 알아도 세상은 뒤집어질 거예요. 아참, 그리고 우리 앞으로도 형을 그냥 홍기라고

부를게요. 괜찮죠, 여러분?"

"좋지!"

다들 동의했다. 홍기는 고마움에 잠깐 눈물을 반짝였다. 이렇게 그는 대영제강을 그만두었다. 따로 사표를 쓸 필요도 없이 조장에게 그만둔다고 말한 게 전부였다. 지금까지 그의 동태에 대해 어떤 이상한 느낌도 받지 않은 회사 관리자들은 그가 사표를 내는 데에 대해 아무런 관심이나 주의도 나타내지 않았다. 몇 사람 친했던 노동자들조차도 대영제강을 그만두는 건 정말 잘하는 일이라고 격려까지 해 주는 것이었다.

9

팽팽한 긴장에도 불구하고 봄은 다가왔다. 푸른 빛 안개가 온종일 도시를 떠나지 않았고, 한낮의 햇살은 따사로웠다. 공장지대의 잿빛 하늘도 저녁이면 핏빛 노을로 아름답게 물들었다. 때때로 대륙으로부터 불어오는 모진 황사바람 속에서도 가로수들은 새싹을 돋아냈고, 더러운 폐수가 거품 내며 흐르는 안양천변 제방도 연녹색 새싹들로 덮여갔다.

공단의 노동자들은 점심시간이면 밖으로 몰려나와 봄볕에 얼굴을 태웠다. 노랗게 핏기 가신 여성노동자들의 얼굴에도 생기가 돌았고, 밤늦은 퇴근시간이면 공단의 버스정류장은 화사한 봄옷들로 화사했다. 점심시간마다 배구며 족구하는 노동자로 시끄러운 안양천 뚝방은 저녁이면 포장마차의 붉은 백열등이 늘어서서 배고픈 노동자들을 기다렸다.

몇 달째 비밀스런 공부와 조직 활동으로 바쁜 가운데도

동지회원들의 생활은 어느 해나 마찬가지로 다사다난하게 돌아갔다. 김동연의 송이가 수두를 앓았고, 이병우는 예쁜 딸아이의 아버지가 되었다. 김영춘은 동거한 지 몇 해 만에 정식 결혼식을 올렸다. 구로동 구종점의 초라한 예식장을 빌린 결혼식은 동지회와 팔도회, 철조망 모임이 모두 모여 서로의 얼굴을 확인하고 실컷 놀았다.

문제는 아내들이었다. 결혼한 이들은 하나같이 아내들의 만류에 시달려야 했다. 아내들은 남편이 매일 늦게 들어오는 이유를 알고부터 강짜를 부리기 시작했다. 아내들은 남편이 늦게 들어오는 것이나 돈을 전보다 많이 쓰는 것까지는 참아낼 수 있었다. 그러나 남편이 위험한 일을 한다는 건 견뎌지 못했다. 더구나 남자들로서는 예전에는 생활에 관한 것이 그의 관심의 전부여서 마찰이 있더라도 근본적인 의견 차이는 없었는데 이제는 아내들의 생각 자체가 자신과 달라지니 근본적인 애정까지 흔들리는 것이었다. 김동연의 경우가 대표적이었다.

"당신, 그 짓 좀 그만둘 수 없어요? 제발 그 사람들 좀 만나지 말아요. 내가 뭐 하러 뼈 빠지게 남의 일을 나가겠어요?"

가리봉오거리 시위 이후로 그의 행동에 의구심을 품고 있던 아내는 홍기와 서동석이 찾아와 노조 얘기 하는 것을 엿들은 후로는 기회만 있으면 울상을 하였다. 김동연은 처음에는 이해를 시키려고 노력도 했으나 남이 아니다 보니 오히려 자상하게 설명하기보다는 윽박지르듯 자기 생각을 강요하게 되었다.

"야, 내가 내 식구 굶길까봐 그러냐? 다 알아서 할 거야. 알았으니까 잠이나 자!"

밖에서 한참 신났던 기분이 깨지면서 으레 이런 말부터 튀어나왔다. 아내는 울상이 되기 마련이었고 그 꼴을 보노라면 진짜 울화가 치밀었다. 아내가 눈물이라도 글썽이면 도저히 참을 수 없도록 부아가 치밀었다.

"에이, 무식한 여자 같으니! 남편이 좋은 일 좀 해보겠다고 고생하는데 도와주지는 못할망정 집에서 찔찔 짜기나 하고. 야, 꼴 보기 싫어! 잠이나 자자, 제발! 난 피곤해!"

송이가 놀라 울기라도 하면 더욱 화가 나 서동석의 방에 가서 소주를 기울이기도 했다. 남편이 오직 자기와 아이만을 위해 살기를 원하는 아내의 모습이, 전에는 안 그랬는데 이제는 시시하게 보이기 시작했다. 자기에게 그토록 중요한 일들이 아내에게는 사랑을 방해하는 요인으로밖에 보이지 않는다는 게 한심하게 여겨졌다. 자연히, 말다툼이 나면 거의 매번 아내가 제일 듣기 싫어하는 무식하다는 소리를 하기 마련이었다. 아내는 그런 점 때문에 더욱 불안해 했다. 자기에 대한 애정이 식은 게 아닐까 하는 초조감이었다.

홍기가 집집마다 일어나는 갈등을 해소해 보려고 가족야유회를 가자고 제안했을 때도 김동연은 별로 달갑지 않았다. 아내가 남들 앞에서 남편 흉이나 보고 노조에 반대하는 말이나 해서 망신을 사게 될 것만 같았다. 그러나 홍기나 이상섭은 아내들도 함께 대화를 나누면 변할 것이라고 했다. 김동연 자신도 아내에 대한 사랑이 변한 건 아니었다. 그는 아내가 자신의 뜻을 이해하고, 격려해 주기를 바랐다. 그래서 아내에게 야유회에 가자고 은근히 말을 꺼냈다.

아내는 처음에는 그런 사람들과 어울리고 싶지 않다고 완강히 거절했으나 남편이 모처럼 다정하게 권하자 못 이기는 척 응했다. 뿐만 아니라 당일이 되자 평소에는 입지도 않던 오래된 원피스를 입느니, 화장을 하느니 법석을 떨어 댔다. 그녀의 화장은 너무 진해 어색하기만 했으나 김동연은 핀잔을 주지 않았다. 작년 여름에 청평을 다녀온 뒤로는 처음 있는 가족 나들이에 들뜬 그녀가 안쓰럽기도 했다.

3월 하순의 하늘은 맑았고 모처럼 바람도 잔잔하여 기분 좋은 일요일이었다. 관악산은 그윽한 풀냄새를 풍기며 막 새로 피어나고 있었다. 아직 수풀은 누렇게 죽어 있었지만 곳곳에 손에 닿으면 사라져 버릴 것만 같이 고운 연녹색 새 싹들이 겨우내 뒤집어쓰고 있던 누런 침묵의 색깔을 벗으며 돋아나고 있었다. 메말랐던 골짜기에는 얼마 전 내린 비가 맑은 물줄기가 되어 빠르게 흘러내리고 여기저기 봄을 맞으러 온 사람들이 눈에 띄었다.

"야, 너무 좋다!"

10여 명이 힘겹게 오르는 맨 선두에서 김진영이 연신 감탄했다. 송이를 안은 그의 이마에는 땀이 송송 맺혀 있었지만 조금도 힘들어 하는 기색이 없었다.

"그래, 좋다. 고향 생각나겠구나? 진영이 고향은 어디라고 했지?"

김동연의 질문에 그는 뻐드렁니를 드러내며 웃었다.

"저요? 바로 여긴걸요. 관악산 산동네가 우리 고향이죠. 저기 서울대가 생기기 전에는 신림동하고 난곡동이 제일 빈민촌이었잖아요? 그땐 동네 애들하고 여기서 여름 내내 물놀이하고 살았죠."

"그래? 나는 양평동 토박이라 한강에서 놀았는데. 부모님은 뭐 하셨어?"

"여러 가지 하셨죠. 청소부, 식모살이, 좋은 말로 폐품장사 등등, 참 못살았어요."

김동연은 괜한 걸 물어 보았구나 싶었다. 그러나 김진영은 조금도 부끄러워하는 기색이 없었다.

"전에는 부모님 직업이 창피했어요. 엄마를 식모살이시

키기 싫어서 중학교도 자퇴해 버렸으니까요. 근데 이제는 오히려 자랑스러워요. 진짜 노동자의 집안이니까요."

김진영은 말하면서도 쉴 새 없이 송이의 뺨에 입을 맞추고 장난을 걸었다. 한참 낯가리기를 하는 송이가 연신 싱글벙글하는 게 신기했다. 홍순영도 송이가 버스 안에서부터 사람들에게 귀여움 받는 데 적이 만족했다. 이병우의 아내는 산후라서 못 왔고 이상섭네는 아이들을 안 데려왔으므로 아이라고는 김영춘네 다섯 살짜리와 송이뿐이었기 때문에 특별한 귀여움을 받았다.

일행은 한적한 개울가 모래사장에 자리 잡았다. 이상섭의 아내 고 씨는 버스 안에서부터 주책없이 떠들어 사람들을 휘어잡더니 도착하자마자 지휘자라도 된 듯이 남자들에게 쌀 씻어 와라, 버너 피워라, 마구 일을 시키기 시작했다. 그녀는 올 때부터 놀러 가서는 남자가 일해야 한다고 주장해 온 터였다.

"이 예편네야. 우리도 좀 쉬어야지! 돼지같이 먹는 데 걸신 들렸냐?"

이상섭이 핀잔을 주자 고 씨는 볼멘소리를 해댔다.

"큰 소리 치지 마씨오 잉? 내가 놀러온 줄 아시오? 당신네들 뭔 말 하는가 들어 보고 여차하면 간첩 신고하려고 따라온 거여."

웃음이 일었다. 이상섭만이 그녀의 말 속에 어느 정도 진심이 숨어 있다는 걸 알고 있었다. 그녀는 남편이 가끔 자본가와 그들의 권력이 타도되어야 세상이 바로 될 것이라느니 하는 얘기를 할 때마다 수상한 느낌을 가졌다. 예전에 동해철강에서는 그토록 맹렬히 싸우면서도 나타나지 않던 이상한 사상의 냄새를 맡은 것이다. 이상섭 역시 아내가 가끔 당신 생각이 불순해진 것 같다고 말할 때마다 뜨끔한 느낌이 들었다. 사실이 그렇지 않은가? 스스로 의구심이 일어났기 때문이었다. 똑같이 노조를 하면서도 예전과는 확실히 다른 점이 많았다. 동해노조는 임금투쟁에는 치열했으나 정치문제는 공부한 적이 없었다. 가두시위니 유인물 배포에 나선 적도 없었다. 단 한 번, 1980년 봄에 한국노총을 민주화하겠다고 노총건물에서 농성한 것이 대외활동의 전부나 마찬가지였으나 그때도 정치적 구호는 삼간 채 자진해서 해산했었다. 홍기는 달랐다. 단순히 민주화를 얘기할 뿐 아니라 체제 자체를 근본적으로 부정하는 것이었다. 들을 때는 얼마간 거부감이 일긴 하면서도 찬찬히 생각해 보면 틀린 말은 없다고 생각되었다.

고 씨의 투박한 성품은 여자들이 낯선 분위기에 적응하는 데 도움이 되었다. 김동연과 김영춘의 아내는 남자들 사이에서 꽤나 어색해 했는데 고 씨가 설치고 다니는 통에 어렵지 않게 분위기에 어울릴 수 있었다. 반면, 홍기의 아내 안신숙은 처음부터 거리낌이 없었다. 아직 젊으나 깡마른 그녀는 임신을 해 불편한 몸인데도 부지런히 돌아다니며 남자들이 요리하는 것을 감독했고, 아내들에게도 붙임성 있게 이야기를 끌어갔다.

점심시간이 되자 계곡 사방에서 고기 굽는 냄새가 진동했다. 그러나 일행은 고기가 조금밖에 없었기 때문에 구이 대신 찌개를 끓일 수밖에 없었다. 다른 행락객들은 온갖 고기며 과일, 햄으로 푸짐했지만 그들에게는 찌개거리와 소주, 사이다뿐이었다. 그래도 양파, 감자 썰어 넣고 깨끗한 물에 고추장 풀어 끓이니 맛이 그만이었다. 주위의 화려한 안주가 부럽지 않았다. 밥 국물과 찌개 거품이 끓어 넘치고, 반반한 돌이 의자삼아 깔리니 아쉬울 게 없었다. 며칠 굶은 사람들처럼 허겁지겁 먹어대는 동안 술잔이 돌았다.

공부에는 홍기가 일등이었으나 노는 데는 철조망의 새로운 인물 최보선이 일등이었다. 그는 그저 편안히 앉아 술과 이야기를 나누고 싶어 하는 이들을 내버려두지 않았다.

"형님들, 그리고 형수님들! 오늘같이 좋은 날 먹지들만 마시고 이제 놀아 봐요. 제가 자진해서 사회를 볼게요."

최보선이 일어서서 말을 꺼내자마자 이상섭이 번쩍 손을 들었다. 그는 언제나처럼 밥그릇 가득 소주를 따라 마시고

서도 얼굴 빛 하나 변하지 않았다.

"좋아, 까짓노무 거! 내가 먼저 하것어!"

최보선은 얼른 손을 내저었다.

"안 돼요. 미안하지만 오늘만은 안 돼요. 오늘 이 자리는 우리 형수님들을 위한 자리예요. 형님들은 일단 빠져 주세요. 형수님들, 그동안 얼마나 고생이 많으셨어요. 돈 못 버는 형님들 뒷바라지하랴, 애 키우랴, 고생 많으셨죠? 더군다나 요즘 형님들이 집에 매일 늦게 들어가고 해서 걱정이 많으실 줄 다 알아요."

"사설이 길다!"

포장반 정기준이 장난스레 훼방을 놓았지만 최보선은 개의치 않았다.

"오늘 이 자리에서 형수님들은 그동안 쌓였던 짜증을 다 푸세요. 다 푸시고, 앞으로는 여자라고 눌려만 살지 말고 형님들과 대등한 위치에서, 형님들이 무얼 하는지 묻고, 알고, 그래서 함께 고민하고 함께 고생하시기를……."

고 씨가 버럭 그의 말을 가로막았다. 입에 고기를 한웅큼 문 채였다.

"이 냥반 좀 보게? 내 서방 데모에서 빼달라고 따라왔더니만 나까지 한 패가 되라 하네?"

그러자 장영철이 떠듬대며 말했다.

"데, 데모 해야지! 데모해서 소, 손해 볼 거 없어!"

말꼬리가 흐려서 꼭 반말처럼 들렸다. 고 씨는 그에게 삿대질을 했다.

"손해 볼 게 왜 없간디? 이 냥반한테 일 나면 애들은 누가 키우고, 뭐 먹고 살 것이여? 동해에서 쫓겨나서 얼마나 배를 곯았는지, 총각이 뭘 알어?"

장영철은 답답한 듯 자기 가슴을 두드려 보였다.

"내, 내가 책임질게!"

"어이구, 기가 막혀라. 내 서방이 다치면 총각은 무사허것구마너라? 총각 앞가림이나 잘하쎄오 잉?"

고 씨가 자기 가슴을 두드려 보이며 말하자 와 하고 웃음이 일어났다. 그런데 그때까지 말이 없던 김영춘의 아내가 입을 열었다. 기미와 주근깨로 나이보다 늙어 보였는데, 갓 결혼식을 올린 때문인지 새색시처럼 얌전하게 보이는 충청도 사람이었다.

"남을 위하는 것도 좋구, 옳은 일도 다 좋지만서두, 지는 걱정이 되어서 죽것시오. 저러다가 감옥소에라두 가면 어쩐데유? 솔찍허게 말씀드려서 우리 애아버지만큼은 이런 일에서 빼주셨으면 좋겠시유."

김영춘은 부끄러움에 슬그머니 눈길을 산으로 돌려 버렸다. 그때, 홍기가 항상 하는 또박또박한 말투로 입을 열었다.

"걱정 마십쇼. 법이 있지 않습니까? 우리는 지금 합법적인 노조를 만들려는 것입니다. 걱정하실 거 하나도 없습니다."

김영춘의 아내는 보기보다 깐깐했다.

"법이 무신 소용이래유? 지두 공장 안 다녀본 게 아녀유. 작년 그러껜가 데모 크게 났을 적에 저두 다 봤시우. 것두 조합이 앞장섰다더만유. 근디도 경찰이 덮쳐서 얼매나 끔찍했는지 아셔유? 돈이 법이지 없는 이들헌테야 법이 무슨 소용 있대유?"

홍기마저 그녀의 말에 얼른 대답할 말을 찾지 못하고 있는데 그의 아내 안신숙이 나섰다. 그녀는 말할 때 입을 다부지게 움직이는 버릇이 있어 홍기로부터 학생 같다는 소리를 듣곤 했다. 학생운동시절에 논쟁을 하면서 생긴 습관인지라 쉽게 없어지지 않았다. 과격한 단어 쓰는 버릇도 마찬가지였다.

"언니, 너무 걱정 마세요. 그때는 지금하고 시절이 달랐잖아요? 지금은 세상이 전부 들끓고 있어요. 저 간악한 파쇼정권은 언제 무너질지 몰라요. 그리고 아빠들이 남을 위해서만 일한다고 생각하세요? 노조가 건설되면 당장 우리 자신부터 잘살게 되는 것 아니겠어요?"

김영춘의 아내는 인상을 펴지 않았다. 그때 고 씨가 입을 열었다. 지금까지와는 달리 한결 침착하고 진지한 말투였다.

"맞기는 맞는 말이어라. 기술도 가진 것도 없는 사람들이 어딜 가면 대우받겄소? 여기서 돈 더 받고 사는 게 제일이라. 한 달 내 잠 한숨 제대로 못 자고 이십만 원이 뭐여, 이십만 원이! 그게 어디 도적놈들이지, 사람새끼들이여? 이런 일에 앞장서다 보면 힘도 들고 고생도 남보다는 더 하지만서도, 그렇게 몹쓸 일만은 아니더라고. 남 주는 일 아니고, 우리 자신을 위한 일이더라 이 말이여."

이상섭은 아내의 얼굴을 기분 좋게 바라보았다. 주책없이 굴고 바가지만 긁는 것 같아도 속은 깊은 여자였다. 김영춘의 아내도 고 씨의 말은 귀담아들은 듯 눈을 반짝이며 보이지 않게 고개를 끄덕였다.

정기준이 일어났다. 지적인 외모만큼이나 달변이었다.

"저는 총각이고 어려서 가정생활은 잘 모르지만, 저는 형님들을 참으로 존경해요. 누군들 자기가 일한 대가를 많이 받고 싶지 않은 사람은 없겠지만 그것 때문에 당장의 어려움을 떠맡으려는 사람이 어디 있나요? 가족까지 딸린 사람이야 말할 것도 없지요. 그런데 우리 형님들 하시는 것 보면 나도 부끄러울 때가 참 많아요. 꼭두새벽에 유인물 뿌리러 나오시는 걸 보나, 그 피곤한 가운데도 볼펜으로 자기 다리를 찔러가며 공부하는 것 보나, 젊은 나도 따라가질 못해요. 나는 홍기 형한테 노동자가 위대하다고 배웠지만 진짜 위대하다는 것은 바로 형님들을 보고 배워요. 형수님들도 말려서 될 일이 아니라 오히려 도와야 할 일이라고 생각하시고 함께하기 위해 노력해 보세요."

"우리가 할 게 뭐 있나요?"

홍순영이 뽀로통하게 반문했다. 김동연은 피식 웃었다.

"이 여자야, 집에서 바가지만 긁지 말아라. 그게 돕는 거야."

홍순영은 피 소리만 내고 마는데 안신숙이 발끈했다.

"무슨 소릴 하세요? 여자라고 깔보지 마시라구요. 여자가 할 일이 왜 없어요? 우리도 모여서 공부도 하고, 농성하면 같이 농성할 꺼라구요."

그 말에는 오히려 홍순영이 눈을 똥그랗게 떴다.

"네에? 우리까지 같이 끼자고요?"

안신숙은 그녀의 놀란 얼굴에는 아랑곳없이 더욱 다부지게 말을 이었다.

"그럼요! 못 할 게 뭐 있어요? 다른 데도 보세요. 인천에서는 가족까지 전부 공장에 들어가 몇 달이나 농성해서 이겼대요. 농성하려면 함께 해야죠. 월급 오르면 누가 그 돈 가져가나요? 남편이 하는 일이 바로 우리를 위한 건데 왜 우리는 구경만 하려 그래요?"

이상섭이 장난스럽게 떠들어댔다.

"아니, 지금 무슨 소리를 하는 거요? 저놈의 여편네를 회사에까지 불러들여 누굴 망신주려는 거여?"

그는 사람들이 웃음을 터뜨리자 고 씨에게 눈을 찡긋해 보이며 술그릇을 높이 들어올렸다.

"자, 이제 골치 아픈 얘기는 그만들 허고, 술이나들 허드라고! 자, 잔 들어!"

최보선이 다시 일어섰다.

"좋아요! 그런 의미에서 우리 제일 연장자이신 상섭 형님이 아니라 형수님 노래부터 한 곡조 들어 봅시다."

고 씨는 펄쩍 뛰었다.

"오매, 뭔 소리랑가? 난 노래는 못혀!"

그녀는 얼굴까지 붉히며 손을 휘휘 내저었다. 이상섭이 벌떡 일어나 그녀를 잡아 일으켰다. 고 씨는 억지로 일어나긴 했으나 끝까지 안 부르려 했기 때문에 결국은 부부가 함께 '두만강'을 부르게 되었다. 고 씨는 정말 형편없는 음치였다. 구성진 노랫가락에 익숙한 이상섭이 혼자 부르는 게 차라리 나을 뻔했다. 그러나 고 씨는 음치로서 사람들을 배꼽 잡게 웃겨주었다.

홍기 부부가 부른 선구자는 들을 만했다. 김동연 부부가 일어섰을 때는 김진영이 강제로 팔짱을 끼게 했기 때문에 가장 다정한 모습으로 '젖은 손이 애처로워…' 로 시작되는 유행가를 부르게 되었다. 김영춘의 아내는 끝까지 노래를 사양하더니 일어서서도 입만 벙긋거려 벌칙으로 독창을 시켰다. 막상 독창 솜씨가 보통이 아니었다. 두 번이나 앵콜을 받았다.

일행은 점점 흥에 겨워 갔다. 여자들은 점차 쾌활해져 나중에는 술까지 받아 마시고 남자들보다도 더 많이 웃고 떠들어대는 것이었다. 그 와중에도 안신숙은 여자들과 한마디라도 더 나누려고 애썼고 전화번호와 주소를 적어놓았다.

모두들 술이 거나해졌을 때는 춤도 배웠다. 러시아 집단 무용처럼 절도 있고 힘찬 해방춤이었다. 처음에는 홍기가 가르쳤는데 그는 춤에는 너무 소질이 없어 뒤뚱뒤뚱 사람들을 웃기기만 했다. 그런데 처음에는 모르는 척하던 정기준이 안 되겠다는 듯 나섰다. 정기준의 솜씨는 훌륭했다. 단순히 율동만을 아는 것이 아니라, 퍽 익숙한 몸짓이었다.

"정기준 씨, 해방춤을 어디서 배웠소?"

사람들이 어설프게 춤을 추며 서로 놀려대느라 정신이 없을 때, 홍기가 물었다. 정기준은 슬쩍 눈길을 피하며 즉답을 피했다.

"전에 다니던 교회에서 배웠어요. 야, 최보선이 진짜 잘
추는데?"

정기준은 질문을 피하려는 듯 춤판을 향해 튀어나갔다.
홍기는 고개를 갸우뚱거렸다. 어쨌든 흥겨운 해방춤은 좁
은 모래사장을 폭소덩어리로 만들었다.

여자들에게는 퍽 만족스러운 하루였다. 내려오는 길에
고 씨가 남편을 향해 큰 소리로 말했다.

"다음부터 삐라 뿌리러 갈 때는 꼭 나를 부르씨오, 잉!"

이상섭은 반색을 했다.

"정말이여? 같이 뿌릴려?"

고 씨는 장난스럽게 그의 말을 되받았다.

"누가 같이 뿌린다 했소? 순사한테 잽혀갈까봐 보호해
줄라 그러제!"

웃음소리가 등산로를 메웠다. 모두에게 기분 좋은 하루
였다.

야유회를 다녀온 뒤로 아내들의 태도는 확실히 달라졌
다. 적극적으로 도와주게 된 건 아니지만 적어도 말리는 소
리는 덜 하게 되었다. 서로 아는 사이가 되었기 때문에 간
간이 다른 이들의 안부를 묻기도 했다. 얼마 뒤에는 안신숙
이 연락해서 여자들끼리 모임도 가졌다. 애들처럼 음료수
와 과자조각을 놓고 흥겹게 놀았는데 어떤 얘기를 했는가

는 남편들에게는 비밀이었다.

날은 하루하루 따뜻해져 갔다. 모든 작업은 순조롭게 진행되었다. 도리어 불안할 만큼 아무런 방해나 탄압도 들어오지 않은 채 노조결성작업은 빠르게 진행되었다. 결성일은 3월 하순, A조가 야근을 마친 오전으로 정해졌다. 장소는 회사에서 멀지 않은 지하다방을 동창회 한다는 구실로 예약해 두었다. 준비모임 15명은 노조를 만들자는 얘기를 은밀히 주변 사람들에게 알렸고 결성식에 참석하겠다는 약속을 받아냈다. 참석 예상 인원은 40명을 금방 넘어섰다. 갖가지 서류들도 마련되었다. 회의록이니 사업계획서도 짜여졌다.

임원구성만 남았는데, 결성일 직전에 하기로 했다. 이견이 있어서는 아니었다. 위원장에 이상섭이 되는 것은 당연하게 여겨졌고 부위원장부터 각 부서부장, 대의원까지 합치면 준비모임의 구성원들을 다 배치해도 사람이 부족했다. 이제 결성식만 남았다.

10

예기치 못한 사고는 노조결성을 불과 며칠 앞둔 아침에 터졌다. 평소 같으면 7시 40분만 되면 반장이 들어와 출근 점검을 시작하기 마련인데 8시가 넘도록 반장도 과장도 나타나지 않았다. 일찌감치 출근한 김동연은 식당 앞쪽에 자리 잡고 앉아 이 사람 저 사람을 상대로 웃고 떠들어대면서도 조금 이상한 기분이 들었으나 별다른 생각은 하지 않았다. 최 반장은 8시 10분이나 되어서야 나타났다. 평소 같으면 고참들과 농담이라도 한마디 하며 들어올 텐데 얼굴이 뻣뻣하게 굳었다. 뒤따라 들어오는 과장의 얼굴은 더욱 딱딱했다. 불길한 기분이 들었다. 그러나 노조문제라고 생각하지는 못한 채 지난밤에 또 안전사고가 났다보다 생각했다.

"차렷! 안전!"

경례를 붙이는 최 반장의 목소리는 평소와 달리 착 가라앉아 있었다. 과장은 경례를 받고도 곧바로 말을 꺼내지 않고 차가운 시선으로 노동자들을 빙 둘러보았다. 그 눈동자와 마주쳤을 때, 김동연은 움찔하지 않을 수 없었다. 아주 짧은 순간이었으나 차가운 눈빛 속에 적의가 번득이는 기분이 들었다. 과장은 한참 뜸을 들였다가 입을 열었다.

"에, 어젯밤 경찰은 우리 회사에 위장 취업한 불순분자를 체포해서 지금 현재 엄중히 수사 중입니다."

숨이 탁 막혀왔다. 서동석 역시 놀란 빛을 감추지 못하고 얼굴이 하얘졌다. 과장은 득의에 찬 표정으로 말을 이었다.

"그동안 회사 내에 불온삐라가 살포되고 여러 불미스런 항명사건들이 발생해 온 데 주목하여 수사기관에 의뢰해 은밀히 내사를 해본 결과, 이번에 그 주모자와 동조세력의 전모를 색출하게 됐어요. 그 자는 대학교에서 좌경불온 사상에 물들어 반체제 시위를 하다가 제적당하자 대영제강에 침투, 선량한 종업원을 선동하여 과격 파업을 유도하려다가 이번에 체포된 겁니다. 이는 최근 좌경용공세력들이 공장을 공산혁명의 기지로 만들려는 적화노선의 일환으로, 조기에 적발함으로서 큰 피해를 막을 수 있게 되어 다행이라 안 할 수 없어요."

과장은 또박또박 살벌한 단어를 써가며 말을 계속했다. 간첩사건 발표 때나 쓰는 침투니 세뇌교육이니 포섭, 획책

등 섬뜩한 단어들이 사람들의 표정을 얼어붙게 했다. 다만, 연행자의 이름이 누구인지는 밝히지 않았다.

"이미 사건의 전모는 다 드러났어요. 적극가담자에 대해서는 금명간 엄중한 조치가 있을 것이고, 일시적으로 꼬임에 넘어갔던 선량한 종업원들은 구제될 겁니다. 아직 조사가 끝난 건 아니에요. 추후 이번 사건에 연루되었다는 사실이 밝혀지면 누구라도 가차 없이 형벌을 받게 됩니다. 어쩌다가 불순분자의 유혹에 이성을 잃었던 사람은 지금이라도 좋으니까 조속히 자수하도록 해요. 어디까지나 이번 일은 수사기관 차원에서 다루어지고 있는 거니까 회사로서는 여러분을 해할 이유가 없어요. 자수하거나 개전의 정이 보이는 사람은 회사 차원에서 적극 보호해 주기로 했으니까 안심하고 나를 찾아오도록 하기 바랍니다. 이상!"

노동자들은 잔뜩 주눅이 들어 조용히 흩어졌다. 평소 같은 떠들썩함은 찾아볼 수가 없었다. 김동연도 도대체 어떻게 된 일인지 의혹으로 가슴이 두근거렸으나 반장, 조장들의 눈길을 의식하여 아무하고도 얘기를 못하고 식당을 나왔다. 그런데 현장 입구에서 최 반장의 고함이 귀를 때렸다.

"이병우하고 서동석이, 사무실로 올라와!"

깜짝 놀라 뒤돌아보니 이병우의 얼굴이 굳어 있었다. 서동석은 기죽지 않았다. 그는 반장을 빤히 올려다보며 반문했다.

"왜요?"

"과장님 면담이다."

두 사람이 사무실로 올라가는 것을 보면서, 김동연은 자기 스트란다로 갔다. 손이 가늘게 떨렸다. 평소에 내 손처럼 만져지던 스패너가 낯설고 무거운 기분을 주었다. 손은 마취되었다가 풀린 것처럼 뻑뻑했다. 억지로 와인더를 몇 개 갈아 끼우고 사무실을 올려다보니 두 사람의 모습은 보이지 않았다. 기계들이 돌기 시작하고 현장은 굉음 속에 빠져들어 갔지만 도무지 일이 손에 잡히지 않았다.

불려간 두 사람은 오전이 다 지나가도 돌아오지 않았다. 조장만이 뻔질나게 주변에 얼쩡거렸기 때문에 다른 사람들과도 대화를 할 수가 없었다. 기술이라고는 없으면서도 아부를 잘해 조장이 된 이였다. 쪼글쪼글하게 늙은 얼굴에 교활하게 움직이는 작은 눈알이 혐오스러운 인상이었다.

답답해서 미칠 지경이 되어서도 억지로라도 일하는 시늉을 내야 했다. 11시경이었다. 손영원과 얘기해 볼까 하고 와인더조로 가려는데 땅땅 스트란다를 두들기는 소리가 났다. 최 반장이었다.

"김동연이, 노무과에서 오란다. 같이 가자."

굴렁쇠를 놓고 장갑을 벗는데 손가락이 눈에 보이게 떨

렸다. 최 반장은 자기 손으로 스트란다 전원을 내리고 앞장 섰다.

본관 사무실은 제강반에서 멀었다. 풀 한 포기 없는 삭막한 시멘트 길을 걸으며, 김동연은 화학반과 포장반, 그리고 철조망과에서 언제나처럼 부지런히 일하고 있는 노동자들을 보았다. 노동자들은 지금 무슨 일이 일어나고 있는지 알지 못한 채, 아무런 관심도 없는 듯, 언제나처럼 고역 같은 노동에 붙잡혀 있었다. 불현듯, 다시 현장에 돌아갈 수 없으리라는 생각이 들었다. 다시는 저들을 볼 수 없을 것만 같은 서러움이 밀려왔다.

"동연아, 어쩌다가 그런 빨갱이들하고 어울렸냐? 가면 무조건 잘못했다고 빌어라, 알았지? 잘못하면 인생 조지는 거야."

"……."

최 반장은 딴에는 생각해 준다고 다정히 말했으나 귀에 들어오지 않았다. 노무과에 가면 이병우나 서동석을 만날수 있을 것인지, 끌려간 두 사람은 무슨 말을 했고 자기는 어떻게 말해야 하는지, 온통 혼란스럽기만 했다.

사무실 입구의 대형 거울에 비친 김동연의 모습은 초라하기 짝이 없었다. 온통 기름에 쩔은 작업복은 팔목과 아랫배 부근이 헤어져 실밥이 너덜너덜했다. 하필 코 밑에 검은 기름이 얼룩져 콧수염 달린 어릿광대 같았다. 고동색 유니폼을 입은 여사무원 하나가 거지를 피하듯 옆을 비켜갔다. 김동연은 거울 속의 자신의 모습에 울컥 서러움을 느끼면서 기름때로 반질반질한 안전모를 벗어 들었다. 그리고 발등의 가죽이 닳아 속의 무쇠판이 시커멓게 들여다보이는 안전화를 절그럭거리며 접대실로 들어갔다.

'부국강병 수출입국'

대형액자가 걸린 응접실에는 노무과장과 낯선 사내가 푹신한 고급소파에 파묻혀 있을 뿐, 다른 사람은 보이지 않았다.

"김동연 씨요? 거기 앉으시오."

노무과장은 아무렇지도 않은 말투로 자리를 권했다. 김동연은 소파가 더러워질까봐 잠깐 망설이다가 엉거주춤 앉았다. 와이셔츠 깃을 흰 잠바 밖으로 내놓은 사내는 말없이 동연의 모습을 날카롭게 주시했다.

"인사하시오. 구로경찰서 대공과에 나오신 분이오."

흠칫 놀라 사내를 올려다보았다. 오랜 경찰생활로 얻은 습성으로 사람을 바라보는 눈부터가 기분이 나빴다. 김동연은 인사를 하지 않고 고개를 돌려 버렸다. 쏘아보는 눈을 똑바로 볼 수가 없었다. 형사는 대뜸 반말로 물어왔다.

"당신! 정기준이 알지?"

정기준? 속으로 조금 놀랬다. 홍기나 이상섭에 대해서 물을 거라고 예상했는데 별로 중요하지 않은 정기준에 대해서부터 묻는 게 이상했다. 뭐라고 대답할까 잠시 망설였다. 그가 눈만 껌뻑대자 형사는 신경질적으로 다그쳤다.

"알잖아? 뭘 생각해? 이 사람을 모른단 말야?"

형사는 종이 한 장을 꺼내어 탁자 위에 내려놓았다. 정기준의 사진이 붙어 있는 이력서였다. 가슴이 뜨끔했다. 그러나 정작 사진을 보고나니 오히려 용기가 꿈틀거렸다. 멍청한 척 시치미를 떼고 고개를 내저었다.

"철조망과 사람이지요? 얼굴은 알지만 잘 모르는 친구인데요?"

스스로 생각해도 어색하기 짝이 없는 연극이었다. 형사는 기가 막힌다는 듯 몸을 뒤로 젖힌 채 쏘아보다가 피식 비웃음을 지었다.

"모른단 말이지? 이 사람 초자가 아닌걸? 당신이 어떻게 정기준이를 모를 수가 있어? 이병우하고 서동석이가 다 불었는데? 차라리 당신 본인의 이름을 모른다 그래, 이 사람아!"

김동연이 아무 말도 못하고 있자 형사는 그를 한심하다는 듯이 쳐다보더니 업무수첩에서 다시 종이 한 장을 내려놓았다. 유인물이었다. 이병우와 함께 뿌리고 다니던 것이었다.

"이건 알겠지? 이것까지 부정하지는 않겠지? 증거, 증인 다 있으니까 거짓말 계속하다간 크게 다쳐!"

김동연은 슬쩍 전단을 보았지만 못 본 체 외면하고 아무 말도 하지 않았다. 홍기는 기회가 있을 때마다 만일 이런 일이 생기면 무조건 모른다고 잡아떼라고 누누이 강조했었다. 그러나 경찰이 뻔히 알고 있는 사실을 모른다고 잡아떼기가 너무나 어려워 차라리 입을 다물어 버렸다.

"어라? 묵비권까지 사용하는 거야? 이것 봐! 이렇게 비협조적으로 나오면 여기서 조사 못해! 다른 사람들처럼 경찰서에 끌려가야 정신 차리겠어? 당신이 모범적인 근로자라고 특별히 부탁하기에 봐주는 거야. 좋게 봐줄 때 순순히 털어놔."

다른 사람들이 경찰서로 끌려간 것은 사실인 듯했다. 잘못하다가는 자기도 끌려갈 것이라 생각하니 소름이 오싹했다. 형사는 그러나 애초에 그를 끌고 갈 계획은 없었던 듯 살살 구슬렀다. 나이도 비슷해 보이는 자가 계속 일방적인 반말이었다.

"이것 봐, 김동연 씨, 당신 정기준이가 어떤 놈인 줄 알아? 그 놈은 대학시절부터 북괴 김일성이의 주체사상을 신봉해온 자야! 못 믿겠지만 사실이야. 당신이 그 놈들끼리

주고받는 글들을 보면 놀래 자빠질 걸?"

김일성이라니, 겁이 버럭 났다. 홍기는 그렇다치고 정기준까지 대학출신이라는 사실도 갑작스러웠다. 하지만 이럴수록 다른 사람들과의 관련을 잡아떼는 것이 살 길이라는 생각이 확연해졌다. 계속해서 입을 꼭 다물었다. 형사는 부드럽고 자상한 태도로 설득하기 시작했다.

"이것 봐, 김동연 씨. 지금이라도 늦지 않았어. 사실대로 말해 주기만 하면 당신 같은 선의의 피해자는 구제해 줄 수 있어. 여기 과장님도 계시는데 외람된 말 같지만, 우리도 근로자들이 얼마나 고생하는지 모르는 게 아니야. 경제개발에만 무리하게 치중하다 보니 불만이 생기는 건 당연한 일이야. 문제는 그러한 근로자들의 순수한 욕구를 악용하는 자들이 있다는 거야. 일부 멋모르고 책에서 공산주의를 배운 사람들이 공산주의의 실상을 모르고 환상을 품고 좌경폭력혁명을 시도하고 있다는 거야. 그건 안 되지. 아무리 문제가 있더라도 평화적이고 민주적으로 해결해야지. 안 그래?"

공항에서 떠오른 점보여객기가 공단의 부연 하늘을 천천히 가로지르고 있었다. 다시는 저 하늘을 보지 못할 것만 같은 기분이 엄습해 왔다. 형사를 더 화나게 하면 무슨 일을 당할지 모른다는 생각이 두려웠다. 형사의 말을 인정하고 싶은 마음은 추호도 없었다. 형사 말대로 홍기나 정기준이 사회주의자라면, 그렇다면 그는 사회주의가 옳다고 말할 수밖에 없었다. 먼 훗날 토지와 집을 공공화하거나 말거나, 현실문제들에 대한 그들이 지적은 옳았다. 사회주의들만이 노동자들의 현실을 개선하려고 헌신한다면, 반대로 반공주의자들은 어떤 변화도 거부하고 노동자를 착취하려고만 한다면, 사회주의를 지지할 수밖에 없었다. 생각에 빠져있는 형사의 말 한마디가 귀에 솔깃하게 들어왔다.

"이상섭이가 위원장하기로 했다면서? 당신은 무얼 맡았지?"

순간, 정신이 번쩍 들었다. 이상섭을 위원장감으로 예정한 건 사실이지만 아직 확실히 결정한 건 아니었다. 바로 오늘이 임원을 결정하기로 한 날이 아닌가? 틀린 얘기가 나오자 그는 자기도 모르게 기분이 살아나 자신 있게 말했다.

"그런 결정 한 적 없습니다."

"다른 사람들은 그리 말하던데?"

형사는 아무렇지도 않은 척 되물었다.

"그러면 누가 위원장 맡았지?"

어쩐지 유도심문에 말려들어가는 느낌이었다. 그들이 모든 걸 다 아는 건 아니라는 사실은 확실했다. 경찰이 캐낸 정보는 부분적이고 겉핥기에 불과했다. 그들은 한 번도 홍기에 대해 묻지 않았을 뿐 아니라, 동지회도 모르는 게 분명했다. 점차, 자기만 말을 안 하면 아무 문제도 없으리라는 확신이 들었다. 마음을 가라앉히고 담담히 말했다.

"나는 아무것도 모릅니다."

형사의 인상이 찌그러지고, 과장은 당황한 기색이 역력했다.

"이봐, 김동연 씨! 왜 이러는 거야? 이 분은 당신을 도우러 여기까지 온 거라고. 협조해 줘야지, 이러면 당신만 손해야."

김동연은 과장의 말에 멍청한 시늉을 해보였다.

"법에 따라 노조 만들려는 게 무슨 잘못입니까? 난 소문만 들었지 아무것도 모릅니다."

한결 천연덕스런 말투가 되었다. 과장은 분이 나는 듯 몸을 소파에 기대며 그를 노려보았고 형사의 얼굴은 벌겋게 상기되었다.

"유인물도 뿌렸잖아? 당신 지금 나하고 장난하겠다는 거야?"

김동연은 그러나 더 이상 겁먹지 않았다. 눈을 동그랗게 떠 보였다.

"유인물이라뇨? 생사람 잡지 말아요. 대체 누가 그런 소릴 합니까?"

"에이, 말이 안 통하네!"

형사는 볼펜을 탁 팽개쳤다. 심문은 계속되었으나 김동연은 끝까지 오리발을 내밀었다. 마침내 그들이 먼저 지쳐 포기하고 내보낼 때는 점심시간이 거의 끝나갈 때였다. 밖에 나오니 수십 년 감옥에 있다가 풀려난 듯이 후련했다.

조사받는 동안 까맣게 잊었던 허기가 밀려왔다. 식당으로 향하는데 다시는 못 볼 것 같던 잿빛 하늘이 활짝 열려 있었다. 노동자들은 여전히 아무것도 모르고, 아무런 생각도 없는 듯 제각기 따뜻한 양지를 찾아 햇볕을 쪼이고 있었다.

식당에는 경비들이 찌개를 식판 째 갖다놓고 먹고 있을 뿐, 노동자는 아무도 없었다. 이상섭이 식사시간마다 밥맛이 없다느니 국이 짜다느니 하며 놀려대던, 말처럼 길쭉한 여자 영양사가 너무 늦게 왔다고 싫은 소리를 하며 김치와 국뿐인 밥을 내주었다. 경비들과 떨어져 앉아 모래알 같은 밥알을 억지로 삼켰다. 그때 식당게시판에 새로 붙인 공고가 눈에 들어왔다. 언뜻 무관심하게 지나친 그의 뇌리에 해고라는 말이 섬뜩하게 스쳐 지나갔다. 깜짝 놀라 다시 공고판을 바라보는 그의 손가락이 힘없이 떨어졌다.

공 고

아래 사람을 취업규칙 및 사칙 위반으로 해고 조치함.
철조망과 : 이상섭, 김진영, 김영춘
제강과 : 서동석
포장반 : 정기준

더 이상 밥을 먹을 수가 없었다. 망연히 앉은 채로 읽고
또 읽어 보았다. 방금 찍힌 듯 붉은 윤기가 번득이는 총무
부장 직인이 핏물처럼 느껴졌다. 그나마 이병우는 끼어 있
지 않은 게 다행이었다. 잔밥을 버리는 것조차 잊고 멍하니
일어나 현장을 찾아들어갔다. 현장에는 서동석도 이동우도
물론 보이지 않았다. 지난 겨울 난로가 놓였던 기둥에 기대
앉아 담배를 피우는데 조장이 다가왔다. 조장은 주름진 얼
굴을 삐딱하게 기울여 내려다보며 빈정댔다.
　"김동연이, 니도 빨갱이들이랑 어울렸나?"
　김동연은 손에 잡히는 스패너를 집어 들며 꽥 소리 질렀
다.
　"꺼져! 죽여 버리기 전에!"
　조장은 깜짝 놀라 한 발짝 물러섰다. 그러나 입은 살았
다.

"이노마 보그래이? 니 지금 내한테 뭐라캤나? 다시 말해 보그라!"

김동연은 집어 던질 듯 스패너를 치켜 올렸다가 그대로 땅바닥에 팽개쳐 버렸다. 조장은 슬그머니 물러나 버렸다.

담배 한 개피가 채 타기 전에, 김동연은 벌떡 일어나 철 조망과 포장반으로 돌아다녀보았다. 작업은 이미 시작되었고 비슷비슷한 노란 안전모들이 부지런히 일하고 있었으나 그가 찾고자 하는 사람은 한 사람도 보이지 않았다. 등지고 일하는 사람마다 아는 사람 같았으나 다가가 보면 아니었다. 암담했다.

퇴근하자마자 서동석의 자취방으로 발걸음을 서둘렀다. 거기 역시 아무도 없었다. 문은 굳게 잠겼고 불은 꺼져 있었다. 생각난 것은 홍기네 집 전화번호였다.

"아, 김동연 씨? 아직 몰랐어요? 사람들은 다 경찰서에 연행되었어요."

홍기 아내 안신숙의 첫마디는 암담했던 마음을 절망으로 바꾸는 것이었다. 하지만 그녀는 당황한 기색이 없었다.

"걱정 마세요. 구속될 건수도 못 되니까 곧 나올 거예요. 우리 그 양반이 벌써 경찰서 근처에 갔으니까 곧 돌아올 거예요. 딴 데 가지 말고 집에 돌아가 기다리세요. 알았지요?"

전화를 끊는데 다리가 휘청거렸다. 비척비척 집으로 갈 수밖에 없었다. 집 앞 골목어귀에 아내가 송이를 업은 채 서성이고 있다가 그를 보자마자 다급하게 쫓아왔다.

"낮에 회사 사람들이 왔었어요. 이상섭 씨랑 다 해고되었다면서요?"

또 한 번 가슴이 철렁했다. 집에까지 찾아오다니 도무지 정신을 차릴 수가 없었다. 아내는 겁먹었는지 흥분해 있었다.

"방 안을 막 뒤지려고 하는 거 있죠? 안집 아저씨하고 나하고 못 들어가게 막 싸웠어요. 당신 책도 다 감춰 놨어요. 또 올 것 같아서요."

잔뜩 흥분한 그녀의 얼굴이 어느 때보다도 예뻐 보였다. 절망 가운데서도 조금 기운이 나는 듯했다. 온종일 순간적으로 천당과 지옥을 오가는 기분이었다.

"잘했어, 나쁜 자식들! 경찰이 와도 들여보내면 안 돼!"

아내는 그의 말에 힘입은 듯 자랑스럽게 말했다.

"내가 수색영장 있느냐고 큰 소리 치니까 꼼짝도 못 하는 거 있죠? 한 사람은 형사 같더라고요."

이게 무슨 일이냐고 난리를 쳐댈 줄 알았던 아내가 오히려 그의 편에서 회사와 경찰을 욕해 주니 그나마 마음이 놓였다. 그러나 억지로 밥을 떠 넣고 누워 있으려니 여전히 온갖 암담한 생각이 가슴을 휘저었다. 경찰서에 끌려간 사람들은 무슨 일을 당하고 있는지, 매를 맞거나 고문을 당하지는 않는지, 빨갱이로 몰려버린 것은 아닌지, 온갖 두려운 상상이 떠올랐다. 또 자기는 이제 어떻게 될 것인지, 어떻게 해야 할지, 왜 하필 자기만 해고당하지 않고 남았는지, 모든 것이 난감했다. 서동석이의 모습이 떠올랐다. 자기 일도 힘든데 김동연이 바쁘면 언제나 쫓아와 도와주던 친구였다. 이영식이 죽고 나서는 끊어진 철사를 용접할 때마다 영식이 형 같은 기술자가 없으니 이 모양으로 잘 끊어진다고 불평을 하던 정이 깊은 그였다. 이상섭도 생각났다. 식사 시간만 되면 나이든 사람이 부끄럼도 없이 제일 먼저 달려와 앞줄에 서 있다가 동연이 오면 앞에 끼워주었고 당직이 뭐라 하면 자기가 더 큰 소리로 새치기 좀 하면 어떠냐고 야단치던 인정이 생각났다. 이제는 그 두 사람, 아니 모든 사람들을 언제 볼 수 있을 것인지, 외로움이 뼈저리게 엄습해 왔다. 그는 옷도, 양말도 그대로인 채 누워 비몽사몽에 빠져 들어갔다.

아까부터 조심스럽게 창문 두드리는 소리가 계속되고 있었다. 먼저 깨어난 것은 홍순영이었다. 새벽 한 시였다. 그녀는 남편을 흔들어 깨우며 속삭였다.

"여보, 송이 아빠, 누가 왔어요."

김동연도 아까부터 듣고는 있었지만 고통스런 꿈들과 혼돈하고 있다가 아내의 말에 정신이 들었다. 끊어졌던 소리가 다시 들려왔다. 골목으로 난 쪽문이었다.

톡! 톡! 톡!

소리는 너무 낮고 조심스러워 평소같이 깊은 잠이 들었더라면 알아듣지 못했을 것이다. 경찰이라면 그런 식으로 두드릴 이유가 없다는 데 생각이 미친 순간, 김동연은 벌떡 일어났다.

"누구요?"

나직하게 물으니 창문 밖에서는 너무나 귀에 익은, 저녁내 꿈속에서도 그리던 목소리가 들려왔다.

"저예요, 형!"

"동석이냐?"

너무나 반가워 소리를 지르며 작은 창문을 활짝 열어젖혔다. 서동석이었다! 그리고 김진영이었다! 어스름한 달빛 아래 두 사람이 하얀 이를 드러내며 웃고 서 있었다. 목이 꽉 메어 말이 나오질 않았다.

"나왔구나! 어서, 어서 들어와!"

"아녜요, 형이 나와요. 다들 기다리고 있어요."

"다른 사람들도 나왔어?"

"그럼요! 정기준까지 다 나왔는걸요?"

눈물이 핑 돌았다. 정신이 없이 뛰쳐나가 두 사람을 끌어 안았다. 아직도 꿈만 같았다. 낮에 잡혀간 사람들이 저녁에 나오다니 믿기지가 않았다. 게다가 두 사람은 의기소침하기는커녕 잔뜩 신명이 나 있었다. 서동석의 방까지 가는 동안 내내 경찰서에서의 무용담을 늘어놨다.

"경찰서를 뒤집어 놨다니까요! 우리가 뭐 죄진 거 있어요? 유인물 뿌린 거 걸려봤자 아무리 법을 따져 봐도 구류감도 못 되죠. 합법적으로 노조를 만드는 건 죄가 아니죠."

"아니, 그런저런 말 다 했어?"

김동연의 질문에 두 사람은 소리 내어 웃었다.

"미쳤어요? 무조건 진술거부하고 책상이고 뭐고 발길질로 작살내버렸죠. 다시는 우리를 잡아갈 생각을 못할걸요?"

너무나 활기가 넘쳤다. 그런 줄도 모르고 다들 죽기라도 한 양 기죽어 처져 있던 자신이 우습기만 했다. 동네는 거의 불이 꺼져 깜깜했으나 서동석의 방은 환히 불이 밝혀져 있었다. 부엌문을 여니 담배 연기와 사람 열기가 훅 끼쳐왔다. 넓지 않은 방 안에는 해고자 모두가 어깨를 맞대고 앉아 떠들고 있다가 김동연을 보고는 너도나도 악수를 청하고 난리였다. 무슨 잔칫집만 같았다. 누구보다도, 회사에서 당장 사형이라도 시킬 듯 겁준 장본인인 정기준이 버젓이 앉아 웃고 있는 걸 보고 놀라지 않을 수 없었다. 이병우가 보이지 않았지만 거기까지는 생각이 미치지 않았다.

"정말 다 나왔네?"

김동연의 첫마디에 모두들 와르르 웃어댔다. 해고자라기 보다는 개선장군들 같았다. 경찰서에서 밤 12시경에 풀려 나 한 잔씩 하고 온 길이었다. 세모진 얼굴에 잔주름을 가득 지어 보이며 김영춘이 말했다.

"그 미친놈이 나보고 글쎄 서동석이냐고 묻대? 그렇다고 그래줬지. 내가 그렇게 어려 보였나?"

"영춘이 형 때문에 나는 졸지에 이름이 바뀌었다니까요?"

서동석도 웃어댔다. 김영춘은 김진영을 가리켰다.

"진영이는 어떻게 한 줄 알어? 나는 그래도 이름은 가르쳐줬다. 쟤는 형사가 자술서를 쓰라고 종이를 내주니까 이름도 쓰지 않고 가만히 있는 거야. 형사 놈이 답답하니까, 너는 이름도 쓸 줄 모르냐고 물었어. 그러니까 뭐랬는줄 알어? 한글을 몰라 이름도 못 쓴다는 거야, 아주 심각하게 말이지."

"말도 안 돼!"

와아 웃음이 일어나자 김진영이 설명했다.

"그랬더니 형사가 어떻게 하는 줄 알아요? 빰따귀라도

날아오나 했는데 그게 아니에요. 무식한 것 들춰내서 미안하다고 커피까지 뽑아 주면서 나 보고 불쌍하다는 거예요. 한글도 모르는 무식한 놈이 빨갱이 꼬임에 넘어가 신세 망치게 됐으니 불쌍하다 이거죠. 착하긴 한데 노동자 알기를 우습게 알더라고요."

웃음이 계속되는 가운데, 누가 먼저 지적하기 전에 정기준이 입을 열었다.

"여러 동지들께 죄송하게 됐습니다. 미리 말씀을 드렸어야 하는 건데 일이 이렇게 될 줄은 몰랐습니다."

좌중이 조용해졌다. 어색한 침묵이었다. 그러나 김진영이 침묵을 깨는 데는 오래 걸리지 않았다. 그는 유쾌한 듯 큰 소리로 웃으며 말했으나 어색함을 깨기 위한 것임이 역력했다.

"저도 깜빡 속았지 뭐예요. 어쩐지 아는 게 너무 많더라 했지요. 괜찮은 노동자 한 사람 건졌다 했더니만 알고 보니 위장취업자였으니……. 어쨌든 기왕에 이렇게 된 거 열심히 같이 싸워야죠."

"그려, 자네가 우리를 나쁜 뜻으로 속인 것도 아닌데 신경 쓰지 말게나."

이상섭도 말했으나 조금 뜹뜨름한 기분이 드는 것은 어쩔 수 없었다. 말끝마다 자신이 배우지 못한 노동자임을 강조하던 정기준이 학생이었다는 사실에 서운한 것을 어쩔 수 없었다. 무엇보다도 그로 인해 며칠 후의 노조 결성이 무산될지도 모른다는 게 속상했다.

홍기가 좌중의 분위기를 감지하며 말했다.

"이번 일은 기준이 잘못이라기보다는 제 불찰입니다. 대 강은 학생일 거라고 짐작하고 있었으면서도 묻지 않은 게 잘못입니다. 노동운동권이 조직화되어 있지 못하다보니 공 장마다 이런 일이 비일비재합니다."

김동연이 나섰다.

"어차피 벌어진 일 이제 와서 왈가왈부하면 뭐해? 사실 그 동안 우리도 동지회원들끼리만 비밀을 가지고 있었잖 아? 이번 기회에 정기준이 하고 김영춘도 동지회에 가입시 키자고!"

"그래요! 기준 형은 학생 아니더라도 해고됐을 거예요. 우리, 늦기는 했지만 동지회에 새로운 동지를 맞아들이 죠?"

김진영이 찬성했고 분위기는 금방 좋아졌다. 깊은 밤, 멀 리 공장의 기계소리가 들려오는 조그만 방에서 다시 한 번 동지의 약속이 맺어졌다. 이상섭이 동지회의 내력을 이야 기해 주었고 두 사람은 차례로 자신의 결의를 밝혔다.

김영춘은 말했다.

"복직될 때까지 끝까지 싸우자고! 저놈들이 돈이 많으면 얼마나 많고 빽이 있으면 얼마나 있것어? 악착같이 달라붙는 사람이 이기는 거여. 무슨 일이 있어도 우리는 서로 속이지 말고 싸우지도 말고 단합하자고!"

"미리 말씀 드리지 못한 것에 다시 한 번 사과드립니다."

정기준도 진심으로 미안한 얼굴로 말했다.

"저는 사실 공장생활이 처음입니다. 학교에서 시위는 많이 해보았지만 여기선 무얼 어떻게 할지 잘 모릅니다. 많이 지도해 주십시오."

정기준은 방 가운데로 손을 뻗었다.

"자, 여러 형님들! 우리 동지의 약속을 맺어요. 앞으로 어떤 일이 있어도 우리 흩어지지 않고 똘똘 뭉쳐 싸우겠다는 동지의 약속을!"

이상섭도 말했다.

"그려! 동지의 결의를 다지자구!"

모두들 밝은 얼굴로 손을 내밀었다. 7인으로 늘어난 동지회는 머지않아 새벽이 올 시간임에도 잠들지 않고 투쟁 준비에 들어갔다. 노조결성을 위해 사놓았던 광목천에 매직으로 복직을 요구하는 글씨를 쓰고, 유인물 초안을 잡았다. 준비가 끝난 후에도 아무도 집에 가지 않고 매직잉크 냄새와 발 고린내 지독한 좁은 방에서 옷도 양말도 벗지 못한 채 이리저리 남의 팔다리를 배게 삼아 누웠다. 한두 시간이나마 눈을 붙이기 위함이었다.

"그나저나 결성식을 사흘 남겨두고 이 지경이 됐으니……."

이상섭이 중얼거리자 김영춘이 돌아누우며 말했다.

"다 틀린 거지 뭐. 일단 노조 결성은 포기해야지."

그러자 김진영의 다리를 베고 누웠던 홍기가 일어나 앉으며 말했다.

"아닙니다. 강행해 봅시다. 몇 명이 해고당했다고 포기하면 놈들은 우릴 더욱 우습게 볼 겁니다."

"가능할까? 회사 내에 남아 있는 핵심이라고는 김동연이밖에 없는데 무슨 수로 노조를 만드나? 설사 만들 수 있더라도 어떻게 노조를 사수하겠어?"

김영춘은 회의적이었으나 홍기는 여유 있게 말했다.

"실패할 수 있겠지요. 하지만 우리는 실패를 통해서도 배울 수 있습니다. 노조 자체가 불법이던 일제시대에는 비합법적인 노조를 만들어 싸웠잖습니까? 요즘 같은 탄압국면에서 굳이 합법노조를 고수할 필요는 없다고 봅니다. 이번의 노동조합 결성식은 물론 성공하면 좋지만 실패하더라도 하나의 투쟁훈련으로 생각하고 밀어붙입시다. 강력한 선도투쟁을 통해 노동자들을 단련시키자는 겁니다."

이에 정기준이 정색을 했다.

"선도투쟁이요? 노동자 대중이 주체적으로 나서서 싸울 수 있도록 밑거름이 되어야지, 몇몇 각성된 전위인자들끼리 앞장서서 선도적으로 싸우다 보면 변혁운동의 싹까지 잘려나가고 말 거예요. 저는 노동조합은 노동운동의 기초라고 봐요. 서두르지 말고 좀더 차분하고 은밀하게 다시 합법적인 노조를 준비하는 게 좋을 것 같아요."

홍기도 지지 않았다.

"은밀한 조직과 교육으로 노조를 만들면 저절로 힘이 생기나? 당장 노조를 결성해 신고해 봐야 신고필증이 나오지 않는 경우가 더 많잖아? 무엇보다도, 적들의 탄압이 이리 심한데 투쟁을 통해 단련되지 않은 이들이 어떻게 노조를 이끌겠어?"

"합법적 노조가 어렵다고 미리 투쟁위원회 형태로 나가려면 지금까지 뭐 하러 노동조합법을 가르쳐 노조에 대한 환상을 심어주었습니까?"

"환상은 아니지…."

논쟁은 자못 심각하게 진행되었다. 듣다 못한 김영춘이 시끄럽다고 투덜대는 바람에 중단되고 말았지만, 정기준이 제기한 문제는 단순히 대영제강의 문제일 뿐만 아니라 현재의 노동운동 전체를 좌우하는 문제였다.

홍기가 관계를 맺고 있는 이들은 노동조합 자체에 의미를 두기보다는 노동운동 판에 뛰어든 여러 학생출신들과 이들을 통해 조직된 선진적 노동자들을 주축으로 정치투쟁을 벌여 민주주의의 공간부터 넓히자는 입장을 갖고 있었다. 이에 비해 정기준은 합법적 노동조합을 늘려나가 노동자 대중에 의한 파업투쟁을 강조하는 축이었다. 정기준이 홍기의 정체를 알면서도 자신의 신분을 밝히지 않았던 것도 이러한 서로 다른 조직적 배경 때문이었다.

노동조합 결성 문제에 대해서는 강행하자는 의견이 압도적이었다. 김영춘도 비관적으로 말했을 뿐 반대한 건 아니었다. 나머지 사람들은 다들 찬성했다. 좀더 충분한 준비를 주장했던 정기준도 이에 승복했다.

"좋습니다. 동지 여러분들의 의견이 정 그렇다면 저도 열심히 뛰겠습니다."

깨끗한 한마디에 홍기는 웃으며 말했다.

"정기준 동지의 지적은 잘 새기도록 하겠습니다. 아무튼 노조결성은 그대로 강행하도록 합시다. 노조결성식에 필요한 법적 인원 사십 명을 참석시키려면 더욱 바빠질 겁니다. 자, 한 시간이라도 눈들을 붙입시다."

홍기는 정기준과는 나중에 심각하게 토론해 봐야겠다고 생각하며 억지로 잠을 청했지만 잠은 오지 않았다. 새벽은 벌써 밝아오고 있었다. 구석자리의 김동연 역시 잠을 못 이루고 있었다. 눈을 감았어도 숨결이 고르지 않았다. 홍기는 그의 손을 건드려 보았다.

"동연 씨, 자요?"

"아니. 잠이 안 오네요."

"동연 씨가 할 일이 많소. 팔도회가 흔들리지 않도록 잘 잡아주고 회사 안에서 역할을 잘 해줘야 해요. 이따가 해고 자들의 출근투쟁에는 절대 끼어들지 말고 모르는 척 출근 하고요."

김동연은 눈을 감은 채 고개만 끄덕였다. 동지회원은 하나도 남아 있지 않은 현장에서 자기 혼자 무얼 어떻게 할 수 있을지 암담했다. 팔도회가 있다지만 믿을 만한 사람은 이병우 한 사람밖에 없어 보였다. 열성적인 사람이라야 손영원 같은 늙은이나 말더듬이 장영철, 그리고 너무 어린 최보선 정도였고 다른 이는 따라줄 정도에 불과했다. 그런 상태에서 자기가 무엇을 할 수 있을지……. 그는 한잠도 자지 못한 채 아침을 맞았다.

11

이른 아침, 붉은 해가 스모그를 거두며 떠오르기 시작했다. 철강지대 노동자들은 여느 때와 같이 잠이 덜 깨어 부은 얼굴로 모여들고 있었다. 공장 앞 골목으로부터, 버스정류장으로부터, 전철역으로부터 마른버짐이 핀 메마른 얼굴들이 꾸역꾸역 나타났다. 전날의 피로가 그대로 근육에 남아 걸음걸이는 부자연스럽고 다가올 노동에 대한 압박감으로 표정들은 무거웠다.

경비실 앞에는 여느 때와 달리 조, 반장들과 과장들이 모두 나와 있었다. 정문은 굳게 닫혔고 철문에 달린 쪽문만이 열려 있는 것도 평소와 달랐다. 반장들은 쪽문 입구에 나와서서, 들어가는 노동자를 한 사람씩 확인하고 있었다. 노동자들은 이상한 분위기를 느꼈지만 어느 누구도 왜 그러는가 물어보지 못한 채 기죽은 얼굴로 한 명씩 들어갔다.

7시 30분, 사람이 가장 많이 몰리는 시간이었다. 반장들 사이에서 낮은 속삭임과 동요가 일어났다.

"온다! 잡아! 절대 못 들어가게 해야 돼!"

정문 안에 대기하던 과장급들과 사무직원들도 밖으로 몰려나왔다. 다섯 명의 해고자들이 노동자들 사이에 섞여 다가가고 있었다. 모두들 마대자루같이 만든 헝겊을 뒤집어 썼는데, '복직, 투쟁'이라 쓴 붉은 매직 글씨가 아직 덜 말라 잉크냄새를 풍겼다.

"비켜, 왜 이래 이거!"

제일 앞서 오던 이상섭이 젊은 경비조장과 맞부딪쳤다.

"안 돼! 못 들어가! 당신들은 우리 회사 직원이 아니야!"

순간, 해고자들은 김진영을 선두로 일시에 정문을 향해 밀어닥치며 소리를 질렀다.

"부당해고 철회하라!"

구사대는 황급히 그들의 앞을 막아섰지만 그대로 뚫리기 시작했다. 다급해진 그들은 해고자 한 명당 서너 명씩 달려들어 붙잡고 늘어지기 시작했다. 출근하려던 노동자들이 발길을 멈추었고 이미 안에 들어갔던 노동자들도 구경했다.

"빨리 빨리 출근들 해! 어서 들어가지 못해?"

과장들이 설치며 노동자들을 밀어댔지만 점점 더 치열해지는 몸싸움은 지나던 행인들과 동네 주민들까지 발길을 멈추게 했다. 어린아이들과 여자들까지 구경 나오기 시작했다.

"일당 천 원 인상하라!"

소리쳐대는 김진영에게 직원 세 명이 한꺼번에 달려들어 입을 틀어막으려 했다. 버둥대느라 몸에 둘렀던 천이 쭉 찢겨 나갔다. 그때 서동석이 갑자기 와 소리를 지르며 반장 하나를 밀어내고 닫힌 철문으로 뛰어 올랐다. 그는 단번에 철문 맨 위에 매달려 넘어가려고 했다. 직원들이 달려들어 발을 잡아챘다. 서동석은 발길질을 해댔지만 직원들은 발을 놓아주지 않았다. 한 명이 나란히 기어오르더니 서동석의 머리를 나꿔챘다.

"놔! 놔! 부당해고 철회하라!"

서동석은 기를 쓰고 소리쳤지만 머리가 뒤로 젖혀진 채 그대로 떨어져 버렸다. 그에게 직원들이 몰린 사이 다른 해고자들은 쪽문으로 육박해 들어갔다. 구사대가 이를 가로막으면서 자연스럽게 노동자들의 출근길은 봉쇄되었다.

"뭣들 하는 거야? 어서 끌어내지 못해?"

구사대장을 맡은 제강과장의 고함소리에 뒷전에서 어영부영하던 구사대들은 일제히 해고자들에게 달려들었다. 정문 앞은 완전히 난장판이 되어 버렸다. 해고자들의 옷은 너덜너덜 찢겨져 나갔고 온 몸은 긁히고 멍들었다. 멋모르고 달려들던 직원들의 옷도 엉망이 되었으나 해고자들의 몰골에 비할 바가 아니었다.

"왜 해고시킨 거래?"

"저거 이상섭이 아냐? 어이구, 다치겠네!"

구경하던 노동자들이 동요하기 시작했다. 회사 측은 안 되겠는지, 쪽문으로 노동자들을 하나씩 밀어 넣기 시작했다. 입구 양편에 과장들이 늘어서서 자기 과 사람들을 불러 댔다. 어찌 할 바를 몰라 입술을 깨물고만 있던 김동연을 본 제강과장이 그의 팔을 거칠게 잡아끌었다.

"김동연, 빨리 들어가!"

발걸음이 떨어지지 않았다. 다른 사람의 귀밑밖에 차지 않는 김영춘이 여러 명에게 반짝 들려 나가면서도 어디서 그런 힘이 나오는지 발버둥 치며 처절하게 구호를 외치고 있었다. 입이 틀어 막혀 무슨 소리를 외치는지 알아들을 수도 없었지만 눈물샘이 시큰해졌다. 과장은 더욱 거세게 팔을 잡아 당겼다. 확 뿌리치고 뛰쳐나가고 싶은 충동이 가슴을 마구 때렸다. 하지만 회사 내의 조직을 건설해야 한다는 동지회의 약속이 있었다. 그는 과장을 따라 들어갔다.

정문 앞의 소란 때문에 작업시간이 늦었음에도 제강과장은 과원들을 모두 식당에 대기시켜 놓았다. 8시가 한참 넘어서야 최 반장이 씩씩거리며 나타났다. 잠바는 찢어지고 안전모도 내피 끈이 끊어져 손에 들고 있었다. 그는 부서진 안전모를 흔들어대며 빽빽 소리 질렀다.

"다들 봤지? 얼마나 지독한 놈들인지! 새빨간 빨갱이 놈들이야! 해고비, 퇴직금 다주겠다는데 무슨 원수가 졌다고 악착같이 우리 회사에 기어들어 오려고 저 지랄이란 말야? 저놈들의 목적은 오직 하나, 투쟁으로 회사를 망하게 하려는 거야! 극렬투쟁으로 우리나라 경제를 무너뜨리고 혁명을 일으키려는 새빨간 빨갱이 놈들이라고! 저런 놈들을 봐 줬다간 회사 망하고 나라 망하고 우리도 다 길바닥으로 나앉는 거야! 나쁜 자식들! 이게 뭐야, 다 부서졌잖아?"

최 반장은 식탁 앞에 앉은 노동자들이 해고자나 되는 양 흥분해 있었다. 잇달아 과장이 들어왔다. 구사대장으로서 맨 앞장서서 몸싸움을 벌인 제강과장 역시 얼굴 한쪽이 붉게 긁혀 있었으나, 반장과 달리 냉정했다.

"어젯밤 철조망과 화장실에서 뭐가 발견된 줄 알아? 북괴의 불온 삐라와 총알이 발견됐어요, 총알이!"

충격적인 이야기였다. 노동자들이 술렁였다. 과장은 자신이 던진 말의 효과에 자신을 얻었는지 언성을 높였다.

"아니 이 평화시국에 총알을 갖고 뭐하려고 했겠어? 저놈들은 그런 놈들이라고! 뿐만 아니야. 회사 안에서 총알하고 북괴삐라가 나왔다는 건 아직 회사 안에 불순분자가 남아 있다는 증거가 아닐 수 없어요. 따라서 회사와 경찰에서는 앞으로 해고자들과 조금이라도 관계를 갖는 사람이 있으면 무조건 한패로 간주하고 처벌하기로 했으니까, 똑바로 처신들 하기 바래요. 알았습니까?'

아무도 대답하지 않았다. 식당 안은 쥐죽은 듯 조용했다. 물론 삐라니 총알 얘기는 장상필 상무가 꾸며낸 거짓말이었다.

"나쁜 새끼들! 거짓말까지!"

김동연은 혼잣말로 중얼거렸다. 너무 빤한 수작이었다. 따질 용기는 나지 않았다. 과장은 거짓말의 효과에 자못 만족스런 표정으로, 얼이 빠져 있는 노동자들을 향해 득의만만하게 떠들어댔다. 언성은 낮아졌고 존댓말로 바뀌었다.

"대영그룹에는 노동조합이 있는 계열회사는 하나도 없어요. 예전에 부산에 있는 철강회사를 인수할 때 회장님이 노조가 있으면 인수할 수 없다고 해서 노조를 없애는 조건으로 인수했을 정도예요. 회장님은 지금도 마찬가지예요. 계열사 중에 노조가 만들어지는 곳은 무조건 문을 닫겠다고 했어요. 회사가 살아야 여러분도 삽니다. 쫓겨나 거리에 나앉고 싶은 사람은 경거망동해도 좋지만 우리 모두가 사는 길이 무언지 잘 알아서 처신들 하기 바래요. 이상!"

시간이 늦어 체조도 없이 해산했다. 하나같이 무거운 얼굴들이었다. 팔도회원들마저 눈이 마주쳐도 은근히 피해

버리는 것이었다. 이병우와 이야기를 하고 싶었으나 조장이 그의 곁에 붙어 있다시피 해서 좀처럼 기회가 오지 않았다. 더구나 이병우는 작업이 시작되자마자 곧바로 또 사무실로 불려 올라갔다. 그만이 아니라 팔도회원 전원이 한 명씩 불려 올라갔다. 김동연은 도저히 궁금증을 참을 수 없어 장영철이 내려왔을 때 쫓아갔다.

"노, 노조 안 한다는 가, 각서 쓰래."

김동연은 철렁 내려앉는 가슴을 누르며 되물었다.

"그래서 썼냐?"

장영철은 고개를 내저었다.

"나, 난 그런 거 모른다고, 각서도 못 쓴다고 했지."

"딴 애들은?"

"모, 몰라. 안 쓸 거야."

안도의 한숨이 나왔다. 유일한 희망인 팔도회가 무너진다는 것은 상상만 해도 끔찍한 일이었다.

점심은 쇠고기국이었다. 회사 창립일 빼고는 메뉴판에서 구경도 할 수 없던 쇠고기라니, 김동연은 그 속이 뻔히 들여다보였으나 노동자들은 정신없이 먹어대기만 했다. 쓰린 가슴을 누르며 수저를 들었다. 억지로 몇 술 뜨는데 손영원이 앞에 와 앉으며 말했다.

"해고자 잡아 고깃국 끓였군?"

김동연이 힘없이 웃어주자 손영원은 주위를 둘러보며 나직이 물어왔다.

"그 일은 예정대로 할 거야?"

"예. 밥 먹고 봅시다."

김동연은 정신을 차리며 대답했다. 그렇지 않아도 팔도회와 손영원에게 노조결성을 예정대로 강행한다고 알리려던 참이었다. 그런데 식당에서 돌아와 보니 팔도회가 한 명도 눈에 띄지 않았다. 폐품장이며 세탁장 등, 갈 만한 곳은 다 돌아다녀 봤으나 한 명도 보이지 않았다. 할 수 없이 손영원에게 계획을 얘기해 주고 있을 때였다. 탈의장에서 애꾸눈 박팔봉이 나오는 게 보였다. 아차, 싶었다. 탈의장에는 가보지 않았던 것이다.

서둘러 탈의장으로 달려가는데 마주친 박팔봉의 하나 남은 눈빛이 심각했다. 불길한 예감이 스쳐갔다. 무슨 일인지 물어볼 것도 없이 탈의장으로 뛰어들었다. 팔도회원들은 작업복을 벗고 사복으로 갈아입는 중이었다.

"야, 뭣들 하는 거야? 왜들 옷을 입어?"

김동연의 고함소리는 탈의장을 울리도록 컸지만 아무도 대답하지 않았다. 마치 귀머거리들 같았다. 모두들 몹시 화가 난 표정이었다. 한쪽 구석에 고개를 박고 있던 장영철이 낭패한 얼굴로 다가왔다. 먼저 나간 박팔봉과 장영철만이 작업복차림 그대로였다.

"저, 전부 그만둔대. 나, 나하고 팔봉이 형만 빼고."

가슴이 철렁 내려앉았다. 저절로 절규가 터져 나왔다.

"미쳤냐, 너희들? 노조는 계획대로 만들 거야! 너희들이
빠지면 어떻게 해? 도대체 왜들 이러는 거야? 어딜 간다는
거야? 야, 이병우!"

고함쳐 불렀으나 이병우는 눈길을 피한 채 화난 음성으
로 말했다.

"이제 끝났어. 우리가 간첩이냐, 불순분자냐? 그런 소리
까지 듣고 이런 회사 뭐 하러 다니냐? 정나미가 떨어진다.
때려치우고 말지. 이젠 끝났어."

"끝나긴 뭐가 끝났다는 거야? 이제 시작이란 말야! 노조
하기가 그렇게 쉬운 줄 알았어? 제발 이러지들 마! 다시 생
각해 보자, 응?"

간절히 외쳤지만 팔도회원들은 막무가내였다. 사물함이
하나씩 비워져갔다. 기름 절은 작업복들이 쓰레기통에 던
져졌고, 비누곽이며 수건들도 가져가는 사람이 없었다. 조
용한 탈의장 바닥에 잡다한 물건들 쏟아져 내리는 소리가
한 동안 계속되었다. 이병우가 깨끗한 옷차림으로 다가와
손을 내밀었다.

"미안하다. 같이 해야 되는데… 그래도 회사에 쓸데없는

얘기는 하나도 안 했다. 너희를 배신하지는 않았다는 것만은 알아주었으면 좋겠다. 미안하다. 잘 있어라."

뭐라고 대꾸할 수가 없었다. 다른 사람들은 악수조차 나누지 않고 눈길을 피해 나가버렸다. 끝내 그들이 왜 집단으로 그만두는지 정확한 이유는 듣지 못했지만 정기준에 대한 악선전과 삐라니 총알 이야기가 영향을 준 게 틀림없다고 생각되었다.

다들 나가 버렸을 때, 김동연은 벽에 기댄 채 스르르 무너졌다. 장영철이 곁에 앉아 말없이 담배를 건넸다. 짧게 쏟아져 들어오는 햇살 속으로 담배연기가 파랗게 피어올랐다. 오밤중에 깬 이래 눈을 붙이지 못했지만 몸보다 마음이 더 무거웠다.

김동연은 오후 내내 탈진한 상태에서 힘겨운 시간을 보냈다. 별의별 생각이 다 들었다. 진작 노조를 만들었으면 이렇게 어이없이 당하지는 않았을 것 같았다. 또 이런 상태에서 결성을 강행한다는 게 무모한 짓으로만 보였다. 장기준 말대로 홍기가 좀더 신중하게, 가두시위니 유인물 배포 같은 것 하기 전에 노조부터 결성했더라면 좋았을 거라는 생각도 들었다.

저녁 간식시간이 왔다. 끈질기게 따라붙던 조장이 빵을 가져왔다. 백 원짜리 삼립빵이 두 사람 당 세 개였다. 하나

는 반으로 쪼개어 나눠 먹어야 했다. 국민학생도 잘 안 사
먹는 애기 손바닥만한 단팥빵을 서른 넘은 어른들이 반쪽
씩 나눠 먹는 것처럼 치사한 일은 없었다. 그나마도 지난해
임금인상을 적게 하는 대신 반쪽을 올려준 것이었다. 옆 스
트란다 노동자가 기름 묻은 손으로 절반을 쪼개 건네 오는
것을 다 먹으라고 해버렸다. 조장이 이 광경을 보고 있다가
빈정댔다.

"김동연이는 배 안 고픈가 보네? 일 열심히 안 했나?"

손에 쥔 나머지 빵 한 개마저 그 얼굴에 집어던지고 싶은
충동을 애써 참았다. 그런데 조장의 다음 말이 뒤통수를 쾅
소리 나게 때려왔다.

"동연이, 니 쓸데없는 짓 해봐야, 니만 병신 된다. 니, 이
병우 그노마들이 왜 그만둔 줄이나 알고 있나?"

또 무슨 수작인가 하면서도 이상한 불안감을 피할 수 없
었다. 조장은 빈정빈정 말을 이었다.

"그노마들 돈 받고 나간 거 니는 모르제?"

가슴이 덜컥했다. 뻔히 드러날 일을 거짓말하는 것 같지
는 않았다. 조장은 득의만만하게 말을 이었다.

"세상에 믿을 놈 하나 없는 기다. 내 말이 틀리나 한번
확인해 보그라. 한 사람이 이백만 원씩 챙기지 않았나. 내
도 그럴 줄은 참말로 몰랐다."

김동연의 얼굴이 확 달아올랐다. 2백만 원이면 열 달치 월급이었다. 이게 무슨 일인지 아찔했다. 그는 조장에게 아무 말도 못하고 장영철에게 뛰어갔다.

　"돈? 아, 퇴, 퇴직금 받아 갔어."

　장영철은 대수롭지 않게 대답했다. 퇴직금을 포함한 돈이라니 안도의 한숨이 나왔다. 그러나 다시 다그쳤다.

　"다들 입사한 지 사 년밖에 더 됐어? 퇴직금 잘 받아야 백만 원이잖아? 어떻게 이백만 원씩 받아가?"

　"해, 해고수당하고 뭐하고 좀 더 준 거지."

　장영철은 굳이 변명하려 들지 않았다. 얼마가 되었든 노조를 그만두는 조건으로 더 받아간 건 사실이었다. 겨우 돈 몇 십만 원에 양심을 팔아먹다니 비참하다고 생각되었다. 창피해서 다른 사람들과 아무 말도 하고 싶지 않았다. 조장의 주름진 얼굴에 어른거리는 회심의 미소가 온 몸을 벌레처럼 기어가는 것만 같았다.

　지옥 같은 하루였다. 퇴근 무렵, 그는 완전히 탈진하여 일찌감치 기계를 꺼버리고 땀에 쩐 양말을 벗었다. 야근 출근자들이 하나씩 둘씩 나타나기 시작했다. 출근자들의 태도를 보면서 해고자들은 오지 않을 모양이라고 짐작했다. 아침에 모질게 당했으니 나타나기 힘들 것이라는 생각이 들었다. 모든 것이 암담하기만 했다. 그가 맥없이 앉아 있는 동안 다른 이들도 기계를 끄기 시작하여 실내는 점점 조용해져 갔다. 바로 그때였다. 이미 폐품장 쪽 작은 문으로 누군가 번개처럼 뛰어 들어오면서 큰 소리로 외쳤다.

"부당해고 철회하라! 일당 천원 인상하라!"

귀에 익은 목소리, 서동석이었다. 정문이 막히자 담장을 넘어 들어온 것이었다. 서동석은 고래고래 소리를 지르며 현장을 이리저리 달렸다. 소식지 1호라고 제목이 찍힌 유인물이 몇 장씩 날리고, 아직 돌고 있던 스트란다들마저 꺼졌다. 서동석은 김동연 앞에 와서는 한쪽 눈을 찡긋해 보이며 유인물을 던져 주었다. 말을 나눌 겨를은 없었고 그래서도 안 되었다. 조장, 반장들이 우르르 몰려 내려오는 게 보였다.

"잡아라! 저 놈 잡아라."

소리쳐대는 과장의 목소리는 시장 바닥에서 싸움질하는 장사꾼처럼 다급하고 상스러웠다. 노동자들은 아무도 서동석을 잡으려 하지 않았다. 조, 반장들이 기계 사이로 위태롭게 쫓기 시작했을 때는 이미 유인물을 다 뿌리고 유유히 바깥으로 사라져버렸다.

"삐라 주워 모아! 뺏아, 빨리!"

과장이 빽빽 소리 질러대자 최 반장과 조장이 유인물을 거두기 시작했다. 노동자들은 그들이 손을 내밀면 순순히 내놓았다. 어떤 이는 바닥에 떨어진 것까지 모아 주기도 했다. 김동연은 사람들이 자진해서 내주는 것을 보고 허탈감을 억누르며 받은 유인물을 작업복 주머니 속 깊숙이 집어넣었다. 조장이 다가왔다.

"김동연이, 니도 받았잖아? 후딱 내놔라."

김동연은 조장을 아래위로 훑어보고 따졌다.

"당신 눈으로 봤어? 봤으면 또 어쩔 건데? 비켜!"

거칠게 조장을 밀치고 서동석이 나간 쪽으로 따라가 보았다. 어둠이 깔린 본관 앞 공터에는 한바탕 난리가 일어나고 있었다. 가스등 불빛 아래 수십 명의 사무직원들과 경비들이 몰려들어 해고자들과 치열한 몸싸움을 벌이고 있었다. 일방적인 싸움이었다. 해고자 한 사람마다 직원들이 겹겹이 달라붙어 질질 끌어 내가고 있을 뿐이었다.

"이놈들이 사람 죽인다! 이놈들이 사람 죽여, 억!"

이상섭이 바닥에 쓰러진 채 질질 끌려가며 숨넘어 가는 소리로 외쳐댔다. 그러나 구사대에 가려 무슨 짓을 당하는지 보이지도 않았다. 구사대는 몰려나온 노동자들의 시선을 의식하여 대놓고 때리지는 못했으나 발버둥 치지 못하도록 팔과 허벅지 따위를 마구 꼬집어 뜯고 있었다. 김진영의 긴 머리카락은 한웅큼이나 빠졌다. 해고자들은 점점 힘이 빠져 외마디 비명만 지르며 비참하게 끌려 나갔다.

"들어가! 구경났나? 들어가 일들 해!"

과장들이 돌아다니며 구경나온 노동자들을 몰아넣으려 했다. 노동자들은 주춤거리며 이리저리 밀렸다. 그러나 어둠이 용기를 불어넣어 주고 있었다. 많은 노동자가 들어가지 않고 서성거렸다. 어두운 구석에서는 나직한 소리까지 들렸다.

"너무들 하는군!"

"다치겠네, 다치겠어!"

어둠은 방금 전까지도 유인물을 고스란히 내주던 이들을 어느새 용기 있는 사람으로 변화시켜 주었다. 당황한 과장들은 서둘러 노동자들을 밀어 넣으려 했으나 소용없었다. 해고자들이 정문으로 끌려 갈 때까지 많은 노동자가 어슬렁어슬렁 뒤를 따랐다. 회사의 악선전이 아무 소용없었음을 무언의 시위로 증명해 준 것이었다. 누구도 해고자를 구하기 위해 뛰어들지는 못했으나 마음은 통한다는 것이 확인되었다.

그날 저녁, 동지회는 노조결성을 위한 인선을 마쳤다. 해고된 사람은 법적으로 노조를 할 수 없었기 때문에 위원장은 해고되지 않은 김동연이 맡기로 했다. 저녁시간에 보여준 노동자들의 분위기는 고무적이었다. 복직투쟁과 더불어 불과 사흘 남은 결성식을 위해 조직에 총력을 기울이기로 했다.

12

1987년 3월 말의 이틀 동안, 동지회는 노조결성식에 참가시킬 노동자를 조직하기 위해 총력을 다했다. 회사 주변 술집에서 해고자들은 대영 노동자들에게 상당한 환대를 받았다. 해고자들은 아침부터 한밤까지 술집에 죽치다시피 하며 노동자들과 대화했다. 한 잔씩 받아 마시는 술에 아침부터 취해 목이 쉬도록 노조의 필요성을 설득했다. 회사 안에 남은 이들은 이들대로 현장에서 조직하기 바빴다. 철조망과는 최보선이, 김동연은 제강과를 맡아 점심시간은 물론 작업시간까지 짬을 내어 돌아다녔다.

시간은 너무 촉박했다. 이틀 내내 뛰었어도 30명 정도에게 참가를 승낙 받을 수 있었다. 단순한 승낙일 뿐, 확실한 약속도 아니었다. 결성식 전날에는 B조 노동자들도 만나보려고 밤늦도록 회사 앞 술집을 헤매야 했다. B조에는 아는 사람이 별로 없어 새롭게 여러 사람을 사귀는 것 이외에는 별 성과가 없었다. 실로 팔도회의 사표는 큰 손실이었다. 그래도 일단 30명은 확보했으니 그들이 다른 사람들을 더 데려올 수도 있다는 희망을 가지고 다시 한 번 신고서류를 정리하며 결성일을 맞이했다.

그러나 약속한 오전 9시, 해고자들이 약속한 다방에 갔을 때 노동자들은 하나도 보이지 않고 관리직들 수십 명이 자리를 메우고 있었다. 비밀이 새어 버린 것이다. 동지회는 다방을 포기하고 주변 길목에 흩어져 멋모르고 찾아오는 노동자를 비상 집결지로 정했던 가까운 중국집으로 보냈다.

11시경, 아직 장사도 시작하지 않은 중국집에 모인 노동자는 모두 열댓 명, 해고자를 제외하니 열 명도 되지 않았다. 완전한 실패였다. 예상은 했으나 이 정도라고는 생각하지 못했다. 모인 사람들은 매운 짬뽕과 소주로 빈속을 채우며 허탈감을 삭힐 수밖에 없었다.

"오늘 우리가 실패한 원인에 대해서는 반드시 짚고 넘어가야 합니다."

중국집에서, 노동자들이 돌아가고 동지회원들만 남았을 때 정기준이 입을 열었다. 두런대던 소리가 뚝 그치고 주방에서 나오는 식칼소리와 돼지기름 타는 소리만 들려왔다. 동지회원들만 남은 것을 확인하고 뒤늦게 중국집에 들어와 막 소주잔을 받아들던 홍기는 긴장된 표정으로 그를 올려다보았다. 정기준은 또랑또랑하게 말을 이었다.

"여러 동지들께서 잠 한숨 못 자고 열심히 노력했는데도 우리는 실패하고 말았지요. 저는 거기에는 근본적인 원인이 있다고 생각해요. 직접적으로 팔도회가 집단으로 사표를 낸 때문이지만 근본적으로……."

"뭘 또 따지나? 다시 결성하면 될 것 아냐? 골치 아픈 얘기는 관두고 술이나 마시자고!"

김영춘이 술기운 들어간 소리로 말을 가로막았다. 다른 사람들은 가만히 있었다. 정기준은 김영춘을 무시해 버리고 말을 이었다. 미리 작정한 듯했다.

"제가 이런 말을 하는 것은 어느 개인을 비난하자는 것이 아니라 우리의 활동 전반을 면밀히 분석하여 다음에는 반드시 승리하자는 것이니 오해는 하지 마세요. 저는 팔도회의 사표는 우리의 활동 전체의 오류의 결과라고 봅니다. 즉, 충분한 학습을 통해 신념을 갖기도 전에 투쟁으로 단련한다는 선도투쟁 논리로 유인물 배포에 동원되자 자신이 좌경용공 활동을 하는 게 아닌가 하는 두려움을 갖게 된 결과라고 봅니다. 이는 이병우 형의 잘못이 아니라, 지도부의 잘못입니다. 오늘 결성식 장소가 회사에 노출된 것도 마찬가지라고 봐요. 사실상 노조결성이 어려운데도 결성식을 하나의 투쟁거리로만 생각하고 무리하게 밀어붙였기 때문에, 최소한의 보안조차 지킬 수 없는 사람들을 마구 끌어들인 결과라고 봅니다."

정기준은 잠깐 쉬며 홍기를 흘끔 바라보고는 말을 이었다.

"왜 이렇게 됐느냐, 저는 이 모든 문제가 한 가지 경향 때문에 일어났다고 보는데요. 차분한 현장조직보다는 선도적 정치투쟁을 앞세우는 조급증, 투쟁성과 올리기에 급급한 태도 때문이란 거죠. 현장의 여건을 무시한 채 무조건 투쟁으로 단련되어야 한다는 생각으로만 몰아붙인다면, 노동자가 주체적으로 느끼고 주체적으로 싸울 수 있도록 만들지 않고 지도자들의 목적의식이 앞서 투쟁을 강요한다면, 앞으로도 좋은 노동자들은 계속 좌절할 수밖에 없을 겁니다. 이런 식의 활동은 분명히 재고되어야 합니다. 그렇지 않으면 해고자만 늘어나 결국에는 아무것도 이루지 못하는 다른 여러 사례들과 다름없게 되리라고 봅니다."

누가 보아도 홍기를 정면으로 겨냥한 발언이었다. 충분히 대화를 하려 했으나 노조 결성으로 바빠 얘기를 해볼 시간이 없었는데 갑자기 여러 노동자 앞에서 문제를 제기하니 홍기는 내심 당혹해 하지 않을 수 없었다. 이것은 조직 운동을 바라보는 시각의 차이인데 어떻게 여러 사람들이 이해할 수 있도록 얘기할까 고민이 되었다. 그는 천천히 입을 열었다.

"정 동지가 제기한 지적은 대부분 타당성 있는 좋은 비판이라고 생각합니다. 제가 그 동안 여러 가지로 불철저하고 주먹구구식으로 활동해 온 점이 있다는 것을 솔직히 인정하고 여러 동지들 앞에 먼저 사과와 반성을 드립니다. 무리하게 노조결성을 밀어붙였다가 오늘의 실패를 낳은 점, 아무리 비판해도 달게 받겠습니다."

그는 가볍게 고개를 숙여 사과하고 다시 회원들을 돌아보며 말을 이었다.

"다만 정 동지의 지적 중에 저와 견해가 조금 다른 부분이 있어 말씀드리고자 합니다. 정 동지는 합법적 노동조합의 틀을 무척 중시하는데, 물론 저도 누구보다도 대영제강 노조가 세워지기를 원했고 그래서 지난 몇 달간 노조결성을 위해 열심히 뛰었습니다. 심지어 합법적 노조를 만드는데 제 경력이 장애가 될까봐 퇴사까지 했습니다. 결과가 잘못되긴 했으나 저도 노조 결성을 위해 나름대로 노력했다고 자부합니다."

노동자들이 고개를 끄덕이는 것을 보면서 그는 버릇대로 오른손 검지를 꼽아 올려보았다.

"그러나 저는 지금도 노동조합이란 노동운동의 한 수단에 불과하며, 노동운동의 최종목표는 노동자가 정치권력을 잡는 것이라고 생각합니다. 지금은 노조를 만들기가 대단히 어려워서 마치 노조만 만들면 노동운동이 다 잘 될 것처럼 생각하기 쉽지만, 정치민주화가 이뤄진다면 노동조합은 얼마든지 우후죽순처럼 세워지리라 봅니다. 요즘 어떤 동지들은 산별노조가 아니라서 노동운동이 어렵다고 하소연하는데, 과거 박정희 파쇼시대야말로 산별노조였지만 어용노조 하기만 더 좋았을 뿐입니다. 합법적 노조만 만들면 뭔가 이뤄지리란 것도 큰 착각입니다. 지금도 한국노총 아래 백만 조합원이 있지만 그 거의 전부는 완전히 어용노조입니다. 이상섭 형님은 잘 알지만, 칠십년대의 민주노조들 보십시오. 노조를 지키는 데 연연하면서 합법적인 노조활동에 치중하더니 정치상황이 악화되니까 맥없이 깨지지 않았습니까? 노조는 그 자체가 목적이 아니라, 투쟁의 도구일 뿐인 겁니다. 조합원들이 얼마나 투쟁적으로 훈련되어 강력한 단결력을 가지느냐에 따라 전혀 성격이 달라지는 투쟁도구일 뿐입니다. 제가 상당히 무리라는 걸 알면서도 노조 결성을 강행한 것은 이렇게라도 해서 한 명이라도 더 많은 대영노동자가 투쟁경험을 하고, 회사와 경찰의 부당함을 알게 하는 게 필요하다고 보아서였습니다."

정기준이 다시 입을 열었다.

"저도 형 말에 상당 부분 공감해요. 그렇지만 이번 실패로 인해 노동자들이 패배주의에 사로잡힐 수도 있다는 점은 생각해 보셨나요?"

홍기는 어색하게 웃었다.

"그런 점은 깊이 생각하지 못했네요. 인정합니다."

이때 김동연이 처음으로 입을 열었다. 그는 난생 처음으로 동지라는 호칭을 써보았다.

"나는 홍기 동지의 말이 틀린 건 아니라고 생각해. 왜냐하면 나도 가리봉오거리 시위에 참가한 이후 많이 변했거든. 자신감도 생기고."

김진영도 입을 열었다.

"저도 그래요. 매도 맞아본 놈이 맞고 고기도 먹어 본 놈이 먹는다고, 자꾸 싸워봐야 뭘 알죠. 팔도회 이야기를 자꾸 하시는데, 저는 팔도회도 노동법 대신 처음부터 우리처럼 역사와 혁명 같은 걸 배우고 병우 형만이 아니라 다른 사람들도 모두 유인물 배포에 동원했다면 이런 일이 없었으리라고 봐요."

서동석도 말했다.

"공부 그런 거 다 소용없어요. 사람의 성격에 따라 다른 법이에요. 내가 잘 알아요. 팔도회원들하고 우리 동지회원들은 많이 달라요."

제각기 의견을 내놓으면서 식당 방 안은 시끄러운 토론

장이 되었다. 한동안 시끄럽던 좌중은 김영춘의 말로 조용해졌다.

"근데 어떤 놈인가 우리가 잘 아는 놈 중에 첩자가 있는 게 분명해요. 그렇지 않으면 도대체 어떻게 족집게처럼 우리 갈 길을 막겠어요?"

홍기는 고개를 저었다.

"아니요, 우리를 아주 잘 알고 있지는 않아요. 그렇다면 나나 김동연 동지가 무사할 리가 없잖습니까? 엉뚱하게 이병우 씨 같은 사람이 더 중심인물로 찍혔잖아? 밀고자가 있기는 한데 우리를 잘 아는 것 같지는 않으니 너무 걱정하지는 맙시다. 어차피 장을 담그면 구더기가 끓는 법, 구더기 무서워 장을 못 담가서야 되겠어요? 서로 의심하지 말고 신뢰하고 믿어 봅시다."

그래도 밀고자의 신분에 대한 여러 가지 가능성들이 이야기되었다. 그 사이 이상섭은 슬그머니 홍기에게 다가 앉아 나직하게 물었다.

"진용만 지부장이 요즘 어디서 일한다고?"

"갑자기 진 지부장님은 왜요?"

"아, 그냥. 보고 싶어지네."

홍기는 이상섭이 아까부터 한마디도 안 하고 있다는 점이 마음에 걸리기는 했지만 대수롭지 않게 대답했다.

"예, 잘 알지요. 조만간 함께 가봅시다."

"그려, 한번 같이 가보자구."

이상섭은 왜 진용만이 보고 싶어졌는지 말하지 않았다. 진용만은 노동자들로부터 압도적인 지지를 받는 만큼 일반 노동자들의 생각과 의사를 최우선적으로 존중하던 사람이었다. 진용만이 지휘했더라면 오늘과 같은 실패는 겪지 않았으리라는 생각이 들었다. 홍기가 70년대 민주노조는 실패했다는 식으로 말한 것도 가슴에 걸렸다. 겨우 열 명 남짓한 동지회를 운영하는 처지에 천오백 명의 남녀 노동자가 일치단결했던 동해노조를 우습게 여기다니 불쾌하기도 했다. 다른 사람들은 결성식 실패로 인한 충격을 곧 잊어버렸으나 이상섭은 그러지 못했다.

노조결성의 실패는 회사를 고무시켰다. 이 기회에 여론을 뒤바꾸기 위해 새로운 작전을 짰다. 해고자들이 뿌린 소식지 1호를 숨기지 않고 오히려 공개적으로 읽어주고, 그 내용의 허점을 지적하는 적극적인 공세를 택한 것이다. 상무 장상필의 기획이었다.

다음날, 과장들은 조회시간에 유인물을 한 줄 한 줄 읽어주며 해고자들의 주장이 엉터리라는 것을 입증하기 시작했다. 대영제강이 1986년에 20억을 벌었다고 쓰여 있는데 실은 10억 원밖에 못 벌었다. 대외신용도를 높이기 위해 과장

발표한 것뿐이다. 일당을 1천 원씩 올리면 퇴직금을 비롯한 각종 수당도 자동적으로 늘어나 1년에 5억 이상이 추가로 지출되게 되어 대영제강은 운영이 어려워진다. 유인물에는 정기준이 대학에 다녔으면서도 노동자를 위해 공장에 들어온 것은 칭찬받을 일이라고 쓰여 있는데, 경찰수사 결과 정기준은 민족민주혁명을 신봉하는 좌경운동권세력의 일원임이 드러났다 등등 나름대로는 머리를 짜낸 비판들이 하나씩 읽혀졌다.

장상필의 지혜라고 짜낸 이 역공이 얼마나 큰 실수였는가가 곧 드러났다. 유인물 읽어주기는 매우 괴상한 결과를 가져왔다. 회사 측은 노동자들이 유인물을 대개 읽었으리라고 생각했던 것인데 실제로는 거의 아무도 그걸 읽지 못하고 빼앗겼다. 그런데 회사에서 스스로 읽어줌으로써 노동자들은 반강제로 해고자들의 주장을 알게 된 것이다.

회사의 의도와 달리, 해고자들의 말은 구구절절 옳은 것으로 해석되어 노동자들 사이에 퍼져나가기 시작했다. 번돈 10억 중 5억을 내놓는데 왜 회사가 망하느냐, 정기준이 과거에 뭘 했든지 간에 일류대학을 나온 사람이 노동자들을 위해 공장에 들어왔으니 고마운 것 아니냐는 말이었다. 그들의 논리는 단순하고도 명쾌했다.

노동자들의 반응은 대단히 고무적이었다. 해고자들이 회

사 앞 술집에 돌아다니면 보는 사람들마다 고생한다며 불러 술을 권하고 안주를 권했다. 정기준에 대해서도 차별하지 않았다. 이제는 단순한 동정이 아니라 적극적인 지지였다.

회사는 뒤늦게 장상필의 작전이 어처구니없는 실수였음을 깨닫고 해고자와 노동자들의 접촉을 막기 위해 총력을 기울였다. 담을 넘어 왔으니 해고자들을 주거침입죄로 고소하겠다고 위협하는 한편, 그날로 모든 담장에 높다란 철조망을 둘렀다. 특히 사람이 다니지 않아 넘기 좋은 폐품장 쪽에는 경비까지 세웠다.

그러나 해고자들의 기발한 침공 작전을 막을 수는 없었다. 이번에는 곧바로 정문이 돌파되고 말았다. 밤 2시 야식 시간이었다. 회사는 출퇴근 시간만 막으면 되리라 생각했는데 그 허점을 찌르고 경비가 소홀한 새벽시간을 틈타 유유히 정문을 돌파해 버린 것이다.

해고자들이 몰려 들어갔을 때, 식당에는 노곤하고 지루한 야간 배식이 이어지고 있었다. 며칠간 메뉴와 상관없이 기름기로 넘쳤던 식판은 다시 멀건 무국과 콩나물로 돌아갔고 뜨겁고 진하게 나오던 보리차도 다시 미지근하고 묽게 나왔다. 노동자들이 졸음을 쫓으며 마지못해 수저를 뜨고 있을 때 갑자기 입구 큰 문이 벌컥 열리며 쩌렁쩌렁한 목소리가 울려 퍼졌다.

"부당해고 철회하라! 일당 천원 인상하라!"

놀라 고개를 든 노동자들 사이로 다섯 명의 해고자가 우르르 내달았다. 이상섭과 정기준은 배식구를 장악해 연설을 시작했고 다른 이들은 들고 온 유인물을 나눠주기 시작했다. 회사의 변명을 다시 공박하는 소식지 2호였다.

먼저 이상섭이 배식대 앞에 섰다. 동해에서 농성할 때 몇 번 앞에 나서보고는 처음으로 많은 사람을 대하니 사타구니에 스멀스멀 벌레가 기어 다니는 기분이었다. 아랫배에 잔뜩 힘을 주고 사투리를 쓰지 않으려 애쓰며 목청껏 소리쳤다.

"여러분 반갑습니다. 우리가 누군지는 아시지요? 노동조합을 만들려 했다는 이유로 쫓겨난 사람들이올시다. 여러분, 노동조합은 대한민국 헌법에 보장된 우리의 권리입니다. 노동조합이 없는 노동자는 총 없는 순경이나 같다고 보면 됩니다. 도둑놈들이 돈 뺏고 옷 뺏고 다 빼앗아 가도 꼼짝할 수 없는 신세인 것이요. 노동조합이 있어야만 우리가 하고 싶은 말 다 하고 사람대접 받을 수 있습니다. 그런데 이놈의 대영제강은……."

식당 안에는 야간조 조, 반장들과 경비들도 밥을 먹고 있었으나 선뜻 해고자들을 제지하지는 못했다. 사무직원들이 근무하는 주간과 달리 구사대의 숫자도 보잘것없는데다 하

212

루이틀 사이에 현장 분위기가 눈에 띄게 달라지고 있음을 의식한 탓이었다.

대부분의 노동자들은 조, 반장들을 의식해서 고개를 들지 않고 열심히 밥만 먹었으나 모두들 깊은 관심을 갖고 있음은 확실했다. 소란스러웠던 넓은 식당은 숨소리마저 들릴 만큼 고요했다. 수저소리, 젓가락소리 하나도 조심스러움이 역력했다. 손들의 움직임은 느릿느릿하기만 했다. 해고자로부터 받은 유인물은 소리 없이 작업복 주머니 속으로 들어갔다. 어떤 이는 두 장을 받자 다른 사람을 주라며 한 장을 돌려주기도 했다. 식사를 마친 사람들도 보리차 물통 앞을 떠나지 않고 아주 천천히 물을 마시며 유인물을 읽거나 이상섭의 말에 귀를 기울였다. 처음의 긴장이 풀린 이상섭의 말투는 사투리와 반말이 뒤섞여 버렸다.

"동료 여러분! 우리가 언제까지 이렇게 살 거요? 여러분 덜 중에는 회사가 싫으면 나가버리면 그만 아닌가 생각하는 사람도 있을 것이여. 허나 나가보라고, 어디나 매한가지여. 우리가 단결만 하면 대영을 제일 일하기 좋은 회사로 만들 수 있는데 왜 나가능가?"

이상섭이 연설하는 동안 유인물을 다 나눠준 다른 해고자들은 각자 자기 부서로 찾아가서 사람들과 이야기까지 나누며 여유를 부렸다. 조장, 반장들은 아예 말리기를 포기하고 따라다니기만 할 수밖에 없었다.

주거침입 신고를 받은 경찰과 회사간부들이 택시를 타고 속속 들이닥쳤을 때는 이미 해고자들은 멀리 달아나 기쁨의 웃음을 터뜨리고 있었다. 뿐만 아니라, 날이 밝자 또다시 나타나 주간조에게도 유인물을 나눠주었다. 이번에도 경찰이 긴급 출동했지만 정문을 피해 골목길에서 나눠 주었기 때문에 한 명도 잡히지 않았다. 무엇보다 회사를 놀라게 한 것은 이번에는 유인물이 거의 수거되지 않았다는 점이었다. 이른 아침부터 조, 반장이 총동원되어 수거하러 다녔지만 대부분의 노동자들이 내놓기를 거부했던 것이다.

4월이 되면서 노동자들의 분위기는 점점 고양되었다. 해고자들의 계속적인 출근투쟁과 유인물 배포는 많은 노동자로 하여금 스스로 노동조합의 필요성을 주장하게 만들었다. 회사는 김동연과 최보선 등이 내부동조자라는 사실을 좀더 확실히 알게 되었지만 해고자들에게 시달리기 바쁜 판이라 또 다른 해고자를 낼 엄두도 못 냈다. 경찰로서도 중죄로 처벌할 만한 사유가 되지 않으니 연행해 봐야 곧 풀어줄 수밖에 없었다. 회사와 경찰은 좀더 적극적인 대처를 못한 채 관성적으로 출근을 저지하기만 했다.

강요되었던 침묵은 깨져나갔다. 회사 측의 본의 아닌 관대함으로 용기를 얻은 노동자들의 공공연한 반항이 다시 시작되었다.

제일 먼저 침묵을 깬 것은 포장반이었다. 집단해고의 명분이 되었던, 정기준이 다니던 과였다. 점심시간에 두어 명이 뜻을 모아 일당 천원 인상을 주장하며 선동하자 포장반 노동자들은 쉽게 동조하고 나섰다. 화학반의 농성과 마찬가지로 점심시간부터 농성에 들어갔는데 과장이 내려와 설득하자 아무 성과도 없이 40분 만에 작업을 재개했다. 하지만 이 놀라운 소식은 소식지와 소문을 통해 빠르게 퍼져 나갔다.

제강반에서도 작고 조금은 우스운, 그러나 노동자들의 심정을 그대로 보여준 일이 일어났다. 손영원을 중심으로 나이든 노동자들 한 떼가 술을 잔뜩 마신 채 야간출근을 한 것이었다. 노동자들은 들어오자마자 탈의장 바닥에 앉아 농성을 시작했다. 요구는 해고자복직이었다. 비록 술에 만취되어 하는 행동이었으나 놀란 회사 측은 이들을 모두 출근한 것으로 처리해 곧장 퇴근시킬 수밖에 없었다.

이 작은 두 사건의 여파는 적지 않았다. 해고자 복직과 일당 천원 인상은 이젠 아무 데서나 쉽게 얘기되었다. 그것을 찬성하기 위해서나, 반대하기 위해서나 얘기할 수밖에 없을 만큼 자연스러운 화젯거리가 되었다.

경찰을 피해 골목에서 나눠준 소식지 4호는 단연 인기였다. 못 받은 사람들이 자진해서 쫓아와 달라고 하기도 했다. 그중에는 반장급도 있었다. 그들은 꼭 두 장씩 받아갔다. 한 장은 회사에 보고하고 다른 한 장은 자기가 읽기 위함이었다. 현장에서 노동자와 함께 일해야 하는 조, 반장들은 어쩔 수 없이 구사대에 포함되어 있기는 해도 다수가 해고자들에게 호의적이었다. 해고자들이 조, 반장들과는 심하게 싸우지 않고 욕설을 자제한 결과이기도 했다. 회사로서도 그 점을 골치 아프게 생각하게 되었다.

점차 불리한 현황은 회사로 하여금 새로운 정책을 내놓게 했다. 노동자에 대한 회유책이었다. 가장 좋은 회유는 회사에서 먼저 임금을 올려주는 것이었다. 어차피 봄철 임금인상 시기가 된데다 대영이 동종의 다른 회사보다 일당이 많이 낮았기 때문에 다소 올린다 해도 크게 손해 볼 것이 없다는 판단이었다.

4월 초순 어느 날, 월급날을 기해 임금을 10%씩 일괄 인상하겠다는 발표가 났다. 초임 일당의 경우 480원, 조금 오래 다닌 이들은 600원 이상이 인상된 것으로 지금까지에 비하면 상당히 파격적이었다. 요구액 1천원보다는 적었지만 웬만큼 충족시킬 만하였다. 적어도 장상필은 그렇게 믿었다. 이 고육지책마저도 노동자들의 열기에 불을 붙이는 결과가 될 줄은 몰랐다. 노동자들은 이번의 다소 파격적인 임금인상을 해고자들이 투쟁한 성과라고 생각했다. 더구나 만족하기는커녕 더 싸우면 1천원 인상도 문제없으리라는 자신감을 얻었다. 노동조합의 필요성에 대해서는 이제 모르는 사람이 없었다.

4월 중순이 되면서 노조결성에 대한 논의가 다시 시작되었다. 정기준의 강력한 요구에 따라, 이번에야말로 첫 번째 실패를 경험삼아 철저히 준비하기로 했다. 비밀유지를 위해 가입원서를 미리 받고 장소도 다방같이 개방된 곳은 피하기로 했다. 새로운 희망이 모두를 두근거리게 하였다.

시간이 가면서 문제도 생겼다. 해고자들이 점차로 생활고에 빠지게 되었던 것이다. 첫 달에는 이전에 받은 월급이 있으므로 그럭저럭 생계를 꾸렸으나 다음 달부터는 문제가 심각했다. 특히 결혼한 이상섭과 김영춘의 집에서는 금방 분란이 생겼다. 활동을 위한 돈도 문제였다. 십여 명의 집단으로 움직이는 데는 밥값, 차비, 담뱃값, 술값이 무시 못 하게 들어갔다. 소식지 인쇄비도 적지 않았다. 홍기와 정기준이 대학 선후배들로부터 얼마씩 얻어오기는 했지만 턱없이 부족했다.

해고자들은 우선 회사로부터 보안도 유지할 겸, 사글세도 줄일 겸, 서동석과 정기준의 자취방을 빼서 회사에서 두 정거장 거리가 되는 곳으로 합쳤다. 지하방이었는데 상당히 넓어서 본부로 사용할 만했다. 또 대영노동자를 상대로 모금을 하기로 했다. 터무니없는 생각만은 아니었다. 소식지를 나눠 줄 때마다 돈이 어디서 나서 이걸 만드느냐며 필요하면 돈을 내겠다는 이가 여러 명 있었다. 어떤 이는 유인물 인쇄비가 엄청날 거라고 생각하기도 했다.

쇳가루, 굴뚝그을음 따위가 따뜻한 바람에 실려 날리는 봄날 아침, 대영제강 입구에서 멀지 않은 길목에 해고자들과 부인들이 손수건을 한 뭉치씩 들고 나섰다. '노동조합쟁취, 대영제강 해고자복직투쟁위원회'라는 글씨와 구호 외치는 노동자의 얼굴이 판화로 찍힌 노란 손수건이었다. 해고자들은 수건을 머리띠처럼 접어 이마에 둘렀고 아내들은 손목에 맸다. 김영춘과 이상섭의 아내는 처음에는 거부했으나 안신숙이 설득했다. 네살박이 아이를 데리고 모금함을 든 김영춘의 아내는 시종 부끄러워 얼굴이 붉게 상기되어 있었지만 고 씨는 조금도 거리낌 없이 대영노동자로 보이는 이들만 나타나면 수건 사라고 외쳐댔다. 좀더 익숙해지자 거의 강매하다시피 했다.

모금은 예상보다 잘되었다. 회사는 경비와 조, 반장들을 동원해 시비를 걸다 포기하고 감시만 했다. 조, 반장들이 감시하거나 말거나 돈을 내는 노동자가 꽤 많았다. 돈은 내면서도 눈에 띄기 싫은 듯 손수건을 가져가지 못하는 사람들도 있었다. 어떤 이는 지금은 돈 가진 게 없으니 내일도 나와 달라고 부탁하기도 했다. 라면박스로 만든 모금함은 지폐와 동전으로 금방 묵직해졌다. 여자들도 무척이나 만족해 했다.

이틀 모금으로 30만 원이나 걷혔다. 예상보다 큰 성과였다. 김영춘과 이상섭의 집에 10만 원씩 주고 나머지는 활동비로 쓰기로 했다. 사람들은 홍기에게도 돈을 주려고 성화를 했지만 그는 끝내 받지 않았다. 그 역시 돈이 궁한 상태였지만 선배들과 학교 교사로 일하는 부모님 신세를 좀더 지기로 했다.

해고자들의 해고사유는 상식으로나 법으로나 타당성이 없는 것이었다. 노조결성이 임박했음을 알아낸 회사에서 황급히 처리하느라 요건을 제대로 갖추지 못한 것이었다. 사유 자체도 그랬고 절차도 부실했다.

정기준의 해고사유가 대학 다닌 사실을 이력서에 쓰지 않았다는 것은 법적으로도 승소와 패소가 엇갈리고 있어 해고 명분은 되었다. 그러나 김영춘의 해고사유 역시 이력서 허위기재라는 것은 누가 보아도 웃기는 일이었다. 김영춘은 중학교를 중퇴했는데 이력서에 졸업으로 기재했다 하여 위장취업이라는 것이었다. 다른 이들도 마찬가지였다. 서동석은 결근도 거의 없고 생산량도 남들과 다를 바 없었는데 근무성적 불량이요, 김진영은 작업시간에 세탁소에 갔다 해서 근무지이탈, 이상섭은 평소 조장에게 잘 대든다 해서 명령불복종이었다. 하나같이 명확한 근거자료도 없는 일방적인 해고사유였다.

하지만 군사정부는 법적으로 인정받기 어려운 이런 사유들을 정당화시켜 주었다. 해고자들이 처음에 노동부사무소의 근로감독관을 찾아갔을 때, 감독관은 비록 무관심한 태도였으나 그래도 이런 건 해고사유도 안 되니 회사에 따져주겠노라고 했다. 때마침 점심시간이었다. 감독관은 슬리퍼를 찍찍 끌며 구내식당으로 내려가며 따라오라고 했다. 해고자들은 밥이라도 사주려는가보다 생각했다. 그러나 해고자들에게 밥을 사주기 위해서가 아니라 자신이 밥을 먹기 위함이었다. 감독관은 점심을 먹었느냐고 물어보지도 않고, 혼자 게걸스럽게 설렁탕을 먹어대며 물었다.

"아무래도 해고사유가 안 되는데 해고시킨 걸 보니 다른 이유가 있는 모양인데, 솔직히 말해 봐요, 여러분들 대영제강에서 무슨 일을 벌였어요?"

어차피 회사에 전화 한 통만 하면 알게 될 일 같아 정기준이 털어놓았다.

"노동조합을 만들려다 해고됐습니다."

감독관은 놀라지도 않았다. 그럴 줄 알았다는 표정으로

비질비질 흐르는 땀을 훔쳐내며 물었다.

"거기 대학출신 있어요? 당신이요?"

"맞습니다. 제가 학생출신인데요. 그거하고 법적인 해고 요건하고 무슨 상관입니까?"

감독관은 고개를 내저었다.

"솔직히 말해서 이런 경우는 도와주기 힘들어요. 해보기는 하겠지만 기대는 말아요."

"아니 왜 그렇습니까? 이 나라가 법치국가 아닙니까?"

"이유는 여러분이 더 잘 알 것 아니요? 이런 문제는 내 소관 밖이요. 여기 와서 따질 필요 없어요."

감독관의 말에 아까부터 부아를 참지 못하고 있던 최보선이 버럭 고함을 질렀다.

"당신이 그러고도 세금 받는 공무원이야? 노동부가 노동자를 보호하지 않으면 누가 보호해? 당신들 근무태만으로 고소할 거야!"

수없이 이런 일을 당해온 감독관은 당황하는 기색도 없었다. 먹던 것 다 먹고 훌훌 털고 일어나더니 미안하다며 올라가 버렸다. 최보선의 흥분은 가라앉지 않았다.

"맞지? 저런 놈 고발해도 되는 거지? 직무유기로!"

이상섭이 웃어넘겼다.

"노동자를 위해 만든 노동부도 이 모양인데 잘나빠진 판

검사들은 어떻겠어? 잊어 버려!"

김진영도 말했다.

"언제 우리가 법대로 살았어? 법 무시하고 확실히 싸우자고!"

여의도에 찾아가서도 마찬가지였다. 국회의사당과 방송국, 증권거래소, 전국경영자연합회, 한국노총 등, 자본주의 최고의 지배기구들이 밀집해 있는 여의도는 초라한 생산직 잠바차림의 그들을 처음부터 이방인으로 맞았다. 거대하고 깨끗한 빌딩들, 지하 식당가의 시장터 같은 번잡스러움, 하나같이 양복에 넥타이를 맨 자본주의의 최고 엘리트들의 모습은 그들과 어울리지 않았다.

노동조합에 대한 기업주의 방해 행위를 조사해 심판해 준다는 노동위원회 건물 역시 고층이었다. 안내원 없는 엘리베이터를 조정할 줄 몰라 잠시 헤맨 끝에 담당관을 만났을 때, 해고자들은 이번에도 헛수고라는 직감을 피할 수 없었다. 접수받는 이는 근로감독관보다는 덜 건방져 보였지만 역시 관료주의 냄새를 폭폭 풍기고 있었다.

직감은 맞았다. 출두요구를 받고 두 번째로 갔을 때 노동위원들의 질문은 어이없는 내용들이었다. 노동위원들은 해고의 이유가 노조를 만들려 했기 때문이라면 노조를 만들려 한 증거를 대보라고 했다. 노조에 관해 만들어 놓은 서류야 언제라도 만들 수 있는 것이니 증거가 될 수 없다고 했다. 노조설립신고서가 증거가 아니라면 증거는 아무것도 없는 셈이었다. 노동자 측 공익위원으로 나온 이는 대영그룹 같은 회사는 상대해 봐야 소용없으니 포기하라는 충고까지 해주는 것이었다. 또 한바탕 욕지거리를 해주고 돌아서는 수밖에 없었다. 다음번에는 회사와 대질하게 되는데 회사 측에서는 상무도 회장도 아닌 고문변호사가 나온다 하여 아예 나가지 않기로 했다.

역시 여의도 한복판에 있는 야당 당사에 갔을 때는 고위 당직자들에게는 말도 붙이지 못했다. 4월 13일 전두환이 대통령 간선제 헌법을 그대로 유지하겠다고 발표함으로써 대통령 직선제를 요구해온 야당은 벌집처럼 들끓고 있었다. 모금이나 해볼까 하고 찾아갔던 해고자들은 누가 담당인지 만나보지도 못한 채 이 사람 저 사람 붙들고 하소연만 하다가 아무 소득도 없이 물러나고 말았다. 국회의원이든 당직자든 무슨 일로 왔는가 물어보다가도 노조를 결성하려다 해고되었다는 말만 나오면 즉각 자기는 담당이 아니라며 사라져 버렸다.

재야단체에 찾아갔을 때는 그래도 대접만은 잘 받았다. 실무자들이 커피라도 타주고 한 시간이 넘도록 차분히 얘기를 들어준 곳은 그곳밖에 없었다. 그러나 재야 민주단체라 해서 경외심을 품고 찾아갔던 해고자들은 그곳 사람들이 마치 정치가들처럼 열을 올리며 누구누구가 어떻다느니 욕을 해대는 데 놀랐다. 해고자들이 와 있는 것에 전혀 신경을 쓰지 않고 자기들끼리 떠들어대는 내용이 하나같이 다른 민주단체의 유명 인사들을 비난하는 내용들이었다. 민주인사들도 욕을 한다는 사실에 놀라기도 하고 실망하기도 했다. 어쨌든 민주단체라는 곳은 하소연 한 번 했다는 것 이외에는 아무 도움도 안 됐다. 그들 역시 헌법개정투쟁에 모든 정신을 쏟을 뿐이었다.

가장 좋았던 것은 가톨릭에서 운영하는 노동운동단체에 갔을 때였다. 홍기가 가르쳐준 대로 장춘동 사무실로 찾아가자 확실히 태도가 달랐다. 실무자라야 세 명뿐이었는데 모두들 업무를 멈추고 마주앉아 그동안의 얘기를 자세히 들어주었다. 무엇보다도 기분 좋았던 것은 그들이 전에 공장에 다닌 적이 있어 해고자들의 얘기를 너무나 실감나게 들을 뿐만 아니라 어떤 대목에서는 자기네가 미리 상황이 어떠했으리라고 알아맞춘다는 점이었다. 홍기에 대해서도 잘 알고 있어, 최형로가 보내서 왔다고 하니까 몇 번이나 그의 안부를 묻고 칭찬을 아끼지 않았다.

환대에 비해서 별다른 대책은 없었다. 자기 단체의 기관지에 대영제강 투쟁소식을 싣겠다는 것과 돌아가다가 밥을 사먹으라며 2만 원을 준 게 전부였다. 다만 이상섭은 그곳에서 너무나 반가운 사람을 만났다. 막 나오려고 할 때였다. 문을 열고 들어오는 중년의 사내를 보고 그는 자기 눈을 의심했다. 비록 나이가 들어 머리가 희끗희끗 세었지만, 그토록 보고 싶던 동해철강 진용만이었다.

"아니, 이게 누구셔?"

이상섭은 너무나 반가워 그의 손을 덥석 쥐며 소리쳤다. 진용만도 단번에 그를 알아보고 사무실이 떠나가도록 외쳤다.

"상섭이 아닌가? 자네가 여기 웬일이야?"

특유의 웅웅 울리는 콧소리도 변함이 없었다. 두 사람은 와락 껴안고 한참이나 등을 두드리며 기뻐했다.

"여기서 옛 동지를 만나다니 꿈만 같네! 대체 그동안 어디서 무얼 하고 지냈어?"

"지부장이야말로 어떻게 지낸 거여? 먼저 이런 데서 일한다는 말은 들었네만, 고생이 많지? 어떻게 먹고살기는 하능가? 아니, 이렇게 아니라 어디 다방에라도 가자고……."

정신이 하나도 없었다. 이상섭은 다른 사람들을 먼저 보내고 집 방향이 같은 김영춘과 함께 진용만을 다방으로 끌고 갔다. 탁자에 마주 앉아서도 너무 감정이 격하여 무슨 말을 꺼내야 할지 몰랐다. 7년 만에 보는 진용만은 많이 늙어 있었다. 탱탱했던 얼굴은 오랜 고난으로 골골이 잔주름이 새겨져 있었다.

"얼굴이 많이 상했구먼? 얼마나 고생을 했기에……."

미소 지은 진용만의 눈에도 회한의 감정이 축축이 배어났다.

"상섭이야말로 너무 늙어 버렸네. 얼마나 고생이 많았기에 이렇게 폭삭 늙었어? 나야 허구헌날 싸움으로 세월을 보내니 이 모양이지만. 도대체 어디서 어떻게 살았어? 여긴 또 어떻게 찾아왔고?"

"그러고 보니 한번 지부장을 찾아간다는 것이 여지껏 한 번도 못 찾았구먼. 이번에 나 해고당하지 않았능가? 내 발로 나온 것이 아니라 진짜로 쫓겨났단 말이여……."

쓸쓸히 웃는 이상섭의 얼굴에는 동해에서 자진퇴사한 데 대한 미안함이 아직도 남아 있었다. 진용만은 조금 놀라는 얼굴을 했다.

"언제? 어디서?"

"벌써 몇 주일 됐지."

진용만의 얼굴에 약간의 실망의 빛이 스쳐갔다.

"그랬어? 근데 왜 내가 일하는 단체에는 안 찾아왔어?"

"으응. 잘 몰랐지…."

어물어물 대답을 피하고 말았다. 방금 찾아간 사무실은 진용만이 일하는 곳이 아니었다. 진용만도 우연히 들렀을 뿐이었다. 미안한 생각과 함께 홍기에 대한 서운함이 밀려왔다. 몇 번이나 진용만을 만나게 해달라고 부탁했는데 흐지부지한 것이 우연만은 아니란 생각이 들었다. 진용만은 그의 사정은 모르고 대수롭지 않게 넘어갔다.

"대영제강이라고 들어봤지? 거기서 해고당했네."

"아, 구로동 대영제강 말이야? 거기 최형로인가 그 친구 들어갔지?"

진용만이 홍기를 알다니 더욱 놀랄 일이었다. 활달하고 직선적인 진용만은 그가 설명하기도 전에 말했다.

"최형로 그 친구 나도 잘 알지. 개인적으로는 꽤 성실한 친구야. 근데 학생들이 노동운동 판에 들어와서 하는 짓이란 게 말이지, 당장 눈에 보이는 성과만 올리려고 서둘다가 노동자만 무더기로 해고시켜 놓고 그게 무슨 업적이라도 되는 양 떠벌리고 다니니 한심하지. 뭐 꼭 그 친구가 그렇다기보다도… 학생출신들은 너무 조급해. 충분히 대중 활동도 않고 노조부터 결성하다가 고립되질 않나, 해고되면 살 길도 없는 노동자들을 정치투쟁한다고 거리로 끌고 나오질 않나… 공장생활 겨우 몇 달 하고는 노동운동가를 자처하면서 노동자를 지도하려 들고 말이야."

이상섭은 가슴이 답답해져 왔다. 지금까지 해오던 일들이 갑자기 초라하게 여겨졌다. 선생처럼 모시던 홍기가 갑자기 쪼그라들어 보였다. 진용만의 보기 좋게 늙은 얼굴조차도 예전의 패기만만하던 모습 대신에 패배의 쓰라린 상처만이 남은 것처럼 느껴졌다.

"그렇게까지 말할 게 무어 있능가? 그 친구들도 그래도 좋은 일을 해보겠다고 사서 고생하는데?"

그러자 가만히 듣기만 하던 김영춘이 입을 열었다.

"다 맞는 말인데요? 홍기하고 정기준이하고 말싸움하는 걸 보고 있으면 내가 꼭 이용당하는 것 같기도 하고 그러더만요."

진용만은 웃음을 띤 채 김영춘을 바라보았다.

"뭐 그렇다고 그 친구들이 다 똑같다는 건 아니니 오해는 말아요. 일부 학생출신들이 조급하게 이론을 앞세우다 보니 잘못한다는 거지요. 우리는 몸으로 노동운동을 배우지만 그 친구들은 책으로 배우다 보니 비현실적인 환상에 빠지기 쉽거든요. 생각해 봐요, 공산주의니 사회주의 국가들이 자본주의보다도 훨씬 독재인데다 얼마나 찢어지게 가난한지 세상이 다 아는데 대명천지에 사회주의가 옳다느니 북한이 옳다느니 하니 말이 됩니까?"

"그럼 진 지부장은 대체 어떤 세상을 만들자는 거여?"

이상섭의 물음에 즉답을 피하며 웃었다.

"내가 그런 것까지 알면 대학교수 하지 이러고 살겠나? 다만 사회주의는 안 된다는 거지. 그나저나 이대로 헤어질 순 없잖아?"

"그려, 그려. 소주 한잔 해야지. 얘기도 좀 더 하고."

세 사람은 종로 5가 시장골목의 순대집에서 늦도록 술을 마셨다. 술이 얼근히 취한 뒤에는 전태일이 분신한 평화시장 구름다리까지 가서 이리저리 배회하며 이야기를 나눴다.

13

시위대는 경찰을 향해 한 걸음씩 전진했다.

"독재 타도! 호헌 철폐!"

구호는 일정했고 보폭은 좁았다. 대열 앞쪽과 사이사이에 야사라 불리는 젊은 선동가들이 일사분란하게 지휘하고 있었다. 손에 잡히는 대로 서로서로 어깨를 걸고 한 걸음씩 전진하는 동안 대열은 호흡이 일치되어 수백 명 모두가 하나가 되어갔다. 시위대의 옷차림은 간편했다. 때 묻은 운동화에 짧은 청바지, 부푸러기가 일어난 값싼 티셔츠와 잠바들이 도로를 가득 메워 갔다. 젊은 얼굴들에는 긴장과 결의가 팽팽히 살아 있었다. 스크럼이 짜였고 발걸음에 맞춰 힘찬 구호가 울려 퍼졌다.

"군부독재 타도하고 민주헌법 쟁취하자!"

넓은 도로는 경찰에 의해 완전히 봉쇄되어 차는 한 대도 보이지 않았고 길가의 상점들은 셔터를 내려 마치 새벽거리 같았다.

"노동자도 인간이다, 군부독재 타도하여, 인간답게 살아보자!"

나이어린 여학생 야사가 긴 구호를 선창했다. 목에 힘을 준 때문인지 소리 속에 튼튼하고 질긴 힘줄이라도 들은 것 같은 느낌이었다. 시위대는 구호의 끝마디만 세 번씩 따라 외쳤다.

"살아보자! 살아보자! 살아보자!"

도로에 몇 겹으로 늘어선 전경들이 시커먼 방독면을 쓰기 시작했다. 전경들의 얼굴은 검은색으로 가려졌고, 진녹색 방패들이 나란히 늘어섰다. 뒤편의 최루탄 발사조들이 부지런히 대열을 형성하였다. 검은색 경찰 지프의 무전기는 더 한층 바쁘게 울려댔다. 시위대는 경찰과 수십 보의 거리를 두고 전진을 멈추었다. 인도변의 야사들이 탱탱한 목소리로 외쳤다.

"노동자 동지 여러분! 우리도 돌을 준비합시다!"

대열 가장이에 있던 노동자와 학생들이 인도로 뛰어올랐다. 사방에서 보도블록이 깨지고 블록 파편들이 하얗게 튀었다. 구경 나와 있던 행인들이 슬금슬금 골목으로 피해 들어가기 시작했다.

"불법시위 중단하고 즉각 해산하라!"

경찰대열 뒤쪽에서 지휘자의 핸드마이크 소리가 들려왔지만 구호에 파묻혀 버렸다. 검은 철판을 뒤집어쓴 페퍼포그차가 웅웅거리기 시작했다. 전경들 뒤에 가려졌던 백색 안전모들이 도로 양편 인도 위로 몰려나오기 시작했다. 그들은 손에 아무것도 들지 않았고 소매단추는 굳게 잠겨 있었다. 허리엔 요대가 단단히 매어졌고 흰 운동화 끈은 단단히 조여져 있었다. 운동으로 단련된 탄탄한 근육이 질긴 옷가지 속에서 곧 튕겨오를 듯 꿈틀거리는 것처럼 보였다.

"백골단이다! 돌 빨리 가져와요!"

백골단의 수는 점점 늘어났다. 시위대의 구호 소리도 점점 높아졌다. 여자들은 부지런히 깨어진 돌조각을 날라 아스팔트 위에 부었다. 건조한 봄바람이 팽팽한 긴장을 양쪽으로 실어 날랐다.

시위대의 맨 앞 열에 서 있던 대영제강 노동자들도 아스팔트 위에 쌓인 블록조각들을 집어 들었다. 날카롭게 깨어진 모서리가 손아귀 속으로 파고들며 까칠한 시멘트 부스러기가 살에 비벼졌다. 홍기로부터 김동연, 최보선까지 모두 한자리에 모여 있었다. 이상섭과 김영춘만이 아무리 찾아도 보이지 않을 뿐이었다. 다 합쳐야 열 명에 지나지 않았으나 대영제강 노동자들은 누구보다 열심히 구호를 외치고 있었다. 억센 주먹은 단단히 쥐어졌고 치켜 올라간 눈에서는 경찰을 향한 적개심이 이글거렸다.

'두둑…두두둑……'

갑자기 기관총 쏘는 듯한 소리가 났다. 시위대의 구호 소리는 뚝 그쳤다. 아주 짧은 순간, 거리는 정지된 듯 고요했다. 숨 막히는 정적 속에 인도 양편으로 백골단이 우르르 뛰어나오기 시작했다. 동시에 앞뒤 사방에서 최루탄 장약 터지는 소리가 귀청을 때렸다. 도로 위에 뽀얀 연기가 자욱이 피어올랐다. 뿌연 눈물을 통해 백골단들이 개떼처럼 달려오는 게 보였다. 노동자들의 손에서 블록조각들이 까끌하게 손바닥을 긁으며 날아갔다. 달려오던 백골단들은 이리저리 돌을 피했다. 돌멩이들은 하늘을 까맣게 수놓으며 날아갔지만 백골단은 거의 아무런 장애 없이 밀어닥쳤다.

시위대는 사방으로 흩어지기 시작했다. 최루탄이 대열 중앙에 떨어졌기 때문에 오히려 후미가 더 빠르게 달아나, 선두의 노동자들이 뒤로 밀릴 때는 도로가 벌써 텅 비어 있었다. 대영노동자들도 흩어져 사방 골목으로 달아나기 시작했다. 최루탄분말과 플라스틱 파편이 어지럽게 깔린 도로가 순식간에 넓어지기 시작했고 그 위로 백골단의 운동화 소리가 뒤덮어 왔다.

김진영은 마지막까지 물러나지 않고 돌을 던져대다가 주위에 몇 사람밖에 남지 않았을 때에야 달아나기 시작했다.

백골단은 불과 십여 걸음 앞까지 다가와 있었다. 그는 재빨리 가까운 시장골목으로 뛰어들었다. 최루탄가스가 땀에 젖은 깡마른 얼굴 위로 사정없이 부딪쳐 왔다. 번잡한 시장은 도망쳐 들어간 시위대와 최루탄에 놀란 행인들로 혼잡했다. 그는 사람들 틈을 뚫고 몇 걸음 들어가서야 거친 숨을 몰아쉬었다. 시장 입구에 백골단들이 우르르 몰려들며 소리쳐댔다.

"이 골목으로 여러 놈 들어갔다! 한 놈도 놓치지 말고 다 잡아들여!"

그들의 목소리는 너무도 가깝고 선명했다. 백골단은 시장골목으로 거칠게 파고들었다. 입구 가까운 곳에 주저앉아 매운 눈물을 쏟던 시위대 한 명이 주먹과 발길질에 무자비하게 맞은 후 발버둥 치며 끌려갔다. 상인들이며 시장 보러 나왔던 여자들이 비명을 질렀다. 김진영은 이를 물며 일어났다. 온갖 상품들과 인파로 비좁은 골목을 억지로 헤치고 시장 안쪽으로 조금 더 들어가서 주저앉았다. 땀과 눈물, 콧물이 얼굴을 타고 줄줄 흘러내렸고 목은 찢어질 듯이 아팠다. 주머니에서 구겨진 휴지를 꺼내 얼굴에 대고 괴롭게 숨을 몰아쉬기 시작했다.

"아휴, 매워! 시장거리에다가 최루탄을 쏘면 어떻게 해?"

"허구헌날 이게 무슨 지랄들인지, 원!"

아낙네들이 불평을 터뜨리며 지나갔다. 김진영은 한참이나 숨을 몰아쉰 후에야 고개를 들었다. 하늘이 노랗게 보였다. '개새끼들!' 입속으로 욕을 중얼거리며 다시 일어서려 하였다. 그때 가까운 큰 슈퍼 앞에서 시끄러운 소리가 들려왔다. 눈물을 닦으며 부시시 고개를 돌렸다.

"이년! 너 어느 학교 학생이야?"

웬 중년 사내가 한 처녀의 뒷덜미를 휘어잡으며 욕을 퍼부어대고 있었다. 스무서너 살 정도 돼 보이는 처녀로 덩치가 제법 컸으나 워낙 사내의 힘이 좋아서 손을 뿌리치지 못하고 버둥댈 뿐이었다. 김진영은 퍼뜩 놀랐다. 분명 어디선가 본 적이 있는 처녀였다. 빨간색 진한 나일론 잠바에 낡은 청바지도 분명 어디선가 보았던 것 같았다. 그녀는 목이 뒤로 꺾인 채 숨이 넘어갈 듯 안타깝게 소리쳤다.

"놔요! 난 학생이 아니라 노동자예요!"

중년 사내는 더 우악스럽게 손아귀를 비틀어댔다. 눈알이 부리부리하고 여드름 자국이 숭숭한 피부는 크림을 잔뜩 찍어 바른 듯 번들번들했다. 사내는 그녀의 귀라도 물어뜯을 듯 제 얼굴을 들이대며 고함쳤다. 주변의 시위대들을 향해 시위를 하는 게 분명했다.

"옳아, 노동자라고? 어쩐지 무식해 보인다 그랬지. 요

년! 무식한 것들이 시키는 대로 일이나 할 것이지 데모는 무슨 놈의 데모야 이 빨갱이들아!"

잠시 누구인가 하는 의문으로 정신을 놓고 있던 김진영의 커다란 눈에서 불꽃이 일었다. 자리에서 벌떡 일어났다.

"저런! 어쩜 어린 여자애를!"

"누가 좀 가서 구해줘요!"

주위에 있던 아낙들이 떠드는 소리가 들려왔다. 김진영은 주먹을 불끈 쥐고 내달으며 벽력같이 소리쳤다.

"당신 뭐야? 그 손 놓지 못해?"

마른 체구에 비해 쩌렁쩌렁한 목소리였다. 중년 사내는 흠칫 놀라 고개를 돌렸으나 그의 덩치를 보자 별거 아니라는 듯 비웃음을 띠었다. 김진영은 몸을 날려 그의 멱살을 움켜쥐었다. 그리고 마구 흔들어대며 세차게 몰아붙였다.

"바로 당신 같은 놈들이 나라를 이 꼴로 만들어 놓은 거야! 광주학살 원흉 찾자고, 성고문까지 자행하는 군부독재 없애자고, 노동자도 인간답게 대우 받자고 하는 게 무어가 잘못이야? 당신 민정당이야? 어느 회사 사장이야? 노동자를 얼마나 등쳐먹었어?"

사람들이 모여들었다. 대영제강 노동자들도 왔다. 정기준이 성난 목소리로 외쳐댔다.

"저런 놈들은 이 나라에서 영구 추방해야 돼!"

일반 행인들도 분격해 있었다.

"맞어! 전두환이가 잘한 게 뭐 있다고 큰소린가?"

"여보쇼! 당장 그 손 놓지 못해?"

중년 사내는 단 한마디도 할 기회가 없었다. 그는 파랗게 어린 젊은이에게 멱살을 잡힌 게 분한 듯 씩씩대었으나 주위에서 몰매라도 줄듯이 몰아치자 기가 죽어 부리부리한 눈을 두리번대기만 했다. 그러더니 슬그머니 손을 놓고 인파 속으로 사라져 버렸다. 최보선이 그 등 뒤에 대고 비웃었다.

"겁은 되게 많네. 나잇살이나 처먹은 게 원, 창피하지도 않은가?"

다른 사람들도 한마디씩 하며 흩어져 갔다. 붙잡혔던 여성노동자가 김진영에게 고마운 미소를 지었다.

"고마웠어요."

눈에는 눈물이 글썽이고 있었다. 화장기라고는 없는 얼굴은 골격이 굵고 못생기기는 했으나 커다란 눈매가 서글서글하니 보기 좋았다. 아무리 보아도 어디선가 본 얼굴이 틀림없었다. 김진영은 인사도 받는 둥 마는 둥 고개를 갸웃거렸다.

"아가씨, 저 어디서 본 적 없어요?"

"글쎄요……."

그녀는 전혀 기억에 없는 듯 의아한 표정을 지었다. 그런데 그때 뒤늦게 찾아온 김동연이 깜짝 놀라 외쳤다.

"아니, 영식이 동생 아냐? 이름이 영주… 아닌가?"

그녀도 김동연을 알아보고 몹시 반가워했다.

"맞아요! 누구신가 했더니……."

좋아서 어쩔 줄 모르는 것을 보니 김진영도 생각이 났다. 벌써 여러 달 전 병원과 화장터에서 보고는 처음이었다. 세 사람은 예기치 못한 해후에 반가워 셔터가 내려진 가게 문턱에 나란히 앉았다. 이영주는 장례식 때 보았던 것과는 달리 상당히 쾌활해져 있었다. 마치 오랜 친구라도 만난 듯이 즐거워 어쩔 줄 모르며 지난 얘기를 마구 털어놓았다.

"영식이 오빠를 잃은 식구들 마음을 어떻게 설명하겠어요? 외아들을 잃으신 부모님은 더군다나 어떠셨겠어요? 그런데다 나중에서야 삼촌과 회사에 속은 걸 알았죠. 가난한 삼촌이 회사에서 이백만 원을 집어주니까 혹했던 거예요. 결국 아버지께 술을 먹여 놓고는 터무니 없는 보상금에 합의도장을 찍게 했던 거죠. 우리는 나중에 그걸 알았고 그런 경우는 법적으로 재판을 하면 이길 수도 있다는 말은 들었지만 자식은 이왕에 죽었고 동기간에 의나 상하지 말자면서 아버지가 말리시는 바람에 유야무야되고 말았죠."

"그랬었구나……."

두 사람은 안타까워하며 고개를 끄덕였다. 김동연이 물었다.

"그런데 어떻게 여기엘 오게 된 거야?"

이영주는 수줍게 웃었다.

"보상금 문제로 여기저기 다니다 보니 좋은 분들을 만나게 되었죠. 추가보상을 받지는 못하게 되었지만 그때 저는 우리 노동자가 너무 억울하게 살고 있다는 것을 깨달았어요. 그래서 회사에 있는 노조에 관심을 갖게 되고 이렇게 데모도 나오게 된 거죠."

그녀는 서글서글한 눈에 의문을 띠고 두 사람을 바라보았다.

"아저씨들도 그럼? 너무 뜻밖이고 반갑네요."

김진영은 그녀를 바라보며 웃었다.

"따지고 보면 우리도 영식이 형 때문에 동지가 되었죠."

"앞으로 자주 만날 수 있겠네요. 많이 도와주세요. 우리 오성모방은 노조가 있지만 어용이거든요. 저는 노동운동을 하면서 정말 많은 것을 깨닫고 있어요. 참된 삶이 어떤 것인가를 알게 되었죠."

"말만 들어도 반갑습니다. 서로 많이 도웁시다."

김동연도 흐뭇한 미소를 지었다. 그때, 바깥쪽으로부터 장대한 키에 툭 불거져 나온 광대뼈가 강인함을 물씬 풍기는 청년이 나타나 힘차게 소리쳤다.

"여러분! 다시 대열을 정비합시다! 자, 나갑시다!"

세 사람은 서로 연락처만 교환한 채 아쉬운 작별을 하고 일어섰다. 큰길에서는 또다시 구호소리가 들리고 있었다. 세 사람은 거리를 향해 힘차게 달려 나갔다.

최루탄 연기가 아직도 매캐하게 날아다니고 있는 거리에는 처음과 비슷한 상황이 벌어지고 있었다. 전경들이 처음보다는 조금 앞쪽에 진을 정비하고 있는 동안 시위대는 하나둘씩 다시 아스팔트길 가운데로 모여들기 시작했다. 노랫소리는 점점 커져갔다. 충혈된 눈망울들마다 눈물이 흘러내리고 목청은 따가웠지만 모두의 목소리는 결의에 차 있었고 박자 맞춰 흔드는 손은 힘찼다.

"꽃병이요! 돌격조를 뽑읍시다! 힘센 남자들은 앞으로 나오세요!"

대열 사이로 화염병이 가득 든 소주박스가 들어왔다. 선동대들은 서둘러 그것들을 아스팔트 곳곳에 꺼내 놓았고 사람들이 모여들어 하나씩 집어갔다. 대영노동자들도 전원 화염병을 집어 들었다. 석유와 신나가 섞인 투명한 인화물이 반쯤 담긴 소주병이 차갑게 만져졌다.

"꽃병 든 분은 앞으로 나오세요! 돌격조를 짭시다!"

청년 야사의 지휘에 따라 화염병 투척조는 세 줄로 섰다.

대영은 두 번째 줄에 섰다. 한 개 조는 십여 명, 세 개 조가 차례로 나아가 전경들이 쉴 틈을 주지 않고 투척하려는 것이었다.

"일조 앞으로!"

양편의 투석조에 의해 보호받으며 1조 노동자들이 불붙은 화염병을 들고 전경을 향해 내달았다.

"와!"

함성과 함께 불꽃들이 날았다. 이어 도로 위에 퍽퍽 소리를 내며 불덩이들이 번졌고 그을름이 하늘로 피어올랐다. 2조의 화염병 심지에도 불이 붙었다. 익숙하지는 않았으나 모두들 병을 오른손에 들고 천천히 빙빙 돌리기 시작했다. 병이 밑으로 내려갈 때마다 기름이 새나와 불꽃을 키우며 손목이 후끈거렸다.

"이조 앞으로!"

명령이 떨어졌다. 양편에서 사람들이 와 소리를 지르며 튀어나갔다. 대영 노동자들도 파편으로 어지러운 아스팔트를 한 걸음씩 한 걸음씩 침착하게 가속도를 붙여 내닫기 시작했다. 1조가 고통스런 얼굴로 눈물을 쏟으며 돌아오고 있었다. 전경들과 불과 이삼십 보 거리를 둔 완충지대는 처음에 쏜 최루탄과 이후에 간간이 쏘아대는 것들이 누적되어 있었다. 얼굴이 가시덩굴을 뒤집어쓴 것처럼 고통스러웠다. 눈은 아예 뜨기도 힘들었다. 날아온 돌을 주어 되던지는 전경들도 있었다. 아무런 보호장비도 없이 달려가는 시위대에게 가끔씩 날아오는 돌맹이는 위협적이었다. 노동자들은 포물선을 그리며 날아오는 돌맹이를 이리저리 피하며 내달았다.

"투척! 던져!"

고함소리와 최루탄 터지는 소리가 귀청을 찢었다. 모두들 적당한 거리에서 병을 던지고 돌아서기 시작했다. 그러나 김진영은 시위대가 던진 돌이 바로 앞에 떨어질 정도로 진출했다. 전경들과 불과 이십 보 정도의 거리가 되자 방석복의 주름까지도 선명히 보였다. 그는 그제야 온 힘을 다해 힘껏 화염병을 날렸다. 화염병은 전경의 앞줄을 훌쩍 넘어 전경대 한가운데 떨어지며 폭발했다.

14

정기준과 김진영이 이상섭의 집을 찾아간 것은 신촌 시위가 있고 이틀 후였다. 이상섭은 마침 문 앞에 앉아 따뜻한 봄볕을 쪼이며 털실타래를 푸는 중이었다.

"형님! 뭐 해요?"

불쑥 김진영이 나타나 놀려대자 이상섭은 놀라 일어서며 어색하게 얼버무렸다.

"으응, 할일이 없어서……."

"에이, 형님도! 다들 노조 준비에 얼마나 바쁜데 할일이 없어요?"

김진영은 그의 어깨를 잡아 흔들며 말했다. 그러나 이상섭은 평소와 달리 웃음기 없이 들어오라고만 하였다. 아이들은 학교에 가고 고 씨도 마침 이웃에 가고 없었다.

"시위하다 다친 사람은 없능가?"

자리에 앉는 이상섭의 입에서 그래도 동료들에 대한 격

정이 제일 먼저 나왔다. 김진영은 근래 들어 더 말라버린 얼굴에 잔주름 가득한 웃음을 띠웠다.

"우리가 누군데 다쳐요? 경찰을 아주 박살내 줬어요. 야당이니 종교인이니 하는 사람들은 무저항이니 비폭력이니 떠들지만 우리 노동자한테 그런 게 어딨어요? 무조건 두드려 부수고 작살내 줬죠."

"……"

이상섭은 그의 호들갑에도 방바닥만 내려다보며 묵묵히 담배를 피웠다. 정기준이 살가운 태도로 입을 떼었다.

"형님, 무슨 일이 있으셨어요? 여러 번 전화했었는데 안 계시더라구요."

사실 정기준은 이상섭이 두문불출하게 된 이유를 대강은 알고 있었다. 두 번째 노조결성을 일주일여 남겨둔 상황에서 갑자기 이상섭과 김영춘이 모임에 나오지 않자 모두들 심각하게 걱정했다. 홍기는 두 사람으로 하여금 집에 찾아가보도록 했고, 먼저 김영춘에게 들러 이야기를 들었던 것이다.

"형님, 저하고 홍기 형하고 말다툼하는 것에 화가 나신 거지요? 이젠 그런 걱정은 마세요. 오늘 아침에도 여러 동지들 앞에서 서로 자기반성을 하고 앞으론 더욱 협조해서 일하기로 했어요."

정기준의 말에 이상섭은 끙 소리를 내며 겨우 입을 떼었다.

"꼭 그런 것 때문만은 아닌데…"

김진영이 장난스레 끼어들었다.

"에이, 뭐가 아녜요? 진용만 지부장을 만난 뒤로 두 분이 갑자기 안 나오셨잖아요? 영춘이 형이 그러대요, 학생들 싸움에 끼어들고 싶지 않다구요."

정기준도 말했다.

"형님들이 그런 오해를 하셨다니 죄송해요. 진심으로 말하건데 홍기 형과 저는 좀더 잘해 보자고 하는 것뿐이지 세력다툼을 하는 것은 절대 아녜요. 물론 우리는 출신 조직이 서로 다르고 진보운동의 전략전술에 대해 조금 다른 것이 사실이에요. 그렇지만 전국적인 투쟁의 전략이라면 몰라도, 단위사업장 노조결성에 이견이 있으면 얼마나 있겠어요? 우리는 시간이 갈수록 서로 배우고 뜻을 모아 진짜 동지가 되어 가는데 형님들은 그것도 모르고 알력이라고만 생각하시다니 정말로 오해예요."

정기준의 말에는 진심이 담겨 있었다. 민족문제를 우선시할 것인가, 노동문제를 우선시할 것인가 같은 전략에는 여전히 차이가 있었으나 일개 사업장에 불과한 대영제강 문제로는 큰 이견이 없었다. 두 사람은 호흡은 갈수록 일치되고 있었고 동지애는 깊어지고 있었다.

이상섭은 고개를 숙인 채 정기준의 말을 들은 후 입을 열었다.

"당연히 그래야지. 근데 뭔가 오해가 있는 것 같은디… 영춘이는 몰라도 나는 자네들 논쟁 때문에 실망한 건 아니여. 그래도 민주노조 했던 내가 그런 걸 이해 못하겠나? 내가 힘든 건 그런 것 때문만은 아녀. 당장 먹고살 길이 깜깜하니 기운이 빠진 것 뿐이여. 자네들 같은 학생출신들이야 집안도 좋고 친구들 도움도 받을 수 있지만 우리네야 어디 그런가? 사실 어저께 일자리를 보러 다녀 봤네. 안 되더구먼. 블랙리스트고 뭐고 이젠 나이 때문에라도 취업은 안 되더라구."

김진영이 자신의 마른 손을 그의 시커먼 손등에 얹었다.

"형님! 왜 그렇게 약한 소릴 하세요? 싸워서 복직해야죠! 우리는 이길 수 있어요. 조합에 들기로 한 사람이 벌써 몇 명인 줄 아세요? 조합만 성공해 봐요. 우린 전부 복직할 수 있어요!"

이상섭은 진이 노랗게 빨려나온 담배를 비벼 끄며 맥없이 웃었다.

"그렇게만 된다면 오죽이나 좋겠어? 이런 소리 해서 기죽이고 싶지는 않네만, 나는 벌써 두 번째 당하는 사람이

여. 진용만 지부장만 해도그려. 육 년째 복직하려고 별의별 짓을 다해 봤지만 복직은커녕 운동권에서조차도 학생출신들에게 밀려나 퇴물취급 당하고 있더구만. 굼벵이는 기어 봤자 굼벵이인거여."

건강한 웃음으로 넘치던 이상섭의 얼굴에 패배의식이 야금야금 좀먹어 들어가고 있었다. 그가 보기에, 정말로 6년 동안 나아진 것은 하나도 없어 보였다. 홍기는 지난 한 해 동안 신규노조가 2백 개나 생겼다고 말했으나 대개가 조합원이 수십 명도 안 되는 소규모 택시노조였다.

"나는 이젠 자신이 없네. 자네들 같은 젊은이들이 열심히 뛰어야 혀. 나는 요즘 나 같은 무식쟁이가 뭐 하러 이 일에 나섰능가 후회하곤 해."

이상섭은 청자담배를 피워 물었다. 독한 연기가 습기 찬 방 안에 나직이 퍼져나갔다. 김진영이 다시 그의 손등을 다정히 잡았다.

"에이, 형님이 그러니까 어울리지 않는다. 얼굴 좀 펴보세요. 노동자의 가장 좋은 장점은 낙천적이라는 말 생각나지 않아요? 지금 당장은 우리가 지는 것 같아도 언젠가는 반드시 이길 거예요."

이상섭은 끝내 인상을 펴지 않았다. 때마침 밖에 나갔던 고 씨가 돌아왔다. 그녀는 동네에서 거둬들인 스웨터를 한 아름 내려놓으며 숨 가쁘게 말했다.

"웬일로 집에를 다 찾아오셨능가?"

크게 반가워하는 표정은 아니었다.

"그렇잖아도 내 여러분 한번 만나 보려 했는데 잘 왔소."

그녀는 이마에 송글송글 배어나는 땀을 훔쳐내며 마루턱에 주저앉았다. 두터운 입술이 피로 때문에 몇 군데나 갈라져 있었다. 그녀는 언제나처럼 스스럼없이 단도직입적으로 말했다.

"또 이런 소리 한다고 욕은 하지 마시쇼. 아다시피 나도 손수건 팔아가며 도와준 사람잉께 오해는 말고 들어보소. 내 입술을 좀 보소. 이깟 놈의 것 한 개 떠봐야 몇 십 원 벌려고 허구헌날 밤을 새우다 보니 입술이 성해 나질 않는구마니라. 아니, 동해에서 똑같은 일을 겪지만 않았어도 말리지는 않을 것이여. 시방이라도 다시 취업된다는 보장이 눈곱만치라도 뵈면 반대하지 않을 것이여. 오히려 내 뼛골이 빠져도 도와줄 거여. 복직이라니, 될 턱이 없는 일을 붙들고 세월아 네월아 하고 있으니 어째 답답허지 않겠소?"

"허, 이 여자가 또!"

이상섭이 역정을 냈지만 힘이 없었다. 고 씨는 남편을 홀겨보며 언성을 더욱 높였다.

"왜? 내가 틀린 말 했소? 당신이 무슨 할 말이 있당가?

이만큼 했으면 당신이 할 일은 다 한 것 아뇨? 뭘 더 하겠다 말이요?"

이상섭은 무거운 표정으로 담배만 뻑뻑 빨아댔다. 고 씨는 다시 한 번 눈을 흘겨주고 두 사람에게 고개를 돌렸다.

"이 냥반이 어제 취직하러 갔다가 팔도회 사람들 만났다는 얘길 안 합디까?"

두 사람이 놀란 눈빛을 주고받자 이상섭은 할 수 없이 입을 열었다.

"만났지. 다들 왔더라구. 여태 아무도 취직을 못했더만. 아마 블랙리스트에 오른 것 같어."

"자진해서 사표를 냈는데도 블랙리스트에 올리다니, 나쁜 놈들!"

김진영이 흥분했다. 이상섭은 담배연기를 길게 내뿜었다.

"내야 어차피 늙어 갈 데가 없지만, 그 친구들은 안됐더라구."

그러자 기준이 힘주어 말했다.

"그러니까 우리는 더욱 열심히 싸워 복직이 되야죠."

이상섭은 어이가 없다는 듯 피식 웃었다.

"이 사람아! 허황된 소린 하덜 말어! 해고된 내 친구들 많지만 복직했다는 말은 듣질 못했네. 아무튼 내 임무는 여기서 끝났으니 일자리나 찾아볼 생각이네. 아무렴 노가다 자리 하나 없겠능가?"

고 씨의 검은 얼굴에 기쁨이 배어 올랐다. 그러나 찾아온 두 사람의 얼굴은 걱정으로 어두워졌다. 김진영이 간절히 말했다.

"형님, 다시 한 번 생각해 보세요. 할 때까진 해보셔야죠. 영춘이 형도 오해를 풀고 다시 함께 하기로 했잖아요."

"오해는 무슨! 나는 그런 거 없다고 했잖은가? 다만 세상이 더러울 뿐인 거여. 가난하고 힘없는 놈은 아무리 버둥거려도 안 되는 이 세상이 너무 힘든 거여. 허지만 어디 가더라도 전처럼 살지는 않을 것이네. 다시 쫓겨나는 한이 있어도 노동자 권리는 찾을 것이여."

이상섭의 결심은 굳었다. 며칠간 고민 끝에 내놓은 생각이었다. 두 사람은 여러 가지 말로 설득해 보려 했으나 소용없었다. 더구나 고 씨가 남편의 결심을 지지했기 때문에 얘기할 분위기가 못 됐다. 결국 두 사람은 포기하고 돌아갈 수밖에 없었다.

"여보 잘 생각하셨소. 점박이 김 씨 아줌마네 서방이 건축 십장 아니요? 내 부탁을 하면 들어줄 것이요. 아무렴 일자리 하나 없겠수?"

두 사람이 간 뒤 고 씨는 좋아서 어쩔 줄 몰라 했다. 허나 이상섭은 곤욕을 참을 수 없어 버럭 소리를 질렀다.

"가서 소주나 사와!"

이상섭은 다음날부터 주택수리 공사판에 나가게 됐다. 한동안 쉬었던 몸이 말을 듣지 않았으나 곧 익숙해졌다. 비록 몸은 늙었으나 평생을 노동으로 살아온 그의 끈기는 십장을 만족시켰고 며칠도 안 되어 가불을 받아 집안에 급한 돈도 변통할 수 있었다. 고 씨도 몹시 만족스러워하여 오랜만에 극진히 대해 주었다. 그러나 이상섭의 얼굴에는 더 이상 기쁨이 남아 있지 않았다. 햇살에 그을려 검게 변한 얼굴에는 항상 무거운 그림자가 떠나지 않았고 툭하면 고주망태가 되도록 술을 마셔댔다.

15

4월 말의 밤공기가 포근히 가슴을 적시는 저녁이었다. 신도림역 가까운 도로공원 의자에 아까부터 두 사람의 남녀가 다정하게 정담을 나누고 있었다. 새 잎이 자라기 시작하는 가로수들이 살랑살랑 봄바람에 흔들리고 있는 도로공원은 차가 거의 지나지 않고 인적도 드물어 조용히 이야기를 나누기에 적당했다. 봄을 맞아 부쩍 젊은 노동자들의 산책로로 애용되고 있었다. 남자는 이제 스물여섯이나 되었을까, 깡마른 얼굴에 속눈썹 짙어 그윽한 눈을 가졌는데 웃을 때마다 뻐드렁니가 수줍게 드러났다. 여자는 그에 비해 체구가 크고 살이 풍성한 편이었으나 역시 인상적인 눈웃음을 가졌다. 줄곧 활달히 얘기하고 있었으나 음성이 맑고 침착해 수다스럽게 여겨지지 않았다. 김진영과 이영주였다.

"정말 저는 세상을 다시 사는 기분이에요. 영식이 오빠와 저는 정말 가난하고 어렵게 살아 왔지만 우리가 어렵게 살아야 하는 이유는 모르고 있었죠. 또 어떻게 해야 우리 가족과 노동자 모두가 인간답게 살 수 있을까 하는 것도 몰랐었죠. 그런 생각조차 한 적이 없어요. 이제는 달라요. 저는 자본가들을 결코 용서치 않을 거예요. 오빠를 죽였대서가 아니라 우리 노동자들에게 죽음보다도 가혹한 착취를 하고 있으니까요. 오빠의 죽음은 저를 변화시켰어요."

고개를 끄덕이며 듣고만 있던 김진영은 그녀의 눈을 들여다보며 꾸밈없는 미소를 지었다.

"처음 보았을 때는 슬프게 울기만 했는데 밝아진 모습 보기 좋네요."

이영주는 살며시 웃었다.

"본래 저는 수줍음을 잘 타고 남 앞에 나서기를 싫어하는 성격이었어요. 공장에 다니는 게 부끄러워서 어디 가서도 그런 티를 내지 않으려고 애쓰고 경리로 일한다고 거짓말까지 하고 다녔죠. 노동운동을 알고부턴 모든 것이 달라졌어요. 공장 다니는 걸 떳떳하게 여기게 되었고 내가 노동운동으로 이 세상을 좋은 곳으로 만들 수 있다는 것을 자랑스럽게 여기게 되었어요. 함께 일하는 동료들에 대해서도 전에는 똑같은 처지이면서도 멸시하곤 했지만 이제는 달라요. 이제는 노동자라면 같은 회사가 아니라 어느 공장 노동자라도 한가족같이 여기게 됐어요. 생각해 보면 지난 반 년 사이에 저는 새 사람으로 태어난 것 같아요."

거대한 트럭 하나가 텅 빈 도로를 달려가며 바람을 일으
켰다. 멀리 대한중기의 거대한 지붕이 보이고 철컹거리는
기중기가 일정하게 들려왔다. 김진영은 말했다.

"저도 마찬가지입니다. 영주 씨를 처음 만났을 때만 해
도 저는 툭하면 술 먹고 싸움질이나 하는 성격이었지요. 뭐
나쁜 짓을 하거나 한 건 아니었어요. 그저 세상이 싫었지
요. 술에 취하면 아무나 붙잡고 시비 걸어 싸우는 게 일이
었지요. 사실은 맞기를 더 많이 맞았지만요. 처음 노동운동
을 시작했을 때 창피했던 일이 무언지 알아요?"

"무슨 일인데요?"

김진영은 그 일을 생각하며 빙긋 웃었다.

"해고되고 첫날 경찰서에 끌려갔을 때였지요. 아, 글쎄
놈들이 내 신원조회를 해보더니 전과가 네 개라고, 별이 네
개네 하고 놀려대는 거예요. 모두 술 먹고 싸우다가 구류
살거나 벌금을 냈던 전과들이었죠. 교도소까지 간 적은 없
지만 같이 잡혀간 동지들에게 얼마나 미안하고 창피스러운
지 혼났어요."

이영주는 입을 가리고 킥킥 웃었다. 김진영은 말을 이었
다.

"경찰도 웃기는 놈들이지, 글쎄 그런 걸 들춰낼 게 뭡니

254

까? 어쨌든 간에 그 정도로 나도 세상을 엉망으로 살았죠. 모든 게 엿 같았으니까요. 노동운동이 나를 변화시키지 않았다면 지금도 매일 술에 취해 싸움질이나 하고 여기저기 회사를 떠돌아다니는 신세가 되었을지 몰라요. 이 사회의 모순이란 게 술 마시고 울분을 터뜨려 해결될 일이 아니라는 걸 안 것만으로도 내 인생을 뒤바꿔 놓았지요. 가끔 생각하곤 해요. 내 한 몸 죽어 이 세상에 착취와 억압을 없애는 방법은 없을까 하고요. 그럴 수만 있다면 아낌없이 제 몸을 던질 거라고."

이영주는 눈을 동그랗게 떴다.

"무슨 끔찍한 소리를 하세요? 죽다니요? 살아서 할 일이 얼마나 많은데요? 한두 사람 죽어 세상이 좋아지면 벌써 좋아졌게요? 그런 말도 안 되는 소릴랑은 마세요."

김진영의 표정은 진지했다. 그는 점점 어두워지는 밤하늘을 올려다보며 침착하게 말했다.

"헛소리가 아닙니다. 홍기 형이나 기준이 형처럼 지식이 많고 연설을 잘하는 것도 아니고, 세상에 줄 거라고는 이 말라빠진 몸뚱이 하나밖에 없거든요. 세상이 이 한 몸을 필요로 한다면 언제든지 바쳐야죠. 개인의 부귀영화와 쾌락만을 위해서 남을 짓밟고 살아야 하는 이 사회를 밑바닥부터 뒤집을 수만 있다면 제 한 목숨이 뭐가 아깝겠습니까?

아직 우리 노동자들은 깨닫지 못하고 있어요. 자신의 힘이 얼마나 거대한가를 모르고 있어요. 인류의 역사는 분명히 선의 승리이고 노동자는 반드시 승리한다는 것을 명백히 보여주고 있는데도 노동자들은 그걸 모르고 있어요. 또 알아도 싸울 용기가 없고요. 내 목숨 하나로 저들을 모두 없앨 수는 없겠지만, 그러나 억눌린 노동자들의 가슴에 불은 붙일 수 있을 겁니다. 마치 어느 노동운동가가 한 말처럼요. 내 몸 하나는 죽일 수 있을지라도 저 노동자의 들불은 끌 수 없으리라던 그 말처럼 말입니다."

분위기가 무거워지자 이영주는 그의 팔을 잡아 일으켰다.

"가요. 저녁 아직 안 드셨지요? 우리 그런 소릴랑은 그만두고 저녁이나 먹으러 가요. 제가 사드릴게요."

"그럴까요?"

김진영도 훌훌 자리를 털고 일어났다. 나란히 걷는 두 사람의 모습은 조금은 우스꽝스러웠다. 남자는 홀쭉이 말라서 넓은 통바지가 빈 자루처럼 펄럭였는데 여자는 적당히 살찐 건장한 체구에 펑퍼짐한 엉덩이가 남자의 두 배는 돼 보였다. 게다가 두 사람이 입은 옷은 연애하는 남녀라고는 볼 수 없을 만큼 수수했다. 길거리에서나 살 수 있는 싸구려 티셔츠에 옆구리가 너덜너덜한 운동화가 마치 집 앞에 잠시 나온 사람들 같았다. 그러나 두 사람은 차림에는 신경 쓰지 않고 오누이처럼 다정하고 자연스럽게 걸었다.

이영주가 저녁을 산다고는 했으나 가진 돈이 별로 없었기 때문에 허름한 분식집을 찾는 수밖에 없었다. 중학생들 상대라서 탁자라고 해봐야 겨우 세 개밖에 없는 곳이었다. 그나마 늦어서인지 손님이라고는 없었다. 흔들거리는 탁자 위에 어지럽게 널린 밀가루며 라면국물에 젖은 신문을 밀어내고 앉았다.

"나는 라면!"

김진영이 앉기 바쁘게 말하자 이영주는 얼른 주인에게 손을 저어 보였다.

"안 돼요. 고생들 하시는데 라면만 먹으면 되나요? 비빔밥이라도 드세요. 사람은 밥을 먹어야 해요. 그 정도 돈은 있으니 걱정 마세요."

그녀는 마치 진짜 애인처럼 말하는 것이었다. 진영은 도저히 그녀의 엄한 명령을 거부할 수가 없었다. 사실 해고된 이후로 줄곧 라면으로 끼니를 이어 왔기 때문에 라면에 진력이 나기도 했다. 이영주는 기어이 비빔밥을 시켜 주고는 흡족한 표정으로 그를 들여다보았다.

"어때요? 대영제강은 잘 돼가나요?"

진영은 어깨를 으쓱해 보였다.

"그렇게 말할 수 있겠지요. 며칠 있으면 노조를 다시 만들거든요. 지난번에는 실패했지만 이번에는 반드시 성공할 겁니다."

"잘 되기를 바라요. 우리는 이번에 노조위원장 선거를 하는데 우리 편이 될 가망이 높아요."

"그래요? 부럽습니다. 정말!"

김진영은 부러운 눈길로 그녀를 바라보았다. 이영주는 그러는 그의 얼굴이 귀엽다는 듯이 생글생글 웃었다.

"부러워하실 것도 없어요. 우리 오성모방 언니들은 벌써 삼 년째 싸워 온 걸요. 그에 대면 대영은 무척 빠른 거예요. 우리도 다 된 게 아녜요. 만일 이번 선거에서 이긴다 해도 회사에서 가만히 있을 리도 없고요. 여자들뿐이라고 우릴 너무 얕보는 거 있죠? 진영이 오빠 같은 사람이 하나 있었으면 좋겠어요. 대영제강 일이 잘 되면 오빠가 우리 회사에 들어와 줘요, 네?"

오빠란 말이 슬그머니 김진영은 얼굴을 달아오르게 했다.

"그럴 수 있다면 그러지요. 근데 누가 나같이 찍힌 사람을 써주겠어요? 아마 평생 취직을 못 하게 될지도 모르지."

반은 농담이었다. 그러나 이영주는 순진하게도 안타까운 표정이 되었다.

"평생 취직 못하면 어떻게 살아가요?"

진심으로 놀라는 그녀가 덩치답지 않게 무척이나 사랑스럽게 느껴져서 진영은 흐뭇한 웃음을 지울 수가 없었다.

"걱정 마요. 내가 취직을 못해도 대영하고 오성하고 둘 다 민주노조를 만들어서 공동투쟁을 하면 되잖아? 서로 어려우면 도와주고, 또 다른 데도 민주노조를 만들게 해서 저 어용노총 대신에 민주노조들끼리 노총도 만들고 그러면 얼마나 좋겠어?"

어느새 반쯤 반말을 쓰고 있었으나 어색하지 않았다. 이영주도 너무도 자연스러웠기 때문에 그가 반말을 쓰고 있다는 것조차 느끼지 못하고 있었다.

"정말! 그랬으면 정말 좋겠어요. 만약 이번에 우리가 먼저 노조가 되면 언니들한테 대영 아저씨들을 돕자고 적극적으로 말해 볼게요."

즐겁고도 만족스런 시간이었다. 두 사람은 밥을 먹고 나서도 공연히 버스 정류장에서 시간을 보내다가 자동판매기에서 커피까지 한 잔씩 빼어 먹은 후에야 아쉬운 작별을 하였다.

김진영은 그날 밤 서동석의 방에서 유인물 초안을 잡으면서도 가끔씩 볼펜을 깨물며 혼자 싱글거리곤 했다. 술 먹고 싸움은 많이 해봤어도 연애라고는 해본 적이 없었다. 눈

치 빠른 서동석이 사물함으로 쓰는 라면박스를 정리하다
말고 갑자기 몸을 날려 그의 등에 뛰어오르더니 마구 간지
럼을 태우기 시작했다.

"실토해! 진영이 너 오늘 무슨 일 있었지? 왜 그렇게 멍
하니 실실 웃어대?"

김진영은 간지러움에 몸을 뒤틀며 웃어댔다.

"하하… 아이고 놔요, 놔!"

끝까지 아무 일 없었다고 거짓말하고는 화제를 돌리기
위해 서동석이 들고 있던 통장을 나꿔챘다. 적금통장이었
다.

"이건 뭐야? 얼마나 들었기에 신주단지처럼 모시는 거
야?"

서동석은 얼른 통장을 빼앗아 가며 투덜댔다.

"적금통장이다. 벌써 두 달째 붓지 못했어. 아끼고 아껴
서 백만 원이나 부었는데 이제 와서 해약하기는 아깝고, 해
고수당이라도 받으면 다시 부어야지."

"아니 형! 해고비 받으면 복직소송을 못하잖아?"

서동석은 통장을 라면상자 속에 휙 집어던지며 퉁명스레
말했다.

"야, 너는 아직도 복직에 희망을 거냐? 않느니 죽지!"

순간, 이번에는 진영이 휙 몸을 날려 서동석을 덮쳐 간지

럼을 태우기 시작했다.

"자꾸 그런 소리 할 거야? 당장 취소해! 취소할 때까지 간지럼 태운다!"

서동석은 온몸을 뒤틀고 깔깔대며 소리쳤다.

"하하… 알았어! 알았어! 하하… 제발 그만해! 다신 그런 소리 안 할게!"

깊은 밤, 어스름한 가로등불 아래 지하방 창문으로는 두 사람의 웃음소리가 오래도록 계속되었다.

김진영은 며칠 뒤 다시 이영주를 만났다. 이번에는 우연한 기회였다. 김동연과 함께 한국노총에 가서 건물구조를 몰래 살피고 나오던 길이었다. 이영주는 여러 명의 오성모방 여성노동자들과 함께 노총에 들어가는 길이었다.

"진영 오빠!"

이영주는 부끄러움도 없이 큰 소리로 그를 불러대고는 달려와 손을 잡으며 반가워했다.

"오빠가 여긴 웬일이에요?"

여러 사람이 보는데 한국노총을 점거해 농성하기 위해 답사를 왔다고 대답할 수는 없어 얼버무렸다.

"으응, 볼일이 좀 있어서. 영주는 어쩐 일?"

"들었죠? 마침내 우리 민주파가 어용세력을 밀어내고 노조를 장악했잖아요. 한국노총에 임원개선 신고를 하러 왔죠. 축하해줘요."

"와! 잘 됐네! 다들 축하해요!"

김진영은 이영주와 일행에게 일일이 축하의 인사를 했
다. 오성모방에 민주노조가 섰다는 사실도 기뻤으나 이영
주를 또 만나게 된 것도 기뻤다.

오성모방 노조집행부가 민주화되었다는 사실은 대영 동
지회를 크게 고무시켰다. 대영제강 노동조합은 빠르게 추
진되었다. 한 달 가까운 준비로 결성에 필요한 인원은 충
분히 확보된 상태였다. 이상섭은 공사장에 다니느라 나오
지 못했지만, 김영춘은 복직은 포기한 채 일자리를 알아보
러 다니면서도 마지막으로 노조결성까지는 함께 움직여
주었다. 정기준과 홍기도 이번의 노조결성 문제에 있어서
는 의견 차이를 보이지 않았다. 모든 것이 잘 되는 것처럼
보였다.

16

봄기운이 완연한 5월 초의 평일 날 아침. 여의도 한복판의 고급 쇼핑센터 앞에 어딘가 주변 풍경과는 어울리지 않는 남자들이 하나둘씩 모여들기 시작했다. 따뜻한 날씨에도 불구하고 하나같이 시퍼런 작업점퍼를 입은 남자들은 빗질을 못 해 푸석푸석한 머리며 잠을 못 자 두 눈이 퀭하니 들어간 것이 주변의 풍물과 대조적이었다. 멀리 웅장하게 자리 잡은 국회의사당과 그 앞의 화려한 빌딩숲과 드넓은 도로를 가득히 메워 흐르는 고급 승용차들, 산뜻한 양복에 넥타이를 맨 다른 행인들에 비하면 마치 공사하러 들어온 인부들 정도로나 보였다. 나이도 공사장 인부들처럼 20대 초반부터 50대까지 다양했다.

이 초라한 일행은 쇼핑센터 앞의 옥외휴게소 파라솔에는 감히 올라가지 못 하고 건물 뒤편 층계와 공터 여기저기에 걸터앉아 초조한 얼굴로 담배들만 피워댔다. 비슷한 차림의 사내들은 몇 명씩 자꾸만 모여들었으며 그중에는 서로 인사를 나누는 이들도 있었으나 대개는 긴장된 얼굴로 서성이기만 했다.

두 젊은이가 돌아다니며 인원을 파악하고 잔돈을 걷기 시작한 것은 전체 숫자가 사십 명을 넘어섰을 때였다. 김진영과 최보선이었다. 모은 돈으로 살 수 있는 것은 싸구려 빵과 우유 한 개씩밖에 되지 않았다. 깨끗한 건물 주변에 흩어져 앉아 빵을 먹는 노동자들의 모습에 행인들은 때로 신기하다는 듯 쳐다보았다.

오전 10시가 가까워졌을 때, 해고자를 제외하고도 예정 인원 43명이 모두 모였다. 주위를 아무리 둘러보아도 회사 관리자나 형사들의 모습은 눈에 띄지 않았다. 이번 동원계획은 철저했다. 지난번 1차 결성의 실패를 교훈삼아 노조에 가입할 노동자에게는 미리 가입원서를 받아두어 스스로 비밀을 지키도록 했다. 그래도 미덥지 않아 결성식장은 동지회원들만 미리 알고 나머지 조합원들에게는 장소는 물론 결성날짜까지 일체 비밀에 붙였다가 결성식 전날인 어젯밤 야근시간에서야 여의도 쇼핑센터 앞으로 모이라고 알렸다. 뿐만 아니라 다시 보안을 기하기 위하여 7명이 각자 7군데의 집결지를 정해 일단 그곳으로 모이게 한 다음, 2차 집결지인 여의도로 온 길이었다.

김동연은 한쪽에 앉아서 마른 빵을 억지로 삼키며 감격에 젖어 있었다. 사람들을 모으기 위해 고생한 날들이 스쳐 갔다. '좋아, 함께 하자!'고 속 시원하게 동조하는 사람은 열에 하나도 되지 않았다. 말로는 회사와 총격전이라도 할 듯이 큰소리쳤으나 막상 노조에 미리 가입하라고 말하면 어물어물 넘어가기 일쑤였다. 선뜻 응하는 노동자도 있었으나 대개는 몇 번이고 붙들고 괜찮다, 해보자 온갖 안심의 말을 해야 가입도장을 찍었다. 이만큼 모이게 된 것은 큰 성과였다. 김동연은 만족스런 기분으로 노동자들을 바라보며 모든 일이 잘되기를 간곡히 염원하였다.

한편, 홍기는 쇼핑센터 3층의 다방에서 공중전화기를 붙들고 있었다. 그는 초조할 때의 버릇으로 가스라이터에 붙은 라벨을 손톱으로 긁어냈다. 한국노총에 쳐들어가 결성식을 강행키로 결정한 것이 과연 잘한 것인지 아닌지 불안하기만 하였다. 어용노조의 총본산인 그곳은 어차피 부딪치기는 부딪쳐야 할 곳이었다. 그렇지만 굳이 결성식까지 그곳에서 할 필요가 있는지는 아직도 의문이었다. 다른 건 제쳐두고라도 우선 그들의 비협조적인 태도에 노동자들이 당황하지 않을까 걱정이었고, 또 당장 그들이 결성식을 허락이나 할지도 의문이었다.

노총에서의 결성식을 먼저 고안해 낸 것은 정기준이었

다. 한국노총 간부들 중에도 양심적인 사람들은 있고, 처음부터 한국노총에 의존해 그들의 협조를 얻어냄으로써 노조 합법화에 도움이 되리라는 주장이었다. 반면 홍기는 어차피 합법적 노조는 깨질 것이라는 전제하에, 어용인 한국노총을 공격할 명분이라도 만들 수 있다는 생각으로 찬성했다. 노동자들로 하여금 직접 한국노총과 부딪게 함으로써 그들의 어용성을 체험하게 하자는 생각이었다.

홍기는 70년대 학생운동 출신들 중에 노동운동에 목적을 두고 한국노총에 사무직으로 취직해 일하고 있던 선배 한 사람과 통화를 하던 중이었다. 선배의 임무는 평소 잠겨 있는 강당의 문을 몰래 열어두는 것이었다.

"형, 얼굴 한번 보러가고 싶은데 괜찮겠어요?"

홍기의 암호 같은 질문에 선배는 흔쾌히 대답했다.

"언제든지 놀러 와라. 친구들도 데리고 와."

홍기는 다방 전화기를 내려놓고 기다리고 있던 정기준에게 엄지손가락을 치켜 올려보였다. 정기준은 곧바로 내려가 최종 점검에 들어갔다.

인원확인을 끝낸 노동자들은 한국노총을 향해 줄지어 걸어가기 시작했다. 한국노총은 주위의 건물에 비해서는 초라한 7층짜리 황색 건물이었으나 하는 일이 없어 그나마도 다 쓰지 못하고 1층은 소비조합으로 쓰고 나머지는 세를 내준 후 꼭대기 두 층만 쓰고 있었다. 목표는 맨 위층의 강당이었다. 노동자들이 우르르 1층 로비로 몰려가자 제일 먼저 맞이한 것은 경비들이었다.

"어디 가는 사람들이요?"

경비의 말이 떨어지자마자 사방에서 거친 대답이 튀었다.

"노총 가는 거요! 노동자가 노총 가는 게 잘못되었소?"

"여러분! 엘리베이터가 작으니까 층계로 갑시다!"

지휘자가 따로 없었다. 노동자들은 경비를 밀어내고 층계를 따라 우르르 뛰어올라가기 시작했다. 선두가 비상계단을 따라 숨을 헐떡이며 꼭대기 층에 올라가보니 강당 문은 열려 있었다. 노동자들은 강당 안으로 우르르 몰려 들어갔다.

자리를 잡고 앉아 숨을 돌리고 있으려니 아래층 노총사무실에서 간부 둘이 올라왔다. 얼굴에 군살이 늘어진 중년들이었다. 그중에도 체격이 건장한 사내가 강당에 들어서자마자 떠들어댔다.

"당신들 누구요? 어디서 왔소?"

김동연이 상대하려고 일어서자 김진영이 먼저 나섰다.

"우리는 대영제강에서 왔소. 댁들은 누구요?"

노총간부는 새파랗게 어린 김진영의 말투에 기분이 상해

그를 아래위로 훑어보았다.

"우린 여기서 일하는 사람들이요. 대영제강? 대체 누가 당신들을 여기로 오라고 했소? 강당 문은 누가 열어준 거요?"

"노동자가 노총에 온 게 뭐 잘못 됐소? 우리 발로 찾아왔고 강당 문은 열려 있었소."

"아니, 젊은 사람이 소를 삶아 먹었나, 말투가 왜 이래? 여기 지금 싸우러 온 거요?"

노총간부가 몸싸움이라도 할 듯 으르렁거렸다. 김동연이 나섰다.

"미리 연락을 안 하고 찾아온 건 미안합니다. 우리가 찾아온 건 다름 아니라 노동조합 결성식을 도와달라고 온 겁니다."

노총간부들은 놀란 눈길을 주고받더니 지금까지는 말이 없던 사내가 가래 끓는 목소리로 따져왔다.

"이 양반들아! 노조를 만들려면 미리 상의를 하던가 해야지 이런 식으로 갑자기 몰려오면 우리 보고 어떻게 하란 말이야?"

손영원이 뒷전에서 투덜댔다.

"왔으면 도와주면 되지, 뭐 이러쿵저러쿵 말이 많웅겨?"

노총간부는 발끈했다.

"이 사람들이? 당신들 이러면 우리는 도움 못 줘!"

김동연이 나서서 달랬다.

"이해를 좀 해주십시오. 우리가 지난번에도 노조를 결성하려다가 회사에 정보가 들어가는 바람에 실패했거든요. 그래서 이번에는 철저히 비밀을 지키느라고 미리 알리지 않았습니다. 이런 사정을 잘 아실 것 아닙니까? 이해하시고 좀 도와주십시오."

"그래도 그렇지, 귀뜸은 좀 해주셔야지, 이렇게 무대뽀로 몰려오면 어쩌라고…."

노총간부들의 태도는 누그러졌다. 그들은 좀 기다리고 있으라 말하고 아래층으로 내려갔다. 그 사이, 천부적인 선동가 최보선이 앞에 나섰다.

"여러분! 동료 여러분! 우리 무작정 기다릴 게 아니라 노래라도 하면서 기다리죠? 여기 노총이란 데가 우리 근로자들을 별로 위하지 않는다 그래요. 허지만 별수 있나요? 우리가 시끄럽게 달달 들볶는데야 재주가 있겠어요? 자, 제가 부르는 대로 따라 해보세요. 흔들리지 않게 우리 단결해, 흔들리지 않게 우리 단결해……."

노동자들은 쑥스러운 듯 잘 따라하지 않으려 했다. 그러자 장영철이 앞에 나서 소리를 질러댔다. 말더듬 때문에 좀처럼 남 앞에 나서지 않는 그였다.

"크, 크게 불러! 바, 밥들 못 먹었어?"

"언제 밥 먹었냐? 빵밖에 못 먹었다."

웃음이 일었다. 웅얼거리던 목소리들도 조금씩 높아져 갔다. 김동연도 앞에 나가 보선과 함께 노래를 지도했다. 시간은 자꾸 흘러갔다. 기다리다 못한 김진영과 서동석이 노총사무실로 내려갔다.

"개놈의 새끼들……."

김진영이 혼잣말을 내뱉으며 올라온 것은 한참이나 지나서였다. 허기와 졸음에 지친데다 기다림에 지친 노동자들이 여기저기 의자에 기대 잠들어 버렸을 때였다. 욕은 했지만 깡마른 얼굴에는 참을 수 없는 기쁨이 꿈틀대고 있었다.

"어떻게 되었어?"

김동연의 다급한 물음에 김진영은 씨익 웃었다.

"잘되었죠 뭐. 냅다 밀어붙이는데 지들이 별수 있나요? 결성식은 아래층 회의실에서 하기로 했어요. 강당은 솔직히 너무 크잖아요."

김동연은 기쁜 나머지 소리 질렀다.

"여러분! 해준답니다! 회의실로 내려갑시다!"

노동자들은 우르르 따라나섰다. 노동자들의 다수는 도대체 뭐가 어떻게 돌아가는 건지 잘 몰라 불안해하고 있었다. 한국노총이 도대체 어떤 곳인지, 왜 일이 꼬이는 것인지 잘 이해하지 못했다. 때문에 어떤 이는 주최 측이 일을 왜 이런 식으로 하느냐고 불만을 터뜨리기도 했다. 이제는 걱정이 없었다.

회의실은 해고자까지 50여 명이 들어가기에 딱 알맞았다. 한쪽 벽에 '대영제강노동조합 결성대회'라고 쓴 현수막이 걸렸다. 간판 집에 맡길 돈이 없어 해고자들이 좁은 방 안에서 직접 쓴 것이라서 글씨는 꾸불꾸불했고 신나 배합을 잘못해 아직도 페인트가 마르지 않았으나 걸어 놓고 보니 자랑스러웠다.

결성식은 일사천리로 진행되었다. 모든 것은 미리 준비해서 타자까지 쳐놓은 회의록 그대로였다. 최보선이 사회를 보았고 노총간부 한 사람이 참관했다. 바로 강당의 문을 몰래 미리 열어놓았던 홍기의 대학선배로, 법적으로 필요한 부분들을 통달하고 있어 큰 도움이 되었다. 사전에 서로 약속이 되었다는 이야기는 끝까지 비밀이었다.

규약이 통과되고 임원선출이 이어졌다. 미리 결정된 대로, 위원장에는 김동연이 뽑혔다. 부위원장에는 철조망 B조에서 한 사람과 손영원이 뽑혔고 총무에는 최보선이, 장영철은 회계감사로 뽑혔다. 나머지 부장들도 조와 과별로 골고루 배치해 간단히 선출했다.

초대 노조위원장 인사시간이 왔다. 김동연은 떨리는 주

먹을 꾹 쥐고 단상으로 나갔다. 평생 부반장 한 번 해보지 못한 그였다. 위원장이란 직책을 맡은 것은 물론 처음이요, 여러 사람들 앞에서 연설을 하는 것도 처음이었다. 너무 긴장이 되어 말소리가 속삭이듯 작게 나왔다.

"감사합니다. 저는 능력도 없고 용기도 없어서 이 어려운 책임을 어떻게, 흠! 어떻게 다 할 수 있을지 모르겠습니다. 허지만 우리한테는 해고자들이 있으니까, 그동안 해고된 우리 동료들이 너무 고생이 많았습니다."

머릿속이 하얘졌다. 말문이 막혀 무슨 말을 해야 할지 알 수 없었다. 말을 멈추고 숨을 들이쉬며 고개를 돌렸다. 언뜻 서동석이 빙긋이 웃으며 박수를 치는 게 보였다. 그러자 다른 사람들도 박수를 치기 시작했다. 조용한 박수소리가 번져 나갔다. 그는 다시 힘을 내어 입을 열었다. 여전히 앞뒤가 잘 안 맞고 어눌했지만 목청은 컸다.

"우리는 정말로 오늘까지 고생한 해고자들을 꼭 복직시켜야 합니다. 나는 요즘에 와서야 우리나라가 어떤 나라인지 배웠습니다. 돈 앞에는 법도 도덕도 아무 소용없는 나라라는 것을 확실히 알았습니다. 그렇지만 우리가 뭉치기만 하면 돈이 문제가 아니라 어떤 것도 이겨낼 수 있습니다. 저는 이 자리에서 해고자들만은 꼭 복직시켜서 옛날처럼 함께 일해야 한다는 얘기를 하고 싶었습니다. 노조가 설립

된다면 제일 우선으로 해고자 복직을 성공하겠습니다. 반드시 승리하겠습니다! 투쟁합시다!"

김동연은 그 말만 하고 물러났다. 박수소리가 터져 나왔지만 들리는지도 의식하지 못했다. 자리에 앉아 창밖을 내다보니 불현듯 떠나간 사람들이 떠올랐다.

이병우의 부리부리하면서도 겁먹은 듯한 눈이, 이상섭의 투박한 얼굴이 떠올랐다. 함께 유인물을 뿌리러 다니던, 차가운 서릿발 깔린 새벽길이 떠올랐다. 그리고 앞으로 다가올 일들이 두렵게 엄습해 왔다. 지금까지 회사는 다소 무기력하게 대응해 왔다. 그것은 동지회가 차분하고도 치밀하게 대중적 지지를 닦아나간 데도 이유가 있었지만 크게 부딪칠 만한 일을 만들지 않은 데도 이유가 있었다. 이제 본격적으로 노조가 결성되어 해고자 복직과 임금인상을 들고 나서면 어떻게 폭력적으로 대응해 올지 알 수 없는 일이었다. 당장은 정부에서 노조를 인정하느냐가 의문이었다. 김동연은 오만 가지 생각으로 머리가 복잡했지만 곧 다시 일어나야 했다. 이제 정식 의장으로 연단에 올라 대회를 마무리 지어야 했다.

양심적인 노총간부가 현장노동자들의 지지가 최고의 힘이라는 내용의 격려사를 한 후, 예산안이 간단히 통과됨으로써 결성식은 끝났다. 불과 40분 만이었다. 반 년간 준비해 온 데에 비하면 다소 허무했으나 모두의 가슴에는 희망이 넘쳤다. 다시 돈을 추렴하여 노총 근처 중국집에서 자장면 한 그릇씩을 먹는데 중국집이 떠나갈 듯 기쁨으로 소란했다.

헤어지고 나서도 간부급들은 따로 남았다. 신림동에 있는 금속노조연맹 사무실에 찾아가 연맹가입을 허가한다는 인준증을 받아야 했기 때문이었다. 인준증을 포함한 서류를 구로구청에 접수해 신고필증을 교부받아야 비로소 합법적인 노조가 되는 것이었다. 금속연맹의 간부들 역시 노총 간부들과 다르지 않았다. 한국노총에서 인준증을 내주라고 전화까지 해주었음에도 까다롭기 짝이 없었다. 왜 미리 와서 상의하지 않았냐고 질책하더니 자기들에게도 구로구청에 낼 서류와 똑같은 것을 만들어 오라고 했다. 급히 복사를 떠서 제출하니 이번에는 조합원 중에 위장취업자는 없느냐고 몇 번이나 묻고, 신고필증이 나올 때까지는 절대로 유인물 같은 건 뿌리지 말라고 충고했다.

겨우 금속연맹 인준증을 받아 구로구청에 갔을 때는 벌써 늦은 오후였다. 접수는 어렵지 않았으나 문제는 지금부터였다. 지난 수년 간, 구청에서 신고필증을 교부하지 않아 노조결성이 무산된 경우가 구로공단만 해도 스무 군데는 될 것이었다. 결성식은 그 시작에 불과했다. 해고자들과 노조간부들은 신고필증이 나올 때까지는 서동석의 방에서 집단합숙을 하기로 결정했다. 구청에서 멀지 않은 서동석의 방으로 갈 때는 모두들 지칠 대로 지쳐 있었다. 바로 잔다 해도 겨우 두세 시간 눈 붙이면 일어나 출근을 해야 할 시간이었다. 그러나 모두의 마음은 잔뜩 부풀어 있었다.

17

　노동자들이 서동석의 방에 뒤엉켜 피곤한 칼잠을 청하는 그 시간, 대영제강 정문에는 육중한 볼보 승용차가 미끄러져 들어오고 있었다. 대영그룹 장성태 회장이 가진 세 대의 외제승용차 중에서 가장 튼튼하고 단단하게 생긴 차였다. 평상시에는 우아하고도 근엄해 보이는 벤츠나 기름 적게 먹히는 일제차를 타고 다니는 회장은 장거리 여행을 갈 때나 중요한 일로 긴장이 되어 있을 때는 꼭 튼튼한 볼보를 탔다. 경비들이 바짝 놀라 튀어나왔다. 대영제강에 대영그룹 회장이 직접 방문하기는 몇 달 만이었다. 젊고 건장한 경비조장은 온몸의 근육에 잔뜩 힘을 주어 힘차게 경례를 올려붙였다.

　"안전!"

　검은색 선팅 속 푹신한 시트에 파묻혀 앉은 노 회장은 미동도 하지 않았다. 볼보는 사무실을 향해 미끄러져 들어갔다. 여든이 넘은 노안은 쭈글쭈글 주름졌고 손등에까지 검은 반점이 완연했으나 피부는 분이라도 바른 듯 뽀얬고 노인들 특유의 피부 썩는 비린내 대신에 고급 향수냄새가 진동했다. 얼마 남지 않은 머리칼도 고급 머리 기름으로 반질반질하게 잘 다듬어져 있었다. 노 회장은 오만하게 일그러진 고집스런 눈으로 오래된 건물들과 그 속의 노동자들을 바라보며 기억을 더듬었다.

장성태는 북한이 공산화되면서 대대적인 토지개혁으로 광활한 토지를 소작인들에게 빼앗긴 지주의 아들이었다. 공산주의 때문에 모든 부와 권력을 잃은 그의 집안은 한국전쟁을 틈타 월남하였고, 장성태는 월남민으로 구성된 백골사단에 들어가 전쟁이 끝날 때까지 장교로 근무했다. 그때의 인연으로 반공 제일을 부르짖으며 무한권력을 행사한 자유당 정권의 요로에 인맥을 맺어놓은 그는 전쟁이 끝난 후 미국의 원조물자가 쏟아져 들어올 때 공짜물건을 받아다 멋대로 값을 불러 팔아먹는 떼 부자의 길에 들어섰다. 대영제강의 전신이라고 할 수 있는 대영공작소도 그때 세워졌다.

미군부대에서 흘러나오는 고철을 녹여 쇠창살이나 농기구를 만들던 대영공작소가 제대로 성장하게 된 것은 1961년 5·16군사쿠데타 이후였다. 인덕이라고는 느껴지지 않는, 박쥐처럼 조그맣고 깡마른 얼굴의 박정희가 녹색 군용 잠바에 선글라스를 낀 채 처음 등장했을 때는 장성태도 반감이 있었다. 중앙청과 국회를 탱크로 포위하고 학생시위뿐만 아니라 기업들의 비리까지 척결하겠다고 으르렁댈 때는 사뭇 긴장도 했다. 국가적 통제 아래 자본주의를 발전시키겠다는 박정희의 정책은 일견 사회주의와 비슷해 보였고, 그가 한때 공산당원이었다는 사실은 의구심을 증폭시키기도 했다. 그러나 이내 박정희의 구상이 확연히 드러나면서, 그 조그마한 파시스트는 자본가들의 우상이요, 희망이 되었다. 반공을 국시로 자본주의 발전을 위해 막대한 외채를 끌어들이기 시작한 박정희 정권은 기업가들에게는 최대 후원자였다. 다른 재벌들과 마찬가지로, 장성태는 해외 융자금의 일부를 정치자금으로 헌납하는 조건으로 엄청난 돈을 받아낼 수 있었고, 그것을 토대로 대영그룹을 세울 수 있었다.

18년 장기집권 끝에 박정희가 부하의 총에 맞아 죽었을 때, 장성태는 눈물까지 흘리며 진심으로 슬퍼하였다. 그는 박정희를 독재자니 친미파, 친일파라 비난하는 사람들에 대해서 결코 그건 오해라고 변명하지 않았다. 그는 한국인은 분열과 파쟁을 좋아하는 민족이라 철두철미한 독재로 질서를 유지해야 한다고 믿었다. 축적된 자본도 기술도 전

무한 한국이 부강해지려면 최대 선진국인 미국과 일본으로부터 자본과 기술을 얻어 와야 한다고 믿었다. 독재자, 친미파, 친일파라는 칭호는 한국의 발전을 위해 온몸을 바치는 사람들이 받아야 할 명예훈장이라고 생각했다. 노동운동에 대한 규제 역시 필수조건이라 보았다. 기술도 토대도 없는 한국이 외국자본의 투자를 끌어들이려면 값싼 임금을 내세울 수밖에 없고, 이를 위해서는 노동운동을 억제할 수밖에 없다고 보았다. 아직까지는 요원하지만, 그렇게 해서 경제가 발전해 여유가 생기면 자연히 민주주의도 오고 노동자들의 복지도 해결되리라고 말하곤 했다.

대영제강은 국가와 경제에 대한 장성태 철학의 모범답안이었다. 대영제강에서 번 돈만으로 대영그룹을 세운 것은 아니었으나 기본토대는 역시 제강이었다. 아무런 제재 없이 노동자들로부터 무한한 노동력을 뽑아내 엄청난 수익을 가져온 것은 물론, 해외자금과 은행융자의 담보로서도 훌륭한 역할을 해주었다. 인간 세상에 전쟁이 멎을 날은 없었다. 대영제강의 제품은 전쟁과 분란이 있는 곳이라면 어디나 쫓아갔다. 길고 긴 휴전선에서부터 포연 자욱한 사막까지, 부잣집 높은 담장으로부터 가난뱅이 빈민촌의 채소밭까지, 그것이 하찮은 것이든 대단한 것이든 지켜야 할 무언가를 가진 사람들이 있는 곳은 어디든지 가주었다. 대영제강의 역사는 장성태의 일생일 뿐만 아니라 한국 자본주의의 역사라 해도 과언이 아니었다. 장성태와 그 집안뿐 아니라 여러 이사와 대주주들, 그리고 대영으로부터 해마다 몇억 대의 정치자금을 상납 받는 정부여당 거물들의 부와 권력, 명예를 지켜주는 든든한 요람이었다.

이러한 대영제강에 노조가 결성되었다는 급보를 받았을 때, 장성태의 머리에 피가 거꾸로 솟구치는 것은 당연했다. 일본인 선생들 아래서 반공교육을 받았고 북한 체제를 몸으로 체험한 장성태는 결코 어리석은 사람이 아니었다. 노조는 지금까지 대영그룹이 이뤄온 모든 업적들을 한방에 무너뜨릴 수 있는 존재라고 생각했다. 그는 노동운동과 공산주의를 구별하지 않았다. 일제 때부터 노동운동은 공산주의자들의 전유물이었다. 노조란 단순한 이권단체처럼 보이지만, 그것이 제대로 힘을 갖고 노동자들을 대변하기 시작하면 불가피하게 자본주의 타도로 치닫기 마련이었다. 만일 해방 직후처럼 좌익세력이 노동운동을 장악한다면 대혼란이 일어나 국가체제를 뿌리째 흔들 것이라고, 그는 믿어 의심치 않았다. 그래서 그는 대영을 세운 그날부터 지금까지 조합의 조자도 꺼낼 수 없게 만들었다. 노조, 아니 노동운동을 분쇄하기 위해서라면 어떠한 희생도 치를 각오가 되어 있었다. 박정희가 죽어 통제권을 상실한 1980년 봄에 일어난 강원도 사북 광부들의 점거농성이나 부산, 인천 등지 철강공장들의 대규모 파업은 그가 보기에 명백한 폭동이었다.

장성태는 집에서는 점잖은 남편이요, 자식들이 아무리 말썽을 피워도 사랑으로 해결하려 노력해 온 좋은 아버지였다. 손자들이 자기 몸을 타고 올라와 짓밟아댈 때가 가장 행복한 그였다. 교회에서는 더없이 훌륭한 장로로서 누구에게나 인격적으로 대해 진심으로 존경을 받았다. 그러나 노동자와의 대면에 있어서는 그 모든 기준이 무시되었다. 노동자에게 잘해주면 건방져져서 기어오르기만 할 뿐이라고, 그는 믿었다.

노 회장 장성태의 등장은 사무실을 발칵 뒤집어 놓았다. 사무직원들은 일손을 놓고 현관으로 몰려나왔고 상무 장상필도 얼굴이 흙빛이 되어 뛰어나왔다. 경호원들이 문을 열기도 전에 기다리던 자들이 너도나도 문을 열려고 달려들었다.

"너희 놈들이 무슨 면목으로 대영의 녹을 먹고 있단 말인가?"

노 회장의 호령에 원탁 앞에 앉은 중역들의 얼굴은 흙빛이 되었다.

"당장 전원 사표를 써! 이 문제를 해결하지 못하는 한,

네놈들은 모조리 사표 수리될 것이야! 알았나? 어떠한 일이 있어도 조합을 때려 부수란 말이다!"

"이미 구청에 손을 써놓았으니 절대 허가는 나지 않을 것입니다. 회장님!"

장상필이 엉거주춤 일어나 말했다. 순간, 노 회장은 탁자를 두드리며 소리쳤다.

"이 놈! 네놈 하나 믿고 내버려 두었다가 이 꼴이 뭐냐? 허가서류가 문제가 아니야! 이번 일에 관계된 놈들은 모조리 몰아내란 말이다! 공산주의에 물든 놈들은 한 놈도 남겨두지 말아!"

공산군 섬멸에 누구보다 용맹했던 백골부대 지휘관 시절의 긍지를 잃지 않고 있는 장성태의 서슬은 넓은 회의실을 전쟁터의 분위기로 만들어 놓았다. 그는 갑자기 공격의 화살을 돌렸다.

"지난번에 일당을 일 할이나 올려주자고 한 놈이 누군가? 그 따위 정책을 쓴 놈이 누군가 말이다? 당장 취소해버리고 노동조합 때문이라고 교육해! 또, 녀석들의 배후를 조사해봐! 분명히 배후가 있을 것이야! 이십사 시간 녀석들을 미행하고 감시해서 이번 기회에 아예 뿌리를 뽑으라 이 말이다. 돈은 얼마가 들어도 좋아! 대영그룹이 그렇게 만만한 곳이 아니란 걸 철저히 실감나게 해주라 이 말이다.

조합이 기승을 부리면 대영제강은 그날로 끝이야! 바로 네 놈들의 모가지와 함께 말이다. 알았나?"

회장의 분기는 한참이 지나도록 가라앉지 않았다. 중역들은 파랑이 가라앉도록 한동안을 숨소리도 내지 못했다. 감히 무거운 침묵을 깰 수 있는 것은 노 회장 자신밖에 없었다. 장성태는 스스로 노기를 억눌러 참으며 한참 후에야 다시 입을 열었다. 한결 정신이 돌아왔으나 음성에는 여전히 노여움이 파르르 떨려 나오고 있었다.

"김 사장! 구사대는 어찌 된 건가?"

영업부분에서만 사장일 뿐 인사권 등 회사운영의 실권은 모두 장상필에게 빼앗기고 있는 껑충한 키의 메마른 사장이 엉거주춤 일어섰다. 대영제강의 창업공신으로서 꼬박 30년간 제강만 지켜온 그의 안색은 창백히 얼어붙어 있었다.

"저… 말씀입니다, 그것이……."

"뭔가?"

장성태는 갑갑한 말투에 성을 버럭 냈다. 대영그룹의 대들보로 환갑이 넘은 나이지만 주인인 장성태에게는 여전히 대학을 갓 졸업하고 입사원서를 내러 온 젊은이였다. 평생을 장성태에게 충성을 바쳐온 사장은 잔뜩 긴장이 되어 더듬거렸다.

"그것이… 반장과 조장들로 구성했는데 해고된 노무원들이 워낙 교묘하게 설득하는 바람에 거의 힘을 쓰지 못하고 있습니다. 구사대 내에도 반발이 있는 상태라서……."

"뭐라고?"

장성태의 얼굴이 일그러졌다. 재빨리 장상필이 일어섰다.

"회장님 사실입니다. 조, 반장들뿐 아니라 사무실의 말단 직원들까지 동요하는 실정입니다. 아무리 강력히 막으라고 지시해도 형식적으로 적당히 운신하려 합니다. 따라서 제 생각에는 외부에서 인력을 보충해야 할 것 같습니다. 동원할 조직들은 물색해 두었습니다."

"외부?"

장성태는 호기심어린 시선으로 조카를 보며 말을 이었다.

"좋아! 자세한 내용은 보고하지 않아도 좋아. 돈이 얼마가 들든 그놈의 간나새끼들 다리 몽둥이를 분질러 버리도록! 알았나?"

"예, 제가 알아서 하겠습니다."

장상필은 겨우 한숨을 돌렸다. 사실 외부인을 동원하자는 생각은 장상필의 머리에서 나온 것은 아니었다. 이 지역을 담당한 정보과 형사가 다른 회사의 사례를 들어 귀뜸해

주었다. 경찰로서는 합법적인 노조활동을 일일이 규제하기가 어렵고 인력도 부족하니 지역의 건달들이나 직업소개소에 찾아온 젊고 건강한 인부들을 경비원으로 고용해 대응하라는 조언이었다.

관리부장도 일어나 한마디 했다.

"제 생각에는 이번 기회에 노조결성이란 말이 다시는 안 나오도록 하는 것도 좋을 것 같습니다."

장상필은 관리부장이 자신을 통하지 않고 직접 회장에게 보고를 하려는 데 당황해 슬쩍 쏘아보았으나 장성태는 개의치 않았다.

"무언가? 무슨 말인지 해보아!"

관리부장은 아부의 기회를 잡았다는 듯 신이 나서 말했다.

"예! 지난번에 장 상무님께도 보고 드렸던 내용인데, 노조가 없는 이상 노조를 만들려는 시도는 끊임없이 계속될 것입니다. 이번에 구청에 손을 써서 막더라도 또 다시 시도할 게 분명합니다. 따라서 더 이상 불순분자들이 노조를 만들지 못하도록, 아예 회사에서 노조를 만들어 장악해 버리자는 겁니다. 조합원이 사십 명 이상이면 노조의 요건이 되니까 우리 편 조장들과 반장들로 사십 명을 만들어 더 이상 가입을 받지도 않고, 활동도 하지 않으면 됩니다. 이른바 유령노조 작전입니다."

장상필은 인상을 찌푸리며 제지했다.

"관리부장! 그건 내가 지난번에 회장님께 보고 드렸다고 말하지 않았습니까? 회장님께서 불허했다고 설명까지 했을 텐데요?"

노조의 노자도 가까이 하지 않으려는 것이 회장의 고집인데 회장 스스로 노조를 만들도록 하자니 이번에도 불호령이 떨어지려니 했다. 그런데 뜻밖에도 장성태는 묵묵히 고개를 끄덕이며 듣고 있다가 재촉했다.

"계속해 봐. 자세히 말해 봐."

관리부장은 유령노조 계획에 대해 자세히 설명하기 시작했다. 회장의 생각은 무엇인가? 장상필은 궁금하기 그지없었다. 설명을 다 듣고 난 노 회장은 잠시 침묵에 빠졌다. 장상필이 얼른 나섰다.

"호랑이를 잡으려고 늑대를 키우는 격입니다. 노무원들은 어떤 형태로건 모아 놓으면 문제가 될 것입니다. 이 계획은 성공할 수 없습니다."

순간, 장성태가 버럭 고함을 질렀다.

"닥쳐! 이렇게 된 건 모두 장 상무 책임이야! 무슨 할 말이 이리 많아? 내가 항상 말하지 않던가? 우리는 전쟁을 하고 있는 중이라고! 승리를 위해서는 무슨 짓이라도 다 할 수 있는 것이야! 필요하다면 쓸개라도 빼 주어야 하는 것이다! 경제는 전쟁이요 기업은 군대야! 야간기습이든 매복이든 수단방법을 가리지 말고 일단 이기고 보는 거야! 알았나? 누구누구에게 노조를 시킬 건지 이름까지 정확히 계획을 짜서 올려봐!"

장상필은 입을 꾹 다물고 고개를 숙였다. 중역회의는 밤 늦게까지 계속되었다. 낮에 조합에 가입한 노동자들은 야간출근을 하면서 사무실 본관 전체에 불이 환히 밝혀진 것을 발견할 수 있었다. 회장의 부와 권력을 상징하는 검은 승용차와 검은 양복의 경호원들이 어스름한 황색 불빛 아래 불길한 느낌을 주고 있었다.

장성태의 말대로, 전투는 시작되었다. 금세기 최대의 전쟁인 계급투쟁의 한 전투가 여기에서 시작되고 있었다. 대영의 전투는 그 거대한 전쟁의 극히 일부분이었고 노동계급의 전력은 대기업과 자본주의정권이라는 거대한 적을 상대하기에는 너무나 미미하였다. 따라서 대영의 전투는 전면전이라기보다는 하나의 유격전이라 부를 만한 것이었다. 유격전에 참가한 병사들에게는 정규전보다 훨씬 혹독한 고난이 가해질 것이었다. 인간 개개인의 의지를 떠나 사회를 지배하고 있는, 피도 눈물도 없는 자본주의의 가혹함이 기다리고 있었다.

18

처음 3일 동안은 아무 일도 일어나지 않았다. 회사는 믿을 수 없을 정도로 조용했다. 우려되었던 해고는 물론, 조합간부에 대한 어떤 협박이나 위해도 들어오지 않았다. 다만 첫날 위원장 김동연에 대해서만 상견례 격으로 상무 면담이 있었는데 장상필은 그 자리에서 돈을 줄 테니 노조를 와해시키라는 회유를 보내오기도 했으나 그의 강고한 의지만을 확인하고 돌려보냈을 뿐이었다. 제강과장은 그에게 한 번 살려 주었더니 배신했다고 욕을 퍼붓고 두들겨 패기라도 할 듯 소동을 피웠으나 이 역시 말에 그쳤다.

우스꽝스러운 일은 있었다. 김동연이 첫날밤 워낙 잠을 못 자서 피곤을 못 이기고 야식시간에 현장 구석에서 그만 잠이 들어버렸는데 성급한 조합원들이 그가 납치된 줄로만 알고 위원장 내놓으라고 한바탕 소란을 피운 것이었다. 당황한 조, 반장들이 김동연을 찾아내 곤히 자고 있는 그를 깨워 조합원들에게 가보라고 사정을 해야 했다. 김동연이 사람들이 모여 있다는 철조망과에 갔을 때는 이날 밤으로 조합에 가입한 이들까지 50여명이 모여앉아 위원장 석방하라는 구호를 외치고 있었다. 놀라운 단결력이었다.

그밖에는 아무 일도 일어나지 않았다. 며칠 사이에 조합 가입원서는 3백 장이나 들어왔다. 조합의 핵심간부들은 서동석의 방에서 집단합숙하면서 이를 점검하는 한편으로 시간이 나는 대로 홍기로부터 역사와 정치에 대해 교육받았다. 비록 긴장은 되었으나 모처럼 활기차고 기쁜 날들이었다. 본부가 되어버린 서동석의 자취방은 사람들이 하루에도 수십 명씩 드나들었고 비록 라면이나마 식사시간이면 십여 명씩 머리를 맞대고 앉아 법석댔다.

노조를 결성하고 꼭 4일째 되는 날인 금요일, 사건은 시작되었다. 노조설립 신고필증이 나와야 하는 날이었다. 법률상, 노조는 결성했다고 신고만 하면 되도록 되어 있으나 신고를 받았다는 필증이 없으면 결성 자체가 무효화되는 사실상의 허가제나 마찬가지였다. 야근을 마친 조합간부들과 해고자 십여 명은 아침 일찍 구청으로 찾아갔다.

"여러분이 제출한 서류는 접수를 받을 수 없습니다. 대영제강은 사업장이 두 개 시도에 있기 때문에 구청이 아니라 노동부에 서류를 접수시켜야 합니다."

담당직원은 노동자들의 기대에 찬 눈빛을 외면한 채 사무적으로 말했다. 대영제강은 인천에 기계부품을 고치는 철공소를 가지고 있었다. 부지는 꽤 넓었으나 노동자는 겨우 30명으로, 형식상 공장일 뿐 땅 투기를 위해 사놓은 곳에 불과했다. 노동자들도 그곳을 알고는 있었으나 공장이 워낙 형식적이고 조합가입자도 없었으므로 무시해 버렸던 것이다. 즉각 구청직원에게 따지고 들었다.

"아니, 그렇다면 진작 알려 주어야 할 것 아뇨? 서류에 우리 쪽 연락처가 있잖소?"

"인천은 공장도 아니고 땅 투기하러 사놓은 곳인데 무슨 상관이란 말이요?"

노동자들은 너도나도 한마디씩 하며 항의했으나 결정적으로 분노한 것은 아니었다. 늦기는 했으나 노동부로 가서 다시 신고하면 그만이었다. 그런데 구청직원이 동정이라도 하는 투로 던진 말은 사람들을 공황 상태에 빠뜨렸다.

"가 봐도 소용없을 겁니다. 노동부에는 이미 다른 노조가 접수되어 있을 겁니다. 이 서류는 이제 접수가 안 돼요."

노동자들의 얼굴이 일순간에 멍하니 변했다. 김동연은 귓속이 뻥하니 어지러움을 느끼며 되물었다.

"예? 뭐라구요? 다시 정확히 말해 봐요."

직원은 불쌍하다는 듯이 바라보며 말하는 것이었다.

"어제 날짜로 대영제강 근로자들이 새로 노조를 결성해서 노동부에 신고를 했다고요. 이제 여러분들은 접수가 되질 않아요."

믿을 수가 없었다. 김동연은 맥이 풀려 주저앉을 듯했다. 부위원장으로 등록했던 손영원 역시 난감한 얼굴로 천장을 올려다보며 한숨을 쉬었다. 김진영과 정기준은 분노에 치를 떨며 소리 질렀다.

"이건 짜고 한 거야! 그런 줄 다 알면서도 우리에게 알려주지도 않았잖아!"

"구청장 나오라 그래! 상놈의 새끼들 돈을 얼마나 받아 처먹고 사기 치는 거야? 나와! 나오라 그래!"

노동자들은 이성을 잃었지만 구청직원들은 몇 해 전부터 수도 없이 겪어온 일이라는 듯이 대수롭지 않은 표정으로 상대도 않으려 했다. 최보선이 고함쳤다.

"여러분! 구청장실로 올라갑시다! 이건 분명히 흑막이 있어요!"

"맞다, 박살내 버리자!"

노동자들은 일제히 계단으로 몰려갔다. 구청장실에는 들어가지 못하고 2층의 민원인 대기실에서 구청장 면담을 요구하며 대기하고 있으려니 뒤늦게 전화연락을 받고 십여 명의 노동자가 합류해 모두 스무 명이 넘었다. 처음에는 구청장 면담을 기다리는 것으로 시작했으나 구청장이 나타나지 않으면서 자연히 농성이 되었다.

계획에 없던 일이라 머리띠도, 플래카드도 없이 간간이 노래만 불렀다. 몇몇 신문사와 방송국에 전화를 했지만 기자라고는 나타나지 않았다. 구청 측도 어설프게 보았는지 공권력 투입을 요청하지 않고 추이를 살피는 기색이었다.

노동자들의 요구는 구청장의 해명과 노동부에 접수된 회사노조 서류의 반환이었다. 그러나 당사자인 구청장과 회사 측에서는 오전이 다가도록 한 명도 나타나지 않았다. 야근으로 피로에 지친 노동자들이 맨바닥에서 잠을 자기 시작하여 농성은 더욱 산만했다. 점심시간이 되자 구청 측은 중간 관리들을 내려 보내 설득하려 들었다. 그러나 흥분한 노동자들을 자극하는 데 불과했다. 시비가 붙었다.

"누가 당신들 같은 졸따구들 보자고 했어? 구청장 나오라 그래!"

관리는 모욕감으로 얼굴이 붉어지면서도 맞서 욕은 못하고 쩔쩔맸다.

"이봐! 젊은이! 고운 말 좀 쓰자고. 구청장님은 봐서 뭘 어쩌겠다는 겐가? 우리 같은 공무원이 무슨 힘이 있어? 법에 나온 대로 반려한 것뿐인데 어쩌란 말인가?"

김진영이 맹렬히 퍼부어댔다.

"개 같은 소리 하네! 이런 일이 우리뿐이야? 접수하는 노조마다 온갖 트집 잡아 무산시킨 게 어디 이번뿐이냐고? 당신들도 대학 나오고 배운 사람들이면 양심이 있어봐. 대체 누가 시킨 거야? 회사에서 얼마나 돈을 갖다 주던가? 아니면 경찰이 시켰어? 아님 안기부야?"

손영원도 거들었다.

"인간은 생각하는 동물이라 했어. 당신네들은 양심선언도 할 줄 몰라?"

최보선은 격한 감정을 억누르지 못하고 외쳤다.

"개새끼들! 이 잘난 구청에 불나면 내가 방화한 줄 알아!"

정말 불이라도 싸지르려는 투였다. 그때 창 쪽에 서 있던 서동석이 손짓을 했다.

"이리들 와 봐요. 손님들이 왔어요."

넓은 구청 마당으로 백 명도 넘을 여자들이 밀려들어오고 있었다. 모두가 젊은 여성들이었는데 입구로 들어오는 동안에 일시적으로 산만해지기는 했으나 분명 질서 있는 대열이었다. 바닥에 누워 잠자던 이들까지 깨어나 창틀로 모여들었다. 여자들은 마당 가운데 모여섰다.

"어디 사람들이야? 우리처럼 데모하러 왔나?"

"플래카드도 들고 있는데?"

여성들의 대다수는 공장 작업복을 입고 있었다. 대영노동자들은 잔뜩 호기심에 부풀어 도대체 여자들이 무얼 하려는가 내려다보았다. 대열을 형성한 여공들이 질서 있게 손을 치켜 올리며 외치는 소리가 들려왔다. 하나하나의 목소리는 가냘팠으나 전체의 목소리는 넓은 마당을 가득 채우고도 남음이 있었다.

"대영제강 민주노조 인정하라!"

"노동자를 우롱하는 구로구청 각성하라!"

창가의 노동자들은 비로소 무슨 일인가 알아챘다.

"우리를 지원하러 온 사람들이에요!"

"오성모방 조합원들이야!"

대영노동자들은 창문을 활짝 열어젖히고 아래를 향해 소리치며 손을 흔들었다. 민원 보러 왔던 주민들과 구청 바로 옆에 붙은 경찰서의 전경들이 호기심으로 구경 나오기 시작했다. 오성모방 노조위원장의 선창 아래, 아래층과 위층의 남녀노동자들은 일제히 공동구호를 시작했다.

"민주노조 압살하는 군부독재 타도하자!"

"노동삼권 쟁취하여 인간답게 살아보자!"

목이 터져라 구호를 외치던 김진영은 큰 눈을 휘둥그레 떴다. 여성노동자들 앞에 서서 구호를 이끄는 이영주의 모습이 눈에 들어왔기 때문이었다. 그녀는 구호를 외치면서도 자꾸 뒤돌아 위층을 바라보았다. 김진영은 떨어질 듯 창문으로 몸을 내밀고 박자를 맞춰 구호를 외쳤다.

오성모방 조합대표들이 올라왔다. 이영주를 제외하고는 하나같이 작고 가냘픈 체구였는데 위원장은 보기 드문 미인이기도 하였다. 그녀들은 그러나 보기와는 달랐다. 남자들이 악수를 청하기도 전에 먼저 악수를 해오며 오래 전부터 알았던 사이인 양 스스럼없는 격려를 하는 것이었다. 특히 위원장은 대단한 달변이었다. 한마디, 한 단어도 조리에 어긋나거나 틀리지 않고, 한 순간의 머뭇거림도 없이 정확하게 연설을 하는데 모두들 넋이 나가 듣고 있었다. 오성노조 위원장이 노동자는 모두 하나라는 내용의 연설을 하는 동안, 김진영은 이영주의 손을 놓아주지 않은 채 말했다.

"어떻게 된 거야? 전화 한 통화에 이렇게 빨리 조직했어?"

"제가 그랬잖아요? 필요하면 언제든지 도와주겠다고요. 마침 점심시간에 식당에서 위원장 언니가 연설을 하니까 이렇게 백 명이나 따라나섰어요."

이영주의 얼굴에는 기쁨의 홍조가 가득했다.

"정말 고마워."

"고맙긴요? 나한테는 고마울 것 하나도 없어요. 노동자는 하나예요. 서로 돕는 건 당연한 거죠. 그런데 우리는 금방 들어가 봐야 돼요. 점심시간을 넘기면 트집 잡히니까요. 이따가 저녁까지 농성하게 되면 다시 연락해요. 우리가 다시 와 줄게요."

오성모방 조합원들은 20여 분간 구청 앞마당에서 구호와 노래를 외치고 돌아갔다. 대영노동자들의 기세는 한결 높아졌다. 오성 조합원들이 다녀간 후로는 잠자는 사람도 없이 힘차게 노래와 구호를 계속했다.

결성식을 하던 날 만났던 한국노총 간부들이 나타난 것은 다시 두 시간쯤 지나서였다. 노동자들이 부르지도 않았는데 나타난 그들은 새로운 소식을 전달했다.

"여러분들이 농성을 하고 있다는 소식을 듣고 우리가 긴급히 대영제강을 찾아가 여러분의 뜻을 회사에 충분히 전달했습니다. 회사에서는 노조일은 근로자들끼리 알아서 할 문제이지만 기존노조와 신규노조의 합병을 위해 노력해 보겠다고 답변해 왔습니다. 그러니까……."

"잠깐!"

최보선이 버럭 고함을 질러 말을 막았다.

"당신네들이 어용노조의 인준증을 내줘놓고 이제 와서 무슨 중재를 한다는 거야?"

한국노총 간부는 손을 내저었다.

"알다시피 우리는 인준증을 내주지 않습니다. 금속노련

에서 내막을 잘 모르고 내준 모양인데……."

김진영이 흥분해서 소리쳤다.

"모르긴 뭘 몰라? 우리가 금속노련 찾아가 인준증 받은 게 겨우 사흘 전인데 그걸 잊어버리고 또 인준증을 써주었다는 게 말이 돼요? 노총이나 연맹이나 다 한통속인데 모른 척하지 말아요."

"정말 모르는 일이라니까 그러네? 아무튼 일단 회사 측 노조와 여러분들과 합병을 하도록 타협을 보았으니까 여러분은 이제 농성을 풀고……."

노총 간부의 설득은 통하지 않았다. 몇 사람이 삿대질을 하며 항의했다.

"우리하곤 이야기도 안 해보고 당신들끼리 타협을 하다니 말이 돼?"

"도대체 회사에서 얼마나 받아먹은 거야, 당신들!"

도대체 어디서부터 어디까지가 한통속일까? 대영제강의 뇌물 로비가 도대체 어디까지 실핏줄처럼 퍼져 있을까? 김동연은 난감한 기분으로 앉아만 있었다. 일부 한국노총 간부들이 분규가 일어난 사업장에 개입해 회사 측에 유리하게 일을 풀어주는 대가로 돈을 받아먹는다는 홍기의 이야기가 아니더라도, 돌연히 나타나 유령노조와 민주노조를 통합하라고 제안하는 한국노총 간부들을 믿을 수는 없었다.

노총 간부들은 어떻게든 노동자들을 설득하려 들었다. 다른 사람이 말했다.

"여기는 관공서입니다. 계속 이러다간 무슨 일이 일어날지 몰라요. 그랬다가는 여러분들의 뜻을 펴기는커녕 완전히 붕괴되고 말아요. 일단 회사로 돌아가 다른 조합원들과 함께 생각들 해봐요. 과도한 투쟁은 여러분을 일반 조합원들로부터 멀어지게 할 뿐입니다. 인내와 타협정신이 없으면 노조는 못합니다. 진심으로 여러분을 위해 하는 말입니다. 아시겠어요?"

경멸의 눈초리로 쏘아보고 있던 정기준이 불쑥 앞으로 튀어나갔다. 그는 노총간부들의 가슴을 양손으로 밀어내며 말했다.

"나가! 당신들 같은 사람 필요 없어! 당신네들이나 타협 많이 하고 잘 살라고! 우리는 죽을 때 죽어도 당신네들처럼 비굴하게 살지는 않아! 꺼져! 더 이상 우릴 기만하지 말고 사라지란 말이야!"

처음에는 그저 위협적이던 그의 목소리가 마지막에는 고함으로 변했다. 노총간부들은 뒤로 두어 발짝 밀리더니 분노로 얼굴이 일그러져 고함지르는 것이었다.

"맘대로 해! 당신들이 무슨 꼴을 당하든 상관 않겠어! 다시는 우리 도움 바라지 말아!"

문을 밀치고 나가버리는 그들을 향해 노동자들이 야유를 보냈다.

"병신자식들! 누가 지들보고 도와달라고 그랬나?"

협상은 거부되었다. 그러나 막상 시간이 흐르면서 생각해 보니 구청에 머물러 있는 것이 큰 도움은 안 될 것 같았다. 우선 주력이 현장노동자들과 떨어져 있으니 그 사이 회사 측이 어떤 설득 공작을 펼지 알 수 없었다. 구청의 근무시간이 끝난 후에는 명백히 점거가 되기 때문에 경찰이 마음대로 습격할 수 있는데, 방어할 역량은 없었다. 주력이 체포되어 일부라도 구속되거나 구류를 살게 되면 현장 활동은 자연히 중지되고 와해되고 말 것이었다. 최보선 등 일부를 빼고는 나머지 사람들의 생각은 비슷했다.

구청 맞은편 다방에서 전화로 지휘를 하던 홍기의 의견도 마찬가지였다. 우선 내부에서 충분히 토론을 한 뒤, 구청 공중전화를 이용해 다방으로 전화를 하고 온 정기준이 외쳤다.

"현장으로 돌아갑시다! 우리 투쟁의 중심은 항상 현장입니다. 현장을 잃으면 모든 것을 잃게 됩니다. 현장으로 돌아갑시다, 현장으로!"

"현장으로! 현장으로!"

돌아가기로 결정을 본 노동자들은 구청으로 찾아온 노무

과장과 협상했는데, 노무과장은 회사노조와 민주노조를 합병하는 일을 도와주겠다고 제안했다. 노조문제에 대해 이래라 저래라 할 수는 없다는 것이 회사의 공식적인 명분이었다. 빤한 거짓말이었다. 아무튼, 아무리 어용노조라 해도 회사에게 노조를 좌지우지할 권한을 위임할 수는 없는 일이었다. 농성노동자들은 오후 늦게 구청을 나섰다.

19

다음날 새벽 5시 정각!

밤새 우렁찬 기계소리로 가득 차 있던 대영제강에 이상한 일이 일어났다. 교대시간은 아직 세 시간이나 남았는데, 기계들이 일제히 멈추기 시작한 것이다. 무서운 바람을 일으키며 맹렬히 돌아가던 스트란다들이 갑자기 힘을 잃고 웅웅대더니 기어이 맥없이 몇 바퀴 돌다가 멈춰 서고 말았다. 자그락자그락 바닷가 게 떼 같은 소리를 내며 돌아가던 철조망 조립기들도 소리 없이 멈춰 섰다. 육중한 지게차들도 괴물 같은 헤드라이트를 꺼버리고 어두운 구석에 처박혀 버렸다. 부글부글 밤새 거품을 일으키던 화학반의 긴 화학약품 통에서도 더 이상 거품은 오르지 않고 파리한 용액이 겨울호수처럼 잔잔해졌다.

파업은 아니었다. 잔업거부 준법투쟁이었다. 12시간 맞교대이기 때문에 식사시간을 제외하면 매일 3시간을 자동으로 잔업해 왔는데 이를 거부한 것이었다. 구청에서 철수해 한숨도 못 잔 채 출근한 이들의 선동이 완전히 성공한 것이었다.

늦봄의 이른 해가 동쪽 하늘에 파리한 여명을 뿌리고, 죽음처럼 검은 어둠에 잠겨 있던 공장의 딱딱하고 높다란 벽에서 아주 조금씩 어둠을 거둬들여 가기 시작하는 그 시각, 조용한 건물들에서 검은 그림자들이 하나둘씩 나오기 시작했다. 미명이 그들의 기름때로 얼룩진 얼굴을 엷게 비추어 주었다. 굳게 다물어진 입과 분노에 이글거리는 눈이 드러났다. 다부지게 쥐어진 손 마디마디에는 억센 힘이 분출하고 있었다. 검은 그림자들은 본관 앞마당으로 꾸역꾸역 몰려들기 시작했다. 젊은 노동자 하나가 본관 계단 앞에서 맹렬히 연설하기 시작했다. 최보선이었다.

"동료 여러분! 저 깜깜한 밤하늘도 우리의 고충을 알껍니다! 산천초목도 우리 설움을 알껍니다! 우리의 피땀은 다 어디 갔습니까? 우리는 살기 위해 일하지 일하기 위해 사는 것이 아니잖습니까? 그런데! 그 대가는 다 어디 가고 우리한텐 메마른 몸뚱아리만 남았단 말입니까? 여러분! 기필코 노조를 쟁취해야 합니다. 기필코 민주노조를 쟁취해서 돈으로 배가 터질 지경인 저 장성태 회장의 살찐 돼지기름을 쥐어짜서 골고루 나눠 먹읍시다!"

"옳소!"

우렁찬 박수소리가 터져 나왔다. 일반 노동자의 심정을 잘 알고 있는 최보선은 유령노조니 어용노조, 또는 민주노조라는 말 대신에 새로운 명칭을 즉석에서 만들어 냈다. 그는 힘차게 외쳤다.

"여러분! 다 같이 외쳐 봅시다! 회사노조 물리치고 우리노조 쟁취하자!"

노동자들은 어설프지만 기운차게 따라 외쳤다.

"회사노조 물리치고 우리노조 쟁취하자!"

언제나 자장가처럼 잠을 유혹하던 황색 가스등 불빛마저도 희망으로 타오르는 것만 같았다. 마당 가운데에 질서 있게 모여 앉은 사람은 백여 명 정도였고 나머지는 주변이나 멀찌감치 어둠에 숨어 구경만 하고 있었으나 모두의 마음은 하나인 것만 같았다.

최보선이 감동적인 연설을 마치고 내려오자 이번에는 평소 적극적이지 않던 나이든 노동자 한 사람이 현관으로 뛰어 올랐다. 철조망과의 가장 고참에 속하는 장년의 노동자였다.

"나는 남들은 한 달도 못 버티고 나가는 이놈의 대영에서 꼬박 십이 년을 썩은 사람이여. 철조망이라면 눈을 감고도 만들 수 있제. 근데, 어떻게 된 놈의 것이 이놈의 회사는 기술자는 필요 없다는 거여. 나 같은 기술자는 필요 없고 아부 잘하는 놈들만 필요하다 이거여. 성실하고 좋은 기술 가진 놈은 허구헌날 밑바닥이고 아첨 잘하는 것들은 조장 이다. 반장이다 쭉쭉 출세를 허니, 이래서 쓰것어? 이래서 쓰것는가 말이여? 내가 무슨 조장 시켜달라고 이런 소릴 하는 것이 아니여. 그저께 새로 조합을 만들었다는 놈들이 바로 그런 놈들이니까 하는 말인 거여! 내 누구라고 이름은 말하지 않겠지만, 조장 반장에 고자질쟁이들이 노조를 한 답시고 나섰으니 이 어찌된 영문인가 이 말이여."

장년 노동자의 말은 열띤 박수를 받았다. 분위기는 자발 적으로 들떠 일어나고 있었다. 지금까지는 별로 적극적이 지 않던 노동자들이 더욱 열성적이었다. 너나없이 나와서 한마디씩 하여 노동자들을 고무시키기도 하고 웃겨주기도 했다. 때로는 잘난 척하기 좋아하는 노동자가 나서서 말도 안 되는 소리를 떠들다가 야유를 받고 쫓겨 들어가기도 했 다. 김동연도 올라가 노조위원장으로서 회사노조의 부당성 을 규탄하고 앞으로 민주노조의 신고필증이 나올 때까지 매일 잔업을 거부할 것을 선언했다.

날이 어느 정도 밝을 때부터 스크럼행진이 시작되었다. 회사에서 일찍 목욕탕을 열어 상당수가 집에 돌아갔으나 여전히 많은 사람이 시위대열에 끼어들거나 주위에 남아 박수로 지지를 보내왔다. 조, 반장들이 돌아다니며 구경하는 노동자들을 집에 보내려 애썼으나 오히려 일부는 이에 반발해 시위행렬에 합류하기도 하였다.

행진은 날이 완전히 밝도록 계속되었다. 서로서로 어깨를 맞대고 팔짱을 굳게 잡은 노동자들의 대열은 대영제강 구석구석 휩쓸고 다녔다. 일부 일을 하고 있던 공무과 기술자들마저도 그 위세에 눌려 일손을 멈추지 않을 수 없었다. 노동자들의 굵고 거친 구호소리가 아침의 공장지대에 신선하게 울려 퍼졌다.

행진은 B조 노동자들이 출근할 때까지 계속되었다. B조에게도 잔업거부 소식을 알리기 위함이었다. B조 노동자들은 어리둥절했으나 곧 말을 알아듣고 많은 사람이 격려를 보내왔다. B조가 작업에 들어가고 나서도 공장 마당에는 80여 명의 노동자가 남아 있었다. 이제는 모두들 지쳐 따가운 햇살 앞에 맥을 쓰지 못했다. 그러나 힘 빠져 주저앉은 얼굴들에는 흡족한 만족감이 배어 있었다. 지도부가 한쪽에서 회의를 하는 동안 노동자들은 담배를 나눠 피우며 서로 흥겨운 농담을 나누기도 하고 서로 등을 맞대고 앉아 피곤에 겨운 몸을 잠시 쉬기도 하였다.

"아니, 곽 씨가 웬일이유? 이런 델 다 끼게?"

최보선은 사람들 틈에 앉아서 개구리 같은 눈알을 굴리

고 있는 곽 씨를 발견하고 농담을 걸었다. 처음에 이상섭과 함께 공부를 시작했지만 두어 번 나온 이후로는 얼씬도 않던 그가 농성에 끝까지 참여하니 반갑기도 하고 신기하기도 했다. 곽 씨는 수다꾼답게 떠벌여댔다.

"와? 내가 끼면 안 돼나? 나야 의리에 살고 의리에 죽는 놈 아니나?"

최보선은 픽 웃었다.

"그놈의 의리가 다 죽어 버렸던가 보네요. 어쨌든 반가워요. 잘 나왔어요."

최보선은 수다스럽고 경박스러운 그를 별로 좋아하지는 않았으나 회사 편이라고는 생각하지 않았다. 곽 씨가 함께하는 동안 회사에 비밀이 새나가서 문제가 된 적도 없었다. 진심으로 악수를 청했다.

잠시 휴식 후에 지도부로부터 은밀한 지시가 퍼져나갔다. 관리직들이 지켜보고 있었기 때문이었다. 전갈은 나직한 음성을 타고 귀에서 귀로 은밀히 전해졌다. 사람들이 고개를 끄덕이며 일어서기 시작했다.

아침 9시. 난곡동과 신대방동 사이를 관통하는 남부순환도로 변의 한 작은 건물 앞에 초췌한 차림의 노동자들이 하나둘씩 모여들기 시작했다. 현장에서 제각기 빠져나온 대영노동자들이었다. 모두 40명 정도였다.

'전국금속노동조합연맹'

노동자들은 잠을 못자 시뻘겋게 충혈된 눈을 찡그리며 청동빛 명패를 확인하고 주저 없이 건물 안으로 들어갔다. 한국노총 건물과 마찬가지로 1층을 소비조합으로 쓰고 있을 뿐, 드나드는 사람이 많지 않은 한가한 건물이었다.

"다 달아나고 아무도 없어요!"

사무실에서 노동자들을 기다리고 있던 것은 연맹간부들이 아니라 해고자들이었다. 현장에 들어갈 수 없어 공장 문 밖에서 잔업거부 시위를 지켜보다가 먼저 이동해온 것이었다. 연맹간부 중에 책임자들은 사라져 버렸거나 미리 알고 출근을 하지 않았다. 여직원과 사무직원 둘뿐이었다.

"연맹 위원장이 인준증 문제를 해명할 때까지 농성에 들어갑시다!"

김동연이 선언했다. 노동자들은 책상을 밀어붙이고 사무직원들을 내쫓아 버렸다. 밤새 해고자들이 준비한 물품들을 풀어놓았다. 사방 벽과 창문에 노조인정, 금속연맹 사죄 등의 구호가 적힌 종이들이 나붙었다.

빠질 사람은 다 빠지고 끝까지 따라온 40명은 열성적인 노동자들이었다. 경찰의 난입에 대비해 출입문과 창문을 지킬 경비조가 조직되고 나머지는 바닥에 주저앉았다. 노래지도는 최보선이 했다. 먼저 '늙은 군인의 노래'에 가사를 바꿔 붙인 '늙은 노동자의 노래'가 불려졌다. 구슬픈 곡조와 가사는 나이든 노동자들을 눈물짓게 만들었다. 손영원 같은 이는 잘 따라 부르지도 못하면서 굵은 눈물을 뚝뚝 흘렸다.

사방 유리에 붙은 붉고 파란 원색의 글씨들과 바닥에 깔린 신문지, 그리고 한쪽에서 머리띠를 만드느라 풍기는 매직 냄새, 그 모든 것들이 노동자들의 가슴을 비장하게 적셔오는 듯했다.

"여기는 금속계통 노동자들의 본부인 곳입니다."

정기준이 입을 열었다.

"그런데 과연 어떤 사람들이 여기서 일하는지 아십니까? 벌써 삼 년 전인가, 구로공단 협진양행 등에서 해고당한 여성노동자들이 우리처럼 억울한 경우를 당해 이곳에서 농성한 일이 있는데 그때 노동자들이 이 서랍에서 무얼 발견했는지 아십니까?"

그는 책상 하나를 탕탕 두드려 보였다.

"값비싼 양주와 양담배, 그리고 서양여자들의 나체사진들이었다고 합니다."

어이없어 하는 웃음들이 나왔다.

"믿어지지 않겠지만 사실입니다. 이제는 그런 건 숨겼는지 보이지 않지만 하는 짓은 옛날이나 지금이나 하나도 다를 바가 없으니 얼마나 한심한 노릇입니까? 저 교활한 기업주들은 노조간부들을 돈으로 매수해서 노동귀족으로 만드는 데 전문가들입니다. 임금인상 때가 되면 노조간부 몇 명에게 돈을 주고 적당선에서 타협 보도록 합니다. 예를 들면 노동자가 한 사람당 한 달에 만 원 올린다면 노동자가 천 명이면 일억이천만 원을 올리게 되지요? 그러면 회사에서는 임금인상 안 하는 조건으로 노조집행부에 돈 천만 원쯤 집어주는 겁니다. 그런 식으로……."

한참 설명을 할 때였다. 창가를 지키던 노동자가 외쳤다.

"경찰이다! 나와 봐요!"

도로와 건물 사이 작은 주차장에 국방색 전투복 차림의 전경들이 몰려들고 있었다. 수십 명은 되었다. 전경들 뒤에는 청바지 차림의 백골단도 한 소대가 보였다. 군홧발 소리와 방패 부딪치는 소리가 공포를 조성했다. 창가에 모여드는 노동자들의 얼굴에 두려움이 일기 시작했다.

"개자식들! 어쩌자는 거야!"

한 사람이 내뱉았으나 떨리는 목소리였다. 정기준이 다급히 책상 하나를 입구 문으로 밀어붙이며 외쳤다.

"문을 막아요! 바리케이트를 쳐야 해!"

출입문과 비상구 앞에 책상과 집기들을 쌓아올리느라 한바탕 소동이 일어났다. 그동안 경찰은 대오를 정비하고 군복 차림의 지휘자가 마이크를 들었다. 차가운 금속성 소리가 기분 나쁘게 울려 왔다.

"여러분은 현재 불법점거를 하고 있습니다. 즉각 해산하십시오! 즉각 해산하지 않으면 전원 연행하여 법적으로 처리하겠습니다."

삥 하는 전기 잡음이 소리를 중단시켰다. 김진영이 경찰을 향해 고함쳤다.

"들어와라! 같이 죽자!"

어디서 주웠는지 짧지만 굵직한 쇠몽둥이가 들려 있었다. 옆에 서 있던 김동연이 걱정이 되어 슬그머니 뺏으려 하였으나 김진영은 쇠파이프를 꽉 움켜쥔 채 아래를 향해 욕설을 퍼부었다. 정기준도 외쳤다.

"우리는 금속노련 책임자 면담 온 거요! 면담도 죄가 됩니까?"

"면담을 하려거든 대표만 남고 해산하시오!"

말씨름이 벌어졌다. 그 사이 경찰의 뒤편으로 회사간부 몇과 금속연맹 간부들이 슬금슬금 나타나는 것이 보였다. 그들은 노동자들에게 가까이 오지는 못하고 뒤편에서 경찰간부들과 쑥덕거리며 이쪽에 손가락질만 해댔다. 경찰간부는 노동자들이 마구 떠들자 다시 마이크를 들었다.

"대표 한 명만 나와요!"

"우리는 전부가 대표다, 다 잡아가봐!"

최보선이 흥분해서 고함치자 손영원이 만류했다. 노동자 대표로 김동연과 정기준이 나서기로 하고 노무과장과 금속노련 간부가 창밑으로 다가왔다. 다른 노동자들은 일단 창에서 물러나 바닥에 앉아 구호를 외치기 시작했다.

김동연은 노동자들의 요구사항은 단 한 가지, 노조신고필증을 가져오라는 것뿐이라고 밝혔다. 노무과장은 자기네가 할 수 없는 일이라고 발뺌했고 연맹 측은 자기네는 인준증을 써준 일이 없으니 아무 책임도 없다는 것이었다. 두 개 시도에 겹친 사업장은 자기네 소관이 아니라는 주장이었다. 노총의 말도 연맹의 말도 신뢰할 수 없었다. 협상은 이내 결렬되었다.

경찰은 곧바로 습격해 오지는 않았다. 인적이 드문 길이기는 하였으나 남성노동자들과의 정면충돌을 가급적 피하려는 듯했다. 지루한 대치가 시작되었다. 전경들은 방석모를 벗어 들고 앉아 지겨운 표정으로 마당을 지켰고 노동자들도 피로를 이기지 못해 여기저기 쓰러져 잠들어 버렸다.

점심시간이 되었으나 노동자들은 아침부터 굶은 허기를 참을 수밖에 없었다. 전경들은 경찰서에서 공급해온 식사 외에 대영제강에서 제공한 음료수와 빵으로 배를 채웠고 경찰과 연맹간부들 역시 어딘가 사라져 한참 후에야 이를 쑤시며 돌아왔으나 노동자들은 소독약 냄새 지독한 수돗물로 허기를 달래야 했다.

오후 6시경, 창틀을 지키던 노동자들이 경찰의 움직임이 있음을 보고해 왔다. 경찰병력이 마당에서 빠져나가고 있는 중이었다. 그런데 단순한 철수 같지가 않았다. 후퇴하는 백골단들의 움직임은 매우 신속했고 형사들이 다급히 뛰어다니는 것이 예사롭지가 않았다. 무전기가 삑삑 소란을 피워대는 가운데 가까이서 구호소리가 들리기 시작했다.

"어용노조 웬 말이냐, 민주노조 보장하라!"

"악덕기업, 어용연맹, 물러가라, 물러가라!"

주로 여자들의 목소리였으나 남자들의 음성도 섞여 있었다. 오성모방 노동자들의 모습이 인도 변 차도에 언뜻언뜻 나타나기 시작했다. 인도가 경찰에 완전 봉쇄되자 차도로 해서 밀고 들어오는 것이었다. 주력은 왼편 건물에 가려 보이지 않았으나 구호 소리는 계속 들려오는 가운데 경찰과 여성노동자들 간의 몸싸움이 시작되었다.

"비켜! 왜 못 들어가게 하는 거야?"

"안 돼! 꺼져 이 년들아!"

"뭐야? 어따 대고 욕이야?"

"야, 이 년들 몽땅 잡아 처넣어!"

욕설과 고함이 난무하기 시작했다. 오성모방 여성노동자

들은 대찼다. 경찰의 험악한 욕설과 힘에 조금도 밀리지 않고 마구 밀어붙여댔다. 그중에서도 이영주는 가장 다부졌다. 그녀가 제일 앞에까지 밀고 들어와 떡판 같은 형사 하나를 힘껏 밀어대는 것이 2층에서도 훤히 내려다보였다.

"비켜요! 난 들어가야 돼요!"

형사는 끄떡도 하지 않았다. 형사는 두꺼운 손바닥으로 그녀의 얼굴을 문질러대며 이죽거렸다.

"어디서 못생긴 년이 난리야. 꺼져!"

이영주는 우악스런 손바닥에 몇 발짝 밀렸다. 얼굴이 분노로 새하얗게 변했다. 그녀는 돌연 육중한 몸을 날려 형사의 머리칼을 와락 움켜쥐었다.

"아악! 이 년이 사람 잡네!"

형사가 버둥대며 고함치자 주위의 전경들이 이영주의 목을 꺾고 머리채를 잡아 떼어내려 했다. 몸싸움이 시작되었다.

"이 나쁜 놈들아! 때리지 마!"

이층에서 보고 있던 대영노동자들이 고함을 질러댔으나 백골단은 버둥대는 이영주를 질질 끌고 가기 시작했다. 김진영은 미친듯이 외치며 그대로 이층에서 뛰어내리려 했다.

"놔! 그 손 놓지 못해? 놔, 개새끼들아!"

동료들이 잡지 않았다면 정말로 뛰어내렸을 것이다. 백골단은 이영주를 경찰차로 연행하지는 않고 질질 끌어 바깥쪽으로 떠밀어냈다. 그때쯤에는 인도와 갓길 차도는 경찰과 노동자들로 뒤범벅되어 있었다. 구호와 고함, 욕설로 수라장이 된 가운데 차도를 빼앗긴 차량들이 서로 빠져나가려고 혼선을 빚으며 경적을 울려대는 바람에 교통까지 엉망이 되었다.

경찰의 공격으로 밀려난 일부 노동자는 건너편 인도로 건너가 큰 소리로 격려를 외치며 손을 흔들어 주었다. 그중에는 홍기도 있었다. 그는 점심부터 굶어 속이 쓰리려 왔으나 기어이 굶은 채로 어두워질 때까지 그곳을 지키고 있었다. 길가의 전자제품 대리점 안에 켜진 여러 대의 텔레비전에서 토요일을 맞아 화려한 쇼와 코미디가 흥겹게 울려대고 있었으나 그의 표정은 걱정으로 무겁기만 했다.

지원 나온 노동자들은 어두워질 무렵이 되어서야 철수했다. 경찰에 연행된 사람은 없었다. 건물 주변에는 또다시 정적이 찾아들었다. 쇳물처럼 붉은 석양이 공단 쪽 하늘 위로 가라앉고, 땅거미가 슬슬 기어들어 왔다. 연맹 사무실에 갇힌 대영노동자들의 얼굴에 또다시 피로와 두려움이 나타나기 시작했다.

본래 계획은 야간에는 해산하고 출근하는 것이었다. 낮

에 흩어져 집에 있다가는 회사로부터 무슨 일을 당할지 모른다는 우려도 포함되어 있었다. 그러나 경찰에 포위되고 나니 꼼짝도 할 수가 없었다. 회사와의 협상을 요구해 보았으나 회사 측도 새로운 상황에 부딪쳐 자기들끼리 대책회의를 하느라 바빴다. 건물 마당에 전경들이 빽빽이 채워 앉아 있는 가운데 긴장된 밤이 시작되었다.

뜻밖의 합의가 이루어진 것은 밤 10시경이었다. 밤 9시가 되자 갑자기 장상필 상무와 사장이 나타나 두 노조를 합병하자는 제안을 해왔다. 그 제안은 전날 구청에서도 있던 것이었으나 노무과장 선에서 형식적인 구두약속을 했을 뿐이었는데 직접 사장과 상무가 나타나니 무게가 달랐다. 더구나 사장은 구체적 방안까지도 세세히 제시했다. 다음날인 일요일은 쉬고 월요일에 양 노조대표들이 만나서 세부계획을 잡아 다시 노조를 결성하자는 것이었다. 노동자들의 요구인 조합원 가입의 자유와 집행부 임원의 직접선거제도 받아들여졌다. 회사로서는 파격적인 양보가 아닐 수 없었다. 더구나 사장과 상무는 중역회의 결과임을 강조하며 아예 사정을 하다시피 했다.

노동자들로서는 회사 측 제안에 반대할 아무런 명분이 없었다. 두려움과 긴장의 상황은 싹 가셔 버렸다. 승리의 분위기가 노동자들을 지배하였고 협상은 한 시간 만에 타결되었다. 믿을 수 없다는 일부의 반대도 있었으나 그렇다고 달리 뾰족한 방법도 없었다.

밤 10시, 경찰은 한 명도 남지 않고 철수해 버렸고 노동자들은 나름대로 만족스런 얼굴로 밖으로 나왔다. 밖에는 가족들이 기다리고 있었다. 저녁부터 왔는데 경찰의 제지로 주변에 서 있던 부인들, 노모들이었다. 감격의 해후가 이루어졌다. 모두들 먼 데를 떠났다가 돌아온 사람들처럼 반가워하였다.

"송이 아빠!"

김동연은 뒤엉켜 있는 사람들 틈새에서 아내의 목소리를 알아듣고 눈을 두리번거렸다. 홍순영은 사람들 틈새를 헤치고 나와 그의 손을 잡았다.

"다치지 않았어요?"

김동연은 빼기듯 웃어 보였다.

"왜 다쳐? 누가 우릴 건드리나? 이겼잖아!"

홍순영도 안도의 웃음을 지으며 남편의 얼굴을 자랑스럽게 바라보았다.

"정말 잘되었어요. 길 건너에 홍기 씨도 와 있어요. 배고프죠? 밥 먹으러 가요."

김진영이 그녀를 알아보고 꾸벅 인사를 했다. 그의 곁에는 이영주가 서 있었다. 김동연은 두 사람을 번갈아 쳐다보며 농을 걸었다.

"둘이 언제 애인됐어? 어울리는 한 쌍인걸?"

이영주는 유쾌하게 떠들어댔다.

"그렇죠? 잘 어울리죠?"

그녀는 말하면서 김진영을 슬쩍 훔쳐보았다. 김진영의 얼굴에는 웃음만 활짝 피어날 뿐, 농담에 응대하지 않았다. 그는 기분 좋게 외쳤다.

"동지 여러분! 밥 먹으러 갑시다!"

밤늦은 식당은 기쁨으로 넘쳤다. 허기와 수면부족으로 지칠 대로 지쳐 있던 노동자들의 얼굴에 화색이 돌았고 술 잔이 연거푸 넘쳐 갔다.

홍기까지도 스스럼없이 사람들 틈에 끼어 술잔을 돌렸다. 그는 정기준과 김동연 사이에 앉아 몹시도 흡족한 표정으로 입을 열었다.

"길 건너편에서 바라보면서 얼마나 걱정을 했는지, 오늘 하루가 며칠은 된 것 같네."

수면부족으로 쑥 들어간 김동연의 눈가는 술기가 들어가자 검붉게 물들었다. 그는 만족스럽게 홍기를 바라보며 말했다.

"홍 형이 다른 회사 노동자들을 불러준 탓이지. 우리끼리 했다면 어림도 없었을 거야. 오늘 밖에서도 수고가 많았어요. 얼마나 큰 힘이 되었는지 몰라요."

"맞아요. 저녁에 오성모방 동지들이 돌아가고 나니 나도 겁나더라구요."

정기준의 말에 세 사람은 기분 좋게 웃었다. 그때, 한 사람이 소주병과 술잔을 들고 휘청이며 다가왔다. 곽 씨였다. 얼굴주름 가득히 웃음을 함박 띠고 있었다.

"오늘 수고들 많으셨어. 이 사람은 누군가? 아까는 안 보이던데?"

그는 대뜸 술잔을 홍기에게 내밀었다. 홍기는 퇴직하기 전에 보기는 했으나 이름이 누군인지도 기억이 나질 않아 엉거주춤한 자세로 술잔을 받는 수밖에 없었다.

"예, 같이 일하잖습니까? 홍이라고 합니다."

홍기는 어설프게 거짓말 시킬 수밖에 없었다. 곽 씨의 눈이 반짝했다.

"그래? 무슨 과요?"

홍기는 뭐라고 대답해야 할지 난감했다. 김동연이 질문을 막아 버렸다.

"곽 씨가 알아서 뭐해? 자, 술이나 한잔 받아요!"

"아, 이 사람아 투쟁하는 동지들끼리 통성명은 해야지!"

곽 씨는 꽤나 술에 취한 것처럼 보였다. 김동연은 그의 손에 억지로 술잔을 떠밀어댔다.

"알았으니 자, 한잔 먹고 가쇼, 가!"

곽 씨는 억지로 술잔을 받았으나 여전히 투덜대었다.

"사람 무시하지 말라고! 이래 뵈도 의리에 살고 의리에 죽는 놈이야."

세 사람은 그저 웃어줄 수밖에 없었다. 곽 씨가 물러나고 동연이 투덜댔다.

"상섭이 형은 저런 떠버리를 뭐에 쓰겠다고 추천한 건지, 원!"

홍기가 웃으며 어깨를 두드렸다.

"동연 씨, 동료들이 결점이 있다 해도 믿고 사랑해야지, 비웃으면 되겠어요?"

"그래도 그렇지, 어디서 저런 사람을⋯⋯."

김동연은 상한 마음을 돌리려고 술잔을 들어 올렸다.

"아무튼 한잔 찐하게 들자고!"

어색했던 분위기는 일신되고 모두 다시 흥겨운 술잔을 들어 올렸다. 승리의 기쁨이 백열등 침침한 식당 안에 그득했다. 다음 날은 일요일이었다. 모두들 모처럼 푹 쉴 수 있었다.

20

대망의 월요일이 왔다. 노동자들은 노조를 새로 만들게 되는 희망으로 잔뜩 부풀어 있었다. 아침 조회시간은 토요일의 승리에 대한 자랑과 놀람으로 소란했다. 농성에 참가했던 노동자들은 영웅이나 된 듯 대접 받았다. 그날이 바로 피의 축제가 시작되는 첫날이 되리라고는 아무도 예상하지 못했다.

작업장에 배치된 김동연은 회사에서 부르기를 기다리며 모처럼 상쾌한 기분으로 스위치를 잡았다. 전날의 24시간 연근조가 일찍 작업을 끝내고 대청소를 해놓은 듯 깨끗이 닦여진 스트란다 속에는 철사가 가득 감긴 와인더들이 온전히 교환되어 있어 새로 넣을 필요도 없었다. 전원을 넣으니 붕붕 소리가 상쾌했다. 김동연은 스무 개가 넘는 스트란다 뚜껑을 쭉 덮어 나가며 콧노래까지 흥흥거렸다.

"기분 좋나?"

뚜껑을 다 덮어갈 때 박팔봉이 애꾸눈을 찡그려 웃으며 말을 걸어왔다. 박팔봉은 높이가 키보다도 큰 스트란다를 맡고 있어 와인더 굴렁쇠 대신에 언제나 천장에 달린 윈치용 스위치를 들고 다녔다. 김동연은 환히 웃어 보였다.

"좋지요 그럼! 박 씨도 이제 노조에 들어와요!"

박팔봉은 고개를 끄덕였다.

"참말로 다행이데이. 하지만 이제 무슨 면목으로 나가나? 그 동안 하나도 도와주지 못했는데 내가 무슨 면목이 있노?"

박팔봉은 팔도회가 나가고 나서는 김동연과 거의 대화를 나눈 적이 없었다. 김동연은 그의 하나 남은 눈을 들여다보며 부드럽게 웃었다.

"노조가 뭐요? 박 씨 같은 사람 돕는 게 노조 아니오? 걱정 말고 가입해서 앞으로는 잘 해봅시다!"

박팔봉은 감동된 듯 고개를 끄덕였다. 그때 스위치 박스 두들기는 쇳소리가 났다. 최 반장이 와 있었다. 그의 옆에는 낯선 젊은이도 서 있었다. 키가 몹시 큰데다 뼈대도 굵어 위압감을 풍기는 사내였는데 나이는 이제 이십대 중반으로 밖에 보이지 않았다. 작업복이며 안전화, 안전모가 모두 방금 출고된 듯 깨끗했다.

"김동연이 너 혼자 일하기 힘들다 그랬지? 같이 일할 사람이다."

김동연은 새로운 이를 올려다보았다. 우악스럽게 생긴 턱으로 껌을 질겅거리고 있었는데 고참이 인사를 했음에도 거만한 태도로 고개를 끄덕여 보일 뿐이었다.

"같이 일하게 돼서 반갑소."

김동연이 손을 내밀자 놀리듯이 피식 웃으며 마주 내밀었는데 손아귀가 얼마나 큰지 그의 작은 손이 쑥 들어가 버리는 것이었다. 이렇다 저렇다 말도 없었다. 영 기분이 꺼림칙했으나 벌써 여러 달 전부터 조수를 붙여달라고 요구해 왔으니 돌려보낼 수는 없었다. 조금 건방진 놈이려니 생각하고 다시 일을 시작했다.

그런데 신참은 최 반장이 사무실로 올라가자 스위치박스 아래 기름통에 앉아서 담배부터 꺼내 피우는 것이었다. 김동연은 어이없어 쏘아보았으나 어쩐지 건드려서는 안 될 것 같았다. 원래 그런 놈이거니 하고 혼자 한참을 일하다가 담배를 끄는 것을 보고서야 다가갔다.

"다 피웠어요? 이리 오시오. 일을 배워야지."

신참은 그러나 그의 얼굴을 빤히 올려다 볼 뿐 꼼짝도 하지 않았다. 그제야 확실히 이상한 기분이 들어 신참의 복장을 찬찬히 살펴보았다. 대영은 신참에게 곧바로 장구를 지급하는 적이 없었다. 그런데 그는 안전화부터 안전모까지 완전히 새것으로만 지급 받고 있었다. 확실히 이상했다. 스트란다 돌아가는 소리를 이기려 목청껏 외쳤다.

"언제 입사했어요?"

신참은 얼굴을 찡그리며 소리쳐 오는 것이었다.

"오늘 들어왔다. 왜, 뗠어?"

말하는 눈알은 불량기로 번들번들 빛나고 있었다. 소름이 쭉 끼쳐왔다. 고개를 들어 사무실을 올려다보니 넓은 유리창으로 과장과 반장이 내려다보고 있는 것이 정통으로 눈에 들어왔다. 그는 말없이 기계스위치를 내렸다. 그리고 사무실로 올라갔다. 가슴이 쿵쾅쿵쾅 뛰기 시작했다.

과장은 그가 사무실을 향해 걸어오는 것을 계속 주시하다가 문이 열리자 기다렸다는 듯이 회전의자를 돌려 그를 쏘아보았다. 최 반장은 슬그머니 현장으로 내려가 버렸다.

"뭐야? 왜 작업 안 하고 올라와?"

과장이 먼저 입을 열었다. 김동연은 어디서부터 따져야 할지 잠시 그를 노려보기만 하다가 겨우 입을 떼었다.

"새로운 사람하고 일 못하겠습니다. 바꿔주던지 혼자 하던지 하겠습니다."

그는 아직도 불량배를 조수로 배치한 것이 단순한 실수이기를 바라는 일말의 희망을 버리지 않고 있었다. 과장은 그의 실낱같은 희망을 산산이 부숴버렸다.

"뭐야? 니가 과장이냐? 니가 인력 관리하는 놈이냐고! 못하겠으면 니가 그만두면 될 것 아냐?"

김동연은 이틀 동안의 꿈이 산산이 부서져 나가는 것을 느끼며 물끄러미 과장의 낯짝을 내려다보았다. 모든 것은 분명했다. 머리가 띵해졌다. 과장은 이내 속을 드러냈다.

"시건방진 놈들! 뭐 노조를 합병해? 웃기지 마! 오늘부로 노조 허가증이 나왔어, 이 새끼들아! 네놈들은 이제 끝장이야!"

"노조 허가증?"

김동연은 충격으로 떨리는 손을 숨기기 위해 과장의 책상을 잡지 않을 수 없었다. 노조허가증이란 신고필증을 잘못 말한 것이 분명했다. 이틀 전 회사가 너무 쉽게 합의하고 나온 것은 오늘 어용노조 신고필증이 나오기를 기다린 전략이었던 것이다. 과장은 득의만만하게 말을 이었다.

"너희들은 이제 끝장이야! 까불기만 해봐라, 개박살을 내줄 테니까!"

일류대학을 나온, 냉철하고 이지적인 과장의 평소 모습이 아니었다. 어쩌면 이것이 그의 본질이었을지도 몰랐다. 김동연은 더 이상 묻지 않고 사무실을 나왔다. 층계를 걷는 다리가 후들거렸다.

사정은 다른 과도 마찬가지였다. 주요 노조간부들 주변

에는 하나같이 젊고 낯선 자들이 배치되어 고의적으로 시비를 걸어왔는데 그 숫자가 스물은 되었다. 제강과에는 손영원과 장영철에게도 붙었다. 낯선 신참들은 하나같이 건장한 체격에 격투로 훈련된 자들이었다. 성급한 최보선이 참지 못하고 한 명과 싸움이 붙었는데 워낙 덩치가 좋아 손한번 못 대보고 가슴을 얻어맞고 먹살이 잡혀 목덜미만 벌겋게 긁혀 버렸다.

완전히 속은 것이었다. 회사는 조직폭력배들을 노동자로 위장해서 고용하기까지 시간을 끌었을 뿐이었다. 노동부에 신고한 어용노조는 가볍게 신고필증을 받았고 노조합병이니 조합원 가입이니 하는 약속은 백지화되었다. 사태를 파악한 노동자들은 뒤늦게 긴급대책을 세우려 했으나 고용깡패들이 그림자처럼 쫓아다니며 감시하는 바람에 그것조차도 마음대로 되지 않았다. 이리저리 도망 다니다시피 연락을 한 결과, 연장근무를 거부하는 데 합의를 보았다. 전처럼 다섯 시에 일을 중단하고 마당으로 모이자는 계획이었다.

오후 시간은 너무 더디게 흘러갔다. 김동연은 고용깡패가 온종일 빤히 지켜보는 가운데 억지로 일하면서도 여전히 희망을 버리지 않았다. 노동자들이 지난번처럼만 움직여 준다면 상황을 역전시키는 것이 결코 어렵지는 않으리라는 믿음이었다. 점심시간에 홍기에게 전화를 해두었으므로 해고자들도 다섯 시가 되면 나타나 줄 것이었다.

'노동자만 모여라. 박살을 내서 쫓아내주마.'

김동연은 가끔씩 깡패를 노려보며 이를 갈았다.

마침내 오후 5시가 되자 대영제강의 기계들은 또다시 서서히 멈추기 시작했다. 그러나 토요일과는 양상이 달랐다. 잔업거부를 주동해야 할 노동자에게 기다렸다는 듯이 깡패들이 시비를 걸었고 조장 반장들도 일반 노동자들에게 협박을 퍼붓고 다녔다.

"뭐야, 이거? 왜 기계를 꺼?"

김동연이 스위치를 내리는데 신참의 무쇠 같은 손이 덥석 덮쳐왔다. 김동연은 신참의 사나운 얼굴에 겁이 조금 났으나 홱 뿌리치며 소리쳤다.

"놔! 넌 뭐야 이 자식아?"

그러자 신참은 그의 멱살을 움켜쥐더니 번쩍 들어 올리는 것이었다.

"이 새끼… 모처럼 취직해서 일 좀 하려고 했더니, 왜 기계를 끄는 거야? 네가 날 먹여 살릴래?"

숨이 콱콱 막혀왔다.

"놔! 이거 놔!"

발버둥 쳤으나 소용이 없었다. 최 반장과 조장들이 돌아다니며 계속 일하라고 떠들어대는 것이 아득히 들려왔다.

"기계만 꺼봐라, 죽을 줄 알어!"

신참은 김동연이 한참이나 캑캑거리고 나서야 멱살을 풀어 주었다. 김동연은 모욕감으로 미칠 것만 같았다. 그러나 자기보다 머리통 하나만큼이나 큰 놈에게 달려들 엄두가 나지 않았다. 간신히 숨을 고르고 주위를 둘러보았다. 조반장이 떠들고 다니는 와중에도 일부 노동자는 기계를 끈 채 밖으로 나가고 있었다.

언뜻 박팔봉과 시선이 마주쳤다. 박팔봉은 기중기 스위치를 든 채 안타까운 눈길로 바라보고 있었다. 기계를 꺼야 할지 어째야 할지 망설이는 표정이 역력했다. 김동연은 산더미처럼 앞을 가로막고 있는 떠밀어내며 소리쳤다.

"꺼! 끄란 말야!"

그러나 박팔봉은 주위를 두리번거릴 뿐 스위치를 내리지 못했다. 그때 신참이 다시 동연의 멱살을 틀어쥐려 하였다.

"이 새끼가 죽고 싶어서 환장했나? 닥치지 못해?"

순간 김동연은 온힘을 다해 신참의 손을 뿌리쳤다. 날카로운 손톱이 목을 거칠게 긁었으나 아픔도 느끼지 못했다. 사방에 대고 소리를 지르며 밖을 향해 뛰었다.

"기계 꺼! 기계 끄고 마당으로 모입시다!"

튀어나가며 다시 시선이 마주쳤을 때, 박팔봉은 맥없이 고개를 돌렸다. 그는 끝내 스위치를 내리지 못했다. 제강반에서 뛰어나온 사람은 손영원을 포함해 이십여 명에 불과했다.

철조망과도 마찬가지였다. 적극적인 노동자들의 치열한 선동과 몸싸움에도 불구하고 기계는 절반 정도밖에 꺼지지 않았다. 본관 앞 공터로 몰려나온 노동자는 백 명이 겨우 넘어 보였다. 더구나 해가 환한 대낮이라 관리직에게 완전히 노출되기 때문에 마당 가운데로 모여들기를 꺼려했다.

"여러분 모입시다! 이리 오세요!"

최보선과 김동연이 소리치며 본관 앞으로 대열을 모으는 사이, 관리자들도 몰려나와 노동자들을 하나씩 들여보냈다. 상당수 노동자들은 이러지도 저러지도 못하고 아예 탈의장이나 건물 안쪽으로 숨어 버리고 말았다. 민주노조 집행부는 초조히 사람을 끌어모았으나 남은 인원은 80명 정도밖에 안 되었다.

다행히 해고자 4명은 제시간에 맞춰 나타났다. 정문의 경계 상태는 이상하리만큼 평소보다도 허술했다. 경비들은 해고자들이 나타난 것을 보았음에도 현장 안의 집회를 감시하느라 막을 생각도 하지 않았다. 해고자들은 유유히 정문을 통과해 들어올 수 있었다. 회사가 계획적으로 들여보냈다는 것은 생각 못했다.

대열이 정비되면서 정기준이 본관 계단에 올라 격앙된

목소리로 외쳤다.

"대영제강 동료여러분! 회사는 우리를 또 한 번 속였습니다! 이제 우리는 더 이상 당할 수는 없습니다. 본때를 보여줍시다, 여러분!"

최보선도 외쳤다.

"맞습니다. 사장, 상무까지 농성장을 찾아와 합의해 놓고 이렇게 우리를 우롱하다니 저것들도 사람입니까?"

그때 사람들의 주의력이 흩어지기 시작했다. 뒤쪽에서는 웅성대는 소리가 일어났기 때문이었다. 신입공으로 위장한 깡패들과 관리직들로 구성된 구사대 50여 명이 손마다 긴 쇠파이프를 들고 대열을 정비하는 중이었다. 노동자들의 얼굴에 공포가 일어나기 시작했다. 김진영이 벌떡 일어나 외쳤다.

"진정들 하세요! 일당 받고 일하는 깡패 따위에 두려워 맙시다. 저 사람들은 돈 받고 움직이지만 우리는 생존을 걸고 싸웁니다."

노동자들은 흥분했다. 여기저기서 일어나기 시작하고 욕설이 튀어 나왔다.

"우리도 무기를 들자고!"

"쳐들어오려면 와! 같이 죽자 이 새끼들아!"

노동자들은 점점 소란해졌다. 불안한 웅성임을 진정시킬

도리가 없었다. 특히 젊은 노동자들이 격하게 외쳐댔다. 그러나 구사대는 자기들끼리 대열을 정비할 때까지 아무런 반응을 보이지 않았다.

정기준이 다급히 김동연의 팔을 잡았다.

"형! 우리도 무장을 해야 돼요."

"무장? 우리가 더 많은데 감히 쳐들어오기야 하겠어?"

김동연은 두려움 속에서도 느긋해지려고 애썼다. 그런데 바로 그 순간, 구사대가 밀려오기 시작했다. 그들은 노동자와 구별을 위해 안전모에 녹색 테이프를 두르고 있었다. 녹색 테이프의 물결은 순식간에 노동자들을 덮쳐 나갔다.

"막아라! 막아!"

노동자들은 서로 소리를 질렀지만 맞싸울 만한 무기를 찾을 새도 없었다. 사방으로 내뛰었으나 놈들의 발길은 훨씬 빨랐다. 정문 쪽으로 도망친 사람들 이외에는 순식간에 구사대의 쇠파이프 아래 쓰러져갔다. 퍽! 퍽! 살점 튀는 소리가 일어나고 비명이 터졌다. 쇠파이프는 노동자의 팔, 다리와 머리통을 찾아 정확히 날아들었다. 노동자들의 안전모는 사방으로 날아가고 쇠에 맞은 맨머리 껍질이 벗겨지면서 선혈이 쏟아졌다. 발을 맞은 사람들이 그 자리에 고꾸라졌고 그 위로 쇠파이프와 안전모가 사정없이 떨어졌다. 본관 마당은 순식간에 핏방울로 얼룩져 갔다. 십여 명의 노동자가 쓰러진 채 신음하는 위로 과장급들이 돌아다니며 확인사살이라도 하듯이 걷어찼다.

"전부 죽여도 돼! 이 빨갱이 놈의 새끼들!"

구사대는 특히 해고자를 노리고 있었다. 쓰러진 김진영을 발견한 철조망 과장이 그의 머리를 안전화로 짓이기며 이를 갈았다. 김진영은 뭉클뭉클한 핏방울을 떨어뜨리며 버둥댔으나 온몸에 쇠파이프를 맞은 고통으로 저항을 할 수가 없었다. 거친 숨을 몰아쉬는 그의 입안으로 기름에 절은 흙모래가 빨려 들어왔다. 과장은 낙인이라도 찍듯이 그의 뺨에 안전화를 짓이기며 내뱉었다.

"잘 걸렸다! 그 동안 네 놈 때문에 얼마나 골치가 아팠는지 알아? 요 빨갱이 자식! 너 같은 놈 하나 사라져도 아무도 몰라!"

김진영은 고통으로 이를 악물었다. 침이 질질 흘러 시멘트 바닥에 떨어졌고, 먼지에 뒤엉켜 다시 뺨에 묻어 왔다. 하지만 고통과 분노로 피눈물을 흘리면서도 신음소리 하나 내지 않았다. 아물거리는 의식 속에 과장의 다른 쪽 발목이 눈에 들어 왔다.

"으아악… 아악!"

과장이 찢어지는 비명을 지른 것은 바로 직후였다. 김진영이 발목을 힘껏 깨문 것이다. 과장은 방금 전까지도 잔인하게 남을 짓밟았으면서 막상 자기가 물리자 죽는다고 비명을 질러댔다.

"아악! 이 놈 죽여!"

구사대들이 몰려오고, 쇠파이프들이 날아들었다. 김진영은 멀리 건물 구석에서 공포에 질린 채 숨어 있는 노동자들을 바라보면서 아득히 정신을 잃어갔다.

해고자들이 짓이겨지고 있는 동안, 김동연은 대영에서 멀찌감치 벗어나 있었다. 그는 부들부들 떨리는 손으로 닭장집 담벼락을 잡고 서서 대영제강을 내려다보았다. 건물들에 가려 사람의 모습은 보이지 않았다. 그러나 다가갈 엄두조차 나지 않았다. 그의 얼굴은 공포로 새하얗게 질려 있었다.

어떻게 달아날 수 있었는지, 아직도 정신이 얼얼했다. 구사대가 덮치는 순간 대열을 이탈해 달아난 그는 서동석과 김진영이 무참히 얻어맞는 것을 보았다. 김진영의 머리가 깨지며 피가 흐르는 광경까지도 선명히 보았다. 그러나 발이 떨어지지가 않았다. 얼마나 무서운지 쫓아가 싸울 수도, 도망을 칠 수도 없었다. 그때 제강과장의 날카로운 목소리가 귀를 파고들었다.

"저놈이다! 김동연이 저 새끼 잡아!"

거의 동물적인 본능이었다. 정문을 향해 필사적으로 내

달리기 시작했다. 다른 노동자들을 밀쳐내며 마구 뛰었다. 오직 도망쳐야 산다는 생각뿐이었고 보이는 것은 오직 정문뿐이었다. 쓰러져간 동지들의 선명한 핏자국도, 비명소리도, 아무것도 들리지 않았다. 오로지 살아야 한다는 생각으로, 뒤도 돌아보지 않았다. 정문을 벗어나고도 한참이나 언덕을 오르고서야 겨우 주저앉았다. 숨을 고르고 나서도 대영 쪽을 내려다보는 것조차 두려웠다. 사냥꾼에게 쫓긴 짐승처럼 골목 한쪽에 처박혀 숨어 있었다. 한참이나 지나서야 겨우 극도의 공포심을 가라앉힐 수 있었다.

마치 참호 속에 숨어 바깥을 내다보듯이, 김동연은 닭장집 담장에 몸을 숨긴 채 목을 길게 빼서 대영의 잿빛지붕을 살펴보았다. 기계소리만 아득히 들려올 뿐, 노동자의 함성은 들려오지 않았다. 전혀 아무 소리도 들려오지 않았다. 그는 마지막 희망까지 완전히 으깨어져 나가는 것을 느끼면서 그 자리에 풀썩 주저앉았다.

21

　월요일의 만행은 충격이었다. 10여 명의 노동자가 중상을 입어 그 중 한 명은 손목뼈가 부러지고 말았다. 회사는 해고자들을 봉고차에 실어 난지도 쓰레기하치장에 버렸다. 해고자들은 온몸에 피와 쓰레기를 묻힌 채 마포까지 걸어 나와 겨우 치료를 받을 수 있었다. 김진영은 머리가 깨졌고 서동석은 갈비뼈가 부러진 상태였다. 돈이 없어 입원 치료는 엄두도 못 냈고 온몸의 타박상으로 며칠간은 꼼짝도 할 수가 없었다.

　무사히 회사 밖으로 탈출한 김동연은 그날 밤 집까지 찾아온 깡패들에게 무참히 두들겨 맞았다. 깡패들이 나타나 잠깐 보자고, 나오라고 했을 때 응하지 않을 수 없었다. 집 안에 들어와 난동을 피울까 겁나서였다. 뒷골목으로 끌려간 그는 이렇다, 저렇다 설명도 없이 매질을 당했다. 온몸을 난타당하는 십여 분이 몇 시간이나 된 듯 길었다. 뒤쫓아 온 홍순영이 비명을 질러 쫓아내지 않았다면 일어나지도 못했을 것이었다. 아내의 부축을 받고 겨우 돌아와 그대로 앓아눕고 말았다. 이빨 하나는 부러졌고 얼굴은 퉁퉁 부어 밥도 먹을 수가 없었다.

무자비한 폭력은 노동자들을 얼어붙게 했다. 첫날 피투성이의 현장을 목격한 노동자 중 누구도 나서서 싸우거나 말리지 못했다. 두려움에 사로잡힌 민주노조 간부 몇은 회사에서 시키는 대로 자진 사표를 쓰고 말았다. 조합에 가입했던 사람들 중에 사표를 쓰지도 않고 해고를 당한 것도 아니면서 출근을 하지 않는 사람이 수십 명에 이르렀다. 어느 누구도 현장 안에서 노조 얘기를 꺼내지 못하게 되었고 조장과 반장들은 다시 위세를 부리기 시작했다. 대영제강 정문에는 고용깡패들이 출퇴근 시간마다 쇠파이프를 든 채 진을 치고 지켰다. 월요일 이후 며칠 동안 아무런 시비도 일어나지 않았다. 해고자들의 출근투쟁은 사라졌고, 잔업 거부는 일어나지 않았다. 꽤 오랫동안 회사를 괴롭혀온 작은 시비들도 더 이상은 일어나지 않았다. 불과 며칠 사이에 그만둔 노동자가 수십 명에 이른다는 것 이외에는 이전과 달라진 것이 아무것도 없어 보였다.

해고자들이 다시 나타난 것은 목요일이 되어서였다. 해고자는 이제 3명으로 줄어 있었다. 김영춘마저 아내의 강권으로 집에 갇히고 만 것이다. 다시 나타난 해고자들은 이번에도 무참히 맞았다. 쇠파이프와 주먹, 발길질 아래 3명의 해고자는 나무토막처럼 나뒹굴었으나 아무도 함께 싸우지 못했다. 김동연은 며칠째 결근이었고 쟁쟁한 투사인 최보선마저 겁을 먹고 며칠째 두문불출하고 있었다. 해고자들은 정문 안에 한 발짝도 들여놓지 못하고 피투성이가 된 채 다시 봉고차에 실려 이번에는 먼 김포공항 근처 논둑에 버려졌다.

그날 오후, 서동석의 자취방에는 세 명의 처참한 몰골이 누워 있는 가운데 홍기가 혼자서 병간호를 하고 있었다. 방 구석에는 진창에 빠졌던 양말들이 벗어져 있고 찢어지고 더럽혀진 옷가지들이 던져져 있었다. 먹다 남은 라면과 빈 봉지들이 어지러이 널린 방바닥에는 진흙자국이 지저분하게 찍혀 있었다. 처녀의 방처럼 깨끗이 치워놓고 살아온 서동석이었으나 아무도 치울 생각을 못했다.

김포 들판에서 빠져나와 의사의 진단서를 끊어 고소장을 접수하고 온 길이었다. 하지만 가해자들의 이름도 전혀 모르고 폭력상황을 찍어놓은 것도 아니었다. 설사 증거가 있더라도 보수적인 재판관들이 노동자의 손을 들어줄 가망성은 거의 없었다. 방 안 공기는 장례식장처럼 무거웠다. 서동석이 터지고 부어오른 입술을 만져보며 투덜댔다.

"제기랄! 일이 안 되니까, 찾아오는 사람도 하나 없네."

입술에 닿은 손가락에는 여전히 피가 묻어났다. 찬 물수건을 건네주는 홍기의 표정은 참담했다.

"그래도 희망을 잃지 마라. 같이 싸우지도 못하는 내가 무슨 할 말이 있겠냐만⋯⋯."

홍기는 자신이 투쟁에 아무런 도움이 되지 못하고 있다는 데 괴로워하고 있었다. 그는 말했다.

"이럴 줄 알았으면 나도 퇴사하는 게 아닌데, 너희들한테 너무 미안하다."

그러자 눈가에 시퍼렇게 멍이 든 채 끙끙대던 정기준이 말했다. 그 목소리는 쉬어서 쇳소리가 났다.

"그런 소리 말고 재야단체를 찾아가 지원 좀 받아 와요. 유인물 만들 돈이라도 있어야죠."

"알았어. 가봐야지."

고개는 끄덕였으나 재야의 지원은 요원했다. 재야세력은 개헌투쟁에 총력을 기울이고 있어 다른 일에는 거의 신경을 쓰지 못했다. 유일한 도움은 오성모방 같은 주변 공장의 노동자들이었으나 구사대와 여성노동자들을 맞붙게 할 수는 없었다.

"하지만 현재로서는 외부지원이 올 가망은 별로 없어. 온다 해도 어떻게 저 깡패들하고 싸울 수가 있겠어? 우리도 깨졌는데."

"그럼 우리만 외톨이로 싸워야 한다는 거예요?"

서동석이 자조적으로 중얼거렸다. 그때 김진영이 쉰 목소리로 입을 열었다.

"우리가 왜 혼자야? 현장 안에 우리 동지들이 있잖아? 다른 데서 아무리 오면 뭐해요? 노동자가 싸워야지!"

김진영은 머리통 한가운데를 10센치 정도 지름으로 깎인 상태였다. 찢어진 살을 꿰매고 붙인 반창고가 달랑달랑했다. 콧등에도 멍이 들었고 코피 터진 흔적이 아직도 남아 있었다. 서동석이 머리의 반창고를 눌러주며 투덜댔다.

"쳇! 죽도록 맞아도 도와주는 사람 하나 없더라! 분위기 좋을 때는 너도나도 마이크 잡으려고 난리 치더니 매 좀 맞는다고 그렇게 변할 수가 있냐? 상섭이 형에 동연이 형에 이젠 영춘 형까지, 다 도망갔잖아? 도대체 우리가 누굴 위해 무엇 때문에 싸우는 건지 이젠 정말 모르겠다!"

김진영은 그가 파스를 붙여줄 수 있도록 옆구리를 돌리며 말했다.

"아니야, 형! 반드시 우리 대영노동자는 일어서요. 우리가 여기서 주저앉는다면 대영노동자는 다시는 일어날 수 없어요. 죽을 때까지 싸워 봅시다."

하지만 정기준까지 맥이 풀려 있었다. 그는 힘없이 입을 열었다.

"솔직히 나도 겁난다. 이런 식으로는 안 돼. 무슨 대책을 세워야지. 홍기 형, 어떻게 대책을 좀 세워 봐요."

"……"

홍기는 대답을 할 수가 없었다. 이젠 정말 어떻게 해야 할지 그도 알지 못했다. 더 이상 해고자들을 사지로 몰아넣을 수는 없다는 마음뿐, 그렇다면 어떻게 해야 할지 아무 생각도 떠오르지 않았다.

그때 서동석이 말했다.

"형, 은행 가서 이거나 찾아다 주실래요? 난 걸을 수도 없네요."

손에는 통장이 들려 있었다. 백만 원이 저축된 적금통장이었다.

"꼬박 이 년을 모은 돈인데… 찾아다가 활동비로 씁시다. 가난한 재야단체 돌아다녀 봤자 무슨 돈이 생기겠어요? 많지 않지만 우선 이 돈으로 활동합시다."

다들 말을 하지 못했다. 홍기는 통장을 열어 보지도 않고 돌려주었다.

"이 돈을 쓸 수는 없어. 어서 집어넣어."

그러나 서동석의 표정은 진지했다.

"정말이에요. 당장 찾아와요. 진영이도 병원에 가봐야

죠. 옷들마다 넝마가 되었으니 새 옷도 사 입어야 하고요. 돈이야 다시 모으면 되잖아요. 고향에 황소 한 마리 사 보내려고 했던 건데 요즘 소 값은 똥값인데 사료 값은 올라서 다 망하게 됐다네요. 그냥 노동자를 위해 씁시다."

결국 서동석의 오랜 꿈은 깨어졌다. 적금을 해약하기 위해서는 본인이 가야 했기 때문에 홍기는 서동석을 부축해 은행에 다녀왔다. 오는 길에 시장에서 값싼 옷들과 순대와 소주를 사왔다. 오후 내내 술상을 마주 놓고 앉아 이야기를 나눴지만 난국을 타개할 방법은 떠오르지 않았다.

"아무래도 대영은 누군가의 피를 요구하는 것 같아요. 누군가가 죽어야 해결될 것 같아요."

김진영은 그날 마침내 반년을 넘긴 금주의 결심을 깨고 말았다. 그가 술에 취해 말했을 때, 역시 많이 취해 있던 홍기는 정색을 했다.

"진영아, 노동운동의 역사도 안 배웠냐? 이 정도 일로 죽고 산다면 남아나는 사람 하나도 없겠다. 앞으로 그런 소리는 절대 꺼내지 마라. 좀더 연구해 보면 뭔가 좋은 방법이 떠오를 거야!"

서동석이 퉁명스레 내뱉었다.

"방법이 어디 있어요? 그냥 가서 또 맞아 주는 거지! 시팔놈들! 계속 패라 그래! 내가 숨이 끊어질 때까지 맞아줄 테니까……."

서동석의 말에는 그저 진지한 결의가 담겨 있을 뿐이었지만 홍기에게는 사태의 해결책을 내놓지 못하는 자신에 대한 비난으로 들렸다. 정기준이 제안했다.

"우리 농성에 들어갈까?"

"어디서?"

서동석의 눈이 반짝 빛났다.

"회사 사무실을 점거하고 놈들이 쳐들어오지 못하게 해놓고 굶어 죽을 때까지 농성하는 거야! 어때?"

"좋아요!"

서동석은 주먹으로 술상을 꽝 내리치며 좋아했다. 그러나 김진영과 홍기는 각자 다른 생각에 빠져 있었다. 홍기가 침통하게 입을 열었다.

"농성은 안 돼. 생각해 봐. 싸우고 유인물 뿌릴 사람도 없는데 너희들끼리 농성하고 있어봐. 오히려 현장노동자들과 단절될 뿐이야."

정기준이 강변했다.

"유인물 뿌리면 뭐해요? 노동자들이 옳고 그름을 몰라서 퇴직해 버리고 뒤에 숨어 있나요? 이렇게 되면 선도적으로 앞서서 싸울 수밖에 없어요. 이제야말로 선도적인 투쟁이 필요한 시기 아닐까요?"

홍기는 뭐라고 더 말할 수가 없었다. 서동석이 고개를 숙인 채 멍하니 생각에 사로잡혀 있는 김진영을 흔들었다.

"진영아, 생각은 어떠냐? 아무도 못 쳐들어오게 사무실 서류를 인질로 삼아서 농성하는 거야."

술에 취한 김진영은 혼자 생각에 빠져 반응이 없었다. 서동석이 슬그머니 웃었다.

"너, 이영주가 안 오니까 이러는 것 아니냐?"

대영제강 일이라면 항상 나서주던 이영주와 오성모방 노동자들을 보지 못한 지도 여러 날 되었다. 오성모방도 노조를 파괴하기 위해 노조간부들을 집단 해고시키고 노조사무실을 폐쇄하는 등 극심한 탄압을 시작했기 때문에 이영주는 계속 철야농성을 하는 중이었다. 김진영은 서동석의 장난기 어린 말에도 아무 대답도 하지 않았다. 정기준이 마찬가지로 장난스럽게 말했다.

"야, 우리 진영이가 이영주 안 와서 그러겠냐? 철야농성하느라 고생하는 이영주가 걱정돼서 그러지. 어떻게 된 건지 이놈의 자본들이 몽땅 단합을 한 건지 한꺼번에 치고 들어오니 정신이 없네."

정기준의 말은 맞았다. 김진영은 오성모방 노동조합과 이영주의 신변을 걱정하고 있었다. 거대한 자본의 힘이 노동자의 단결을 얼마나 순식간에 파괴하는가를 생각하고 있었다. 자기 한 몸을 바쳐 이를 타개할 수 있다면 무슨 짓이라도 하리라 다짐하고 있었다. 김진영은 무거운 가슴에 말없이 소주를 털어 넣었다. 홍기가 그의 등을 두드리며 말했다.

"농성에 들어가려면 세 명으로 안 돼. 다른 해고자를 부르든지 내부 노동자들과 확실히 약속을 하던지 해야지."

홍기의 음성에는 힘이 하나도 없었다. 갑자기 술을 마신 탓인지 몸도 몹시 무거웠다. 그는 휘청이며 일어섰다. 그래도 희망을 잃지 않으려고 농담을 주고받는 서동석과 정기준을 물끄러미 내려다보던 그는 말없이 방을 나왔다. 밖에는 고고한 달빛이 세상만사와 아무런 상관도 없는 듯 고요히 내리 비추고 있었다. 어둠 속에 불쑥 사람이 나타난 것은 그가 막 대문을 나설 때였다. 상대방도 흠칫 놀라 고개를 들었다. 곽 씨였다. 손에 박카스 한 통을 들고 있었다. 곽 씨는 먼저 그를 알아보았다.

"아이구, 이거 홍기 씨 아닝교? 해고자들 줄려고 먹을 것 사 갖고 오는 길인데… 들어 가입시더."

홍기는 깜짝 놀랐던 가슴을 진정시키면서 어설프게 인사를 했다. 단 한 번 보았을 뿐인데 이름까지 기억하다니 머리가 좋은 사람이라는 생각이 들었다.

"예, 고맙습니다. 들어가시죠."

곽 씨를 들여보내고 그대로 골목 밖으로 걸어 나왔다. 그래도 마실 것을 사오는 노동자를 보니 기분이 조금은 나아졌다. 한산한 골목길을 어슬렁어슬렁 걷기 시작했다. 피곤한 몸을 이끌고 밤길을 바쁘게 걸어가는 노동자에게 정겨운 눈길을 보내기도 하고, 길가 구멍가게에 내놓은 싸구려 과일과 채소들을 이유 없이 만져 보기도 했다. 웬일인지 모든 것이 유달리 정겹고, 그리고 슬퍼 보였다. 눈물이 쏟아질 것만 같은 밤이었다. 큰 길이 나왔다. 화려한 네온사인 간판들과 진열장 앞으로 노동자들의 물결이 바쁘게 밀려다니고 있었다.

노동운동 몇 해 만에 이토록 난감한 때는 없었다. 무엇을 어떻게 해야 할지 암담하기만 했다. 조직은 다 깨어졌고 해고자들은 박살이 났고 현장노동자들은 공포에 위축되어 꼼짝도 못하는 현실이 가슴을 압박해 왔다. 그는 한숨을 내쉬고 담배를 한 갑 살려고 주머니에 손을 넣었다. 그런데 천원짜리 한 장이 겨우 들어 있어야 할 주머니에 빳빳한 지폐 덩이가 만져졌다. 놀라서 꺼내보니 만 원짜리로 십만 원이 넘어 보였다. 그제야 아까 서동석이 무언가 주머니에 넣어주며 웃던 게 생각났다. 그때는 술잔을 받느라 금방 잊어버렸다.

"바보 녀석 같으니……."

그는 중얼대면서 몸을 돌렸다. 순간, 갑자기 양손이 꼼짝 못하게 잡혔다. 두 사내가 그의 양팔을 덥석 잡았다. 한 사람은 등 뒤로 허리띠를 움켜쥐었다. 옴짝달싹도 할 수 없는 억센 힘이었다.

"최형로! 겨우 잡았다!"

더러운 입 냄새가 확 풍겨왔다. 미처 반항할 새도 없었다. 손에는 은빛 수갑이 채워지고 허리와 뒷덜미가 잡힌 채 질질 끌려가기 시작했다.

"너희들 뭐야? 이 거 놓지 못해?"

술기운에 고함을 지르자 날아온 주먹이 옆구리와 등을 마구 강타했다.

"시끄러, 이 빨갱이 자식! 주둥이를 찢어 놓기 전에 차에 타!"

형사들은 대기시켰던 승용차 속으로 거칠게 등을 떠밀었다. 그는 숨이 막혀 꼼짝도 못하고 시트에 나동그라지고 말았다. 지나던 몇몇의 노동자들이 그가 차 안에서 마구 두들겨 맞는 것을 보았으나 잠깐일 뿐이었다. 검은 승용차는 비상라이트를 깜빡대며 쏜살같이 사라져버렸다.

22

하늘이 잔뜩 찌푸린 토요일 오후였다. 김진영은 아픈 다리를 절뚝이며 언덕길을 천천히 걸어 올라갔다. 매일 지나던 길임에도 한 걸음 한 걸음이 천근같이 무거웠다. 더러운 골목에는 노동자의 아이들이 신나게 뛰놀고 있었다. 축구공 하나가 굴러왔으나 허리를 운신할 수가 없어 그대로 굴러가도록 내버려 두었다. 새까만 얼굴의 아이 하나가 공을 줍기 위해 달려가며 위험스럽게 부딪쳐왔으나 피할 수가 없었다. 그는 거칠게 몸을 부닥뜨리고도 인사 한마디 없이 언덕 아래로 공을 따라 달려가는 아이를 보면서 자신의 옛날 모습을 떠올려 보았다.

깡말라 힘은 없었으나 용감무쌍한 돌파력과 끈질긴 의지로 학교운동장이며 빈민가 공터를 휩쓸었다. 나중에 축구선수가 되는 꿈도 꾸었다. 하얀 축구공이 그렇게도 갖고 싶었다. 허나 가난한 아버지는 그가 학교를 그만둘 때까지 공을 사주지 못했다. 끔찍이도 가난했던 시절이었다. 생각해 보면 그 가난이 오늘날까지 조금도 변한 것이 없었다. 일찍 돈을 벌어 부자가 되겠다는 꿈으로 중학교까지 때려치운 지 벌써 십 년이 더 지났으나 변한 것은 아무것도 없었다.

김진영은 거친 숨을 몰아쉬며 문짝 없는 대문 틀을 잡고 기대었다. 김동연의 집이었다. 홍기가 구속된 지 이틀째, 그렇지 않아도 흔들리던 노동자들은 더욱 침체돼 있었다. 김동연은 벌써 일주일째 결근이었다. 김진영은 힘을 끌어 모아 안으로 들어섰다.

김동연은 핼쑥한 얼굴로 누운 채 잠들어 있다가 겨우 팔을 괴고 기대앉았다. 앞 이빨 하나가 부러져 바람소리가 새어 나왔고 입술은 겨우 아물었으나 아직 딱지가 떨어지지 않아 새까맸다. 홍순영은 일을 나가 돌아오지 않아 혼자 누워 있었다.

"오늘도 회사에 갔었냐?"

김진영은 고개를 끄덕여 주면서 방바닥에 놓인 약병을 들어 보았다. 진통제와 몸살약이었다.

"아직도 몸이 많이 아파요?"

김동연은 묵묵히 물을 마셨다. 낮에 최 반장이 왔었다. 사표를 쓴다면 위자료로 5백만 원을 주겠다고 제안했다. 계속 출근을 하겠다면 그 다음엔 어떻게 되든 책임을 지지 않겠다고 협박했다. 김동연은 한마디 대답도 하지 않고 반장을 돌려보냈다. 대답을 할 수가 없었다.

해고자들이 피범벅이 되던 날, 집에 찾아온 깡패들에게 맞은 생각만 하면 소름이 돋고 정신이 몽롱해졌다. 불과 십여 분의 주먹질에 입과 코에서 굵은 선지피가 물컥물컥 쏟아졌고, 허벅지는 피가 엉겨 붙어 옷을 벗을 수가 없었다. 귀와 뺨을 얻어맞은 충격으로 달팽이관이 흔들려 어지러워 일어날 수도 없었다. 일주일 동안 누워 있으면서 그 기억만 떠오르면 몸서리치는 두려움에 시달려야 했고 문 여는 소리만 나도 깜짝깜짝 놀래야 했다. 그의 양심은 공포에 오그라들어 버렸고, 그래서 최 반장이 동정어린 표정으로 유혹할 때도 아무 대답도 할 수가 없었다.

김동연은 괴로운 기억을 잊으려 말을 돌렸다.

"홍기는 죄명이 뭐래?"

"아직 죄명도 모른대요."

"그럼 무조건 연행부터 한 거야?"

"일단 연행해서 사회주의 조직사건으로 조작해 보고 안 되면 제삼자개입금지법 위반으로 집어넣겠죠. 먼저 가명 취업한 걸 들춰내 공문서위조로 넣을 수도 있고요."

김동연은 이를 갈았다.

"나쁜 새끼들! 고문이 심하겠군!"

김진영은 그저 고개를 끄덕였다. 김동연은 쓴 알약을 삼키고 물었다.

"그런데 놈들이 어떻게 홍기를 알았을까? 우리는 상당히 조심했잖아?"

김진영도 고개를 갸우뚱했다. 홍기가 길 한복판에서 연행되던 날을 생각해 보니 그가 나간 직후 곽 씨가 박카스를 들고 나타났다가 바로 가버린 일이 떠올랐다. 홍기가 연행된 것은 바로 그 직후였다.

"나는 아무래도 곽 씨가 의심스러워요. 그 떠버리가 요즘 갑자기 나타나 설치고 다니는 게 아무래도 이상하거든요. 그렇지만 사람을 함부로 의심하지는 말아야죠."

"내 생각에도 그 놈이 수상해. 손영원 씨가 그러는데 며칠 전에 만났더니 운동권 학생들에게 이용당하지 말라고 하더라는 거야. 요새 부쩍 열심히 쫓아다니는 사람이 그런 소리는 왜 해?"

"그랬대요? 나중에 만나면 한번 물어 보세요."

김동연은 그 말에는 대답하지 않았다. 다시 출근을 해야 할지 아주 그만두어야 할지 마음이 복잡했다. 아내는 아침에도 이제 할 만큼 했으니 그만두라고, 돈 못 벌면 자기가 벌겠노라고 애원하다시피 했다. 그러지 않아도 대영제강 쪽은 바라보고 싶지도 않은 심정이었다. 김진영은 그의 마음을 읽고 있었다. 조용히 그의 손을 잡으며 말했다.

"형, 힘들고 괴로우신 것 저도 알아요. 나도 사실은 회사 앞에 가고 싶지도 않아요. 오늘도 지옥문에라도 들어가는 기분이었어요. 허지만 우리에게는 약속이 있었잖아요. 대영제강 노동자를 위해 끝까지 싸우겠다던, 동지의 약속이 있었잖아요? 우리가 목숨을 버릴 각오로 싸운다면 우리는 반드시 승리할 거예요. 설사 지더라도 깨끗이 죽을 수 있을 거예요. 노동자도 똑같은 인간인데 자존심이 있잖아요? 이대로 물러날 수는 없어요."

나직하고 단호한 말투였다. 그러나 김동연에게는 처연하게만 들렸다. 그는 무어라고 대답을 할 수가 없었다. 그저 부끄러움이 밀려올 뿐이었다. 두 사람 사이에는 한동안 침묵이 흘렀다. 한참 만에 김진영은 고통으로 얼굴을 찡그리며 일어섰다.

"왜? 벌써 가려고?"

김동연은 일어서려 했으나 너무 오랫동안 누워 있었기 때문에 현기증이 일어 풀썩 주저앉고 말았다. 오히려 김진영이 놀래서 그의 어깨를 잡아 주어야 했다.

"형, 일어나지 말고, 몸조리 잘하세요. 난 갈게요."

미안해 하는 김동연을 등지고 나가던 김진영은 문턱에서 다시 고개를 돌렸다.

"형! 내일은 쉬고 모래 아침에 회사 앞에서 한바탕 할 거에요. 나오시려면 나오고… 만약에 앞으로 나를 보지 못하더라도 열심히 싸워요. 알았죠?"

그의 얼굴에는 서글픈 미소가 떠어 있었다. 김동연은 갑자기 이상한 예감이 들어 무슨 말인가를 물어보려 했다. 그러나 김진영은 그대로 문을 나섰다. 김동연은 그가 사라진 문을 한동안 멍하니 바라보았다.

밖에는 언제부터인지 가는 비가 뿌리고 있었다. 어두운 오후의 공기가 차갑게 식어 가고, 골목에서 놀던 아이들은 하나도 보이지 않았다. 공장의 지붕들과 삭막한 아파트 위로 뽀얀 물방울이 가득히 날리고 있었다. 김진영은 머리에 붙인 반창고가 젖어들어 가는 줄도 모르는 채 힘겹게 한 발 한 발 걷기 시작했다.

죽음, 어둠으로밖에는 상상되지 않는 죽음의 세계가 차가운 습기처럼 가슴을 적셔 들어왔다. 그것은 괴로움이 아니라 황홀한 유혹이었다. 지금까지 단 한시도 편안해 본 적이 없는 가혹한 삶으로부터, 저 참담한 폭력으로부터 벗어날 수 있는 유일한 길이었다. 더 이상은 방법이 없어 보였다. 오직 자신의 죽음으로써만이 공포에 사로잡혀 감겨 있는 노동자들의 눈을 뜨게 할 수 있을 것만 같았다. 절망 속에 헤매는 동지들을 살릴 수 있을 것만 같았다. '그래 죽음을 주자…….' 진영은 시커먼 하늘을 올려다보며 중얼거렸다.

갑자기 눈앞이 핑 돌았다. 엉치뼈와 뒤통수에 충격이 왔다. 퍼뜩 정신을 차리고 보니 언덕길 한복판에 쓰러져 있었다. 근육통으로 휘청이며 걷다가 빗물에 젖은 미끄러운 길바닥에 넘어진 것이다. 상처가 남아 있는 허벅지로 새까만 물이 스며들면서 몹시 쓰라려왔다. 빗물이 머리칼과 온 몸을 흠뻑 적셔왔다. 온 힘을 다해 겨우 일어섰다. 그리고 후들후들 떨리는 다리를 이끌고 공중전화로 다가갔다.

이상섭은 집에 없었다. 고 씨가 받았다.

"진영이 총각? 그 냥반은 요즘 노가다 다니고 있잖수. 비가 오니까 오늘은 일찍 들어오겠구먼. 어때, 요즘은 별일 없능가?"

김진영은 미소를 띠었다.

"네. 아무 일도 없어요. 형님을 꼭 한번 보고 싶은데……."

"어쩌나? 내일도 일 나갈 텐데. 저녁에 한번 오우."

"예, 그러죠. 안녕히 계세요, 형수님."

수화기를 내려놓고 그는 다시 빗속을 걷기 시작했다. 그가 아는 모든 사람을 한 번씩만이라도 보고 싶었다. 다시는 못 볼지도 모르는 얼굴들이 주마등처럼 떠올랐다. 홍기의 단호한 얼굴이, 이상섭의 시원시원한 얼굴이, 그리고 이영주의 선하디 선한 넓은 얼굴이 떠올랐다.

멀리 병원이 보이기 시작했을 때 그의 몸은 완전히 비에 젖어 있었다. 어둠은 거리를 점점 깊이 눌렀고 명멸하는 차량의 불빛들이 빗속에 어지러웠다. 작고 오래된 병원은 굵어진 빗발 속에 음산하게 서 있었다.

이영주는 여러 명의 환자가 함께 쓰는 지저분한 3등 병실에 누워 있었다. 낡아서 무늬가 거의 지워져 버린 환자복 속의 그녀의 하얀 몸은 폭풍이 할퀴고 간 것처럼 처절한 상처로 얼룩져 있었다. 목덜미 부근은 살점까지 떨어져 나갔고 쇠파이프에 맞은 어깨와 등은 살점이 시커멓게 부풀어 오르고 터져 피가 엉겨 붙어 있었다. 의식은 있었으나 김진영을 보고도 몸을 일으키지 못했다. 간호원이 상처에 새로 약을 바르는 중이었다.

"어떻게… 왔어요?"

안간힘을 써 말하는 이영주의 눈에는 대번에 구슬 같은 눈물이 송송 맺혔다. 오성모방은 기어이 농성장에 구사대를 투입했다. 구사대는 대부분 여성인 조합원들을 쇠파이프로 무참히 짓밟았다. 주동자급은 노끈으로 묶인 채 마당까지 질질 끌려 나와 행인과 사원들이 보는 앞에서 잔인하게 두들겨 맞았고 나중에는 옷까지 찢기는 성적 모욕을 당해야 했다. 구사대는 여공들이 얼굴에 침을 뱉다 못해 입속에 더러운 쇠파이프를 쑤셔 넣으며 음탕한 욕설을 퍼붓기도 했다. 조합은 그들을 고소했지만 성명불상이라는 이유로 어떤 수사도 이뤄지지 않았다.

"낮에 소식을 들었어. 이제 와서 미안해……. 그런데 이게… 이 나쁜 새끼들."

김진영은 놈들에 질질 끌려 다니느라 살 껍질이 다 벗겨져 버린 그녀의 손바닥을 내려다보며 울컥 눈물이 솟는 것을 참을 수가 없었다. 그러나 이영주는 약 바르는 아픔을 참느라 눈을 찡그리면서도 웃으려고 애썼다.

"이 정도는 아무것도 아녜요. 예전에는 똥물까지 먹은 동지들도 있었다면서요? 우리는 이 정도로 무너지지 않아요. 농성은 다시 시작될 거예요."

김진영은 고개를 끄덕이기만 했다. 광대뼈가 퉁퉁 부어오른 이영주의 얼굴을 보니 견디기 힘든 고통이 사무쳐 와서 무어라 말을 할 수가 없었다. 간호원이 이영주의 등을 치료하기 위해 옷을 벗기며 말했다.

"보호자는 잠시 나가 주세요."

병원 유리창으로 굵은 빗줄기가 가득히 부딪쳐 왔다. 김진영은 담배에 불을 붙이며 다시 죽음을 생각해 보았다. 이영주가 몹시 슬퍼할 것이라는 생각이 들었다. 연인으로서의 슬픔은 아닐 것이다. 둘 사이에는 분명 한 여자 대 한 남자로서의 애정이 없지 않았다. 그러나 서동석을 위해서라도, 김동연을 위해서라도 기꺼이 목숨을 바칠 수 있듯이, 서로를 위해서 기꺼이 목숨을 바칠 수 있는 동지의 정이 더 깊었다. 그것은 연인들끼리 서로를 소유함으로써 얻어지는 애정과는 다른 것이었다. 김진영은 병원을 떠날 수가 없었다. 그는 쪽의자에 앉아 밤새 이영주를 간호했다.

"이렇게 여기 있어도 돼요?"

자정이 넘어 이영주가 걱정스레 물었을 때 그는 쓸쓸히 웃었다.

"응, 그럼! 이젠 모여서 얘기할 사람도 없는걸 뭐."

그는 끝까지 자신의 결심에 대해서는 암시하지 않았다. 그저 마지막으로 그녀를 지켜주고 싶었을 뿐이었다.

비는 다음 날도 그치지 않았다. 오전에 집에 들어간 김진영은 모처럼 비오는 휴일이라 집에 있던 부모형제들과 다정한 점심시간을 보냈다. 그는 자신의 일기와 책들을 깨끗이 정리하여 보자기에 싸두고 오후 늦게야 집을 나섰다. 이상섭은 그날도 집에 없었다. 대영에 무슨 일이 있는지도 까맣게 모르고 비가 와도 일할 수 있는 도배보조공으로 따라갔던 것이다. 김진영은 이상섭을 보는 것을 포기하고 저녁내 서동석과 함께 쓸쓸히 술을 마셨다. 그리고 시간이 꽤

늦었을 때 주유소에 가서 석유와 휘발유를 조금씩 샀다. 그 시간에 서동석은 술과 병고에 취해 깊이 잠들어 있었다.

이틀 동안 내리던 비가 그치고 찬란한 아침이 밝아왔다. 축축이 젖은 길바닥과 잿빛 시멘트 위로 황금빛 햇살이 뿌려졌다. 한결 따스해진 눅눅한 봄바람이 출근하는 노동자들을 어루만졌다. 사람의 마음을 공연히 들뜨게 만드는 늦봄의 아침이었다. 처참한 비극이 일어나리라고는 아무도 상상 못 할 상쾌한 아침이었다.

대영제강 정문 앞에는 여느 날과 마찬가지로 반짝이는 노란 안전모에 쇠파이프를 든 구사대 30여 명이 늘어서서 출근하는 노동자들을 한 명씩 확인하고 들여보내고 있었다. 전날 단합대회에 초청되어 좋은 술과 여자들에게 진을 빼버린 그들의 눈에는 아직도 술기운이 붉게 남았고 입에서는 구린내와 술 냄새가 푹푹 뿜어 나왔다. 몇 명의 직원과 과장 외에는 모두가 이십대 초반의 젊은이들이었다. 구멍 뚫어 노끈을 매달은 은빛 쇠파이프에는 점점이 피가 말라 붙어 까맣게 얼룩져 있었다.

7시 40분경, 노동자가 가장 많이 몰리는 시간이 되자 예상대로 해고자들이 나타났다. 3명이었다. 아직 상처가 낫지 않아 얼굴은 시퍼런 피멍으로 얼룩졌고 다리는 쩔뚝이고 있었는데 손에는 유인물을 한 덩이씩 들고 있었다. 구사대원들은 쇠파이프의 끈을 질끈 말아 쥐었다.

"저 것들! 안 뒈지고 또 나타났네?"

"오늘은 아예 다리를 부러뜨려 줘야겠구만!"

구사대는 한마디씩 내뱉었으나 일말의 주저함이 여럿의 표정에 나타났다. 가혹한 몰매에도 굽히지 않고 나타나는 지독함에 대한 두려움이었다. 해고자들은 어정쩡하게 걸음을 멈추는 노동자들에게 유인물을 나눠주기 시작했다. 정기준이 목청껏 외쳤다.

"대영제강 동료여러분! 우리는 더 이상 노예가 아닙니다. 작업을 중단하고 파업에 동참합시다!"

노동자들은 주저하면서도 유인물을 받아 들었고 일부는 차마 정문 안으로 들어가지 못하고 얼쩡거리기 시작했다. 구사대의 주저하던 얼굴은 곧 증오로 바뀌어 갔다. 젊은 경비조장이 힘차게 소리 질렀다.

"가자!"

구사대는 쪽문을 통해 우르르 밖으로 몰려나왔다. 노동자들은 놀라서 비켜섰고, 해고자 주변에 있던 노동자들도 겁에 질려 뒤로 도망쳤다. 그러나 해고자들은 똑바로 선 채로 구호를 외치기 시작했다.

"얼지 말고 단결하여 민주노조 쟁취하자!"

"노동자도 인간이다, 인간답게 대접하라!"

구호가 끝나기도 전에 세 사람은 거의 동시에 앞으로 고꾸라졌다.

"밟아 죽여!"

"없애 버려!"

더 이상은 말이 필요 없었다. 퍽퍽 살점 튀는 소리만이 남았다. 차가운 시멘트 바닥에 웅크려 쓰러진 김진영의 얼굴에 서동석의 가슴에, 정기준의 허벅지와 뒤통수에 안전화의 강철굽이 푹푹 파고들었다. 해고자들은 고통스런 신음을 토해내며 이리저리 발길에 차는 대로 굴렀다. 노동자들은 멀찌감치 서서 분노와 공포에 사로잡혀 부들부들 떨었으나 어느 누구도 단 한마디 항의도 못하였다.

"빨리 들어가!"

"안 들어가는 놈은 똑같이 대우해줘!"

과장들과 경비조장의 고함이 사방에서 터져 나왔다. 한참이나 두들겨 맞은 해고자들이 기진해서 꼼짝도 않게 되었을 때, 구사대는 보란 듯이 버려둔 채 노동자들을 들여보내기 시작했다. 노동자들은 슬금슬금 정문 안으로 떠밀려 들어가기 시작했다. 김진영은 걸어 들어가는 노동자들을 향해 손을 뻗으며 일어서려고 애썼다.

"안 돼… 들어가면 안 돼……."

애타게 부르짖으며 메마른 손가락으로 시멘트바닥을 긁

었다. 찢어진 눈썹에서 흘러내리는 피가 시야를 가렸다. 옆에서 서동석이 흐느끼는 소리가 들려왔다. 서동석은 땅바닥에 퍼져 엎어진 채 흐느껴 울고 있었다. 아파서가 아니었다. 노동자들이 기어이 들어가는 것을 보면서 견딜 수 없는 좌절감에 우는 것이었다. 김진영은 온 힘을 끌어모아 일어섰다. 그리고 앞에 등을 지고 서 있던 제강과장의 등을 힘껏 밀어 젖히고 맞은편 주택가를 향해 뛰기 시작했다.

"저건 뭐야? 잡아!"

제강과장이 뒤늦게 소리쳤으나 김진영은 순식간에 구경 나온 동네 아낙네들을 뚫고 사라져 버렸다. 몇 명의 구사대가 쫓으려 했으나 아낙들에 막혀 포기하고 말았다. 제강과장은 다른 두 해고자를 쏘아보며 투덜댔다.

"쥐방울 같은 놈! 잘도 도망치네."

그는 온몸을 난타당해 꼼짝 못하고 주저앉아 있는 정기준의 옆구리를 툭 차며 소리 질렀다.

"야! 이 새끼 묶어! 경찰에 보내!"

구사대 몇이 달려들었다. 두어 명은 서동석을 잡고 물었다.

"이 새끼는 어떻게 할까요?"

제강과장은 서동석의 이글거리는 눈과 부딪치자 슬쩍 얼굴을 돌렸다.

"실어다가 버려! 어차피 정기준이 놈만 구속될 테니까!"

정기준은 그제야 사태를 알아차리고 발버둥 쳤다.

"놔! 놔!"

그러나 깡패들의 거친 손아귀를 벗어날 수가 없었다. 등 뒤로 손이 돌려진 채 포박되고 말았다. 경찰차의 싸이렌 소리가 들려오기 시작했다. 순찰차 한 대가 인파를 헤치고 들어왔다. 정복 경찰 셋이 뛰어내리더니 즉시 정기준을 끌고 가려 했다.

"놔! 놔! 폭력경찰 물러가라!"

정기준은 버둥댔으나 힘이 빠진 상태여서 그대로 순찰차에 실리고 말았다. 출근하려던 노동자들과 구경꾼들은 새로운 사태를 주시하고 있었다. 바로 그때였다. 김진영의 날카로운 목소리가 모든 사람의 귀를 파고들었다.

"노동자도 인간이다! 인간답게 살아보자!"

정문 맞은편 3층 상가 옥상이었다. 사람들의 시선이 일시에 3층을 향했다. 파란 하늘을 등지고 꿋꿋이 선 깡마른 모습이 조각처럼 눈에 선명히 들어왔다. 온 몸에 덮어쓴 석유와 휘발유가 머리칼과 옷을 타고 흘러내리고 있었다. 비장한 음성이 쩌렁쩌렁 들려왔다.

"구사대는 물러가라! 물러가지 않으면 분신하겠다!"

올려다보던 사람들 사이에서 동요가 일어나기 시작했다.

회사 안에 들어갔던 노동자도 철문가로 몰려나왔다. 제강
과장이 욕설을 퍼부었다.

"미친 놈! 지랄하고 자빠졌네!"

다른 놈들도 위에 대고 소리쳤다.

"쇼하지 말고 죽으려면 얼른 죽어! 어디 죽을 용기나 있
냐?"

"얼른 죽어, 이 빨갱이 새꺄!"

제강과장이 큰 소리로 외쳤다.

"올라가서 끌어 내!"

서동석이 미친 듯 소리쳤다.

"올라가지마! 사람 죽는단 말야!"

구사대는 그의 말에 아랑곳 않고 건물을 향해 달려갔다.
남아 있던 구사대 하나가 그의 가슴을 내질렀다.

"시끄러 이 새꺄! 너희 같은 빨갱이들은 다 죽어야 돼!"

그때, 조그마한 체구의 노동자 하나가 뛰어들어 놈을 거
칠게 떠밀었다.

"때리지마! 너희가 뭔데 사람을 쳐?"

최보선이었다. 최보선뿐 아니라 많은 노동자들이 정문을
빠져나오고 있었다. 몇 명뿐인 구사대는 노동자를 막느라
최보선에게는 덤벼들지 않았다. 서동석의 손을 잡아 일으
키는 보선의 눈에는 눈물이 글썽했다.

"고맙다……."

서동석은 떨리는 손으로 그의 어깨를 잡고 일어났다. 그동안에도 구사대는 3층까지 올라가 김진영이 잠가놓은 옥상 문을 부수기 시작했다. 쿵쿵 소리가 아래까지 들려왔다. 김진영은 더 이상 올라오지 말라는 소리는 하지 않았다. 그의 손에는 이미 불붙은 라이터가 들려 있었다.

"어용노조 물리치고 민주노조 쟁취하자!"

석유에 젖은 뺨에는 눈썹에서 나온 피와 눈물이 엉켜 뜨거운 피눈물이 되어 흘러내리고 있었다. 대영제강 전체가 흐릿하게 내려다보였다. 몰려드는 사람들의 얼굴이 흐릿하게 내려다보였다.

"안 돼! 진영아, 안 돼!"

군중들의 비명 속에 정기준의 외침이 아득히 들려오는 가운데, 김진영은 라이터 불길을 몸에 갖다 댔다. 옷깃에 옮겨 붙은 불꽃은 순식간에 시뻘건 불길이 되어 검은 연기를 피워 올리며 타들어가기 시작했다.

"아악!"

구경하던 여자들이 비명을 질렀다. 불길은 김진영의 어깨로, 가슴으로 삽시간에 퍼져 나갔다. 그의 상체는 순식간에 불덩이로 변해 갔다. 뜨거운 불길이 살 속으로 파고들었다.

"안 돼 —!"

노동자들이 미친 듯이 외쳤다. 한 명, 두 명이 아니라 수많은 사람의 외침이었다. 마침내 노동자들의 마음이 다시 하나로 뭉치는 순간이었다. 그러나 진영은 이미 아무 소리도 듣고 있지 못했다. 그는 불꽃이 목을 타고 들어오는 고통 속에서 마지막으로 처절하게 절규했다.

"노동자도 인간이다! 인간답게 살고 싶다!"

그리고는 3층 아래로 훌쩍 뛰었다. 커다란 불덩이가 검은 연기를 날리며 수직으로 떨어졌다. 퍽! 머리 깨지는 소리가 소름끼치게 들려왔다. 시멘트 바닥에 사지를 뻗고 쓰러진 그는 더 이상 꼼짝도 하지 않았다.

"진영아 —!"

여러 노동자가 외치며 달려들었다. 그의 몸에 달라붙은 석유는 시커먼 연기를 뿜어 올리며 여전히 타고 있었다. 살 타는 냄새가 진동하였다. 서동석과 최보선, 그리고 손영원이 달려 들어 옷으로 마구 때려도 불길은 잡히지 않았다. 머리에 피를 철철 흘리며 죽은 듯 쓰러진 몸은 새까맣게 타 들어 가기만 했다. 그때, 한 사람이 구멍가게에서 담요를 싸들고 뛰쳐나오며 소리 질렀다.

"이불! 이불!"

김동연이었다. 그의 눈은 완전히 뒤집혀 있었다. 새벽 내내 잠을 못 이루고 고민하다가 뒤늦게 출근하는 길이었다.
사람들이 술렁이는 것을 보고 불길한 예감으로 뛰어왔을
때는 김진영이 이미 3층에 올라가 있을 때였다.

"진영아 —!"

김동연은 담요를 덮어씌우고 시멘트 바닥에 털썩 무릎을
꿇고 앉아 절규했다. 굵은 눈물이 비 오듯 쏟아졌다. 서동
석도 그의 손을 잡으며 울음을 터뜨렸다. 그때 보이지 않는
곳에서 또 한 사람이 절규하고 있었다. 정기준이었다. 그는
순찰차에 갇힌 채로 몸부림쳤으나 차는 이내 출발해 버렸
다. 차창에 얼굴을 부비며 절규하는 정기준을 실은 순찰차
는 인파를 헤치고 천천히 대영제강을 떠나갔다.

구급차가 도착했을 때, 김진영은 의식을 잃은 채 희미한
숨결만이 남아 있었다. 머리칼과 눈썹은 다 타 없어지고 눈
꺼풀과 입술마저 말려 올라가 허연 눈자위와 뻐드렁니가
드러난 상태였다. 몸을 둘러싼 옷도 완전히 재가 되어 너덜
너덜한 사이로 익어버린 살이 허옇게 드러났다. 오직 혁대
의 버클만이 검게 그을린 채 형태를 유지하고 있을 뿐, 모
든 것이 타버렸다. 새까만 몸뚱이에서는 오래도록 향연 같
은 연기가 피어났고 기름 냄새와 살 타는 냄새, 그리고 피
비린내가 진동했다.

23

의사들은 응급실에 도착한 김진영의 몸에서 타버린 옷과 벌겋게 익어 부풀어 오른 살 껍질을 벗겨 냈다. 시뻘겋게 속살이 드러난 그의 몸에서는 맑은 핏물이 흘러나와 침대를 적셨다. 의사들은 수분을 보충하기 위해 팔과 다리에 다섯 개의 식염수를 꽂았으나 생명 회복에는 아무 도움이 되지 않았다. 침대 시트는 계속해서 붉은 핏물로 흥건히 적셔졌고 마취제를 최고한도까지 놓았으나 고통으로 의식을 찾지 못하고 혼수상태를 헤맸다. 성기에 꽂은 호스로 붉은 피오줌이 나왔고 목으로는 새까만 재로 범벅이 된 가래가 넘어 나왔다. 전신 80%의 3도 화상이었다.

회사와 경찰은 처음에는 병원에 한 명도 따라오지 않았다. 노동자 몇 명이 치료비 보증을 서야만 했다. 그들은 김진영이 살아날 가망이 없음이 확인되면서야 나타났다. 전경들이 병원 주변을 포위하기 시작한 것이다. 뒤늦게 연락을 받은 여러 군데 노동단체와 민주단체 담당자들도 속속 도착했다. 전태일의 어머니 이소선 여사도 왔다.

"열어! 열란 말야!"

최보선은 실성한 사람처럼 소리치며 굳게 잠긴 중환자실 문짝을 두들기고 있었다. 20여 명 가량의 대영제강 노동자 모두가 흥분한 상태였다.

"왜 못 들어가게 하는 거야? 안락사 시키려는 거지? 비켜! 이 새끼들아!"

최보선은 앞을 가로막는 인턴들을 거칠게 밀어붙이며 외쳤다. 그때 서동석이 몸을 날려 온 힘을 다해 주먹으로 문짝을 치며 소리쳤다.

"열어, 이 새끼들아! 진영이 어머니가 오셨어! 어머니가 오셨다고!"

손등의 껍질이 벗겨져 피가 나오기 시작했으나 그는 막무가내로 주먹을 휘둘렀다. 뒤에는 초라한 한 여인이 바들바들 떨며 서 있었다. 김진영의 어머니였다. 파출부로 일 나갔다가 뒤늦게 소식을 듣고 쫓아온 길이었다. 고생과 번민으로 찌들은 그녀의 얼굴은 경악과 두려움으로 하얗게 질려 있었다.

"가족이 왔어! 어머니도 면회가 안 돼냐?"

노동자들은 무더기로 달려들어 문짝을 차기 시작했고 나

무문짝은 금방 쩍쩍 소리를 내며 갈라지기 시작했다. 마침내 더 이상 버티지 못하고 의사가 문을 열어 주었다. 노동자들은 우르르 쏟아져 들어갔다.

김진영은 입구 앞쪽에 온 몸을 붕대로 칭칭 감긴 채 누워 있었다. 붕대는 배어나온 핏물과 소독약으로 흥건히 젖었고 요동을 막기 위해 네 팔다리는 침대에 묶인 채였다. 막상 뛰어 들어간 노동자들은 참담한 광경에 말들을 못하고 조용히 침대 주변을 둘러쌌다. 재야단체에서 온 이들의 카메라만이 섬광을 터뜨렸다. 의사가 조용히 입을 열었다.

"불길이 폐까지 들어가 기도가 다 타버렸기 때문에 공기호스를 끼워야 합니다. 할 말이 있으면 지금 하도록 하십시오. 앞으로는 말을 못합니다."

어머니는 넋을 잃고 아들에게 다가갔다. 부모의 고생을 덜어 드린다고 스스로 학교를 나와 노동판에 뛰어들었던, 몇 푼 안 되는 돈을 꼬박꼬박 가져와 동생들 학비를 대주던, 불의를 보면 참지 못해 싸움판을 벌여도 밉지 않았던 맏아들의 모습을 보았다. 미라처럼 붕대에 감겨 알아볼 수 있는 것이라고는 메마른 골격뿐인 참혹한 모습이었다. 어머니는 떨리는 손으로 아들의 얼굴을 만지며 아무 말도 하지 못했다. 아무 말도 할 수가 없었다. 오로지 목메어 중얼거릴 뿐이었다.

"애야··· 이게, 이게 어찌된 일이냐······."

몇 시간째 외롭게 갇혀 있던 김진영의 눈은 떠 있었으나 의식은 거의 없었다. 머리를 다친 때문인지 구토를 한 흔적이 남은 입술이 바르르 떨렸다. 그래도 그는 주위의 사람들을 알아보기 시작했다. 제일 먼저 알아본 이는 전태일의 어머니 이소선 여사였다. 그는 타버린 입가에 보이지 않는 미소를 띠며 말했다.

"어머니. 이소선 어머니 오셨네요. 보고 싶었어요. 고마워요······."

그리고 나서야 자신의 친어머니에게 시선을 돌리고 검은 재로 범벅된 침을 흘리며 간신히 입을 열었다.

"어머니 울지 마세요. 저는 자···랑스럽게 죽을 거예요······."

어머니는 죽은 줄로만 알았던 아들의 말소리가 들리자 스스르 주저앉으며 정신을 잃어 버렸다. 노동자들이 황급히 안아 일으켰으나 완전히 넋이 빠져 아무것도 보이지 않는 듯 멍하니 서 있기만 했다. 김진영은 그것을 아는지 모르는지 붕대 감긴 머리를 애써 돌리며 다시 입을 열었다.

"모···두 왔구나. 동연이 형··· 동석이 형도. 물···물 좀 줘······."

가래로 기도가 막혀 거의 알아들을 수 없었다. 김동연이 가제로 입가의 가래를 닦아주며 눈물을 흘렸다. 몰려 들어왔던 이들은 참혹한 몰골을 차마 바라보지 못하고 제각기 얼굴을 돌린 채 눈물을 훔쳤다.

"무⋯ 물⋯ 물을 줘⋯⋯."

김진영은 물을 찾았으나 의사는 담담하게 말했다.

"절대 물을 주면 안 됩니다."

서동석이 진물이 흘러나오는 그의 손을 잡으며 울먹였다.

"안 돼, 진영아. 물 마시면 넌 죽어 임마."

"죽으려고 한 거야. 주⋯죽게 내버려 둬⋯⋯. 나⋯는 이렇게 죽는 게 여⋯영광스러워."

둘러선 노동자들은 오열을 참지 못하고 고개들을 떨구었다. 간호원이 증류수에 적신 가제를 건네주었다. 간호사조차도 구토라도 할 듯이 얼굴을 찡그리고 있었다. 서동석이 젖은 가제로 타서 말아 올라간 입술을 적셔주자 진영은 다시 힘겹게 입을 열었다.

"상⋯섭이 형은?"

"연락했으니까, 올 거야."

김진영은 희미하게 안도의 눈빛을 해보였으나 얼굴로는 이제 더 이상 어떤 표정도 지을 수 없었다. 그때 문이 벌컥 열렸다. 이상섭이었다. 공사장에서 일하던 그대로 뛰쳐나와 남루한 작업복은 흙먼지 투성이였고 헝클러진 머리칼에는 시멘트가 엉겨 붙어 있었다. 얼마나 놀랬는지 햇빛에 검게 그을은 얼굴이 새하얗게 질려 있었다. 그는 들어오자마자 미친 사람처럼 외치며 진영에게 달려들었다.

"진영아 이놈아! 이, 이게 무슨 짓이여? 이게 무슨 변고란 말이여?"

그윽한 눈웃음이 인상적이던, 그러나 이제는 눈썹조차 남아 있지 않은 김진영의 눈이 기쁨으로 반짝였다.

"형님 왔구나… 다행…이에요. 혀…형을 꼭 보고 시…싶었어요."

이상섭은 그의 침대 앞에 털썩 무릎을 꿇고 엉엉 울기 시작했다. 그는 맨바닥을 주먹으로 내리치며 통곡했다.

"내가 나쁜 놈이여… 내가 나쁜 놈이여… 니들하고 끝까지 싸웠어야 하는 건데… 내가 나쁜 놈이여……. 나 하나 살겠다고……."

처절한 통곡이었다. 김진영은 그 가운데도 온 힘을 끌어모아 말을 이었다.

"형…님. 잊지 말아요. 동…지의 약…속을 잊지 말아요. 노동자가 해방되는 그날까지 꼭 잊지 말아요……."

의사가 돌아왔다.

"이제 되었습니까? 기관지 절개 시술을 해야 하니 이젠 나가도록 하시오. 아니면 당장 사망합니다."

사망한다는 말에 노동자들은 더 이상 말을 못 붙이고 물러나기 시작했다. 누운 이에게 차례로 눈인사를 건네는 얼굴마다 눈물이 번들거리고 있었다. 김진영은 다시 쓸쓸한 병실에 홀로 남겨졌다. 그것이 살아서의 마지막 이별이었다.

시간이 갈수록 중환자실 복도에는 노동자들과 민주인사들로 붐비기 시작했다. 정식 면회 시간이 왔을 때 제일 먼저 김동연의 부축을 받고 들어갔던 어머니는 나오자마자 다시 넋을 잃고 하염없이 울기만 했다. 다른 이들도 차례로 흰 가운을 갈아입고 들어갔으나 김진영의 입에는 여러 개의 호스가 박힌데다 기절한 듯 잠들어 아무 얘기도 나눌 수 없었다.

오후가 되었다. 형광등이 파리하게 밝혀져 있는 중환자실 복도에는 담배연기가 자욱했다. 지친 노동자들과 민주인사들이 맨바닥에 주저앉아 두런두런 이야기를 나누고 있었다. 서동석은 바닥에 주저앉은 어머니 앞에 앉아 조용히 말했다.

"어머니 상심 마세요. 진영이는 훌륭한 일을 한 겁니다."

어머니는 젖은 손수건으로 두 눈을 누른 채로 오열하였다.

"왜, 내 아들이… 왜……."

서동석은 피가 엉겨 붙은 손으로 그녀의 쭈글쭈글 늙은 손을 잡았다.

"나쁜 회사 놈들이 그런 겁니다, 어머니. 그놈들이 진영이를 분신하게 만들었어요. 어머니, 앞으로 그놈들이 무슨 소리를 해도 믿지 마시고 꼭 저희들 말만 들으세요. 아시겠지요?"

어머니는 오열하는 가운데도 고개를 끄덕였다. 그때, 1층에 내려갔던 최보선과 장영철이 돌아왔다.

"이상한데? 아래층에 전경들이 가득 찼어. 전부 이리로 올라오려는 모양이야."

"아, 아까보다 휘, 훨씬 늘었어."

김동연과 이상섭도 이상한 예감으로 일어났다. 그때 중환자실 문이 열리고 간호원이 나와서 조용히 말했다.

"김진영씨 보호자 들어 오세요."

정기면회 시간이 아니었다. 임종이었다. 어머니는 또다시 후들거리며 일어섰고 노동자들이 조용히 따라 들어갔다. 이미 정신을 잃어 어떤 말도 할 수 없던 김진영은 동료노동자들이 지켜보는 가운데 이소선 여사의 손과 어머니의 손을 잡은 채 조용히 숨을 멈추었다. 어머니는 아들의 가슴이 차가워지는 것을 느끼며 까마득하게 정신을 잃고 말았다.

잠시 후, 유해를 실은 병상이 영안실로 가기 위해 복도로 나왔다. 복도는 흐느낌으로 가득히 차올랐다. 그러나 슬퍼할 겨를도 가질 수 없었다. 김진영의 유해가 승강기로 가기도 전에 전경들이 몰려들어 복도를 꽉 메워 버렸다.

"뭐요? 왜 막는 거요?"

이소선 여사가 맨 앞에 나서서 항의했으나 경찰지휘자는 완강했다.

"영안실에는 가족 이외에는 갈 수 없으니 유해를 넘겨주고 돌아들 가시오!"

"뭐여, 이놈들아?"

이상섭의 눈에서 불꽃이 튀었다.

"우리 친구, 우리가 장례 치르겠다는데 너희들이 뭐여? 뭔데 이래라 저래라 하는 거여?"

경찰은 단호했다.

"안 된다면 안 돼! 전원 연행하기 전에 유해를 인도하시오!"

노동자들이 격분해서 외치기 시작했다.

"야, 이 나쁜 놈들아! 우리 손으로 장례도 못 치르게 하냐?"

"개들의 손으로 장례를 치룰 순 없어!"

유해를 뺏겨본 경험이 많은 민주단체 실무자들이 다급히

대책을 세워 나갔다. 우선 유해를 노동자들 뒤편으로 옮기고 빈 병실에서 침대를 끌어내어 경찰과의 사이를 막았다. 그리고 대걸레 자루를 부러뜨려 젊은 노동자들에게 들게 하였다. 경찰은 수백 명에 잘 훈련된 자들이었다. 언제든지 힘으로 밀어붙일 수 있었다. 복도가 그리 넓지 않고 뒤가 막혀 뒤쪽으로는 쳐들어오지 못하는 유일한 방어책이었다. 살벌한 대치가 시작되었다.

이영주가 소식을 듣고 달려온 것은 대치가 시작된 지 한참이 지나서였다. 그녀는 경찰을 헤치고 들어올 때까지도 사실을 믿지 않고 있었다. 하얀 시트에 덮인 시신을 향해 다리를 절뚝이며 다가오던 그녀는 몇 발짝 걷지 못하고 풀썩 쓰러지며 목 놓아 통곡했다.

"오빠! 진영 오빠 —!"

비통한 절규가 듣는 이의 가슴을 찢어 놓았다. 퍼렇게 멍든 얼굴에 젖어드는 눈물은 아니 차라리 핏물이었다. 그녀가 목 놓아 울자 정신이 돌아왔던 어머니도 다시 정신을 잃고 바닥을 뒹굴며 통곡하기 시작했다. 두 여인의 울음소리에 긴장되어 있던 노동자들도 다시 고개를 떨구었다. 이영주는 미친 사람처럼 절규했다.

"누가 진영 오빠를 죽였어? 누가 죽였냐구? 이 나쁜 놈들아 —!"

친오빠 이영식을 대영에서 잃었던 그녀였다. 이영식의 죽음으로 인해 새로이 찾은 보람의 시간 속에 마음깊이 새겨진 김진영이었다. 두 사람 모두를 떠나보낸 그녀의 눈에는 아무 것도 보이지 않았다.

"복수할 거야, 복수! 가만히 내버려두지 않을 거야, 이 더러운 자본주의 세상을 가만히 내버려두지 않을 거야!"

이영주는 치를 떨며 절규했다. 그때, 노동자들 사이로 깊숙이 들어와 있던 흰 가운의 중년 사내들 속에서 갑자기 도발적인 욕설이 튀어나왔다.

"이 년이 미쳤나?"

"너도 죽고 싶냐, 이 빨갱이 년아?"

의사인 줄 알았던 사내들에게서 욕설이 터져 나오자 다들 황당해 미처 대응을 못했다. 이상섭이 그중 한 명의 멱살을 틀어쥐며 고함쳤다.

"뭐여, 이놈아? 의사 놈이 그게 무슨 망발이여?"

그러자 흰 가운들이 일시에 소리치며 그에게 달려들었다.

"잡아! 이 새끼 잡아!"

신호였다. 이상섭이 몸을 잡히는 것과 거의 동시에 경찰이 밀려들기 시작했다. 백골단은 사람으로 꽉 찬 비좁은 통로에 쐐기질을 하듯 곧바로 밀고 들어왔다. 노동자들이 머리 위로 걸레자루를 휘둘렀으나 전혀 방어가 되지 않았다. 한 노동자가 쏜 소화기분말이 경찰 제복에 하얗게 뿌려졌으나 미처 다 쏘기도 전에 군화발이 그를 짓이겨 버렸다. 전경과 노동자는 앞뒤가 없이 뒤섞인 채 치열한 육박전에 돌입했다. 그러나 잘 훈련된 손과 발들은 노동자들을 순식간에 짓밟아 갔다. 불과 몇 분 만에 모든 노동자가 개판으로 옷이 찢긴 채 끌려 나가기 시작했다. 울부짖고 발버둥쳤으나, 욕을 퍼붓고 발길질을 했으나 아무 소용이 없었다. 안쪽으로 밀렸던 민주단체 실무자들은 큰 저항 없이 한 명씩 끌려 나갔다. 연행된 이들은 병원 주차장에 대기하고 있던 경찰버스에 강제로 실려 경찰서로 이송되었다.

김진영의 유해는 경찰의 손에 넘어갔다. 그리고 경찰과 회사관리가 지켜보는 가운데 벽제화장터에서 기름불에 태워져 한 줌의 재가 되었다. 가족이라고는 반쯤 실성한 상태가 된 어머니만이 강제로 연행되어 참관할 수 있었을 뿐이었다. 그 시간에 김진영의 아버지는 아파트 경비실로 찾아온 회사간부와 형사에 이끌려 영문도 모르고 만진창이로 술이 먹여지고 있었다. 그들은 아버지에게 김진영이 나쁜 친구의 꾐에 빠져 몸을 다쳤다고만 했다. 평생을 청소부와 아파트 경비원으로 보낸 그는 사랑하는 아들이 죽었을 줄은 상상도 못하고 평생 처음으로 받아보는 높은 사람들의 융숭한 대접에 황송하여 주는 대로 술을 받아 마시고 깊은 잠에 빠져 버렸다.

잡혀간 노동자들과 단체 활동가들은 경찰서 지하실에 감금되었다가 화장이 끝난 후 밤 늦게서야 풀려났다. 황혼이 유달리 아름다웠던 그날 저녁, 진영의 유골은 황혼으로 붉게 물든 한강하구에 쓸쓸하게 뿌려졌다. 반년 전 이영식의 유골이 뿌려졌던 바로 그 자리였다.

24

비극의 날은 가고, 또다시 찬란한 태양이 드넓은 공장지대를 구석구석 밝히며 천천히 떠올랐다. 밤새워 일하고 나오는 노동자들의 충혈된 두 눈에도, 단잠에서 덜 깨어 부어오른 어린 여성노동자들의 까칠한 눈가에도, 눈부신 햇살은 빠짐없이 쏟아졌다.

대영제강 건너 상가 앞 시멘트 바닥에는 아직도 핏자국과 불탄 흔적이 선연히 남아 있었다. 선혈이 고인 자리는 모래를 뿌리고 닦아 냈으나 검붉은 피는 지워지지 않았고, 기름이 불탄 자리에는 검은 그을음이 남아 있었다. 김진영이 마지막으로 서 있던 3층 옥상 난간은 시멘트에 스며든 기름이 지금이라도 불을 붙이면 타오를 듯 선명히 남아 대영제강을 내려다보고 있었다.

자신들을 그토록 사랑했던 한 젊은 노동자의 죽음에도 불구하고 대영제강 노동자들은 어김없이 하나씩 푸석푸석한 모습을 나타내기 시작했다. 김진영의 젊음을 모두 간직한 곰팡내 나는 골목으로부터, 자본가들의 안락한 대형 승용차와 요동하는 만원 버스가 함께 흐르는 큰길 쪽으로부터, 하나둘씩, 이윽고 꾸역꾸역 밀려나오기 시작했다. 휘어진 등과 늘어진 어깨 위로 저주 같은 노동의 굴레를 무겁게 드리운 채, 묵묵히 비극의 현장을 지나갔다.

노동자들 앞에는 다시 세 명의 해고자가 기다리고 있었다. 김진영이 죽어간 자리엔 이상섭의 늙은 얼굴이 채워졌고, 정기준이 끌려간 자리에는 김영춘이 서 있었다. 그들은 더 이상 구호를 외치지 않았다. 가슴에는 검은 리본을 달고 손에도 한 줌의 리본을 든 채 무거운 얼굴로 서 있을 뿐이었다. 노동자들에게 리본 달기를 강요하지도 않았다. 노동자들이 알아서 가져가도록 묵묵히 들고 있기만 했다. 그럼에도 불구하고 많은 노동자들이 말없이 다가가 스스로 리본을 가슴에 달았다. 구사대는 여전히 도열해 있었으나 손에는 무기를 들지 않았고 밖으로 나오지도 않았다. 죽음 같은 침묵만이 무겁게 감돌았다.

분노의 함성이 제일 먼저 터져 오른 곳은 제강과였다. 입을 열 때마다 앞 이빨 사이로 테러의 상흔이 검게 드러나는 김동연이 배식구 앞에 섰다. 그는 부러진 이빨 사이로 가끔씩 쇳소리를 내면서 한 맺힌 가슴을 열었다.

"제강과 동료여러분! 저는 지금 차라리 죽고 싶은 심정입니다. 솔직히 말해 저는 지난 일 주일 동안 무서워서 도망갔었습니다. 지난주 월요일 날 노조위원장으로서 비굴하게도 구사대 깡패들의 매를 피해 도망갔던 나는 집에까지 쫓아온 놈들에게 이렇게 이빨이 부서지도록 맞았고 그래서 겁이나 출근도 못했던 겁니다. 사실 무서웠습니다. 최 반장이 찾아와 오백만 원 줄 테니 합의 보고 사표 쓰라고 할 때는 솔직히 마음이 약해져 고민도 했습니다. 오백만 원이면 적은 돈이 아닙니다. 저 사람들에겐 하룻밤 술값이지만 우리는 십 년을 적금 부어야 하는 돈이 아닙니까? 그래서 솔직히 고민도 했습니다. 힘없는 우리가 무얼 할 수 있겠냐, 그만두고 나 하나 잘살면 그만이지 그런 생각을 했단 말입니다. 그런데……"

그는 울컥 치밀어 오르는 눈물을 참고 계속해서 차분히 말해 나가려 애썼다.

"그런데 내가, 아니, 여기 있는 우리 모두가 그런 생각에 몸을 사리고 있는 동안에 우리 사랑하는 동료 김진영은 우리를 위해, 우리를 위해……"

끈질기게 가슴을 울렁여오는 설움에 그는 말을 잇지 못하고 잠시 천장을 올려다보았다. 기어이 눈물이 맺혔다.

"김진영이는 우리를 위해 죽었습니다. 뺏기고 짓밟히고,

그러고도 개처럼 비굴하게 살아야만 하는 우리를 위해 죽었습니다. 제강과 동료여러분, 저는 연설을 잘 못합니다. 그래서 뭐라고 제 마음을 말로 표현하지 못하겠습니다. 그렇지만 여러분, 우리 동료가 죽은 이 마당에 우리가 더 이상 무얼 망설여야 합니까?"

김동연은 목소리는 점점 격앙되었고 뺨에는 눈물이 흘러내렸다. 듣고 있던 노동자들 사이에서도 나직하게 코를 훌쩍이는 소리가 나기 시작했다. 김동연은 목메어 외쳤다.

"저 놈들이 인간의 탈을 쓰고서 이럴 수는 없습니다! 저들도 사람이라면 이럴 수가 없습니다. 제강과 동료여러분! 나갑시다! 밖에 우리 동료들이 기다리고 있습니다. 우리도 나가서 저 악랄한 인간들이 다시는 우리를 짓밟지 못하도록 혼을 내줍시다!"

"나가! 나가!"

장영철이 혀 짧은 소리로 외치며 벌떡 일어섰다. 여기저기서 다른 이들도 일어서기 시작했다. 그때, 우당탕 문이 활짝 열리고 제강과장과 고용깡패들이 쏟아져 들어왔다.

"뭐야, 이 새끼들아! 앉지 못해? 저 새끼 잡아!"

과장은 들어오자마자 호통치며 배식구 쪽을 향해 내달았다. 뒤를 이어 깡패들도 김동연을 잡기 위해 쫓아왔다. 김동연은 자기도 모르게 식판 하나를 집어 들고 대항할 자세를 취했다. 그때, 놀라운 일이 일어났다. 사방에서 노동자들이 튀어 일어나며 소리 지르기 시작한 것이었다.

"야, 이 새끼들아! 물러나지 못해?"

"저 새끼들부터 때려죽이자!"

분노는 폭발했다. 식당 안은 노동자들의 고함으로 가득 찼다. 김동연에게 달려가던 구사대들은 주춤거리지 않을 수 없었다. 거꾸로 십여 명의 노동자들이 그들을 향해 우르르 몰려갔다. 전혀 예상치 않았던 일에 구사대는 겁에 질려 구석으로 몰렸다. 제강과장이 눈을 까뒤집고 소리쳤다.

"뭐야? 물러가지 못해?"

순간, 달려들던 노동자들이 주춤했다. 과장의 차디찬 눈이 살벌하게 그들을 쏘아보았다. 그러나 그의 얼굴색은 두려움으로 질려 있었다. 김동연은 망설이지 않고 선뜻 그 앞에 나섰다. 그리고 격렬하게 외쳤다. 그의 가슴에는 이제 일말의 두려움도 남아 있지 않았다.

"그래, 나 여기 있다! 잡아 봐! 잡아 보란 말야, 이 더러운 놈들아! 죽이고 싶어? 그래! 죽여라, 죽여! 나 하나 죽여서 우리를 지배할 수 있다면 나를 죽여 봐! 이 더러운 개새끼들아!"

과장은 눈썹까지 파르르 떨며 이를 갈았지만 대꾸를 못했다. 찰나, 한 노동자의 주먹이 과장의 턱을 날렸다. 과장은 침을 튀기며 나동그라졌다. 곧바로 십여 개의 안전화 발이 과장의 온몸을 짓밟기 시작했다. 순식간에 벌어진 일이었다. 과장은 얼마나 공포에 질렸는지 눈도 못 뜨고 벌레처럼 웅크린 채 이리저리 나뒹굴며 비명을 질러대기만 했다. 노동자들의 욕설이 터졌다.

"이 자식이 구사대장이야! 이런 더러운 놈은 죽여야 해!"

"이젠 네가 죽어 봐라, 이 악랄한 놈아!"

고용깡패들은 갑작스런 사태에 놀라 덤빌 엄두도 못 내고 후다닥 도망쳐 버렸고, 사방에서 성난 목소리가 터졌다.

"나가자! 개놈의 자식들을 박살내 버리자!"

노동자들은 밖으로 쏟아져 나갔다. 과장을 두들기던 젊은 노동자들도 침을 뱉으며 돌아섰다.

"퇴! 짐승 같은 놈아!"

"앞으로 또 까불면 모가지를 비틀어 주마!"

과장은 터져 나온 코피로 얼굴을 물들이며 시멘트 바닥 위에 엉금엉금 기고 있었다. 김동연은 추한 그 모습에 역겨움을 느끼며 밖으로 나왔다. 이미 철조망 노동자들도 몰려나오고 있었다.

본관 앞마당은 얼마 안 가 노동자들로 가득 찼다. 상당수는 주변에서 구경만 했으나 A, B조 노동자가 모두 모일 시간이라 4백 명은 훨씬 넘어 보였다. 장상무가 애용하던 현관층계에 민주노조 간부들이 줄지어 서고, 노동자들은 맨바닥에 앉았다. 마이크가 없어 최보선은 입에 손을 모으고 힘차게 소리쳤다.

"여러분! 자리에 앉아 주세요! 다 같이 외쳐 봅시다! 앉자! 앉자!"

앞쪽에 몰린 철조망 노동자들이 그를 따라 '앉자'를 외치기 시작하면서 어설프게 모였던 노동자들도 차츰 따라 외치기 시작했다.

"앉자! 앉자!"

군중의 함성이 현장 벽에 부딪쳐 메아리치기 시작했다. 노동자들은 일사분란하게 움직였다. 자발적인 움직임이었다. 오랜 투쟁의 결과였다. 공포의 살인폭력은 단 일주일밖에는 그들을 지배하지 못한 것이다. 불가항력인 것처럼 보이던 폭력은 속수무책으로 무너져 내렸다. 구사대는 사무실을 빼앗기지 않기 위해 본관에 들어가 유리창을 통해 불안스럽게 내려다보기만 할 뿐, 전혀 반응을 보이지 않았다. 대세는 이제 완전히 노동자의 편으로 기울었다.

어느 정도 정리가 되었을 때 김동연이 앞에 나섰다. 이제 현장에는 홍기도, 정기준도 없었다. 오성모방 노조도 없었다. 오로지 대영노동자만의 힘으로 모든 것을 헤쳐 나가야 했다. 그는 다시 한 번 마음을 가다듬고 목을 뒤로 젖혀 힘차게 외쳤다.

"동료 여러분! 저는 우리 민주노조의 이름으로 선언합니다! 지금부터 전면파업을 선언합니다! 동의합니까?"

"찬성이오!"

"와아 —!"

함성과 함께 박수소리가 터져 나왔다. 김동연은 온힘을 다해 외쳤다.

"지금부터 우리의 요구가 완전 관철될 때까지 우리는 무기한 파업에 들어갈 것입니다. 우리의 요구는 첫째, 해고자를 전원 복직시켜라! 둘째, 회사노조에 모든 노동자를 가입시키고 위원장을 직선으로 선거하라! 셋째, 일당을 일천 원씩 일률 인상하라! 넷째, 분신 사망한 김진영에 대해 정당한 위로금을 지급하고 이 일에 대해 공개 사과하라! 이상입니다. 찬성하십니까?"

"찬성이오!"

박수소리가 우렁차게 쏟아졌다. 노래가사 종이가 나누어졌다. 오래 전에 준비해 두었던 것을 이제야 쓰게 된 것이었다. 최보선의 지도에 따라 노래 배우기가 시작되었다. 이미 많은 사람이 알고 있는 '늙은 노동자의 노래'와 '임을 위한 행진곡'이 불려졌다. 노래를 배우는 사이, 검은 리본이 나누어졌다. 가슴마다 달린 검은 리본은 비장한 결의를 다져 주었다.

분위기가 고조되었을 때, 손영원이 앞에 나섰다. 후리후리한 키에 메마르고 주름진 얼굴이 잘 어울려 보였다. 그는 백발성성한 머리칼을 봄바람에 흩날리며 입을 열었다.

"여러 젊은 동료들을 보니 삼십 년 전 처음 공장에 들어가던 날이 생각납니다. 그때 사장이 내게 뭐라고 한 줄 아시오? 일만 열심히 하면 잘살 수 있으니 죽어라 일하라 하드구만. 나는 그 말만 믿고 정말로 죽어라고 일했어. 헌데 삼십 년이 지난 오늘의 나를 봐요. 삼십 년 동안 다니는 회사마다 조출만근에 충성을 다했지만 돌아온 게 뭐냔 말이여? 남은 건 이 병든 육신에 단칸 전세방뿐이여."

그는 쇳가루로 피폐해진 가슴을 쓸어내리며 한숨을 쉬었다.

"헌데도, 우리들의 희생으로 돈방석에 앉은 저놈의 사장들은 몇 푼도 빼앗기지 않으려고 쇠몽둥이질을 하고, 죽은 사람 시체까지 빼앗아 가고 있단 말입니다. 수많은 사람들이 버젓이 보는 앞에서 피터지게 얻어맞았는데, 출동한 경찰은 때린 놈은 안 잡아가고 맞은 놈만 끌고 가니 이런 경우가 어디 있단 말입니까? 또 경찰이 얼마나 할 일이 없기에 죽은 사람 시체를 빼어다가 제 손으로 화장을 한단 말이

오? 여러분 이것이 진정 자유민주주의 나라란 말이오?"

그는 자신이 대영제강에 들어온 이후로 일어난 산재사고들에 대하여 이야기를 시작했다. 어떤 사고들이 있었으며 회사가 보상 문제를 어떻게 처리했는가를 실제 사례를 들어 생생하게 폭로했다. 노동자들은 회사의 치사한 보상에 분노를 터뜨리며, 때로는 눈물까지 글썽이며 열심히 들었다. 그의 얘기는 한 시간이 훨씬 넘게 이어졌으나 아무도 지루해 하지 않았다.

손영원에 이어서 너도 나도 앞에 나와 회사의 부당한 처사에 대해 규탄했다. 집회는 노동자들의 자발적인 참여로 생동감 넘치게 진행되었다. 그런데 오전이 거의 지나갔을 때였다. 정문 바깥에 전경들의 모습이 나타나기 시작했다.

"경찰이다! 버스가 몇 대나 왔어!"

정문을 지키던 노동자들이 보고하면서 농성장은 술렁이기 시작했다. 한동안 사기충천했던 노동자들의 얼굴에 다시 두려움이 일기 시작했다. 집행부로서도 난감했다. 2층 사무실에 있던 구사대들이 약을 올리기 시작했다.

"고것 봐라, 요 새끼들아!"

"니들은 이제 죽었다. 항복하고 빌어!"

계획적인 비아냥이었다. 위에 대고 욕을 해주는 노동자도 있었으나 상당수는 동요하였고, 그렇지 않아도 구경만

하던 이들은 슬슬 뒷걸음치기 시작했다. 그때 포장반 노동자 한 사람이 외쳤다.

"저 자식들을 내쫓고 사무실을 점거합시다!"

다른 이들도 동조했다.

"그래, 저 개자식들부터 때려잡자!"

집행부도 즉시 합의했다. 최보선이 외쳤다.

"여러분, 놈들은 무기를 갖고 있는데 우리는 맨손으로 올라갈 수 있습니까? 지난번에도 당했잖습니까?"

여기저기서 젊은 노동자들이 일어섰다.

"우리도 무기를 듭시다. 철근이고 막대기고 뭐든지 듭시다!"

여러 노동자들이 현장으로 달려갔다. 노동자들의 분위기는 다시 달아올랐다. 놀란 구사대는 재빨리 몰려 내려와 현관문을 걸어 잠그고 2층으로 오르는 층계에 막아섰다.

"쨍그랑!"

현관 유리창이 박살난 것은 노동자들이 철근이며 망치, 긴 집게 따위를 십여 개씩 들고 와 나눠줄 때였다. 깨어진 유리창 안으로 철조망과장이 겁에 질려 서 있는 모습이 보였다.

"죽여라! 죽여!"

수십 명의 선발대가 밀려들어 가면서 치열한 백병전이

시작되었다. 구사대가 비좁은 계단을 선점하고 있어 뚫기는 쉽지 않았다. 책걸상까지 들고 내려와 계단을 차단해 접근조차 어려워졌다. 노동자의 몽둥이는 애꿎은 책상만 두들겨댈 뿐, 소용이 없었다. 회사로서는 온갖 기밀서류들로 가득한 사무실을 빼앗길 수는 없었다. 노동자들로서도 사무실을 점거하지 못하면 당장에 경찰의 습격을 당하게 되므로 마음이 다급했다. 경찰중대는 이미 정문 앞에 집결한 상태였다.

"나와, 이 새끼들아!"

"뛰어 넘어갑시다!"

극도로 흥분한 노동자들이 욕설을 퍼붓고 물건을 집어던졌다. 그러나 계단 방어선은 요지부동이었다. 구사대의 맨 앞 열에 선 깡패들은 상황이 유리해지자 더더욱 빈정빈정 약을 올려댔다. 구원의 소리가 터진 것은 집행부가 우왕좌왕하고 있을 때였다. 현관 입구에서 갑자기 칼칼한 경상도 사투리가 터져 나왔다.

"비키라, 비키!"

한 작은 노동자가 자루 긴 대걸레를 앞세워 현관으로 들어오며 요란하게 외쳐댔다. 그의 한쪽 눈은 허연 흰자위밖에 남아 있지 않았다.

"비키라니깐! 똥이다! 이놈아들아 똥 나간데이, 비키

라!"

박팔봉이었다! 팔도회의 애꾸눈 박팔봉이었다! 앞세운 대걸레에는 누런 똥 덩이가 엉겨 붙은데다 똥물이 뚝뚝 떨어지고 있었다. 똥 구린내가 숨통을 틀어막았다. 계단 아래 노동자들이 좌악 길을 터주었다. 박팔봉은 저돌적으로 걸레를 휘휘 흔들어대며 층계를 향해 돌진했다.

"이놈아들아! 내 눈깔 뽑아놓고 느그들은 무사할 줄 알았나? 이 자슥들아, 똥 처므그래이, 똥이다, 똥!"

똥 걸레가 흔들릴 때마다 똥물이 벽에 튀어 붙었다. 순간적으로 구사대의 전열이 흐트러졌다. 구사대들은 위층으로 피하거나, 책상을 버려둔 채 난간 밑으로 뛰어내렸다. 바로 그 순간 동연이 바리케이트 너머로 몸을 날리며 울부짖었다.

"돌격!"

따로 명령도 필요 없었다. 앞에 있던 젊은 노동자들은 이미 몸을 날리고 있었다. 노동자들은 바리케이트를 무너뜨리고 박팔봉의 뒤를 따라 질풍같이 몰려 올라갔다.

"이 새끼 죽여라! 이놈이 제일 많이 때렸어!"

난간으로 뛰어내렸던 고용깡패 하나가 노동자들에게 잡혔다. 억센 주먹들이 깡패의 온몸을 무자비하게 내려치기 시작했다. 깡패는 순식간에 코피가 터지고 옷은 너덜너덜해졌다. 그토록 살벌하게 날뛰던 깡패는 숨을 헐떡거리며 죽은 체하고 쓰러져 버렸으나 눈썹이 파르르 떨리는 것만 보아도 정신이 말짱하다는 것을 알 수 있었다. 깡패는 실눈을 뜨고 노동자들의 발길을 요령껏 피해 조금이라도 덜 맞으려고 안간힘을 쓰고 있었다.

위층의 상황도 마찬가지였다. 대열이 흐트러진 구사대는 노도처럼 밀고 들어간 노동자들의 분노 앞에 무참히 박살났다. 사방에서 집단 몰매가 벌어졌다. 여직원들의 비명과 날아다니는 기물들로 사무실은 완전히 아수라장이 되었다. 3층으로 올라간 구사대들은 비상구를 통해 도망쳤으나 2층 주사무실로 들어간 자들은 달아날 곳이 없자 창문으로 뛰어내렸다.

김동연은 치열한 현장을 돌아다니며 노동자에게 잡힌 놈들을 만날때마다 따귀를 갈겨주며 돌아다녔다. 군대를 제대한 이후로 사람에게 손찌검하기는 처음이었으나 아무리 두들겨도 원한이 풀리지 않았다.

사무실은 20여 분 만에 노동자들에게 완전히 점령되었다. 뿌얀 먼지를 날리며 대대적인 정리가 시작되었다. 가운데 농성장을 마련하기 위해 사무비품들을 구석으로 옮겼고 입구에는 책상으로 몇 겹의 바리케이트를 쳤다. 화장실과 세면장이 사무실 내에 있어 장기농성에도 문제가 없었다.

노동자들은 너나없이 부지런히 움직였다. 과가 달라 얼굴도 모르면서도 항상 만나온 사람처럼 금방 친해져서 서로 열심히 협조하고 도왔다.

먼지가 가라앉으면서, 노동자들은 가운데 바닥에 모여들었다. 모두 160명이었다. 일부가 정리과정 중에 빠져나간 것이었다. 그래도 적은 숫자가 아니었다. 넓은 사무실은 노동자 숨 냄새와 열기로 가득 찼다. 김동연은 이제 수줍이라곤 타지 않는 명연설가로 변해 있었다.

"우리는 마침내 이겼습니다. 굳센 단결로 저들의 주먹과 몽둥이를 이기고 만 것입니다. 우리는 보았습니다! 우리의 힘이 얼마나 위대한가를! 여러분! 승리의 그 순간까지 끝까지 단결합시다!"

박수와 함성이 떠나갈 듯 터져 일어났다. 사람들 중에는 곽 씨의 모습도 보였다. 김동연은 한마디 하려다가 그가 다른 사람 이상으로 열심히 움직이는 것을 보고 마음을 돌렸다. 공연한 의심을 하고 싶지 않아서였다.

해고자들이 나타난 것은 몇 차례 노래를 부르고 난 후였다. 갑자기 창문으로 사람의 그림자가 내려왔을 때, 창가의 노동자들은 깜짝 놀랐으나 곧이어 환호를 올렸다. 이상섭이었다. 해고자들은 정문이 막히자 전철 쪽 담장을 넘어 철조망과의 지붕을 타고 사무실 물받이를 따라 내려온 것이었다. 해고자들이 하나씩 창문으로 내려올 때마다 노동자들은 대대적인 박수로 환영했다. 해고자들은 천신만고의 월담 길에도 핸드마이크와 북, 꽹과리 등 농성에 필요한 물건들을 몸에 꽁꽁 묶고 있었다.

해고자의 출현은 노동자들에게 더욱 큰 힘이 되었다. 꽹과리와 북에 맞추어 노래를 부르니 훨씬 기운찼고 노랫소리가 몇 배는 더 크게 느껴졌다. 이제 본격적인 농성이 시작되었다. 해고자들은 자연히 집행부에 들어갔고 그들의 지도에 따라 신속하게 농성 준비가 이뤄졌다.

우선 노동자들은 포로로 잡은 깡패 셋을 꽁꽁 묶어 구석에 가두어 놓고, 경찰의 습격에 대비하여 경비조를 편성해 창가에 배치했다. 만일에 대비해 컴퓨터 디스크와 중요 서류들을 한군데 모아 놓고 화학반에서 가져온 두 통의 신나를 옆에 배치해 놓았다.

농성장이 정비되고 나서 집행부 회의가 열렸다. 김동연과 손영원, 장영철 그리고 해고자 세 명이었다. 최보선은 모인 노동자들과 한쪽에서 경비 작전을 짜고 있었는데 모두들 두런두런 이야기했다. 밤샘을 하고 합류한 B조 노동자들이 잠을 자고 있었기 때문이었다. 조용한 가운데 이상섭이 나직하게 말했다.

"진영이는 죽었고 두 동지는 감옥에 갔어. 나는 그 동안 도망가 있던 사람으로 뭐라고 할 말은 없네. 그렇지만 그 세 사람에게 우린 깊이 감사해야 혀. 죽음으로 우리의 눈을 밝혀준 진영이는 물론이고 잘 살 길 놔두고 공장에 들어와 고생하다가 감옥 간 두 친구들에게도 진심으로 감사를 해야 혀. 나는 사실 그 동안 대학 출신들을 불신하고 있던 게 사실이여. 허지만 진영이의 죽음을 보니 그 친구들이 왜 그렇게 노선을 고민하고 서로 싸우기까지 하는지 이제는 이해가 가네. 한시라도 빨리 이놈의 세상을 고치려고 어떻게 하면 될까를 고민했다는 걸 이젠 알겠네."

김영춘도 고개를 끄덕이며 말했다.

"나도 마찬가지야. 우리가 조금만 더 열심히 배우고 같이 싸웠으면 이렇게까지는 되지 않았을 거라는 생각이 들어. 어떻게 하면 이길 수 있을까 조금만 더 고민하고 했으면 진영이가 그 꼴이 되지는 않았을 거라는 생각이 들어."

손영원도 입을 열었다.

"우리 모두 죄인인 거여. 여기 서동석이 이 친구만 빼고는 모두들 도망갔던 사람들 아닌가? 시방은 더 이상 도망갈 곳은 없네. 가서도 안 되고. 이제부터는 단 한 발짝도 피하지 말고 끝까지 싸움세."

김동연이 정리했다.

"아저씨 말씀이 옳습니다. 이젠 우리뿐, 아무도 우리를

394

도와줄 수 없어요. 그동안 배운 것을 모두 동원해서 한판 멋지게 싸워 봅시다. 더 이상 자본가들의 세상을 두고 볼 수는 없습니다. 질 때 지더라도, 더 이상 무릎 꿇고 살 수는 없어요."

모두들 결의에 찬 얼굴로 고개를 끄덕였다. 정말로 더 이상 물러날 곳도 없었다. 집행부는 필사의 승리를 위해 농성장을 흐트러지지 않게 이끌어 나갈 방법과 회사와의 협상에서 기선을 잡는 방도에 대해서 논의하기 시작했다.

우선 허기가 문제였다. 주간 출근한 A조는 비교적 나은 편이나 고된 야근을 한 B조 노동자들은 더 허기를 느꼈다. 회사 측은 일체 대화를 거부하고 있고, 빵이라도 사러 밖에 나가면 경찰에 연행될 판이니 진퇴양난이었다. 달리 좋은 방법은 나오지 않았다. 우선 물은 나오니 물로 배를 채우고 만일 단수할 때에 대비해서 주전자나 양동이마다 물을 받아 놓을 수밖에 없었다. 야간에 전기를 꺼버릴 경우를 대비해서 탁자보 등을 모아서 횃불을 만들어 놓기로 했다. 지금까지 유인물을 통해 배운 다른 여러 공장의 농성 사례들이 도움이 되었다.

한참 집행부 회의가 열리고 있을 때였다. 조용했던 실내 한편에서 갑자기 시끄러운 고함과 욕설이 터져 나왔다. 처음에는 가벼운 말다툼으로 보였으나 소리는 점점 더 커졌다. 그 주위에 있던 노동자들도 마구 일어서는 게 보였다.

"죽여 버려, 이런 놈은 죽여야 돼!"

격양된 노동자자의 욕설이 들려왔다. 누군가 한 사람이 주위 사람들에게 주먹질을 당하는 것이 확실했다.

"왜들 그래요?"

김동연이 달려 가 보니 푸른 작업복의 노동자 하나가 매를 맞지 않으려고 몸을 잔뜩 웅크린 채 고개를 푹 수그리고 있었다.

"이 놈이 글쎄 저 깡패 놈들의 끈을 풀어 주고 있잖아요?"

김동연은 고개를 들지 않으려고 버티는 그의 얼굴을 강제로 들어 보았다. 곽 씨였다. 한숨이 새어 나왔다. 이상섭이 곽 씨를 알아보고는 철썩 따귀를 후려갈겼다.

"이 더러운 놈! 네 놈이 첩자였어?"

곽 씨는 개구리같이 튀어나온 눈을 정신없이 굴리며 두려움으로 바들바들 떨고 있었다. 별로 맞은 것 같지는 않았다. 새파랗게 질리기만 했을 뿐 멍들거나 피가 나는 데는 없었다. 그는 바들바들 떨리는 목소리로 빌었다.

"살려 줘⋯⋯. 다시는 이런 짓 안 할게. 제발⋯⋯."

사방에서 욕설이 터져 나왔다.

"나이도 처먹은 놈이 뭐 빌어먹을 게 있다고 그 지랄을 해?"

"늙었다고 봐줄 것 없어! 저런 인간 때문에 김진영이가 죽은 게야!"

곽 씨는 주위의 말에 더욱 공포에 질려 이상섭의 바지를 잡고 늘어졌다. 묵묵히 내려다보고 있던 김동연이 버럭 소리 질렀다.

"당신이 홍기를 경찰에 넘겼지?"

곽 씨는 깜짝 놀라 마구 손을 내저었다.

"아냐! 아니야! 절대 아냐!"

최보선이 들고 있던 몽둥이를 번쩍 들어 치켜 올렸다.

"거짓말 마! 우린 벌써 다 알고 있었어! 어서 실토해!"

곽 씨는 더욱 새파랗게 질려 두서없이 떠들어대기 시작했다.

"때리지 마, 때리지 마! 다 말할게! 제발 때리지 마! 내, 내가 그랬어. 홍기도 신고하고 매일 보고를 해왔어……."

이상섭은 다시 한 번 뺨을 후려갈겼다.

"에이, 더러운 놈! 그런 줄도 모르고 네 놈을 끌어들였으니!"

곽 씨는 뺨을 감싸며 엎어졌다. 그러나 즉시 일어나서 다시 이상섭의 발목을 붙잡았다.

"상섭이, 제발 살려 주게나. 미안하이. 어쩔 수가 없었어."

그때 창가를 지키던 경비조가 다급히 외쳤다.

"와요! 경찰이 오고 있어요!"

노동자들은 우르르 창가로 몰려갔다. 방패를 앞세운 전경중대와 구사대가 새까맣게 몰려오고 있었다. 4백 명이 넘어 보였다. 손마다에는 쇠파이프와 최루탄이 들려 있었고 뒤쪽에는 투신에 대비한 듯 매트리스를 든 전경들이 따르고 있었다.

전경들은 두 개의 출입문에 밀어닥쳐 해머로 문짝을 부수기 시작했다. 입구의 큰문은 그래도 바리케이트를 쳐놓았으나 비상구는 만일을 위해 잠가만 놓은 상태였다. 쿵! 쿵! 문짝 부서지는 충격이 벽까지 흔들어대기 시작했다.

"비상구를 막아! 책상을 대!"

사방에서 소리치며 바리케이트를 보강했으나 양쪽 문은 쉽게 부서져 갔다. 노동자들은 어찌할 바를 모르고 갈팡질팡했다. 그때 유리창 수십 장이 일제히 박살나며 파열음이 귀를 찢었다. 동시에 십여 발의 최루탄이 날아들었다.

"쨍그랑! 빵! 빵!"

최루탄이 터지면서 농성장은 급격히 혼란에 빠졌다.

"쿨룩! 쿨룩!"

"입을 가려!"

지독한 가스가 뿌옇게 시야를 가렸다. 노동자들은 이리저리 뛰어다녔으나 피할 곳은 없었다. 많은 노동자가 참지 못하고 창문으로 뛰어내리기 시작했다. 잡혀 있던 깡패들도 어느 결에 달아나 버렸다. 그 사이, 두 개의 문짝은 해머에 맞아 빠르게 부서지고 있었다. 쌓아 놓은 책상이 움직거리기 시작했다. 노동자들이 기침을 해대며 책상으로 막았으나 이미 늦었다. 바리케이트 너머로 백골단의 흰색 안전모들이 하나둘씩 나타나더니 문짝은 이내 떨어져 나가고 말았다. 백골단은 바리케이트를 해체시키기 시작했다. 엉성하게 쌓였던 책상들은 빠르게 무너져갔다. 단 몇 분이면 진주해 들어올 위기의 순간이었다.

"물러나! 물러나지 않으면 다 죽는다!"

최보선이었다. 그의 손에는 신나가 가득 담긴 20리터짜리 통이 들려 있었다. 그는 작은 체구로 통을 번쩍 들어 올리더니 외쳐댔다.

"물러나지 않으면 몽땅 태워 죽인다!"

동시에 뚜껑이 열린 신나 통을 휘익 돌렸다. 투명한 신나가 허공을 날아 백골단과 사무집기에 뿌려졌다. 기름 냄새가 확 끼쳤다. 최보선은 아직 신나가 잔뜩 남아 있는 통을 내려놓고 라이터를 꺼내들었다.

"들어오려면 들어와! 같이 죽자! 몽땅 같이 죽자!"

신나를 뒤집어쓴 백골단들은 기겁을 해서 달아나기 시작했다.

"소화기를 써! 앞으로 밀고 들어가!"

뒤에서 지휘자들이 욕을 퍼부어댔으나 소용이 없었다. 신나는 폭발성이 있어 소화기도 소용없다는 것을 알고 있는 전경들은 지휘자의 고함에도 들어올 엄두를 내지 못했다. 눈물 콧물을 줄줄 흘리면서도 의연하게 꿋꿋이 서 있는 최보선의 주위에 노동자들이 다시 모이기 시작했다. 바리케이트는 다시 든든히 세워졌다.

"경찰을 철수시켜라! 아니면 이 안에 있는 서류와 컴퓨터를 몽땅 태우겠다!"

인화물질이 확인되면서 경찰은 태도를 바꾸었다. 마침내 전경 지휘자가 마이크를 들었다.

"위험한 짓 하지 마라! 병력을 철수시키겠다!"

경찰은 본관에서 빠져나가기 시작했다. 완전 철수를 하지는 않고 정문에서부터 식당 앞길까지 줄지어 앉아 대기했다. 5월의 태양이 전경들을 내리쬐는 가운데 무거운 정적이 찾아왔다.

실내는 엉망진창이었다. 책상이며 서류들이 온통 뒤집어지고 널려진 가운데 최루탄 파편과 분말, 그리고 깨어진 유리조각들이 빈틈없이 깔려 있었다. 물로 씻어내기도 했으나 워낙 밀폐된 공간이라서 지독한 가스는 사라지지 않았다.

집행부는 농성장을 3층으로 옮기기로 결정했다. 전경들이 오랜 대기에 지쳐 이리저리 그늘을 찾아 산만이 흩어져 있는 오후를 틈 타 신속하게 올라갔다. 몇 개 컴퓨터 본체와 중요한 서류들도 일부 옮겨 갔다. 그 과정에서 허기와 두려움에 지친 몇몇 노동자들이 이탈해 버렸으나 남은 노동자들의 사기는 새로이 충전되었다.

3층은 고위관리직들의 사무실이었다. 여러 개의 방과 회의실이 있었는데 중요한 서류와 비품은 회사 측이 이미 빼돌린 뒤였으나 소파며 회전의자들이 모두 고급으로 갖추어져 농성하기에는 더 편했다. 노동자들은 다시 바리케이트를 치고 줄어든 인원에 맞춰 경비조를 새로 편성했다.

잡혀 있던 깡패들은 혼란을 틈타 달아났으나 곽 씨는 남아 있었다.

"미안해 상섭이……. 나도 애초부터 이럴 생각이 어디 있었겠나?"

곽 씨는 더 이상 폭력이 가해질 위협이 없다고 생각되자 한결 마음을 놓고 입을 열었다. 튀어나온 눈도 심하게 떨고 있지는 않았다. 이상섭은 얼굴을 찡그려 쏘아보며 담배를 자근자근 씹었다.

"어떡해서 이리 된 거요?"

여러 사람 앞에서는 반말로 욕을 해댔으나 작은 방에 단둘이 마주앉으니 초라한 몰골이 불쌍해 보여 더 이상 막되게 말하고 싶지는 않았다. 곽 씨는 버릇대로 이상섭이 건네준 담배를 엄지와 검지로 말아 쥐고 게걸스럽게 연기를 빨았다.

"요놈의 입이 원수지. 노조 하자고 떠들고 다니다가 조장한테 걸려들었지 뭔가. 하루는 과장이 식당으로 부르기에 가 보니 아들하고 처남이 같이 붙들려 왔더라고. 조합에 대해서 다 불지 않으면 세 명 다 해고시키고 경찰에 넘기겠다고 하드만. 온 집안이 쑥밭이 될 판이니 어떻게 할 수가 없었어. 다 불어 버리고 말았지. 상섭이 자네하고 공부했던 거하며 이병우, 김동연이 다 불어 버리고 말았지. 휴… 목구멍이 원수지."

한숨을 내쉬는 그의 눈에 눈물이 글썽였다. 이상섭도 고개를 끄덕이며 한숨을 길게 쉬었다.

"그러고 나서 바로 해고사태가 일어난 거로군. 우린 그것도 모르고……."

"내 말만 가지고 그런 건 아니었던가 봐. 나는 사실 정기준이니 홍기는 몰랐잖은가? 정기준이는 신원조회에서 드러난 것 같더라고."

"홍기는 어찌 된 거요?"

이상섭의 물음에 곽 씨는 고개를 푹 수그렸다.

"나는 그때 말해 준 걸로 끝난 줄 알았지. 근데 나중에 한참이나 지나서 또 부르더만. 자네들 데모하는 데 끼어들어 정보를 보고하라는 거야. 싫다 그랬지. 정말이네, 처음엔 싫다 그랬어. 그랬더니 다시 옛날 일을 들추고 해고를 시키겠다느니, 자네들한테 내가 한 짓을 알리겠다느니 협박을 하대. 정말 겁이 났어. 쫓겨나면 이 나이에 어딜 갈 것이며 나 하나가 아니라 집안이 몽땅 굶어죽게 되었으니…… 뭣보다도 자네들한테 내 정체를 이르겠다고 협박하는 것도 겁이 났고……. 그래서 결국은 오늘날까지도……."

이상섭은 동정어린 시선으로 그의 초췌한 몰골을 내려다보았다. 별 볼일 없는 노동자라고 마음대로 협박당하고 이용당하는 것이, 한 줌의 양심과 자존심마저 짓밟히고 살아야 한다는 것이 불쌍해 보였다. 곽 씨는 차분하게 말을 이었다.

"믿지 않겠지만, 나는 지금껏 그 사람들한테 한 푼도 돈은 받지 않았어. 이런 짓을 하는 것만도 죽고 싶은데 돈까지 받을 수는 없었어. 정말이네."

말하는 그의 모습에서 그 유명한 떠버리의 모습은 찾아볼 수가 없었다. 항상 두려움으로 두리번대던 눈알도 평온하게 허공을 직시하였고, 얼굴은 편안해 보였다.

"나는 믿소."

이상섭은 더 이상 말하지 않고 멀리 노을 지는 하늘을 묵묵히 바라보았다.

밤이 왔다. 황색 가스등이 환히 비추는 마당은 텅 비었으나 그 뒤편 어둠 속에서 수백여 전경들의 웅크린 모습이 시커멓게 드러나 보였다. 언제나 환히 밝혀졌던 현장은 칠흑 같은 어둠에 잠겼다. 돌기를 멈추어 버린 기계는 싸늘하게 식은 채 어둠 속에 희미한 음영을 던지고 있었다. 노동자의 따뜻한 손길로 살아 숨 쉬며 쉴 새 없이 새로운 가치를 창조하던 그것들은 노동자의 손길이 거두어지자 차갑고 투박한 쇳조각이 되고 말았다.

현장의 소등으로 대영은 무거운 침묵과 깊은 어둠에 잠겼다. 환한 곳이라고는 노동자가 모여 있는 본관 3층뿐이었다. 회사 측은 밤이 되어도 일체의 협상을 거부하고 있었고 전경들은 철수하지 않은 채 버스에서 잠을 청하는 한편으로, 가끔씩 대열을 지어 공장 안을 순회했다. 불안스런 밤이었다. 언제 다시 경찰이 습격해 올지 모르는 가운데 노동자들은 구호와 노래에도 지쳐 조용히 파국을 기다렸다. 다시 습격해 온다면 3층이라 창문으로 뛰어내릴 수도 없는 가운데 다 함께 결사항전을 할 수밖에 없었다. 비장한 분위기가 방마다 침울하게 눌러왔다.

밤 아홉 시가 넘었을 때, 갑자기 노랫소리가 들려오기 시작했다. 식당에 설치된 방송장치를 사무실을 향해 돌려놓은 것이었다. 구슬프기 짝이 없는 옛 노래였다. '두만강'이니 '고향의 봄'이니 하는 구성진 노래가 뒤를 이었다. 허기와 두려움으로 긴장되었던 노동자들은 호기심과 의아함으로 창가로 모여들었다. 가족을 그리는 애타는 심정을 노래하는 노래들이 주는 효과는 적지 않았다. 노동자들은 대부분 가정을 가진 이들로, 마음이 흔들리지 않을 수 없었다.

"저 놈들이 또 무슨 지랄을 하능겨?"

욕을 하면서도 얼굴이 수심으로 일그러지는 것을 숨기지는 못했다. 때 아닌 노래잔치로 농성장은 더욱 울적해지고 말았다.

"여러분, 회사의 기만책입니다. 넘어가지 말고 우리도 모여서 힘찬 노래로 대답해 줍시다!"

최보선이 외치며 사람들의 시선을 모았다. 가운데 복도에 대열이 정비되고 최보선이 힘차게 외쳤다.

"여러분! 우리가 누굴 위해 싸웁니까? 다 우리 가족이 잘 살자는 것입니다. 오 분의 선택이 십 년을 좌우한다는 광고도 있잖습니까? 지금 한순간 약해지면 자손대대 노예로 살 수밖에 없습니다! 이번 싸움에서 우리가 잃을 건 아무엇도 없습니다. 뺏길 대로 뺏겨 가진 거라곤 아무것도 없는 우리가 더 이상 무엇을 잃겠습니까? 밑져야 본전입니다. 짧은 고통으로 한평생 떳떳이 살아봅시다!"

이상섭도 벌떡 일어서서 억센 주먹을 휘둘러 보이며 외쳤다.

"그려! 이번 기회에 일당을 왕창 올려서 존경받는 아빠 되고 사랑받는 남편 되자 이거여! 안 그런가?"

웃음이 터져 나왔다. 노동자들은 조금 위안이 되었으나 막상 노래에는 그다지 힘이 없었다. 젊은이들만이 각오를 다지며 고래고래 악을 써 부를 뿐이었다. 그런데 한참 노래를 부르는데 창문을 지키던 노동자들이 소리쳤다.

"와요! 식구들이 오고 있어요!"

순간, 노동자들은 벌떡벌떡 일어났다. 심각했던 얼굴들이 금방 설레임으로 바뀌었다. 서로 밀어대며 창문으로 몰려갔다. 정말 본관 앞마당에 수십 명의 가족이 몰려오고 있었다. 대개가 주부들이었으나 어린애와 어머니도 있었다. 의외의 만남에 노동자들은 몹시도 기뻐하였다. 마치 수십 년을 헤어졌다가 만나기라도 한 듯 기뻐서 아우성이었다. 가족들도 마찬가지로 마당에 몰려서 가스등불 아래 손을 흔들고 소리를 쳐댔다.

"송이 아빠!"

다른 이들과 달리 초연한 척 사람들 뒷전에서 아래를 내려다보던 김동연은 깜짝 놀랐다. 아내 홍순영의 목소리가 분명했다. 그는 부끄러움도 잊고 다른 사람들 사이로 비집고 들어가며 소리쳤다.

"그래! 나 여기 있다!"

홍순영은 조그만 보퉁이를 들고 사람들 틈에 서 있었다. 이상섭의 부인 고 씨와 김영춘의 아내도 보였다. 부부들은 3층이라는 거리를 두고 있었으나 서로 손이라도 잡을 듯이 안타까이 손을 허공에 뻗으며 소리쳐 안부를 묻고 난리가 아니었다. 성급한 이들은 벌써 눈물을 글썽였다. 한참 그러고 있을 때였다. 가족들 뒤에 나타난 노무과장과 경찰간부의 마이크 소리가 들려왔다.

"가족을 올려 보낼 테니 문을 여시오! 우리는 일단 철수하겠으니, 안심하고 만나도록 하시오."

"안 돼!"

이상섭이 외쳤다. 동해철강에서 가족을 통한 회유공작을 경험했던 그였다. 그러나 노동자들의 분위기는 달랐다. 경찰이 이쪽의 대답을 기다리지 않고 철수를 시작하자 가족을 만나 보자는 것으로 의견이 기울었다. 결국 비상구를 열기로 결정하고 만일에 대비해서 신나로 만든 화염병을 대기시켜 놓은 후에 올라오도록 했다.

회사의 작전대로, 가족들이 쏟아져 들어오면서 농성장은 금방 울음바다가 되어 버렸다. 나이 든 어머니들과 마음 약한 아내들이 아들, 남편을 보자마자 울음을 터뜨렸기 때문이었다. 그들은 농성이 시작된 오전부터 회사 앞에 와 있었으나 경찰의 봉쇄로 이제야 만나게 된 것이어서 쌓였던 불안을 울음으로밖에는 보여줄 수가 없었다. 가장 심한 것은 최보선의 노모였다. 그녀는 아들만큼이나 억세게 소리쳐대는 것이었다.

"가자, 이놈아! 이 무신 빨갱이 타령이여?"

"에이 참! 노인네도!"

아들은 노모에게 핀잔을 주며 도망치듯 피해 다녀도 그녀는 막무가내였다. 계속 따라다니며 옷이 찢어지라고 붙들고 성화를 했다. 부인네들도 마찬가지였다. 경찰이 밤중에 다시 진압하겠다는 소리를 했다면서 제발 가자고 애원을 했다. 그러나 부인들이건 어머니건 노동자들을 설득할 수는 없었다. 노동자가 스스로 결정하지 않는 한, 어느 누구도 끌어낼 힘은 없었다. 데려가려고 애쓰기는 해도 마음은 같았다. 가족들은 회사와 경찰이 낮에 보여준 폭력에 대해서는 맹렬히 분개했다. 가족은 역시 노동자의 편이었다.

"어떻게 여기까지 왔어?"

김동연은 막상 아내와 부딪히자 말문이 막혀 버렸다. 홍순영은 걱정보다는 만났다는 기쁨이 앞서는 듯 얼굴을 붉혔다.

"아까 괜찮았어요?"

"어떤 놈들이 감히 우리를 진압해?"

두 사람은 처음 연애할 때처럼 어설픈 눈웃음으로 서로를 바라보며 어색한 대화를 나눴다. 남편을 말리기 위해 헤어지자고 마음에도 없는 말까지 했던 그녀였다. 앓아 누워 있으면서 일주일 내내 신경질만 내던 그였다. 농성장에서 다시 만나게 될 줄은 둘 다 몰랐다. 부부는 마치 면회실처럼 마련된 회의실에 탁자를 사이에 두고 앉아서야 겨우 만남을 실감하였다. 대화로 소란한 가운데 아내가 큰 소리로 말했다.

"안신숙 씨가 말해 줘서 알았어요."

"누구?"

"홍기 씨 부인 말예요. 안신숙 씨가 사방에 연락해서 모이게 된 거예요. 아까 오후에는 훨씬 많이들 왔었어요. 경찰이 못 들어가게 하니까 저녁에 많이 돌아가 버렸죠. 저녁 내내 싸워서 겨우 들어온 거예요. 안신숙 씨도 오후에 왔었는데 해산날이 오늘내일이라 위험해서 돌려보냈어요. 아 참, 낮에 홍기 씨 면회를 가서 정기준 씨도 보았대요."

"그래? 어떻게들 지내고 있대?"

김동연의 눈이 반가움으로 빛났다.

"홍기 씨는 여지껏 정보기관에 잡혀 있었다나 봐요. 제삼자개입하고 위장취업으로 구속되었는데 다른 죄를 뒤집어쓰지 않느라고 고문을 많이 당했나 봐요."

반가움에 빛나던 눈이 잠시 어두워졌다.

"정기준이는?"

"업무방해죄래요. 아직 유치장에 있어 면회가 되었지만 앞으로는 못 볼 거래요. 이렇게 중요한 때 갇혔다고 안타까워하면서 잘 싸우라고 신신당부하더래요."

불현듯 보고 싶은 생각이 간절히 일었다. 그들이 뿌려놓은 씨가 어떻게 크고 있는가를 보여주고 싶은 생각도 간절했다. 아내의 말이 그의 상념을 깼다.

"배고프죠? 먹을 것들을 싸왔는데 경찰이 다 빼앗았어요. 굶겨 죽이려나 봐요. 정말 나쁜 놈들이에요."

경찰에 분노할수록 사랑스러워 보이는 아내였다. 안심시켜 주기 위하여 아무렇지도 않은 듯 말해 주었다.

"괜찮아. 남들은 돈 주고 단식원에 가는 데 뭐. 근데 뭘 싸가지고 온 거야?"

홍순영은 그제야 들고 온 보자기를 풀었다. 오래되어 노랗게 바랜 속옷과 바지, 그리고 두툼한 잠바였다. 양말도 한 켤레 있었다. 아내의 손길로 수없이 빨아 해어진 것들이었다. 그녀의 잔정이 끈끈하게 묻어나는 것들이었다.

"이런 걸 뭐 하러 가져와? 금방 더러워질 텐데……."

"여기 담배도 사 왔어요."

홍순영은 주머니에서 솔담배 두 갑을 꺼내 탁자에 올려
놓았다. 평소에는 값싼 은하수만을 사 주던 그녀였다. 그러
더니 갑자기 주위를 둘러보며 탁자 밑으로 손을 전해 오는
것이었다. 김동연은 아내가 손을 잡으려는 줄 알고 얼굴이
화끈 달아올랐다. 그는 부끄러움에 주위를 한번 둘러보고
슬그머니 탁자 밑으로 손을 내밀었다. 그런데 손에 잡혀온
것은 그녀의 거친 손마디가 아니었다. 꼬깃꼬깃한 몇 장의
종이였다.

"비상금이에요. 급할 때 쓰세요."

꺼내 보니 여러 번 접혀진 천 원짜리 몇 장이었다. 갑자
기 가슴이 뭉클해지고 코끝이 찡해 왔다.

"돈이 뭐 필요해? 농성 중에 돈 쓸 일이 어디 있다고."

혼잣말로 중얼대면서도 주머니 깊숙이 돈을 집어넣었다.
그때 고 씨가 언제나처럼 덜렁대며 쫓아왔다. 그녀는 인사
를 받는 둥 마는 둥 털털한 목청을 높였다.

"놈들이 오늘 밤에 다시 쳐들어온다는데 어쩔 거여? 대
책이 있는 거여?"

"대책이 따로 있나요? 싸워야죠."

고 씨는 답답한 듯 가슴을 두들겼다.

"어이구 이 답답! 무조건 싸운다면 다여? 별 수 없구먼. 우리가 남아야 하것어. 설마 여자들이 있는데 쳐들어오것어?"

"예… 에?"

김동연이 놀라워하자 주위에 모여들던 여자들도 놀라 떠들었다.

"무슨 소리요, 아줌마? 그러다가 식구들까지 다치면 어쩌려고?"

"남편 데려가려고 왔더니 우리까지 싸우라고요? 말도 안 돼요."

여러 사람의 만류에도 고 씨는 막무가내였다. 그녀는 처음 보는 이들에게 마구 소리쳤다.

"아, 그러믄! 서방이 맞아 죽는데 여편네가 구경만 하란 이 말이요? 그러고도 아저씨들이 월급 받아오면 이건 내 돈이라고 챙길 거여? 뻔뻔하게?"

결국 한 시간여의 상봉이 끝나고 다시 비상구가 열렸을 때, 고 씨도 사람들의 만류를 뿌리치지 못하고 못내 불안해하며 돌아갔다. 사람들은 모두가 다시는 못 볼 것처럼 안타까이 작별을 고했다. 최보선의 고집불통 어머니도 기어이 혼자 돌아갔고 김동연도 아내와 작별했다.

"여보, 몸조심하세요."

홍순영의 얼굴에는 근심 걱정이 다시 가득했다. 전 같으면 그런 모습만 보아도 성을 버럭 냈을 것이다. 그러나 이제는 전혀 그런 마음이 들지 않았다. 그는 누가 보거나 말거나 그녀의 거친 손을 꾹 잡았다.

"걱정 마. 아까도 이겼는데……."

홍순영의 눈에는 눈물이 그렁그렁 했지만 이전의 모습은 아니었다. 김동연은 안타까움 속에서도 마음 한 구석에 작은 행복을 느끼며 돌아섰다.

나약한 사람 몇 명이 미안해하며 가족과 함께 농성장을 빠져나갔으나 그 수는 얼마 되지 않았다. 그때 이상섭이 곽 씨를 비상구로 데리고 오며 김동연을 찾았다.

"위원장! 이 사람 내보내 주능게 어뗘? 깡패들도 다 도망쳤는데 이런 늙은이 잡아 놔야 뭐하겠능가?"

김동연은 난색을 했다.

"나가면 또 보고할 텐데요? 다른 이들의 의견도 들어 봐야 하고요."

불안스레 두 사람을 살펴보던 곽 씨가 입을 열었다.

"됐어, 상섭이. 내가 무슨 면목으로 나가겠나? 나도 여기서 자네들하고 같이 있겠네."

의외의 대답에 이상섭이 오히려 놀랐다. 곽 씨는 담담하게 말을 이었다.

"동연이 말이 맞어. 나가 봤자 정보를 털어놔야 할 텐데, 이젠 그 짓은 못하겠네. 차라리 여기 갇혀 있는 게 나아. 만일 자네들이 받아만 준다면 나도 다시 싸우겠어. 먹고 살려다 보니 큰 죄를 졌지만 용서만 해 준다면 나도 열심히 싸우고 싶네."

김동연과 이상섭은 서로를 바라보았으나 곧 상황을 이해했다. 김동연이 시원스레 말했다.

"좋소이다. 아저씨가 그런 마음만 가지고 있다면 와서 함께 못하겠소?"

"고맙네."

곽 씨는 눈물을 글썽이며 웃음을 지어 보였다.

'쿵! 철커덩!'

비상구 철문이 닫쳤다. 무쇠 고리도 굳게 잠겨졌다. 가족들이 떠난 마당으로는 다시 경찰이 진주해 들어왔다.

취침시간이 되었다. 노동자들은 이불 한 장 없이 의자며 책상 위에 쪼그려 누워 잠을 청했다. 어떤 이들은 용케 바닥에 깔 것을 찾아 눕기라도 편히 누웠으나 대개는 불편하기 짝이 없는 자세로 눈을 붙여야 했다. 김동연은 이 방 저 방을 돌아다니며 마지막 점검을 했다. 일찌감치 잠드는 사람은 많지 않았다. 모두들 난생 처음 겪는 농성의 밤에 잠을 이루지 못하고 두런두런 이야기를 나누기도 하고 조용히 화장실에 들어가 세수를 하기도 했다. 농성장은 낮은 말소리와 담배연기로 가득 찼다.

김동연은 이 방 저 방의 노동자들과 간단히 이야기를 나누기도 하고 또랑또랑한 눈으로 어두운 밖을 내다보며 생각에 빠져 있는 경비조 젊은 노동자를 격려하기도 하면서 가슴 시린 감동을 느꼈다. 평소에 그토록 소심하고 이기적이던 사람들이 이처럼 굳세게 단결하여 어려움을 이겨낸다는 게 도무지 믿어지지가 않았다. 날 때부터 지금까지 언제나 별 볼일 없이 당하고만 살아온 노동자들이 수백여 경찰과 깡패들을 물리쳤다는 게 도무지 믿어지지가 않았다. 오로지 홍기만이 믿어 의심치 않던, 책에서만 나오는 줄 알았던 노동자의 혁명성이 현실로 나타난 것이었다.

노동자들의 다정한 모습은 놀라웠다. 노동자들은 서로서로를 친형제나 가족처럼 돌봐 주고 기운을 북돋아 주고 있었다. 수십 년의 불알친구들마냥 다정히 농담을 주고받으며 웃고 장난치기도 했다. 다가올 어떤 위험도 그들의 기쁨을 깨지는 못했다. 세상이 자신들을 멸시하는 만큼 서로가 서로를 천대하고 돈 몇 푼 더 벌까, 어떻게 하면 조금이라도 더 편할까, 사소한 일에도 싸움질을 하고 조장, 반장에게 아부하던 대영노동자가 아니었다. 진정, 불의의 세상을 뒤집어엎어 버리고 새로운 세상을 건설할 역사의 주인들이 여기에 있었다. 지금 당장 경찰에 박살이 나서 죽는다 해도 더 이상 원이 없을 것만 같았다.

"위원장, 아직 안 자나?"

김동연이 흡족한 기분으로 한 작은 방에 들어갔을 때, 바닥에 누워 있던 박팔봉이 일어나 앉으며 다정하게 물어 왔다. 그의 몸에서는 이제는 똥 냄새 대신 매캐한 최루탄 냄새가 풍겨 나오고 있었다. 김동연은 낮의 일에 감사할 기회도 없던 터라 반가움에 그의 손을 잡아 주며 주저앉았다. 이전에는 박 씨라고 부르던 그의 입에서 자기도 모르게 형이란 말이 나왔다.

"팔봉 형, 아까 똥걸레 정말 고마웠어요."

박팔봉은 담배를 받으며 싱긋이 웃었다.

"고맙기는, 그동안 니들을 도와주지 못해 내 속으로 애 많이 태웠다. 이젠 속이 후련하대이. 병우 그노마가 오늘 있었으면 얼마나 좋았겠나?"

박팔봉은 말하며 동연의 손등을 꾹 쥐었다.

"팔도회 욕하지는 말그래이. 다 같이 불쌍한 사람들 아니나? 남들은 그노마들이 돈 받았다 카지만 내는 그렇게 생각하지는 않는다. 퇴직금 조금 더 받은 게 무슨 큰 죄고? 그노마들이 회사에 협조해서 나간 건 절대 아니다. 정부에도 밉보여서 아직 취직도 못했다 안하나?"

김동연은 다정이 웃어 주었다.

"누가 병우 욕을 하겠어요? 다 우리가 부족했던 탓이지요. 아무튼 팔봉 형이라도 함께 하니 정말 고맙고 좋네요."

박팔봉은 쓸쓸히 웃었다.

"내는 칭찬 받을 거 하나 없다. 누구는 목숨까지 바치는데 눈알을 뺏기고도 꼼짝 못한 내가 무신 면목이 있노? 참말로 장성태인지 뭔지 돈벌레 한 마리가 사람들 고생 많이 시킨데이. 생명까지 빼앗아 가고 말이다. 그런데 경찰이니 정부는 그놈들 편만 드니 이놈의 세상을 우예 바꾸면 좋겠노?"

"언젠가는 바뀌겠지요. 자본가 세상이 영원하지는 않을 거요."

대답은 강고하게 했으나 불현듯 떠오르는 김진영 생각에 가슴이 저렸다. 정말 이놈의 세상을 고치려면 앞으로도 얼마나 더 많은 희생이 필요할 것인지⋯ 어두워 오는 마음을 떨구려 자리에서 일어섰다.

"갈라꼬? 와, 여기서 자지?"

"나는 상황실에서 자야 돼요. 만일에 대비해야지요. 팔봉 형, 푹 자둬요."

박팔봉은 하나 남은 눈을 찡긋해 보였다.

"내 걱정은 말그래이. 위원장이야말로 몸조심하그라. 우리에게 참말로 귀한 사람이대이. 알긋나?"

김동연은 순찰을 마치고 회의실 큰 탁자 위에 올라가 누워서도 오래도록 잠을 이룰 수가 없었다. 역시 순찰을 마치고 돌아온 이상섭과 오래도록 이야기를 나누다가 거의 새벽이 되어서야 잠을 들었다.

'쨍그랑!'

귀를 찢는 요란한 파열음이 터졌다. 그것도 한 번이 아니라 사방에서 계속되었다. 밑에서 날아온 돌에 유리창이 박살나기 시작한 것이다. 새벽 5시였다. 겨우 단잠에 빠져 있던 노동자들은 후다닥 뛰어 일어났다. 노동자들을 기다리는 것은 칠흑 같은 어둠이었다. 본관 전체의 전원이 이미 끊겨 있었다.

유리창이 깨지는 동시에 두 개의 문이 다시 부서지기 시작했다. 이번의 망치소리는 출입문만이 아니라 벽에서도 들려왔다. 벽을 부수기 시작한 것이었다. 벽이 흔들거리기 시작했으나 칠흑 같은 어둠 때문에 어디가 부서지고 있는지도 알 수 없었다. 게다가 옥상에서 밧줄을 타고 전경들이 내려오기 시작했다. 미리 유리창을 깬 것은 전경들의 침투를 원활히 하기 위함이었던 것이다. 뛰어내릴 경우 위험하다고 판단했는지 이번에는 최루탄은 쏘지 않았다.

노동자들도 만만치 않았다. 미리 짜놓은 대로 각 방별로 방어가 시작되었다. 우선 경비조 노동자들은 준비했던 쇠파이프로 줄을 타고 내려오는 전경들을 두들겨 팼다. 전경들은 전의를 잃고 기어 올라가더니 내려올 엄두를 못 냈다. 투척조 노동자들은 화염병에 불을 붙여 건물 아래로 내리꽂기 시작했다. 몇 개는 전경들이 올라오고 있는 비상구 계단을 향해 날아갔다. 건물 아래 투신에 대비해 깔아놓았던 매트리스에 불이 붙고, 비상구도 시뻘건 불길에 휩싸였다. 전경들은 황급히 밑으로 달아나 버렸다. 노동자들은 전경들이 몰려 있는 마당을 향해 화분, 의자부터 형광등까지 마구 집어 던졌다.

결국 경찰은 20여 분 만에 물러나고 말았다. 두 번째의 승리였다. 덕분에 모든 유리창이 박살나고 기물은 완전히 파괴되었으며 건물은 사방이 그을려 버렸다. 복도는 소화기 용액으로 엉망이 되어 버렸고 마당에도 온갖 사무비품이 널려졌다. 노동자들은 그래도 끝까지 서류와 컴퓨터는 태우지 않았다. 그것은 단순히 돈으로는 회복할 수 없는, 노동자들의 재산이기도 했기 때문이었다. 그러나 다시 한 번만 쳐들어오면 모조리 태워 버리겠다고 최후의 통첩을 보냈다.

싸움에는 이겼으나 노동자들의 피해 역시 컸다. 화염병

을 던지느라 여러 사람이 가벼운 화상을 입었고 어둠 속에서 헤매다가 많은 사람이 유리조각에 상처를 입었다. 유리가 깨진 건물 안으로 새벽의 찬바람이 몰아쳐 왔다. 노동자들은 우선 마당 쪽 방들의 문을 닫고 최루탄이 없는 철길쪽 방으로 옮겨 가서 서로 상처를 묶어 주고 위로를 하면서 아침이 오기를 기다렸다.

악몽 같던 새벽이 지나고 날이 훤히 밝아 왔다. 구사대와 경찰의 습격을 두 번이나 막아낸 노동자들의 사기는 최고조에 이르렀다. 배도 고프고 잠도 제대로 못 잤지만 다들 불평이 없었다. 노동자들은 4층 옥상으로 올라갔다. 넓은 공장지대와 전철역이 한눈에 들어왔다. 무겁게 드리워진 피로를 쫓기 위해 모두들 온몸을 꼬아 기지개를 켰다. 북과 꽹과리에 맞추어 힘차게 노래를 시작했다.

공장지대 한가운데에서 울려 퍼지는 힘찬 북소리와 노랫소리는 피로한 얼굴로 출근하던 다른 공장 노동자들의 가슴을 울렁이게 했다. 전철역 승강장에서 만원 전철을 기다리던 사람들도 귀를 기울였다. 길 가던 행인들이 호기심과 기대감에 어린 눈으로 발길을 멈추고 옥상을 올려다보기도 했다. 죽음 같은 침묵으로 눌려진 잿빛 차가운 공장의 대지를 뚫고 솟아난 인간의 함성이었다.

아침이 오자 대영제강 앞에는 또 다른 소란이 일이 시작

했다. 전날 돌아갔던 노동자들이 속속 출근하여 정문 앞을
메워 갔고 농성노동자의 가족들도 다시 몰려온 것이다. 구
사대와 경찰이 회사진입을 막으면서 시비가 일어났다. 들
어가느니, 못 들어가느니 승강이가 계속되었다. 게다가 9
시가 넘자 한 떼의 여성노동자들까지 몰려들었다.

　"장성태도 인간이냐? 김진영을 살려내라!"

　"군부독재 물러가고 악덕재벌 해체하라!"

　오성모방 조합원들이었다. 마침내 회사의 모진 탄압을
뚫고 다시 일어선 것이었다. 맨 앞에는 이영주가 두 손을
힘차게 치켜 올리며 지휘하고 있었다. 그녀의 손목과 목덜
미에는 아직도 묶이고 긁힌 자국이 남아 있었다. 그녀는 막
아서는 경찰을 밀어붙이며 커다랗게 외쳤다. 얼굴에는 적
개심이 타오르고 있었다.

　"살인폭력 자행하는 파쇼경찰 타도하자!"

　오성모방 노동자들의 출현은 옥상의 노동자들에게 열띤
반응을 일으켰다. 옥상의 노랫소리는 하늘을 찌를 듯 높아
졌다. 결국 회사 측은 더 이상 버티지 못하고 협상에 응해
야만 했다. 당장 수출물량을 생산 못하게 되어 막대한 손해
를 입게 된 회사측의 결단이기도 했지만, 그 배후에는 신속
한 타결을 요구하는 경찰과 안기부, 노동부의 압력이 작용
하고 있었다.

오전이 가기 전에, 모든 노동자들이 지켜보는 가운데 투명하게 협상이 진행될 수 있도록 본관 앞마당에 협상 탁자가 마련되었다. 쨍쨍한 햇볕 아래, 해고자 전원복직과 일당 1천원 인상, 김진영의 장례비와 위로금 지급을 두고 몇 시간이나 팽팽한 줄다리기가 계속되었다.

마침내 오후 세 시, 타결이 이뤄졌다. 일당 7백 원 인상을 포함한 요구조건은 모두 관철되었다.

"와아!"

노동자들은 환호로써 협상안을 받아들였다. 노동자의 함성은 정문 밖에서 초조히 기다리던 가족과 다른 노동자들에게도 전해졌다. 정문 앞에서도 함성과 박수가 터져 일어났다. 곧 노동자 대표와 사장 사이의 협상조인식이 거행되었다.

농성노동자들은 가족과 동료들, 그리고 오성모방 노동자들이 기다리는 정문으로 몰려나오며 다시 한 번 힘찬 박수를 받았다. 그들의 얼굴은 초췌하고 상처로 얼룩졌지만 자랑스러운 함박웃음이 가득했다. 정문 앞에는 서로 껴안고 우는 모습으로 가득 찼다. 김동연도, 이상섭도, 이영주도 모두 울었다.

25

　노조 민주화 작업은 신속하게 진행되었다. 어용노조는 노동자들의 집단 가입을 받아들이지 않을 수 없었고, 얼마 후에 열린 임시총회에서 임원선거가 실시되어 김동연을 위원장으로 선출했다. 이상섭과 손영원은 부위원장, 서동석과 최보선, 김영춘과 장영철이 각 부서의 부장을 맡았다. 모든 것이 잘되는 것처럼 보였다. 하지만 노동자와 자본가 사이에 완전한 평화는 없었다. 싸움은 이제부터 시작이었다.

　대영노조는 출범과 동시에 단체협약 입안에 들어가 다양한 노동조건 개선을 요구하고 나섰다. 반면, 회사는 경찰의 손을 빌어 교묘한 탄압을 시작했다. 우선 구사대원을 폭행한 노동자들을 무더기로 고소하여 노동자를 30여 명이나 입건시켰고 그 중에 제강과장을 때린 노동자 한 사람은 전격적으로 구속시켜 버렸다. 노동자들을 때린 자들은 단 한 명도 법적 심판을 받지 않았다. 회사 측은 노조집행부가 고

소고발 문제로 매일이다시피 경찰서와 법원에 불려 다니는 상황을 악용해 단체협약 협상장에 나오려 들지도 않았다. 어쩔 수 없이 대영그룹 최초로 노조를 인정했으나 강경한 집행부를 꺾고 어용적인 인물들로 교체하기 위한 음모도 계속되었다. 현 집행부가 돈을 받았다는 허위소문을 만들어 퍼뜨리기도 했고 보수적인 노동자들에게는 좌경적인 집행부를 교체해야 한다고 부추겼다. 그 밖에도 일일이 헤아릴 수 없을 만큼 많은 음모와 술수들이 시작되었다.

김동연 집행부는 처음부터 모진 시련을 뚫고 나가야만 했다. 거듭되는 고소고발과 악선전은 집행부가 정신을 차릴 틈을 주지 않았다. 게다가 노조가 생긴 이후로 대영 노동자들은 모든 일을 노조에 의존했다. 임금계산이 틀렸다던가 현장에서 말다툼을 했다던가 하는 사소한 일들까지 모두 노조로 끌고 와 해결을 요구했고, 부응하지 못하면 즉시 불만과 불신을 터뜨렸다. 어용 측에 가깝던 몇 사람이 술 마시고 찾아와 행패를 부리는 바람에 전화기와 재떨이가 박살나기도 했다. 기쁨보다는 곤욕스런 일이 더 많은 나날의 시작이었다. 피로 되찾은 노조였다. 조합원의 여망이 워낙 높았기 때문에 집행부가 조금이라도 틈을 보이거나 실수를 한다면 단결력은 순식간에 와해될 수 있었다. 길고 험난한 민주노조의 길이 시작되었다.

안팎으로 어려움에 처한 대영노조를 결정적으로 도와준 것은 6월 내내 전국을 휩쓴 민주화시위와 이후 9월까지 계속된 전국적인 노동자 파업이었다. 6월 항쟁으로 25년 이상을 지배해 온 군사독재가 수세로 밀리자 이에 힘입은 노동자들이 전국에서 자발적으로 노조결성과 파업투쟁에 들어간 것이다. 노동운동의 불모지나 다름없던 수백 군데 대규모 공장들의 파업은 승승장구, 완고하던 자본가계급의 기세를 한풀 꺾어 놓았다. 경찰은 대영제강의 일에는 신경쓸 겨를도 없었고, 대영그룹도 다른 계열사의 파업으로 몸살을 앓느라 대영제강 노조에 대한 탄압을 줄일 수밖에 없었다.

초창기 몇 달의 혼란이 가라앉고 전국적인 대파업도 막바지에 이른 1987년 9월 초, 김진영의 장례식이 치러졌다. 시신도, 유골도 없었으나 그의 뜻이 흔적도 없이 사라지게 할 수는 없었다. 하늘도 청명한 일요일, 김진영 영혼은 이소선 여사를 비롯한 이백여 명의 참석자가 지켜보는 가운데 경기도 마석의 모란공원에 안장되었다. 분신 당시 입었던 새까맣게 타 버린 옷이 땅속 깊이 묻혀 들어갈 때, 고개를 숙인 대영노동자들의 눈은 하나같이 젖어 있었다. 김진영은 영정사진 속에서 그윽한 눈웃음으로 그들을 올려다보았다. 그토록 사랑했던 동지들을…….

장례식이 치러지던 날, 늦여름의 따가운 태양은 서울구치소의 비좁은 죄수용 운동장에도 내리쬐고 있었다. 무미건조한 잿빛 담장 옆으로, 잠시라도 몸을 움직이기 위해 바쁘게 뛰어다니는 푸른 옷의 죄수들 머리 위에도 내리쬐고 있었다.

감시탑에 총을 멘 간수가 무료하게 서성이는 아래서, 홍기는 한 학생의 맑은 눈을 깊은 애정을 가지고 들여다보며 말을 이었다.

"비록 우리는 지금 이 안에 갇혀 있지만, 밖에서 들려오는 계급투쟁의 소식에 귀를 기울여 봐. 실로 믿을 수 없도록 엄청나지 않아? 바로 노동계급의 웅대한 목소리야. 수십 년간 강제로 억제되어 있던 노동계급의 분노의 함성이야. 우리가 그토록 많은 책을 읽고 현장에 뛰어들어 증명해 보이려 해도 안 되던 혁명의 원리를 지금 노동자 스스로 증명해 보이고 있는 거야. 노동계급은 반드시 승리한다는 진리를 보여주고 있는 거야. 설사 오늘의 싸움에서 패한다 해도, 내일 또다시 패배한다 해도, 언젠가는 반드시 승리할 거야. 노동계급은 반드시 승리할 거야. 그것이 역사의 순리야."

간수의 호루라기 소리가 길게 울렸다. 이제 갓 스물이 넘었을 학생은 총명이 반짝이는 눈으로 아쉬운 작별을 했다.

"잘 들었어요. 동지! 내일 또 봐요!"

기쁨과 존경심으로 가득 찬 학생의 하얀 얼굴에는 땀방울이 송송 맺혀 있었다. 죄수들은 간수의 지시에 따라 감방으로 돌아가기 시작했다. 감방의 긴 복도에 들어서니 그림자가 시원했다. 왼쪽으로는 다른 사동의 죄수들이 햇볕에 말릴 담요들을 들고 줄지어 몰려나오고 있었다. 마치 소풍이라도 가는 듯 모두의 얼굴에 웃음이 가득했다.

홍기는 천천히 걸으며 마주 오는 죄수들을 살펴보았다. 치안본부에서의 고문 때문에 교도소로 넘어온 후로도 한동안 고생했으나 이제는 많이 좋아졌다. 찾던 이가 눈에 띄었다. 그는 얼굴에 웃음이 함박 올라 외쳤다.

"정 동지!"

마주오던 죄수들 중에서 흰 옷의 젊은이가 손을 번쩍 들었다. 정기준이었다. 일반수들은 대개 법무부에서 주는 푸른 수의를 입었으나 정치범들은 흰 한복을 입어 서로 금방 알아볼 수 있었다. 정기준의 얼굴에도 반가운 웃음이 활짝 일어났다.

"형! 오랜만이에요!"

홍기와 마찬가지로 밖에 있을 때는 고생과 피로에 잔뜩 찌들었던 얼굴이 이제는 뽀얗게 살이 올라 보기 좋았다. 엇갈려 걷던 두 사람은 아주 잠깐 걸음을 멈추고 손을 잡았다.

"잘 지냈어?"

"그럼요. 형도 요즘 바깥소식 듣지요?"

"물론! 요새는 정말 살맛이 나지?"

두 사람은 기분 좋게 웃었다. 대영에서 만난 두 사람의 논쟁은 끝을 맺지 못한 상태였다. 민족이 우선인가 계급이 우선인가, 혹은 대중이 우선인가 전위가 우선인가 따위의 논쟁들은 앞으로도 끊임없이 계속될 것이었다. 그러나 논쟁이란 동지들 사이에서만 가능한 것이었다. 투쟁이 아니라 논쟁을 한다는 자체가 진보운동의 동지임을 입증하는 증거였다. 한시라도 빨리 운동장에 나가 햇볕을 쪼이려는 죄수들의 행렬은 정기준을 잠시도 멈출 수 없게 만들었다. 정기준이 다시 달려가며 외쳤다.

"형! 건강 조심해요!"

"정 동지도 책 많이 읽어!"

홍기는 사라지는 그의 모습을 흐뭇하게 바라보며 다시 걷기 시작했다. 그는 독방을 쓰고 있었다. 돌아오자 곧바로 담요를 개는데 간수가 왔다.

"25방, 최형로! 편지 왔습니다."

겉봉에 동생의 이름이 쓰여 있었다. 동생이 편지를 보낼 리가 없었다. 누구일까 궁금해하며 내용물을 꺼내 보았다. 본래 졸필인데다 공책에 서둘러 휘갈겨 쓴 편지였다. 때가 반질반질한 마룻바닥에 앉아 천천히 읽어 내려가는 홍기의 얼굴에 잔잔한 미소가 번지기 시작했다.

"최 형!

더운 날씨에 얼마나 고생이 많습니까? 면회를 가고 싶은 마음이 굴뚝같으나 갈 사정이 못 돼 안타깝기만 하네요. 일전에 보내드린 책과 영치금은 잘 받았는지 모르겠어요. 우리 모두는 최 형과 정 형이 하루빨리 건강히 돌아오기를 손꼽아 기다리고 있습니다. 더운 날씨에 몸 상하지 않도록 조심하기 바라요.

지금 내가 앉은 곳은 대영노조 위원장 책상입니다. 지금 사무실에는 아무도 없어요. 왜냐구요? 최 형, 들어 보시오, 저 소리를! 사무실 옥상에서 외치는 함성이 들리지 않아요? 우리 조합원들은 지금 모두 사무실에 올라가 있어요. 회사가 끝까지 우리를 기만하려 들었기 때문이오. 노조가 말을 안 듣자 두 명의 조합원을 지난번 농성을 이유로 구속시켰고, 벌써 몇 달째 단체협약 체결을 거부하고 있으니 더 이상은 참을 수 없었습니다. 벌써 4일째 농성입니다. 회사 사람들은 이제야 발바닥이 닳도록 쫓아다니지만 이번만큼은 절대 허술히 타협하지 않을 겁니다. 아주 본때를 보여줄 생각이죠. 다시는 노동자를 우롱하지 못하도록.

파업은 우리 회사만의 일이 아닙니다. 소식을 들었겠지

만 전국 수천 개 공장에서 수백만 노동자가 일어서서 외치고 있어요. 더 이상 우리를 억압하지 말라고! 더 이상 우리를 짐승 취급하지 말라고! 마침내 우리 노동자가 일어선 겁니다. 노예의 사슬을, 짐승의 멍에를 마침내 우리 손으로 끊어내고 있단 말입니다. 막노동꾼으로부터 대기업 노동자까지, 어린아이, 아주머니들까지 전부 하나가 되어 외치고 있답니다.

지금 우리의 구호는 임금인상입니다. 그러나 이 투쟁은 서곡에 불과하지요. 우리는 얼마 안 가 반드시 외치게 될 겁니다. 임금노예제를 철폐하라고! 자본계급의 지배를 종식시키자고! 그날이 올 때까지 우리의 투쟁은 결코 멈추지 않을 것입니다. 그날을 위해 어서 나와서 하나가 됩시다.

참, 요즘 나는 희한한 꼴들을 많이 보고 있어요. 그 지독한 착취를 하면서도 눈 하나 깜박 않던, 귀한 생명을 무참히 죽이고도 깡패를 사서 소름 끼치는 살인폭력을 지시하던, 그 뻔뻔스럽고 악랄한 무리들이 사자를 만난 똥개들처럼 쩔쩔매는 희한한 꼴을 최 형에게 보여주지 못하는 게 정말 안타까워요. 허나 우리는 저들이 얼마나 비열한 거짓말과 음모의 천재들인가도 잘 알고 있지요. 저들이 아무리 감언이설과 위장된 평화전술을 쓴다 해도 우리는 절대 속지 않고 끝까지 싸울 것입니다.

지금 막 사무실로 사람들이 몰려오고 있어요. 나는 사실 농성에 필요한 몇 가지 비품들을 가지러 왔던 길입니다. 내가 오지 않으니까 찾으러 오는 모양입니다. 맨 앞에 우리의 열혈투사 최보선 동지와 서동석 동지가 달려오고, 그 뒤로 우리의 백전노장 이상섭 동지와 존경받는 잔소리꾼 손영원 동지가 따라오고 있어요. 저렇게 한꺼번에 농성장을 비우다니 아무래도 안 되겠네요. 그만 내가 일어서야겠네요. 나중에 농성이 끝나면 길게 편지를 쓰겠습니다.

최 형! 그리고 정 형! 진영이가 벽에 걸린 사진 속에서 우리를 내려다보며 웃고 있네요. 진영이는 우리가 어디에 있더라도 우리를 격려해 주겠지요. 감옥의 두 사람에게도 진영이의 혼이 가 있으리라 믿어요. 아무쪼록 몸 건강히 지내고 어서 석방되어 함께 일할 수 있기를 바랍니다. 진영이와 맺은 약속, 동지의 약속을 우리 어찌 잊을 수가 있겠어요? 동지들, 기다리겠습니다."

편지의 마지막은 글씨가 엉망으로 흘려 있었다. 가족 이외에는 편지 차입이 안 되는 것을 알고 동생 이름으로 보낸 것이었다. 홍기는 그것이 누가 쓴 편지인지 잘 알고 있었다. 하지만 누가 썼는가는 중요하지 않았다. 거기에는 대영제강 모든 노동자의 숨결이 함께 스며 있었기 때문이었다.

홍기는 창가로 갔다. 남쪽을 향한 조그만 창문으로 햇살
이 뜨겁게 비추고 있었다. 사동 사이의 텅 빈 흙 마당으로
부터 비둘기 떼가 푸른 하늘을 향해 힘차게 날아올랐다. 창
살에 기대어 비둘기가 날아가는 푸른 하늘을 올려다보는
그의 얼굴은 더없이 평화로웠다.(끝)